NE VOUS RETOURNEZ PAS

Maud Tabachnik est née à Paris en 1938. Elle a été kinésithérapeute avant de se lancer dans l'écriture en 1991 avec *La Vie à fleur de terre*. Sa spécialité : le thriller politique et féministe. Dans *J'ai vu le diable en face*, elle évoque notamment les meurtres de femmes de Ciudad Juarez. Plusieurs de ses romans se déroulent aux États-Unis, et mettent en scène le lieutenant de police Sam Goodman et la journaliste homosexuelle Sandra Khan.

Paru dans Le Livre de Poche :

LES CERCLES DE L'ENFER

LE CHIEN QUI RIAIT

CIEL DE CENDRES

LE CINQUIÈME JOUR

DOUZE HEURES POUR MOURIR

J'AI REGARDÉ LE DIABLE EN FACE

MAUVAIS FRÈRE

MAUD TABACHNIK

Ne vous retournez pas

ROMAN

ALBIN MICHEL

ISBN : 978-2-253-15859-2 – 1re publication LGF

Frederich Lacy descendit du Greyhound, récupéra ses valises, regarda autour de lui et pensa qu'il allait se plaire dans cette ville.

D'importance moyenne, Akron, située à trente kilomètres au sud de Cleveland, dans l'État de l'Ohio, n'abritait pas moins de deux cent mille habitants et avait dû sa richesse du tournant du siècle aux années cinquante à l'industrie du caoutchouc.

En 1871, le jeune Dr Benjamin Franklin Goodrich décida d'y construire une manufacture de caoutchouc.

En 1898, Frank Seberling y acheta des bâtiments sur trois hectares et demi, donna à sa société le nom de Charles Goodyear et inventa plus tard le procédé de vulcanisation améliorant la résistance du caoutchouc tout en lui conservant son élasticité.

En 1900, Harvey Firestone y créa son usine, et Henry Ford, de Detroit, leur presque voisin, chaussa ses révolutionnaires véhicules de leurs pneumatiques. Le boom économique se déclencha alors jusqu'à ce que les mauvais jours remplacent les bons.

Mais de tout cela Frederich Lacy se moquait. D'un,

parce qu'il l'ignorait, et de deux, l'aurait-il su qu'il s'en serait autant contrefoutu.

Il saisit ses valises et traversa la gare routière pour gagner l'avenue N qui s'étendait de l'autre côté du parc Monroe. (« Parc » était exagéré pour ce jardin assez mal entretenu, pensa-t-il.)

Sur l'avenue N, de nombreuses boutiques avaient leurs portes fermées, et leurs vitres couvertes d'une épaisse poussière indiquaient qu'elles l'étaient depuis longtemps. Akron, comme bien des villes des États-Unis, se mourait de la mondialisation.

Il demanda son chemin à plusieurs reprises sans recueillir le bon renseignement et se résolut à téléphoner à l'adresse où il avait retenu un appartement. Une voix féminine d'un certain âge lui donna les indications nécessaires et il prit un bus les bras tirés par ses valises.

La maison présentait une façade en bardeaux de bois sombre et briques rouges comme la plupart de ses voisines qui bordaient la 29e et les rues alentour. Elle était située à Doylestown, la banlieue ouvrière d'Akron. Lacy avait choisi cette adresse en raison de sa proximité avec le bar à sandwiches où il devait travailler.

Comme à son habitude, il resta un moment à examiner les lieux. C'était devenu une seconde nature depuis qu'il était en cavale. Il repéra un salon de thé un peu plus loin sur le trottoir et décida de s'y reposer avant de se présenter à sa logeuse.

Il choisit une table près de la fenêtre et commanda un thé et des pancakes arrosés de sirop d'érable. L'endroit était feutré, une demi-douzaine de tables occupaient l'espace et un comptoir-vitrine présentait des pâtisseries.

L'hôtesse retourna à ses comptes après l'avoir servi et il resta seul jusqu'à ce qu'une mère débarque avec ses deux mioches et transforme l'endroit paisible en aire de guerre. Mais il était content de rentrer au pays et enclin à une certaine indulgence.

Il débarquait du Canada, Churchill, plus exactement un village de quelque six cents habitants situé dans la province de Québec, où l'hiver la température descendait à – 45.

Huit ans plus tôt, il avait passé clandestinement la frontière d'avec les États-Unis, profitant de la confusion qui régnait dans les services de police de New York (confusion dont il était la cause principale), réussissant à s'échapper avant qu'aéroports, gares routières et ferroviaires soient cadenassés. Bref, avant que la Grosse Pomme se transforme en huître.

Il était ensuite remonté en stop jusqu'à Buffalo, où il était tranquillement passé d'un pays à l'autre à bord d'un car de touristes. Errant au début comme un vagabond, il avait dû, pour vivre, occuper une quantité d'emplois précaires. Se proposant dans les fermes, les stations-service, les motels, acceptant n'importe quel emploi.

Il s'y tenait un moment, recommençait à s'angoisser, perdait le sommeil, voyait des flics partout et reprenait son chemin la peur au ventre. Pourtant, il prenait toujours soin de choisir des employeurs qui ne se souciaient pas de vérifier si les cartes d'identité et de Sécurité sociale qu'il leur présentait étaient ou non authentiques.

Cette cavale de plusieurs années sur les routes l'avait laissé sans force et sans espoir. Et c'est fourbu de fatigue et sur le point de renoncer qu'il était tombé, par hasard, sur un patelin où la quasi-totalité des vingt familles qui le peuplaient vivaient de la distillation illégale d'alcool.

Ils l'avaient regardé surgir d'entre les arbres, serrés au point de former des palissades naturelles, sans se douter qu'il les avait observés longtemps avant de se décider. Ils s'étaient interrompus dans leurs occupations et figés dans leurs positions, pendant que d'autres sortaient des cabanes et que l'alambic géant continuait de tourner. Le coin sentait tellement l'alcool que c'était à se demander comment les oiseaux contrôlaient leur vol.

Frederich Lacy, un homme approchant de la soixantaine, de taille et de corpulence moyennes, tellement banal qu'on l'oubliait à peine entrevu, s'était lentement approché, espérant que le chef du village dont l'accent encombrait la bouche au point que les mots qui en sortaient ressemblaient à une bouillie gluante se décide à l'accueillir.

Crevant de fatigue et de faim, Lacy, pour accélérer les choses, eut un trait de génie. Il se laissa tomber à genoux, pleurant et suppliant.

On a beau être bouilleur de cru au fin fond de la forêt canadienne et n'avoir de sa vie jamais vu un authentique Américain, on n'en est pas moins homme. Cependant, il fallut un bon moment pour que le chef de la troupe, barbu à ne plus voir sa figure, et sale à ne pas différencier sa peau de ses hardes, s'approche de lui.

Il fit un geste vers une femme dont le sexe était seul discernable à sa robe et ses cheveux emmêlés, pour qu'elle apporte au vagabond une cruche d'eau et de la viande séchée. Lacy accepta le don avec reconnaissance.

Cette nuit-là, on le laissa dehors. On était en septembre et les nuits n'étaient pas encore trop froides.

Des dégénérés, avait-il pensé en leur souriant servilement. Consanguins et alcooliques, la formule idéale pour pondre des gosses à moitié bancals, idiots ou sourds, qui constituaient, lui sembla-t-il, la nouvelle génération. (Il remarqua même des jumeaux qui présentaient les trois handicaps.)

Il fut définitivement accepté après moult conciliabules entre le chef et ses « administrés », quand celui-ci comprit qu'il pouvait leur être utile. On lui octroya en lisière du campement une baraque tellement déglinguée que personne n'en voulait. C'est dire, vu les autres, à quoi elle ressemblait.

Au fil des jours il s'aperçut que les enfants servaient à tout et travaillaient comme des esclaves. Aucun apparemment ne fréquentait l'école et il se sentit dans son élément au milieu de ces gens qui ne posaient pas de questions et vivaient avec tant de naturel.

Il avait cette qualité de savoir se contenter et d'accepter ce que les autres attendaient de lui. Il resta avec eux plus de deux ans pendant lesquels il fut heureux comme un poisson dans l'eau.

Il reprit certaines de ses habitudes dont il s'était privé durant sa cavale, mais qu'à présent, vivant dans un endroit sûr, il pouvait satisfaire.

Sur un marché où les hommes du village allaient vendre leur gnôle illicite mais appréciée des autochtones, il acheta de longues aiguilles de tapissier. Il constata avec bonheur que, malgré le temps passé, la finesse et l'éclat de leur acier l'excitaient toujours autant. Il profita d'un jour où la plupart étaient absents pour s'allonger torse nu sur son grabat, saisir ses tétons entre ses doigts, les pincer jusqu'à crier et enfoncer une aiguille dans chacun d'eux au niveau de l'aréole. La douleur fut si vive dans cette partie très richement innervée qu'il faillit perdre conscience.

Quelques jours plus tard, alors que les aiguilles en place le faisaient encore tressaillir de douleur dès qu'il bougeait le torse, il s'infligea, voulant s'éprouver davantage, des scarifications sur les bras et les cuisses qu'il laissa s'infecter.

Dans les semaines qui suivirent, les douleurs s'intensifièrent et il dut s'aliter. Une des femmes de bouilleur, reniflant l'odeur d'infection et connaissant les simples, voulut le soigner. Mais il refusa. Les blessures finirent par cicatriser en partie et les aiguilles restèrent en place pendant cinq mois.

Travaillant sans rechigner, participant à leurs beuveries, il se mit un temps en ménage avec l'une des femmes et devint un des leurs.

Sa vie aurait pu continuer ainsi si sa nature n'avait repris le dessus et qu'il n'eût jeté son dévolu sur une des fillettes du village, bancroche et muette. La gamine, qui s'appelait Marthe, ou Myrte, il ne savait pas exactement, avait attiré son attention par ses agaceries.

Il s'empara d'elle un soir, l'emmena au profond de la forêt, l'étrangla à demi, la viola par-devant et par-derrière, s'enfournant aussi dans sa bouche, l'acheva en l'assommant d'une pierre et l'enterra superficiellement avant d'aller se coucher.

Il regretta néanmoins de n'avoir pas pu résister à ses envies, craignant de devoir à cause d'elles reprendre son errance. De même que l'alcoolique désintoxiqué ne doit reboire sous aucun prétexte au risque de retomber dans son vice, l'assassin abstinent doit se garder de recommencer sous peine de n'y pouvoir résister de nouveau.

La famille de la gamine ne s'aperçut pas immédiatement de sa disparition. Le campement était planté au milieu d'une forêt épaisse et loin de tout lieu habité. Ni la police ni les services sociaux n'y mettaient jamais les pieds. C'était vraiment un coup de chance qu'il soit tombé là.

Après avoir en vain cherché l'enfant, sa famille se persuada qu'elle s'était sauvée ou avait été attaquée par quelque bête féroce, et se résigna avec le fatalisme de ceux qui n'ont jamais connu ni chance ni bonheur.

Un hasard malencontreux voulut qu'un soir un des enfants de la tribu tombe sur les restes de Marthe ou Myrte et rapporte un os enroulé dans un vêtement que l'on reconnut. On alla en délégation chercher le corps, et Lacy décida, en panique, de s'éloigner le plus vite possible.

Sa fuite les alerta et ils le poursuivirent durant sept jours et sept nuits. Comment il leur échappa, lui qui ne connaissait pas la région, il ne le comprit jamais. Toujours est-il que la septième nuit, alors que déjà il sentait sur ses mollets le souffle de leurs molosses, un camion illuminé comme une cathédrale s'arrêta à côté de lui qui courait sur la route comme un dératé, le prit à bord et le conduisit jusqu'à un village nommé Churchill, qui cette nuit-là attendait le passage d'un trek de traîneaux et de chiens.

Le village était en liesse, et le camionneur gagné par l'euphorie générale le suivit au bar où ils burent jusqu'à plus soif en compagnie de la population avinée, pendant que fourbus les équipages humains et animaux reconstituaient leurs forces.

Le lendemain à l'aube tous repartirent, y compris le camionneur, mais Lacy décida de rester et put se faire embaucher comme serveur dans un des dix-huit cafés du village, qui étaient les points de ralliement des mâles et des femelles des lieux.

Il vécut deux ans parmi ces gens généreux et hospitaliers, puis, gagné par le mal du pays et certain qu'il n'était plus recherché (on ne possédait de lui qu'un méchant portrait-robot donné par sa femme restée à New York avec ses enfants, et à qui il ne pensait jamais), il repassa clandestinement la frontière.

Le hasard, encore une fois favorable, le fit tomber sur une annonce publiée dans un journal gratuit de Kingston qui disait rechercher un employé expérimenté pour une sandwicherie à Akron. Il téléphona, s'inventa et envoya un CV flamboyant, retint en même temps un logis, comptant cette fois s'installer pour de bon.

Il sonna à la porte située au-dessus des quatre marches d'un perron qui s'élançait d'un rectangle de pelouse planté d'un cerisier et bordé d'une rangée de fleurs tirée au cordeau. L'ensemble n'aurait pas été si soigné qu'il aurait détonné au milieu de ses voisins.

La porte s'ouvrit devant une sexagénaire au visage briqué, aux hanches pleines ceintes d'un impeccable tablier de toile jaune et aux cheveux striés de gris tirés en chignon. Une réclame vivante pour une marque de confiture ou de brioches à l'ancienne, pensa Lacy en la voyant.

— Madame Taylor ? Frederich Lacy, se présenta-t-il, les lèvres étirées par un large sourire.

— Bonjour, monsieur, répondit Mme Taylor en s'essuyant machinalement les mains sur son tablier avant de lui tendre la droite. Vous avez fini par trouver ?

— Il suffisait du bon renseignement.

— Entrez donc, l'invita-t-elle.

Il pénétra dans un vestibule au bout duquel s'érigeait un escalier aux larges marches cirées. De chaque côté s'ouvraient deux portes, dont l'une laissait voir une cuisine impeccablement rangée baignée de soleil.

— Ça sent bon, remarqua-t-il aimablement en humant l'odeur de cire d'abeille.

— Merci. Voulez-vous voir votre chambre ? Elle est au premier.

Elle le précéda jusqu'au palier et ouvrit une des trois portes qui s'y trouvaient.

— Voilà, je vous ai réservé celle qui donne sur le jardin. Vous avez le soleil le matin et une partie de l'après-midi.

Il entra dans une pièce dont meubles et sol resplendissaient de propreté. Une commode ancienne, une armoire et une table ronde en citronnier, deux chaises à galette recouverte d'une toile de Jouy bleue, un chevet où trônait une bible, un large lit à tête tapissier surmonté d'un Christ en croix particulièrement déprimé constituaient le mobilier. La porte d'un cabinet de toilette s'ouvrait sur le mur de gauche, tandis qu'un coin-cuisine occupait celui de droite.

— Elle vous plaît ?

— C'est magnifique !

— Bon. Alors, je vous laisse vous installer. Vous me feriez plaisir d'accepter une tasse de thé avec des muffins que je viens de préparer.

— Merci, madame.

Elle sortit, après s'être une fois encore essuyé sans raison les mains sur son tablier.

Resté seul, Lacy poussa ses valises du pied et examina le cabinet de toilette qui rutilait autant que le reste. C'était très beau, très propre. D'une grande pureté.

Il ouvrit une valise et en sortit une bouteille de gin. Il alla chercher le verre à dents, le remplit à moitié avant de l'avaler d'un trait et se sentit mieux. La bouteille et le verre en main, il se coucha au travers du lit, les yeux au plafond.

Enfin, il avait trouvé un foyer. Un havre de paix. Lacy aimait employer un langage châtié et se contrariait souvent d'entendre ses compatriotes écorcher la langue, inventer des raccourcis qui l'abâtardissaient, ou employer des formules vulgaires.

Il se resservit du gin jusqu'à atteindre l'état d'ivresse qui lui permettait de retrouver les sensations qui accompagnaient certains souvenirs.

Il regarda par la fenêtre. La nuit tombait. Il n'avait plus le temps d'aller se présenter à sa nouvelle place, il irait le lendemain. La mère Taylor devait se demander pourquoi il ne descendait pas. Il ouvrit son pantalon et se masturba.

Puis il se releva, se lava les mains et descendit rejoindre son hôtesse.

Le commandant Jackson-Carr, qui dirige le commissariat du 12e district à Milwaukee depuis trois ans, est un policier intègre mais dépourvu d'imagination. Portoricain par sa mère, kenyan par son père, il est entré à dix-huit ans à l'École de police d'Acton, dans le Massachusetts, réputée pour recevoir principalement des étudiants de couleur. Il en est sorti sergent avec un certificat de médecine légale et un léger complexe vis-à-vis de ses collègues blancs, qui lui pourrit la vie.

Pour l'instant, il regarde au travers des vitres de son bureau le capitaine Stanislas Levine débarqué trois mois plus tôt de Detroit, où, d'après son dossier, il a passé deux ans à accumuler les succès. Seule une note confidentielle indique que ces succès n'ont pas toujours été obtenus de manière réglementaire, et le commentaire recommande au commandant Jackson-Carr de s'assurer que le capitaine Levine n'outrepasse pas ses droits lors des arrestations ou des interrogatoires.

Pourtant, le capitaine en question ne correspond pas au profil de la brute. Depuis qu'il est arrivé, ses rapports avec ses collègues sont empreints d'autant d'indifférence que de courtoisie. Il ne va jamais boire avec aucun, repart toujours seul et travaille en solitaire. Ce qui ne l'a pas empêché de mettre à mal un réseau de prostitution enfantine qui empoisonnait le service depuis des lustres. Ce succès ne l'a pas rapproché de ses collègues.

Les flics aiment chahuter entre eux. Ça fait partie du folklore. Les insultes racistes ou sexistes étant les plus prisées. Un ou deux d'entre eux s'y sont essayés à mots couverts ou à l'aide de fines allusions, quand le nouveau venu, pourtant leur supérieur hiérarchique, est arrivé. Parce que tels les enfants, certains adultes aiment savoir jusqu'où ils peuvent aller.

Levine, comme son nom l'indique, est juif. De New York, ce qui aggrave son cas. Grand et plutôt maigre, ce qu'il n'a pas dû toujours être si l'on en juge par sa structure osseuse assez impressionnante, il se tient un peu voûté et ne sourit jamais. Cela lui donne l'allure d'un échalas triste et inquiétant, d'autant que ses yeux sombres, enfoncés dans un visage émacié et buriné, n'invitent pas à la gaudriole.

Inquiétant mais pas méchant, ont pensé néanmoins ses collègues. Comme quoi les adultes autant que les enfants peuvent se tromper.

Ainsi, quand le lieutenant Harrisson, qui se considère comme le boute-en-train du poste autant par son obésité que par son bagout hérité des bas quartiers, fit semblant de s'intéresser aux ancêtres de son capitaine à l'aide de blagues éculées, il fut d'abord reçu avec une indifférence qui le vexa. Pour ne pas perdre son statut auprès de ses camarades, il choisit d'alourdir ses propos, ce qui lui valut d'être saisi par son col de chemise défraîchi, secoué malgré ses cent trente-cinq kilos, et sommé de la boucler très vite.

Le commissariat du 12e district fait partie des quatre-vingt-dix que compte la ville de Milwaukee. Seize inspecteurs et trente-cinq officiers de police en uniforme composent sa population, dont un tiers de femmes.

Douze fonctionnaires, dont soixante-cinq pour cent de femmes, gèrent l'intendance. Le poste possède un scanner et divers instruments high-tech destinés aux filatures et planques. Il a récemment reçu un satisfecit de la part du maire pour avoir mis fin, au terme d'une longue enquête, à un trafic d'armes avec le Moyen-Orient.

Jakson-Carr n'arrive pas à se faire une opinion sur son nouvel inspecteur chef. D'après son dossier, Stan Levine a été pendant sept ans chef adjoint de la police de New York avec des états de service impressionnants. En 2000, il a même été pressenti pour devenir le chef de la police new-yorkaise et a vu s'ouvrir devant lui la route qui menait au poste de préfet. Mais, à la fin de la même année, son nom disparaissait des rôles du service actif pour rejoindre ceux des mis à disposition.

Il réapparaît en 2007 dans la brigade des homicides de Detroit, où il forme, avec succès, une unité spéciale destinée à sécuriser les quartiers les plus chauds de cette ville réputée pour ses émeutes ethniques et qui compte près de trente pour cent de chômeurs.

Et voilà qu'il débarque à Milwaukee, grosse de six cent mille habitants, industrielle et commerçante, adossée au lac Michigan qui en a fait un port important.

Ce parcours erratique laisse le commandant pantois, d'autant qu'il n'a pu tirer aucune confidence du capitaine ni accéder à son dossier personnel. Ce qui l'a fortement agacé.

Je m'appelle Stan Levine, ou plutôt Stanislas Levine, prénom que je déteste. Je me suis toujours demandé pourquoi mes parents m'en avaient affublé, alors que c'est un prénom polonais, et même celui d'un roi, qu'ils étaient juifs de Varsovie depuis des générations et se farcissaient depuis autant de temps l'antisémitisme pathologique des Polonais.

Je repose le combiné du téléphone et, relevant les yeux, rencontre ceux de Jackson qui s'empresse de détourner les siens. On n'est pas trop en phase tous les deux. Depuis mon arrivée, il m'observe avec la curiosité d'un entomologiste. Rien ne nous a encore opposés parce que aucun de nous n'en a envie.

Je range le dossier sur lequel je travaillais et qui concerne des vols de voitures dans le quartier de Franklin et me tourne vers mon collègue le plus proche, qui raccroche son téléphone en rigolant. Je l'interroge du regard.

— Rien, une dispute conjugale, raille l'homme.

Ne voyant là rien de comique, je marque ma surprise.

— Entre deux pédés, précise, hilare, le sergent Peterson.

— Et… voies de fait… ?

— D'après l'appel, y s'couraient après en se promettant mille gâteries, mais le poursuivant menaçait le poursuivi des flammes de l'enfer, et comme ils bloquaient la circulation, les gens ont appelé une patrouille.

— Ils réagissent vite, ici.

Le sergent hausse les épaules.

— Vous savez, capt'ain, ici, on a tout ce qu'il faut comme dingues…

— Et ensuite ?

— Des collègues sont venus et ils ont calmé les deux tantes.

— Pas de dépôt de plainte ?

— Nada. Les collègues feront leur rapport.

— Bon.

Je me lève. La journée est finie. Mais qu'elle finisse ou commence ne change rien à l'affaire. Elle est identique aux milliers d'autres qui l'ont précédée et qui toutes ont la même couleur sombre et le même goût de cendre depuis que ma fille a été décapitée après avoir été torturée pendant cinq jours par un psychopathe que j'ai laissé échapper[1].

Toute la police de New York a été mobilisée pour la retrouver. J'ai disposé de toutes les ressources de la ville, mais, enragé par ma poursuite après le pire pervers que j'aie jamais connu et qui avait déjà massacré trois adolescents de manière atroce, j'ai, contre l'avis de ma femme et de mes collègues, provoqué publiquement le monstre en le traitant dans une

1. *Le Cinquième Jour*, éditions Albin Michel ; Le Livre de Poche n° 18233.

émission de télévision de malade mental et de dégénéré.

Ce que je n'avais pas prévu, c'est que ce barbare ne s'en prendrait pas à moi, mais à ma fille. Ma vie s'est arrêtée à cet instant. Je n'ai jamais revu ni ma femme ni mes deux autres enfants.

Les huit dernières années, je les ai passées à rechercher l'assassin de ma fille dans tout le pays. Les amitiés conservées au sein des différents services de police et chez les fédéraux m'ont permis par deux fois d'approcher le monstre. Je suis toujours arrivé trop tard.

Huit années mortes retirées de ma vie, et je sais à présent que la mémoire et le chagrin peuvent être la pire des prisons. Puis un matin pourtant identique aux autres, j'ai franchi les murs qui m'enfermaient et suis revenu dans ma ville.

Mes supérieurs avaient accepté ma disparition, mais ma soudaine réapparition si longtemps après au service des instances policières de la ville de New York où j'étais venu demander ma réintégration les a bien emmerdés. Qu'un flic perde la vie dans l'exercice de ses fonctions, il aura droit à une belle cérémonie ; ou que des innocents paient pour ses erreurs, on peut lui trouver des excuses, mais que ces mêmes erreurs aient permis à un fou criminel de s'échapper après avoir immolé la propre fille du flic et continué sûrement le massacre, c'était plus que n'en pouvait supporter une institution trop souvent mise sous les feux de la rampe.

New York ne me voulait plus, mais, ne sachant comment se débarrasser de moi et comme on se repasse une patate chaude, les autorités de tutelle m'ont proposé un poste à Detroit, une des villes les plus dangereuses des États-Unis, avec conservation de mon grade.

Pendant ce temps, ma femme Sarah était partie sans laisser d'adresse, emmenant nos enfants Mélanie et Jonathan. Je ne sais plus rien d'eux. C'est la pire des punitions, mais c'est la note à payer.

Le brouillard venu du lac est ce soir particulièrement dense, et j'ai l'impression en gagnant la rue de respirer dans un sauna. Je n'aime pas Milwaukee, pas davantage que j'ai aimé Detroit. Ma ville, c'est New York, mais je n'y ai plus droit, et je crois ne plus l'aimer non plus.

Depuis quelque temps je m'autorise à penser à ma femme et à mes enfants avec moins d'effroi. Mélanie doit à présent être une jolie adolescente, et Jonathan, un pré-adulte responsable.

Bizarrement, les flashs qui reviennent de ma vie d'avant sont souvent liés aux soirées du vendredi soir que Sarah consacrait au shabbat. Lorsque nous nous sommes mariés, ni l'un ni l'autre ne nous intéressions à la religion. Mais quand une méningite particulièrement grave frappa Mélanie, sa mère s'engagea, si elle guérissait, à respecter dorénavant la foi de ses ancêtres. Je n'avais rien promis, mais comme d'habitude je me suis rendu aux raisons de mon épouse.

J'aurais pu être un macho classique, élevé par une mère qui me croyait le Roi du Monde, si ma femme, féministe convaincue, n'avait remis les pendules à l'heure. Nous avons été pendant quinze ans un couple uni et aimant, complice, indulgent, formant avec nos trois enfants un clan que nous avons cru indestructible.

Je monte dans le bus et m'assois dans le fond. Le bus est plein comme chaque soir. La plupart des voyageurs sont noirs. Beaucoup d'entre eux travaillent sur le port ou dans les services de santé, une vraie bourgeoisie afro-américaine est née dans la seconde moitié du siècle précédent. Mais les dernières grandes vagues d'immigration sont latinos et leur voisinage avec les Noirs ne va pas sans problème.

Les Blacks de la classe moyenne craignent que les Hispaniques leur disputent les postes municipaux qu'ils ont pu conquérir grâce en partie à l'*Affirmative Action.* Et les gangs de jeunes Noirs regroupés au nord de la ville défendent leur territoire de vente contre les envahisseurs venus du Mexique qui importent la drogue.

Le bus dépasse le centre-ville que le maire Tom Barrett a fait rénover avec talent, réhabilitant les bâtiments municipaux aux façades vieillottes pour les transformer en immeubles d'habitation chics et chers, repoussant les pauvres dans les parties périphériques en compagnie des dealers et des sans-abris.

Le port, autrefois mal famé, est devenu le nouveau quartier dans le vent avec ses entrepôts transformés en lofts, et ses nouveaux immeubles en verre et acier dressés face au lac gigantesque, qui, avec ses plages de sable fin et ses tempêtes, ressemble à un océan.

Le week-end, le quartier est envahi par les Milwaukuns branchés raffolant des boutiques écolo-bio qui remplacent les échoppes minables du siècle précédent, et les artistes locaux se la jouent Venice.

Rencogné à ma place, je me prends à rêver à New York en traversant Brady Street, qui, en prolongement de National, se donne des airs de Broadway.

Que deviennent Sarah et les enfants ? Bien sûr, je pourrais le savoir en me manifestant auprès de sa famille restée à Los Angeles. Je n'ai jamais osé le faire durant toutes ces années, pétant de trouille à l'idée de me trouver face à Myrna, la terrible tante de Sarah, chef de la famille Bensimon, qu'un infarctus au moment du drame a menée au bord de la tombe, et de mes beaux-parents, Joyce et Bob, qui m'ont maudit.

L'assassinat de Judith a fait la une de l'actualité. Par chance, une inhabituelle pudeur a retenu les journalistes de se répandre en détails. Mais la presse de Californie a fait ses choux gras de ce terrible malheur qui frappait une famille en vue.

Je sais que Sarah est là-bas. Elle ne peut pas être ailleurs. Les Bensimon, depuis deux générations, occupent une place de choix dans la cité des Anges. Cinémas, journaux, cliniques, cabinets d'avocats, producteurs, les pièces rapportées se devaient de travailler dans le clan. J'ai réussi à y échapper.

Quelle serait l'attitude de ma femme si je réapparaissais ? Et mes enfants ont-ils pu oublier l'horreur de ces jours de ténèbres, quand leur père et leur mère couraient contre le temps pour retrouver l'homme qui détenait leur sœur et leur avait donné cinq jours avant de la tuer ? Ont-ils conservé le souvenir de ces temps heureux où leurs cavalcades, leurs disputes et leurs rires emplissaient notre maison ?

Maison morte, abandonnée depuis, couverte de chagrin comme ces demeures rongées de lierre.

J'aperçois mon arrêt et m'approche de la porte. Au moment de descendre, deux Blacks qui montent me bousculent. L'un d'eux se retourne et brandit son majeur en marmonnant une insulte. Une vague de colère me secoue et je serre les poings. L'insulte est antisémite. Mais déjà l'homme est passé. Je ravale ma fureur et descends.

J'habite Lincoln Creak, un ancien quartier industriel qui rêve du destin de TriBeCa, borde la rivière qui traverse la ville et va se jeter dans le lac. J'y ai loué un loft de cent trente mètres carrés dans l'ancienne imprimerie d'un journal disparu depuis un bon moment et transformée en piège à bobos. Une grande pièce éclairée par un mur de vitres serrées entre des fers plats donne sur la rivière, où des cageots, des carcasses de vélos, parfois même le cadavre d'un chien, passent au fil des eaux sombres. Un coin équipé pour cuisiner des festins et dont je ne me sers que pour préparer mon café du matin, une chambre habillée de miroirs et une grande salle de bains. C'est chic et froid.

Les décorateurs ont conservé à l'immeuble sa structure en ferraille, laqué en vert wagon les poutres en acier des plafonds et posé de grands carreaux blancs au sol. Avec les meubles suédois en bois et métal, c'est aussi cosy qu'un igloo.

Trois étages aux marches métalliques et un ancien monte-charge avec une porte à claire-voie et des grincements de poulie comme dans les films de gangsters des années cinquante desservent les appartements. Le premier étage est vide, j'occupe le second et le troisième est habité par un peintre qui embrase ses toiles de couleurs psychédéliques, se prend pour Kandinsky et n'est jamais là.

On entre dans le bâtiment par une grille grinçante qui donne sur une cour pas terminée d'aménager mais qui sera bientôt, s'il faut en croire l'agence de location, un jardin tout ce qu'il y a de chou. La grille franchie, on débouche sur un couloir en béton, gai comme un bunker, qui conduit au monte-charge et à l'escalier. À un bout, la buanderie où sont rangées les machines à laver et la chaufferie. À l'opposé, un sous-sol fermé par une porte en bois où étaient dans le temps entreposées les lourdes machines d'imprimerie, rotatives, plieuses, encreuses, etc.

J'y ai jeté un coup d'œil lors de la première visite mais me suis arrêté au bas de l'escalier, repoussé par le gigantisme des lieux et la saleté. Il y règne une odeur d'encre moisie, de poussière et de pourriture, et je ne serais pas surpris d'y voir voler des chauves-souris et cavaler des rats géants.

Le peintre méconnu et invisible et moi avons chacun une clé de ce paradis pour cause de sécurité incendie, mais à part vouloir y tourner une scène à la *Blade Runner* je ne me vois pas aller m'y balader.

Dans l'esprit des architectes, le style allait sûrement plaire aux fans de Breston Ellis et séduire une population en recherche d'originalité. Mais ils ne semblent pas avoir trouvé un public et ils ont dû baisser les loyers. Et là ils m'ont trouvé. On n'a pas dû être nombreux si j'en crois les terrains vagues squattés, les entrepôts déglingués et les chantiers inachevés qui bordent le quartier. C'est sûr que ça ne ressemble pas à *La Petite Maison dans la prairie*, mais ça me convient.

J'entre, allume et inspecte. Des fois qu'un ami serait venu m'y attendre. Mais l'endroit est désespérément vide et triste. Machinalement, je vais regarder dans le frigo. Vide et triste lui aussi, et je me laisse tomber dans le canapé en raflant au passage une bouteille de Jack Daniel's et un verre. J'en bois trois, des verres, c'est la dose que je me suis accordée pour me soigner. Je sais, il ne faut jamais boire seul ; d'après ce qu'on dit, c'est bon pour les ivrognes. Peut-être que j'en suis devenu un.

Mais comment continuer de vivre quand vous êtes responsable de la mort de votre fille ? quand vous l'avez retrouvée lardée de coups de couteau ? que vous savez que les derniers instants qu'elle a vécus sur cette terre l'ont été face à un monstre dans un lieu innommable d'horreur ? que son ultime regard s'est posé sur la lame sanglante qui l'a décapitée ?

Oui, comment ai-je continué de vivre, et surtout pourquoi ? Pour retrouver son assassin ? imaginer ce que je lui ferais ? me repaître de ses supplications et de ses cris de souffrance ? Comment ai-je pu continuer ? Je me le suis souvent demandé.

Maintenant, j'ai perdu tout espoir de le retrouver.

Je sors, reprends le monte-charge pour aller dîner dans l'unique restaurant de ma rue, un chinois crado qui me sert de cantine.

Je regarde d'un œil sombre l'homme que deux de mes inspecteurs ont lâché devant mon bureau à la façon d'un chat rapportant une souris.

Enturbanné, une barbe qui lui descend sur la poitrine comme un pectoral, il a la tête baissée sur ses doigts qui égrènent un chapelet d'ambre.

J'interroge Juan Mendoza, sergent et cubain :

— D'où il sort ?

Juan Mendoza est américain depuis huit ans. Deux ans d'école de police, deux dans la rue avec Johnson, dit « Tiger », un Black de Little Rock, et un aux Homicides. Mendoza espère finir chef de la police de Madison, une ville proche de Milwaukee et capitale fédérale de l'État où il a de la famille et des appuis. Pour ça, il s'agite comme un têtard dans une mare d'eau putride, la mare en question étant les couloirs des politicards.

— D'un squat de South Side Barrio, répond Mendoza avec une moue dégoûtée.

South Side Barrio est le quartier hispanique où se regroupent les immigrés jusqu'à ce qu'ils puissent en partir. Ce qu'a fait Mendoza avant de déménager dans le quartier d'Historic Third Ward, où il a échangé pour lui, sa femme et ses trois gosses les cent mètres carrés de son ancien logement contre les cinquante du nouveau. Mais à présent ses enfants vont à l'école avec les descendants des Polonais et des Allemands qui ont fait la ville.

Je me penche et baisse la tête pour tenter de capter le regard du barbu. Peine perdue. Visiblement, il n'est pas avec nous, mais dans ce lieu béni auquel les infidèles n'ont pas accès.

— Montre tes papiers.

— L'en a pas, intervient Mendoza.

Je me penche et attrape le gars par le devant de sa robe.

— Tu vas répondre, oui ou merde ?

Mais l'homme, ignorant l'injonction, se redresse brutalement, fait tomber sa chaise dans les jambes de Mendoza médusé et, agitant les bras au-dessus de sa tête, hurle une longue plainte incantatoire qui fait sursauter tout le monde.

Je mets quelques instants à réagir avant de me dresser et de sortir mon Glock du tiroir fermé à clé. Je le brandis sous le nez du type qui continue ses simagrées en augmentant les décibels.

— Tu vas la fermer !

Non seulement il ne la ferme pas, mais il abat ses deux bras sur mon bureau, se mettant à le marteler comme un dingue, jusqu'à ce que Mendoza et deux de ses collègues, venus à la rescousse, parviennent à le maîtriser.

— Putain ! halète Mendoza, qui cramponne l'homme qui se tortille comme un ver.

Puis le type se laisse tomber à terre, où un inspecteur a la présence d'esprit de lui retourner les bras dans le dos et de lui passer les menottes.

La séance n'est pas finie. Couché sur le ventre, il se cabre et cogne le sol de toutes ses forces jusqu'à ce que l'inspecteur qui lui a mis les bracelets se couche sur lui et l'immobilise.

Sans le faire taire. Relevant la tête, il se remet à brailler le nom d'Allah sur plusieurs octaves en bavant et en se cognant le front contre le sol.

— Putain ! foutez-moi ce cinglé sous la douche !

Ils s'y mettent à trois, dont « Tiger », l'ancien partenaire de Mendoza passé inspecteur entre-temps, qui additionne une centaine de kilos de muscles sur cent quatre-vingt-cinq centimètres de hauteur. Il soulève le frénétique entre ses bras et l'emporte hurlant hors du bureau.

Un silence hébété succède à leur sortie. Je fixe Mendoza.

— T'en as beaucoup des comme ça ?

Mendoza, embêté mais voulant garder la face, répond, rogue :

— J'peux pas vous amener que des chérubins ! Ce dingue fait partie d'une mosquée dans le West Side qu'on nous a signalée comme repaire d'islamistes.

— Qui vous l'a signalée ?

Mendoza sans se retourner montre du pouce le bureau de Jackson-Carr, absent à ce moment.

— Il m'en a pas parlé, j'objecte.

Mendoza hausse les épaules dans un geste d'ignorance et parce qu'il s'en fout.

Gêné, je range mon pistolet en me demandant ce qui me l'a fait sortir aussi vite. J'imagine que mes hommes se posent la même question. Car si le type est dingue, il n'était pas armé. Sûr que Mendoza et l'autre l'ont fouillé.

Pensif, je me rassois pendant que les commentaires des flicards enflent.

— Bon, ça va, c'est pas le premier cinglé qu'on voit !

Je repousse ma chaise sur ses deux pieds arrière et contemple le commissariat. Comment vont réagir mes hommes devant mon manque de maîtrise ? Je sais que ma présence parachutée est mal supportée et que mon caractère peu communicatif les agace.

J'en ai rien à foutre de ces pécores qui se prennent pour des cadors alors qu'ils vivent dans une ville de merde, moins grande qu'un quartier de New York.

Il n'y a pas de minaret ni de muezzin pour appeler les fidèles à Milwaukee, mais le téléphone arabe. En moins d'une heure, des centaines de gandouras rappliquent au 200 Canal Street, où veille un super-service d'ordre de malabars en treillis noir, cagoule de même couleur et bandana vert. Postés de chaque côté de l'entrée du hangar qui sert de lieu de prière aux tenants d'un islam radical, ils exhibent des battes de base-ball qui ne frapperont jamais la mythique balle de cuir.

Les hommes s'engouffrent à l'intérieur après avoir largué leurs babouches, où un prêcheur, assis sur une estrade et entouré de « petites mains », leur annonce qu'un de leurs imams respectés s'est fait embarquer par la police.

Assis en tailleur sur des tapis importés des lieux de prière de leurs différents pays, les fidèles écoutent la gorge serrée et les yeux flamboyants les horreurs que va subir le saint homme dans sa foi. Car nul ici ne doute que les suppôts de Satan que sont ces impies d'Américains vont l'humilier dans ce qu'il a de plus cher.

Le prêcheur se sert des sourates du Coran pour convaincre l'auditoire de sa mission sacrée. Combattre et convertir, mourir pour Allah sans hésiter. Cependant, en fin stratège, il sait jusqu'où il peut enflammer leur cœur et leur raison sans pour autant se mettre hors la loi. Car depuis le 11 Septembre, bénie soit cette date, les croisés ont durci leurs lois impies, créant le *Patriot Act* qui donne à ces chiens tous les droits.

Mais pour qu'ils gardent le moral, il leur parle aussi d'Américains comme Jeremiah Wright, l'ancien directeur de conscience de l'actuel Président, qui n'a pas hésité à désigner son pays comme seul coupable des événements du 11 septembre 2001.

Assis au dernier rang, un homme que rien ne désigne particulièrement observe les hommes qui l'entourent et suit avec ferveur les prières et les imprécations de ses voisins.

Dans la vraie vie, il se nomme Dan Barrilan, est un agent spécial du FBI en même temps que cousin d'un capitaine parachutiste de la brigade d'élite Golani de Tsahal, l'armée israélienne. Infiltré par le Bureau sous l'identité d'Abdul Farançji, il est chargé d'observer et de signaler tout homme ou action suspects. Le FBI ne veut pas réitérer ses erreurs.

Barrilan est né à Queens, un des cinq quartiers de New York. Il parle l'arabe, le farsi, le hazara judéo-persan et le baloutchi, langue du nord-ouest de l'Iran. L'arabe, parce qu'il l'a appris, et le persan, parce que ses parents viennent de Téhéran. Il est petit et mince, et ses gestes comme son visage où brillent deux yeux malicieux sont empreints de douceur. C'est un tueur.

Il sait que le boulot le plus dur des imams à l'heure actuelle est de maîtriser la furie de leurs troupes. Morcelés en une multitude de groupuscules qui vont de dix à trente hommes maximum, les fidèles de Ben Laden rêvent tous d'en découdre et de réitérer l'exploit des Twin Towers.

Les Américains le savent, les terroristes savent qu'ils savent, et attendent leur heure. Elle n'est pas encore venue. La prochaine sera cataclysmique, le Guide leur a promis. Elle leur donnera l'Amérique, elle leur donnera le monde.

Barrilan ne porte pas le kamis, la tenue des croyants. Il est fagoté dans un pantalon noir trop large d'où sort une chemise blanche sans col. Il travaille comme comptable pour un groupe de boucheries halal et il est bien vu de son patron. Il y a plus de huit mois qu'il vit dans une petite chambre prêtée par lui audessus de la boucherie principale.

Il a dit débarquer d'Iran non pour fuir le régime des mollahs mais pour apprendre la façon de vivre des incroyants et les combattre.

Sa couverture est soignée, mais parfois les trous se font tout seuls, et Barrilan malgré l'entraînement reçu vit dans la trouille permanente d'être découvert et décapité.

Ce matin encore, je ne peux pas retenir le bref moment d'hésitation qui me saisit chaque fois que j'entre dans mon commissariat. Je ne m'en suis avisé qu'au bout de quelque temps et depuis j'en cherche la raison. J'ai pensé que c'était parce qu'il ressemblait en plus petit à celui de New York et qu'il me rappelait trop de souvenirs.

Je grimpe à grandes enjambées les quelques marches qui mènent à l'entrée et salue le planton. J'enfile à la même vitesse le long couloir qui conduit aux bureaux des inspecteurs et dessert le comptoir d'accueil et les cages de dégrisement. Des bancs pour les visiteurs sont appuyés contre les murs. Le tout sent le renfermé, la pisse et le vieux.

Je réponds vaguement au salut des flics que je croise et pousse la porte battante basse qui sépare le couloir des bureaux des inspecteurs. Avec ses murs qui n'ont pas vu un pinceau depuis sa création, ses carreaux sales et ses classeurs à rouleaux en bois, je m'imagine être Kirk Douglas dans le film de William Wyler, *Histoire de détective,* qui raconte la journée d'un flic d'un commissariat dans les années cinquante. Tout juste si les collègues n'exhibent plus de bretelles et de feutres mous.

Pendant que je jette un coup d'œil sur les papiers qui encombrent mon bureau, Mendoza qui sort des toilettes m'interpelle :

— Le maire voudrait vous voir.

Ni bonjour, ni comment ça va. On se quitte, on se retrouve le lendemain avec la même indifférence. Au début, je me suis demandé si on me faisait payer le fait d'être de New York. On n'aime pas New York dans les autres États. On la trouve prétentieuse et arrogante. On lui reproche de se prendre pour la capitale qu'elle n'est pas et aux New-Yorkais de jouer les affranchis. On marmonne qu'elle se croit la porte ouverte sur le reste du monde parce que les immigrés arrivaient par là. On la chambre quand elle s'imagine être le symbole de l'Amérique parce qu'on lui a collé une statue avec une torche qui a fait rêver l'univers.

— Le maire ? Qu'est-ce qu'il veut ?

— M'a parlé d'une conférence de presse. Enfin, pas lui, son secrétaire.

— Une conférence de presse ? Pourquoi moi ? Où est le commissaire ?

— Washington pour deux jours. Vous l'a pas dit ?

Mendoza croit qu'en avalant les mots, il fait plus américain.

— Il veut que j'y aille quand ?

— Maintenant.

Je soupire. J'ai tant de rapports en retard que je pourrais y passer les dix prochaines nuits. Le poste ce matin est calme et un des inspecteurs présents confirme que la nuit l'a été tout autant. J'aurais pu m'avancer sans être dérangé.

— Bon, je suis là dans une heure. Appelez sur mon portable en cas de besoin.

Mendoza acquiesce sans lâcher le journal qu'il est en train de lire, et je me demande si je dois le remettre à sa place ou laisser courir.

Comme à New York, le commissariat n'est pas loin de la mairie. À New York, il y était même collé. One Police Plaza. Je prenais généralement pour y arriver plus vite le raccourci du Metropolitan Correctional Center, longeais le nouveau palais de justice fédéral qui a coûté une petite fortune aux contribuables, et où je croisais Bloomberg, le maire, plus souvent que je ne voyais ma femme.

Penser à Sarah me met le cœur en berne. Je donnerais des années de ma vie pour la revoir. J'étais amoureux d'elle au point de me faire chambrer par nos amis de l'époque.

J'ai toujours été une grande gueule qui aimait s'imposer. Ma carcasse d'ancien joueur de foot m'aidait. Mais devant ma femme, je me faisais tout petit. Pour tout dire, et je ne l'aurais pas avoué même sous la torture, j'avais peur d'elle. Ma belle-mère le savait et en profitait. Lorsqu'ils venaient à New York, mes beaux-parents m'exploitaient sans vergogne.

Grâce à ma position à la mairie, je les invitais dans les endroits que seule fréquentait la High Society. Belle-maman avait rosi de plaisir quand Bloomberg lui avait baisé la main en la complimentant sur sa fille au bal que donnait la municipalité pour l'Independence Day, et roucoulé quand Woody Allen l'avait complimentée sur son élégance.

J'arrive à l'hôtel de ville où le secrétaire du maire me reçoit aimablement mais me laisse poireauter vingt-cinq minutes avant de m'introduire chez Tom Barrett.

Celui-ci se lève à mon entrée et, jovial, vient vers moi.

— Merci d'être venu, capitaine, dit-il en me tendant une main qu'il sait faire franche et ferme.

C'est un politicien dans l'acception du terme. Un pro, qui comprend ce que ses administrés attendent de lui. Il a des relations au Sénat et même au Congrès et sait s'en servir. C'est son second mandat. Le prochain, il l'espère, le fera peut-être gouverneur de l'État.

— Asseyez-vous, je vous en prie, dit-il en me désignant un fauteuil en velours rouge gansé doré qui me paraît fragile. Vous prendrez du café ou du thé ? Vous avez déjeuné ?

— Non, rien, merci, monsieur, j'ai déjà déjeuné.

— Vous vous plaisez chez nous ? (J'acquiesce.) Tant mieux, tant mieux. C'est vrai que c'est une ville où il fait bon vivre. Ni trop grande ni trop petite, ni trop chaude ni trop froide. Un lac extraordinaire, une campagne paisible, du sport, de la culture, il y en a pour tous les goûts.

Il me considère d'un air satisfait et j'hésite à exécuter un double salto arrière.

— Voilà ma requête, capitaine, dit-il en posant une main affectueuse sur mon épaule. Vous savez que chaque trimestre je reçois les principaux journaux et télévisions de l'État pour faire le point sur les différentes avancées et parfois les difficultés que nous rencontrons dans l'administration de notre ville. En ce qui concerne la police et la sécurité, c'est généralement un des commissaires, à tour de rôle, qui m'accompagne, et il se trouve que c'était le tour du 12e. Mais j'apprends hier que le commandant Jackson-Carr a été retenu à Washington. Alors comme c'est vous le plus gradé après lui, je vous ai fait appeler.

— Je suis flatté, monsieur le maire, mais je suis nouveau ici.

— Eh bien, ce n'est que mieux. Les journalistes penseront que vous n'êtes pas encore corrompu. Je plaisante.

Tom Barrett porte beau. On sent qu'il s'aime. La cinquantaine récente, une silhouette de joueur de tennis soutenant une tête d'homme sérieux. Élégant avec discrétion, il ne déparerait pas en trader victorieux ou en présentateur vedette de CNN.

— Du coup, j'ai eu le temps de lire votre dossier. Chapeau, vous étiez un super-flic à New York. Que s'est-il passé ?

Je me crispe instinctivement, et le maire, fin stratège, le remarque aussitôt. Il décide de laisser tomber. Ce n'est pas son problème si ce gaillard à l'air pas commode a descendu un peu vite un suspect énervé.

— C'est pour quand ? j'enchaîne.

— Ah, cet après-midi. Deux heures dans la salle des mariages.

— Ah oui ?

— C'est la plus jolie. Il faut flatter la presse. À ce sujet… (Il me considère d'un œil critique mais qui reste amical.) Vous savez quoi ? Vous avez largement le temps de passer chez vous changer de costume.

Pour changer de costume, encore faudrait-il que j'en aie un, me dis-je.

— Eh bien, à tout à l'heure.

Le maire sort et me laisse planté là.

Je sors à mon tour et le secrétaire me salue distraitement quand je repasse devant lui. Je me retrouve dans la rue après m'être perdu dans les couloirs.

Du temps où nous étions mariés, Sarah exigeait que je sois le flic le plus élégant de New York. Comme elle était chef de pub dans une des plus luxueuses revues féminines, elle croulait sous les cadeaux et nous étions habillés comme des VIP. J'adorais quand nous sortions voir les gens se retourner sur notre couple.

Ce qui me terrifie, c'est que je suis parfois forcé de rechercher dans ma mémoire le parfum de ses cheveux, le son de son rire, la chaleur de sa peau, la courbure de sa taille, l'exacte nuance de ses yeux noisette et le goût de ses lèvres. J'aurais voulu garder l'empreinte de son corps dans le creux de mes mains. Nos sens nous trahissent comme le reste.

J'examine mes nippes. Une veste en velours sans couleur sur un pantalon qui poche aux genoux. Depuis combien de temps je me traîne comme ça ?

Je saute dans un bus pour gagner le centre. Je me souviens y avoir vu une chouette boutique un soir où je me baladais.

Gian Franco Rossi, annonce l'enseigne. Pas de jeans ici, mais des costards coupés dans des tissus qui donnent envie de les caresser.

— Monsieur ? s'enquiert le vendeur qui se la joue Johnny Depp.

— Je voudrais essayer ce costume, je réponds en palpant avec gourmandise la veste d'un costume gris acier à fines rayures bleu nuit.

— Celui-ci ?

— Ouais.

— C'est de l'alpaga et laine mohair, annonce Johnny Depp.

— Ça tombe bien, c'est ce que je porte généralement, j'affirme en souriant.

— Taille 50, 52 ?

— Je ne sais pas.

— Je peux me permettre de prendre vos mesures ?

— Faites.

— Ce costume coûte 650 dollars, glisse Johnny en étirant son mètre sur mes épaules.

— Il les vaut.

J'entre dans la cabine, me débarrasse de mes fringues et me glisse dans l'alpaga avec la sensation de me couler dans une eau tiède.

— Je le prends, dis-je en sortant. Donnez-moi aussi cette chemise beige et la bleu foncé. Et ces deux cravates.

Je retourne dans la cabine et noue la cravate en tricot noir sur la chemise bleue. Je roule en boule ma veste de velours et mon pantalon.

— Jetez-les, dis-je au vendeur. Et préparez-moi la note.

— Vous payez en carte ou…

— Carte.

— Avez-vous ce qu'il faut en sous-vêtements ? demande le gentil, heureux de cette vente.

— Oui, c'est ma coquetterie, je réponds en me dirigeant vers la caisse.

— Alors, ça fait 720 dollars, monsieur…

— Content de faire une si jolie boule dès le matin ?

— Une boule ?

— C'est comme ça que mon père qui faisait votre métier appelait une belle vente. Un client entre pour acheter un hameçon et repart avec la combinaison en caoutchouc, l'attirail de pêche et un canot.

Le vendeur sourit sans comprendre.

Je repars à pied et me surprends à me regarder dans les glaces. Je constate que mes cheveux ont besoin d'une coupe et j'entre chez un capilliculteur. C'est ce qui est inscrit sur sa vitrine.

Vingt minutes plus tard, les mèches qui tortillaient dans le cou sont tombées. Mes cheveux sont coupés si court que j'ai l'impression de porter une kippa.

Je décide de ne pas revenir au bureau et entre dans un delicatessen qui n'a qu'un lointain rapport avec ceux de Canal Street à New York, mais je me régale quand même avec du pastrami et du coleslaw façon Wisconsin fourrés dans un bagel.

Ma vie a pris une couleur et un goût que j'avais oubliés depuis longtemps. J'ignore à quoi attribuer ce changement. Sûrement pas parce que j'ai changé de pantalon, peut-être parce que tout à coup j'en ai eu envie. Un mot que j'avais gommé de mon vocabulaire. C'est comme si la gueuse de plomb que je trimbalais venait de tomber.

Je repars d'un pas allègre et hésite devant une cabine téléphonique à appeler Los Angeles.

J'arrive avec une demi-heure d'avance à la mairie, où le maire m'offre un café en me lançant un regard appréciateur.

— Au fait, vous êtes marié, capitaine ? Avez-vous des enfants ? Je ne vous l'ai même pas demandé.

La gueuse me retombe sur la poitrine.

— Je l'ai été, murmuré-je.

— Ah ? il n'insiste pas. Les problèmes conjugaux des flics rempliraient plusieurs bottins. Bien, alors on va y aller.

Il m'entraîne vers la salle des mariages, d'où nous parvient un vacarme rappelant les Quarantièmes Rugissants.

— La cage aux lions, sourit Barrett.

Les journalistes ne baissent que très légèrement le ton lorsque nous entrons. Un chevalet en plexi placé sur une estrade attend les orateurs. Il y a avec nous le secrétaire général de la mairie et les responsables des services de voirie et d'action sociale, que Barrett me présente. Puis il lève les mains dans un geste de prière pour que le boucan s'apaise et commence avec un sourire de vendeur de voitures :

— Je tiens d'abord à vous remercier, mesdames, messieurs, d'être venus, connaissant l'importance de votre emploi du temps. (Il balance le sourire du chien qui attend sa récompense.) Mais je tenais à vous présenter les hommes qui sont avec moi et qui tous les trois, au milieu de tous les autres, œuvrent pour le bien-être de notre chère Milwaukee. M. Flannigan, que vous connaissez peut-être, est le responsable qui vous permet de vous réjouir de la propreté de votre ville et de sa beauté. Sa dernière réussite est la transformation de l'ancien parking du Metallic Club, que les plus anciens d'entre nous ont connu, en un jardin botanique qui fait déjà la fierté de nos habitants.

Flannigan, un petit gros dégarni, s'avance la mine fendue tandis que crépitent les premiers flashs. Le maire attend que les photographes et les cameramen terminent pour se tourner vers le deuxième :

— Bill Van Kohler, le responsable de nos services sociaux si appréciés de nos concitoyens, qui est chargé en plus cette année du développement durable.

Un trentenaire, coiffé avec une raie sur le côté et portant une paire de lunettes sans monture posée sur l'arête d'un nez pointu, se prête aussitôt tout sourire au jeu des photos tandis que ronronnent les caméras.

— Et enfin, achève Tom Barrett en se tournant vers moi, le capitaine Stan Levine qui vient de rejoindre le commissariat du 12e district et qui a déjà à son actif le démantèlement d'un réseau de trafic d'armes avec le Moyen-Orient.

Nouvelle pluie de flashs. Je ne bronche pas.

Je n'aime pas beaucoup les journalistes, pas davantage les avocats, les médecins et les gens d'Église. Je trouve qu'ils usent de leur pouvoir discrétionnaire, sans discrétion. Je les trouve arrogants et pour beaucoup sans conscience.

Les journalistes balancent des infos sans la plupart du temps les vérifier, leur unique souci étant d'être les premiers. Ils assaillent sans vergogne les gens plongés dans le malheur, se repaissent des scandales ou en créent, et pissent dans le sens du vent. Les avocats peuvent pousser la fourberie à faire relâcher un Jack l'Éventreur sous prétexte qu'ils sont payés pour le défendre et s'appuyer pour ça sur une erreur de frappe. Les médecins se croient des demi-dieux, vous assènent leurs certitudes, se trompent souvent et vous piquent votre pognon en laissant croire qu'ils le font pour votre bien. Quant aux gens d'Église, c'est le pompon. Ils vous assurent les yeux dans les yeux que leur Dieu est le premier de la classe et que tous les autres peuvent aller se rhabiller. Si vous dites que vous n'avez pas la foi parce qu'il n'y a jamais eu aucune preuve de l'existence du Grand Barbu, ils vous répliquent en plongeant leur regard au fond du vôtre qu'avoir la foi c'est justement croire sans preuve.

Bref, tout ça pour vous dire que je suis assez imperméable au cirque de mes contemporains. Mais faut croire qu'on en a besoin. Barrett, qui leur débite le long panégyrique des réussites de son administration, le prouve à plus soif. À l'en croire, Milwaukee est un paradis, et lui, Tom Barrett, en possède les clés.

Je vois bien que les journalistes s'ennuient. Leurs questions restent vagues et ça chahute dans le fond. Au premier rang, l'un d'eux lève la main.

— Miguel Romero, de MBWT…

— La chaîne hispanique, se rengorge Barrett. Je vous en prie.

— Quand les services de la voirie de M. Flannigan s'intéresseront-ils aux quartiers où habitent mes compatriotes ?

— C'est-à-dire ? demande Barrett, toutes dents dehors.

— Quand les voitures de nettoyage passeront-elles chez nous, ne serait-ce que deux fois moins souvent que dans les quartiers blancs ?

Barrett se retourne vers son collaborateur, qui se lance dans une explication ampoulée d'où il ressort que malheureusement des incidents techniques ont frappé les voitures de nettoyage mais qu'elles seront remises rapidement en service.

— Elles sont en réparation depuis deux ans ? demande innocemment le journaliste.

Les rires épargnent à Flannigan d'avaler son chapeau, puis diverses autres questions lui sont posées, ainsi qu'à Van Kohler. Ils y répondent avec une langue de bois qu'on doit entendre claquer contre leurs dents depuis le couloir. Mais les journalistes ne s'en formalisent pas. Ils sont ici en service commandé et n'attendent pas grand-chose de ce rituel que le maire a institué pour jouer transparent. Les questions roulent, toujours les mêmes.

Ils ne m'ont encore posé aucune question, se contentant de m'observer avec la curiosité discrète des enfants devant un OVNI.

— Capitaine Levine, Shirley Matula, du *Milwaukee Sentinel* et de la chaîne TV Fox W3. J'ai vu sur votre dossier remis à la presse que vous arriviez de Detroit après avoir été policier à New York. Qu'est-ce qui vous a attiré chez nous ?

Je m'avance avec un sourire crispé. Je me méfie instinctivement de ces rencontres avec la presse. J'en ai de très mauvais souvenirs.

— Les hasards des affectations, mademoiselle.

— On dit pourtant que vous étiez un des policiers les mieux notés de New York et que vous étiez pressenti pour devenir chef de la police. Y aurait-il eu un incident qui vous aurait obligé… ?

— Aucun, je rétorque d'un ton grinçant. Juste l'envie de vivre dans une ville où le taux de criminalité est un des plus bas des États-Unis.

— Jimmy Flers, du *Tribune*, lance une voix au premier rang. Vous attribuez ça à quoi ?

— À la qualité de sa population et à celle de sa police, je réponds tout sourire.

Les journalistes ont compris qu'ils n'obtiendraient pas grand-chose de moi. Je lirai le lendemain dans les journaux que pour eux mon allure s'apparente davantage à celle d'un parrain d'une famille mafieuse qu'à celle des classiques flics irlandais et polonais dont ils ont l'habitude.

Les télés filment sous nos nez. J'essaye de me faire petit mais c'est peine perdue. Il y a assez de caméras pour prendre les chutes du Niagara en cinémascope. Puis le maire invite les journalistes à se rafraîchir au buffet.

— Vous vous en êtes très bien tiré, capitaine, pour votre baptême du feu, me dit-il en m'entraînant par le bras.

— Merci, mais ce n'est pas mon premier baptême. Et c'est vrai que votre ville est agréable.

Barrett, en grand professionnel, serre la main des journalistes avec un mot pour chacun.

— Mais, en réalité, la délinquance ici est la même qu'ailleurs, non ? reprend-il en avalant un petit-four.

— On fait dire ce qu'on veut aux chiffres.

— Je suis ravi de vous savoir parmi nous, capitaine. Faites bien votre travail, il y a toujours un divisionnaire qui prend sa retraite.

— J'aime être sur le terrain, monsieur.

— Je vous comprends. Moi aussi j'aime être avec les gens. Mais les années passent et le terrain devient de plus en plus accidenté pour nos jambes. À bientôt, capitaine, à bientôt, messieurs. Très chouette votre costume, lance-t-il avant de disparaître.

Je le remercie et prends moi aussi rapidement congé. Je suis sûr que les journalistes aimeraient encore me questionner. Les crimes ont toujours davantage passionné les gens que les histoires de jardins ou de camions-bennes.

Je me retrouve dehors sous un beau soleil printanier. Je suis ravi de ma nouvelle allure. L'image de la chenille devenant papillon me fait éclater de rire et une dame distinguée qui me croise me fixe les yeux ronds. Je lui fais un geste amical de la main.

Je n'oublierai jamais Judith. Mon chagrin changera mais ne s'atténuera pas. Je dois seulement me déculpabiliser. Je viens juste de comprendre que se sentir coupable c'est manquer d'humilité. C'est se penser si important qu'on croit être responsable de tout.

Ma fille est morte parce que son assassin était le plus méprisable et le plus pervers des criminels que j'aie jamais croisés. En le provoquant, j'ai agi comme n'importe quel flic dépassé par les événements l'aurait fait.

J'ai proposé ma vie en échange de celle de ma fille. Mais le monstre savait que ma mort me serait plus légère que de perdre Judith.

J'ai parié et j'ai perdu. C'est quelquefois à ça que se résume une vie.

Frederich Lacy ne s'était jamais tant ennuyé que dans cette misérable ville d'Akron où les bars qu'il visitait après son travail étaient remplis de ploucs avinés qui braillaient des chansons folkloriques en tapant des mains et des pieds comme dans les westerns les plus ringards. Même chez les dégénérés du Canada, ces bouilleurs de gnôle qui de mère en fille et de père en fils se transmettaient leurs gènes pourris, il s'amusait plus.

Depuis trois mois qu'il était là, il n'avait pas croisé un seul être humain digne de son intérêt. Pas un seul qui aurait pu le comprendre, ou mieux, à qui il aurait aimé faire connaître ce qu'il savait de la vie.

Lorsqu'il était plus jeune, il répondait aux annonces des femmes en détresse psychologique ou amoureuse et nouait avec elles des relations sentimentales qui les amenaient là où il voulait. D'autres fois, c'était le hasard qui lui faisait rencontrer des jeunes garçons ou des jeunes filles qu'il entraînait dans ses fantasmes. Son corps, autant que son esprit, lui indiquait les bons.

Ces dernières années, sa fuite perpétuelle l'en avait privé. Mais il sentait son désir revenir. Dieu lui parlait de nouveau et l'encourageait à souffrir pour avoir droit à Son amour. Il lui énumérait les sévices qu'il devrait endurer pour que Sa face se tourne de nouveau vers lui. Son devoir envers Jésus était toujours de convaincre les pécheurs de se repentir. Mais il devait payer d'exemple.

De longues années durant il avait parcouru le territoire afin de Lui offrir ses victimes expiatoires. En même temps qu'il les Lui sacrifiait, il s'infligeait des tortures de plus en plus douloureuses où sa chair hurlait sa détresse tandis que son âme s'élevait toujours plus haut.

Puis il avait connu Gerda et lui avait fait trois enfants dont il n'était pas particulièrement fier. Embauché comme archiviste à la bibliothèque municipale de New York, la ville s'était révélée un vivier où il avait pêché à loisir.

— Bon, dis donc, tu mets en place ou tu vas continuer à glander !

Lacy se crispa de fureur. Il ne pouvait plus supporter son patron, cette espèce de paysan gras au parler vulgaire. Il lui lança un regard de haine que l'autre feignit d'ignorer.

Le patron monta le son de la télé pour écouter les infos. La sandwicherie était vide et le resterait jusqu'à quatre heures, moment où des ouvriers à la débauche viendraient prendre un verre et un casse-croûte avant de rentrer.

Lui non plus ne pouvait pas piffer son employé. Il rêvait de le virer. Mais dégoter quelqu'un d'honnête et travailleur revenait à sortir une aiguille d'une meule de foin. Les jeunes sont toujours fatigués et les vieux font la gueule. Entre les deux, les éternels chômeurs qui préfèrent le rester et profiter du pognon de l'État.

Frederich Lacy plaçait les serviettes en papier et les verres sur les tables avant de prendre sa pause de trois heures. Il écouta la télé d'une oreille distraite, jeta un coup d'œil sur l'écran. Le journaliste expliquait que le maire de Milwaukee avait la veille reçu la presse.

« C'est devenu un rituel, enchaîna le présentateur. Tom Barrett s'est donné pour objectif que durant son mandat sa gestion soit d'une parfaite transparence. Avec lui, on pouvait hier questionner le responsable de la voirie, des services sociaux et de la police, comme à chaque fin de trimestre.

« MM. Flannagan et Van Kohler, respectivement directeurs de la voirie et des services sociaux, ainsi que le capitaine Levine en charge du 12e district et qui vient d'arriver dans notre ville, ont répondu aux questions que leur ont posées les journalistes présents. À entendre nos édiles, tout va pour le mieux à Milwaukee. Et c'est vrai que la ville, célèbre entre autres pour ses brasseries centenaires, telles que les brasseries Miller, Pabst, Schlitz ou Old Lager, qui en ont fait la championne et la pourvoyeuse incontestée de notre boisson nationale, est aussi un des lieux du territoire où il fait bon vivre. C'est ce que s'est plu à souligner le capitaine Levine en déclarant que le taux de délinquance et de criminalité de Milwaukee et de sa région était un des plus bas des États-Unis. En politique étrangère, le général Petreaus, commandant des forces américaines en Irak et en Afghanistan… »

Lacy n'écoutait plus. Son cœur s'était arrêté de battre. Il fut obligé de s'asseoir tant ses jambes lui manquaient. Une sueur glacée lui coula entre les omoplates. Son regard se brouilla et d'un geste maladroit il fit tomber un verre qui se cassa bruyamment sur le carrelage. Livide, sa bouche happa un souffle qui ne vint pas.

Derrière son bar, le patron ahuri vit son employé prostré, comme frappé d'une crise cardiaque. Il s'inquiéta et le rejoignit.

— Hé, dis donc, qu'est-ce qui ne va pas ? T'as un problème, tu veux que j'appelle un médecin ? C'est le cœur ?

En réalité, le patron s'inquiétait moins de sa santé que de perdre son serveur.

Lacy le regarda sans le voir. C'était qui ce cloporte suant qui le fixait sous le nez ? Il se leva d'un coup.

— Donnez-moi mon compte !

— Quoi ?

— Mon compte. Je m'en vais !

— Tu t'en vas ? Mais tu peux pas me lâcher comme ça en plein milieu de semaine !

Lacy se contenta de le fixer, et le patron, pourtant gros et gras et habitué à sortir les poivrots, détourna les yeux.

— Tu… tu veux partir ? Je te dois combien ? T'es sûr ? Tu veux pas plutôt que j'appelle un docteur ?

— Vous me devez deux semaines.

Le patron hésitait toujours. C'était à lui de rompre un contrat, pas à l'employé. Mais ce type était dingue. Il l'avait déjà remarqué. Si un client ne lui plaisait pas, il pouvait devenir odieux. Des habitués l'avaient prévenu qu'il devrait changer de serveur s'il voulait qu'ils reviennent. OK. Mais c'était plus facile de trouver un client qu'un employé.

Il alla vers sa caisse. D'un coup il se méfia. Ce con avait tout du mec à s'énerver et à tout casser. Il n'avait rien d'un athlète. Mais c'était le genre à qui les nerfs donnent de la force.

— Bon, alors ça fait combien ? grogna-t-il à contrecœur.

— 750 dollars.

— J'les ai pas.

— Demain, répondit Lacy. Neuf heures.

Il sortit de l'établissement et le patron se surprit à respirer de soulagement.

Lacy marcha au hasard des rues, le cerveau en feu. Il voulait quitter Akron et reprendre son errance, et voilà que le doigt de Dieu lui montrait le chemin.

Les gens le bousculaient sans qu'il y prît garde. Il n'avait pas de réponses pour les questions qu'il se posait. Combien d'États en Amérique ? Vingt, trente, quarante ? il ne savait plus. Et là, à un jour de car, Levine.

Il revint en courant chez sa logeuse. Ses nerfs vrillaient sous sa peau comme des vers grouillants.

Ce n'était pas un hasard. Il n'y a pas de hasard. Tout est prévu. IL prévoit tout. Nous ne sommes que des jouets entre Ses mains. Va où tu veux, meurs où tu dois.

Milwaukee, justement.

Quand il avait disparu au nez des policiers en abandonnant derrière lui le corps de sa dernière victime, les services spécialisés de recherche des criminels en fuite avaient tourné à en griller. Le FBI, avec sa liste des « *Ten most wanted fugitives* », les dix criminels les plus recherchés, et l'INR, le Bureau de l'intelligence et de recherche, avaient mis tous leurs moyens à la disposition des différentes forces de police du pays.

Dans nos contrées sous dictature technologique, quiconque est vivant laisse une trace. Pas lui. Aucun organisme n'avait rien sur le monstre. À croire qu'il était tombé du ciel. Son patronyme, trop commun, menait à des impasses. Il n'avait jamais été hospitalisé, n'avait jamais conduit, jamais rien possédé. Sa femme ne savait rien de son passé. À ses questions, raconta-t-elle aux enquêteurs, il avait toujours opposé une fin de non-recevoir. « Ma vie commence avec toi, le reste ne te regarde pas. »

Tout ce qu'ils avaient acheté par la suite et même le bail de leur appartement étaient à son nom à elle.

La seule piste fut une fiche retrouvée dans un club de tir à Farfaix, une banlieue de Milwaukee, indiquant qu'un Edgar Nichols y avait été inscrit à l'âge de quatorze ans par son père, Lionel Nichols, demeurant dans le quartier de West Allis à Milwaukee, dans le Wisconsin.

Les recherches se resserrèrent sur la ville et l'on découvrit qu'un enfant du nom d'Edgar, né de parents inconnus, avait été déclaré à l'état civil le 15 août 1945. Le jour même de la reddition du Japon.

Les journaux s'étaient emparés de l'histoire, notant la coïncidence entre sa naissance et le jour de la victoire. Mais ce qu'il avait retenu, lui, c'étaient les réflexions de ses parents quand par la suite il leur avait causé des ennuis. Son père aimait à dire que ce jour-là étaient arrivées une bonne et une mauvaise nouvelles. La fin de la guerre et lui.

Les Nichols habitaient le rez-de-chaussée d'une maison appartenant à la mère de son père dans la jolie banlieue de West Allis. Il se souvenait seulement de quelques événements. La naissance de Ronald, de huit ans son cadet ; ses années d'études au collège du père Barnard, où le contact avec les autres élèves lui avait été insupportable au point de tous les détester ; ses expériences d'anatomie sur les animaux domestiques du voisinage.

Mais ce qu'il n'avait jamais oublié, ce fut lorsqu'il tomba sur un cahier enfoui dans une des malles du grenier. Un vieux truc jauni à l'écriture à peine lisible. Le journal de voyage de son arrière-grand-père embauché comme matelot à bord du *Tomino*, en 1894, qui reliait San Francisco à Hong Kong.

Il racontait que, descendu à terre dans l'Empire du Milieu avec deux de ses compagnons, ils s'enivrèrent tellement qu'ils ratèrent le départ du navire.

À cette époque régnait à Hong Kong une grande famine. Ils ne trouvèrent aucun travail et connurent la misère et la faim. N'importe quelle viande coûtait trois dollars la livre et les plus démunis vendaient aux bouchers leurs enfants de moins de douze ans. L'arrière-grand-père racontait que les bouchers vous découpaient le morceau de votre choix sur une fille ou un garçon. Le derrière qui avait le goût du veau étant le plus tendre et le plus cher.

Durant ces années passées en Chine, il avouait avoir prit goût à la chair humaine et, revenu au pays, avait enlevé deux garçons de sept et onze ans qu'il avait emmenés dans sa maison et consommés après les avoir attendris en les torturant. Il les avait ensuite mangés en faisant bouillir, frire ou rôtir les divers morceaux.

Le garçon était resté pétrifié après cette lecture. Il n'avait pas entendu parler de cet aïeul. Il s'était même étonné que ses grands-parents paternels n'évoquent jamais leurs ascendants. Au cours des repas familiaux, il est habituel de commenter, souvent avec complaisance, les exploits réels ou imaginaires des parents décédés. Sa mère le faisait des siens.

Il avait ainsi appris que ses grands-parents maternels venaient de Suède, que sa grand-mère, déjà morte à sa naissance, était dentellière, et son grand-père, également décédé, ébéniste. Mais dans le cas de ses grands-parents paternels, c'était comme si la famille existait seulement à partir d'eux. Une seule fois au cours d'une dispute entre ses parents, sa mère avait lancé à son père que lorsqu'on a eu un grand-père pendu il en reste toujours quelque chose.

Quand il atteignit ses dix-huit ans, ses parents divorcèrent et se battirent pour garder Ronald. Sa mère s'était même enfuie en emmenant son cadet afin de le soustraire à son père.

Le hasard ou la malchance voulut qu'il atteigne sa majorité deux mois avant le jugement de divorce. La cour le déclara « émancipé ». Ce qui en langage juridique signifiait qu'il était désormais adulte et pouvait se débrouiller seul. Mais il n'était pas adulte et n'avait pas envie de se débrouiller seul. Il avait juste l'effrayante sensation de ne plus compter pour personne et d'avoir été abandonné.

Depuis, il détestait qu'on le quitte. Si on partait, si on le laissait, on mourait.

Il arriva chez sa logeuse et se douta que la vieille était derrière son rideau à l'épier. Il pouvait rentrer à n'importe quelle heure, elle était toujours là.

Il grimpa jusqu'à sa chambre et se laissa tomber sur son lit. Ses souvenirs l'envahirent de nouveau et il suffoqua d'angoisse.

Milwaukee.

Sa mère était partie avec Ronald chez des cousins à Chippewa Falls ; son père vivait déjà chez la femme qu'il épouserait après le divorce. Il s'était retrouvé seul un de ces dimanches de soleil qui ne semblent briller que pour les autres. Il avait pris l'Oldsmobile familiale et avait roulé un moment sur la 224. Il aurait voulu un ami, quelqu'un avec qui parler.

Il s'était arrêté un moment à l'entrée du parc Radcliff où une demi-douzaine de maisons abritaient les employés du parc, fermé à cette saison. Elles étaient toutes vides à part une d'où s'échappaient des flots de musique rock. Il s'était approché, attiré par les rires. Des jeunes étaient là, affalés à boire et à écouter du hard rock. Justement un de ses airs préférés, *Heaven and Hell* des Black Sabbath. Il s'était avancé, mais aucun ne l'avait seulement encouragé à rester par un geste amical ou un mot.

Furieux, il était reparti au volant de la grosse voiture deux tons, beige et marron, en direction de Chippewa Lake Park, jusqu'à ce qu'il aperçoive un garçon de son âge qui faisait du stop.

— Salut, tu vas où ? avait-il demandé en s'arrêtant.

— Je rentre chez moi, je viens d'un concert de rock, répondit le jeune homme avec un grand sourire qu'il trouva lumineux.

Le garçon portait les cheveux tirés en arrière, retenus par un ruban comme c'était la mode.

— T'as pas envie d'écouter un peu de musique en buvant une ou deux bières fraîches ?

— Ouais, mais faut que je sois chez moi pas trop tard, c'est l'anniversaire de mon vieux.

— T'en fais pas, je te ramènerai.

Ils étaient revenus à la maison familiale et étaient montés dans sa chambre où ils avaient écouté de la musique en buvant du gin et de la bière. Mais à un moment, le jeune homme regardant sa montre s'était exclamé :

— Bon Dieu, je vais être à la bourre, j'me casse !

— T'as bien le temps !

— Non, c'est l'anniv' de mon père ce soir !

— Il est pas tard, reste.

— Non !

Ce fut la dernière erreur que commit le jeune homme dans sa vie. Il voulait s'en aller et son hôte ne voulait pas qu'il parte.

— Je n'aime pas qu'on me quitte, lui dit-il en ramassant un haltère qu'il abattit sur sa tête.

Le jeune homme tomba comme un tas de chiffons. Mais il n'était pas encore mort et il dut l'achever en l'étranglant.

Il se trouvait désormais avec un cadavre sur les bras dans la maison où sa mère pouvait rentrer avec son frère, ou son père passer à l'improviste.

Il descendit à la cave, trouva des feuilles de plastique qu'il étendit à terre, découvrit dans une armoire qui servait à ranger les outils une scie, un lourd marteau et une feuille de boucher.

Il retourna à l'étage, traîna le cadavre qu'il enveloppa dans un drap pour qu'il ne laisse pas de traces sur les marches de l'escalier, l'installa sur les feuilles de plastique et entreprit de le démembrer à l'aide de la scie, de la feuille de boucher et d'un long couteau qu'il prit dans la cuisine. Malgré les connaissances qu'il avait acquises en découpant les animaux, il sua sang et eau.

Il enveloppa chaque morceau du corps dans des journaux après avoir cassé les os avec la masse et alla les enterrer dans le jardin, le long des lignes de séparation de la propriété de ses parents, la 4480 West Bath Road, avec la 4460 West Bath Road, où habitaient Elmer et Georgia Sharenberg, des voisins qui lui avaient toujours témoigné beaucoup d'amitié.

Pour éviter qu'on ne découvre l'identité du mort, il l'avait déshabillé avant de le découper et s'était emparé de son portefeuille où il avait trouvé cinq dollars et ses papiers. Une carte de Sécurité sociale et un permis de conduire lui firent songer que si le garçon s'en était servi ce jour-là il serait toujours vivant. Le garçon s'appelait Frederich Lacy, nom qu'il portait maintenant depuis cinq ans.

Des noms différents avec les papiers correspondants, il en avait possédé beaucoup.

Il ignorait à cet instant que ce crime était le plus important, qu'il constituait ce que les spécialistes appellent une « expérience constitutive », et que tous ceux qui suivraient ne seraient qu'une répétition de cet acte originel.

De repenser à cette époque, avant que tout commence, le mit dans un état fébrile qu'il ne put contrôler. Il connaissait ces excès où sa personnalité se brouillait au point de se multiplier.

Il allait quitter Akron, et c'était la meilleure nouvelle. Il allait quitter Akron et retrouver Levine. À l'étage en dessous, il entendait sa logeuse aller et venir, cette pipelette dont le passe-temps principal était de l'épier. Il était même sûr que lorsqu'il était absent elle montait dans sa chambre pour fouiller. Elle n'avait jamais rien dérangé. Mais il la sentait.

Il se releva chercher sa bouteille de gin, décidé à ne s'accorder que quelques lampées. Il voulait garder la tête froide.

Quand il s'était installé avec Gerda, il avait rencontré un ecclésiastique que son Église avait défroqué. Prêtre d'une paroisse située dans le village de Padou, dans l'État de New York, le prélat avait institué pour ses paroissiens, coupables de péchés, une liste de châtiments corporels qu'ils devaient s'infliger afin d'expier. Quelques-unes de ses ouailles avaient apprécié, mais d'autres s'étaient plaintes auprès de leur évêque, et le père Dio Santos s'était retrouvé au chômage.

Edgar Nichols l'avait rencontré à une de ces réunions qu'il aimait fréquenter, comme tous ceux que fascinent le péché et le souci de sa rédemption. Il avait été l'élève le plus doué du père Dio Santos, l'accompagnant et souvent le précédant dans ses mortifications, jusqu'à ne plus pouvoir se passer de la douleur. Hélas, le prêtre, également adepte du satanisme, fut retrouvé un matin égorgé dans une ruelle sordide où il avait suivi une prostituée.

Nichols connut une fois encore cette horrible sensation d'abandon et résolut de suivre désormais à la lettre l'enseignement sado-masochiste du bon prêtre afin de se délivrer de ses angoisses.

Dans sa cuisine, Mme Taylor avait les mains farinées par la pâte qu'elle préparait. Un sablé aux pommes qu'elle ferait goûter à son locataire, bien qu'il ne soit pas toujours aimable. Mais elle avait besoin de son loyer. La moitié de la retraite de son mari ne lui suffisait pas pour vivre.

Les murs jaune vif de la cuisine ne parvenaient pas à éclaircir l'amertume du jour. Mais les pommes avaient une bonne odeur et elle aimait bien faire des gâteaux. Elle sentit une présence dans son dos et tourna la tête.

— Monsieur Lacy… ? Vous tombez bien, je prépare une bonne tarte.

Son locataire, planté sur le seuil, ne répondit pas.

— Quelque chose ne va pas, monsieur Lacy ? demanda-t-elle en revenant vers sa pâte qu'elle étala avec soin.

Ne recevant aucune réponse, elle se retourna une nouvelle fois, les mains suspendues au-dessus du plan de travail pour ne pas éclabousser le sol de farine.

Son locataire était entré dans la pièce et son regard lui fit passer un frisson dans le dos.

— Monsieur Lacy…

Il avança vers elle, et instinctivement elle recula en tournant autour de la table, ses deux mains levées devant elle, toujours dans le souci de ne pas salir.

Elle ne comprenait rien à ce qui se passait, à part qu'aujourd'hui cet homme était encore plus déplaisant que d'habitude. S'il voulait s'en aller, eh bien qu'il parte !

— Monsieur Lacy, s'il vous plaît… Je n'ai pas le temps de m'amuser…

Il fit deux grands pas et la prit à la gorge.

— Mais qu'est-ce que vous faites ? balbutia-t-elle, les yeux écarquillés de terreur en tentant d'arracher les doigts glacés de son cou.

Il serra davantage mais elle était décidée à résister de toutes ses forces.

— Mais arrêtez ! Vous êtes fou !

Mme Taylor était forte, plus forte sans doute en temps normal que son agresseur. Il le comprit à travers le brouillard qui lui noyait l'esprit.

Il plongea une main dans sa poche et en sortit un poinçon que d'un geste vif il lui enfonça dans l'œil gauche jusqu'à atteindre le cerveau.

Mme Taylor poussa un hurlement de douleur quand la pointe d'acier lui transperça la cervelle. Elle glissa à terre, affalée contre le placard, ses mains blanches de farine reposant sur ses genoux. Son œil arraché pendait sur sa joue au bout de son nerf et lui faisait un trait rouge qui ressemblait aux fausses larmes des clowns.

Lacy, essoufflé, était satisfait. Il était sûr qu'elle n'avait parlé de lui à personne. Elle ne déclarait pas le loyer.

La première explosion eut lieu à 12 h 15 au 7-Eleven de McCane et Eisenhower. À cette heure-là, les ouvriers du chantier voisin venaient se ravitailler et les trois caissières n'avaient pas le temps de répondre à leurs plaisanteries.

Le kamikaze s'était fait exploser devant les caisses. On décompta quatorze morts, lui compris, et trente-sept blessés, dont quinze très gravement atteints.

À l'effroyable fracas succéda un silence qui suspendit toute vie, puis une clameur faite de cris, de hurlements, de pleurs, de cavalcades explosa, pendant que de grands pans de vitrine tenus en équilibre s'écroulaient sur le trottoir, blessant et tuant encore.

Une dizaine de minutes plus tard éclataient les sirènes des pompiers et des ambulances suivies par celles, glaçantes, des véhicules de la police.

En quelques instants, le carrefour jonché de débris de toutes sortes, y compris de morceaux de corps humains, devint le centre de la peur et de l'horreur.

Des flots de sang coulaient sur les trottoirs et remplissaient les caniveaux. Des membres carbonisés et arrachés, des mains, des pieds, des bustes coupés à hauteur des hanches, des jambes orphelines, des corps disloqués crevés de bouts de métal fumant, des crânes scalpés avaient franchi le parvis où quelques minutes plus tôt les hommes en bleu mâchonnaient leur casse-croûte.

Des voitures projetées sur un large périmètre étaient retombées en tas de ferraille disloqués ; les vitres explosées des immeubles alentour formaient une pellicule de glace brisée sur la chaussée. Les survivants, hagards, en état de choc, titubaient, tombaient, relevés par les sauveteurs, et quand ils réalisaient se mettaient à hurler.

Pompiers, ambulanciers et médecins cavalaient au milieu du carnage, courant d'un corps à l'autre, tandis que les flics repoussaient plus loin les piétons, nombreux à cette heure, qui avaient eu la chance de n'être que spectateurs.

Une épaisse fumée noire et nauséabonde avait envahi le quartier. Les sirènes de tout ce que Milwaukee comptait de forces de l'ordre convergeaient vers le lieu du drame.

Puis, à 12 h 25, à moins d'un kilomètre du 7-Eleven, un second kamikaze se fit sauter dans le hall d'un cinéma d'art et d'essai où se pressait une foule de gens âgés, membres pour la plupart des Amis du ghetto de Lvov, ou des Fils et Filles de déportés. Conviés à une séance spéciale du vieux film d'Otto Preminger, *Exodus,* ils attendaient d'entrer dans la salle de projection.

Le kamikaze s'était faufilé parmi eux et avait actionné sa ceinture de Semtex.

J'arrive avec mon équipe pour la deuxième explosion et nous stoppons devant la façade dévastée du cinéma. Les secours sont encore sur le premier site, et tellement accaparés par les victimes du premier sinistre qu'ils mettent du temps pour intervenir.

Ce sont mes hommes et moi qui avons l'horrible tâche de déterminer qui a ou non une chance de survie. Malades de dégoût, nous nous penchons sur les corps ensanglantés qui pour certains n'ont plus forme humaine.

Horrifié, je me fige devant la tête intacte d'une dame âgée coiffée d'un chapeau en feutre orné d'une plume de faisan aussi neuf que lorsqu'elle l'a acheté. Mais le reste du corps est séparé de la tête d'un bon mètre et n'a plus ses bras. J'ai à peine le temps de me reculer pour ne pas vomir dessus.

Des grands-parents ont emmené leurs petits-enfants voir le film mythique sur la naissance d'Israël, et les petits cadavres sont mêlés à ceux des adultes comme dans les fosses des camps de la Seconde Guerre mondiale.

L'air résonne de hurlements de douleur, des sirènes des ambulances, des cris des survivants qui prennent conscience de ce à quoi ils viennent d'échapper et découvrent les cadavres de leurs voisins, de leurs parents, de leurs amis.

Les sauveteurs repoussent les flics qui ne se font pas prier pour leur céder la place. À cet instant, nul souci de ne pas polluer la scène du crime. Le crime et le criminel sont mêlés sans qu'on puisse les dissocier, pas plus qu'on ne peut séparer dans la mort victimes et bourreaux.

Adossé à l'affiche déchirée du film, je tente de reprendre souffle et contenance. Si je compte mon manque de sang-froid face à l'islamiste que j'ai menacé sans raison de mon arme et mon émotion actuelle, peu habituelle pour un officier de police chevronné, j'imagine que mes hommes vont avoir dorénavant du mal à me respecter. Pensent-ils que face à une menace leur capitaine va perdre les pédales au point de les mettre en danger ? ou qu'il est trop vieux, trop usé, et que c'est la raison pour laquelle on l'a muté de New York à Milwaukee, comme on se débarrasse d'un employé dont on ne sait quoi faire ?

L'odeur insoutenable des chairs carbonisées, rendue pire par le mélange avec les différents matériaux qui achèvent de brûler, va pourrir le quartier pendant longtemps pour peu que ni pluie ni vent dominant n'intervienne.

Jackson-Carr, absent du poste au moment de la catastrophe, arrive peu après toute sirène dehors. Son chauffeur stoppe à la façon de Starsky dans sa Mustang rouge, et Jackson se rue à l'extérieur. Il se contente de jeter un rapide coup d'œil sur les civières qui emportent les blessés et les housses qui enveloppent les cadavres, et vient vers moi.

— Vous êtes arrivé quand ?

— À la deuxième explosion.

Je respire avec peine et il me regarde de côté.

— Ça va ?

— Ça va.

— C'est un attentat ?

— Sûrement. Je désigne du pouce le magasin au début de la rue, où les ambulances continuent leur noria. La première bombe a été pour le 7-Eleven.

Jackson-Carr respire bruyamment. À Milwaukee, il n'y a pas les Twin Towers, mais les gens n'ont pas besoin de trois mille morts pour que revienne la peur.

Il s'aperçoit qu'il patauge dans le sang et soulève les pieds avec une grimace. Il observe les hommes de son commissariat qui se tiennent à l'écart, la mine sombre et parlant bas.

— Explosion à distance ?

Je hausse les épaules dans un geste d'ignorance.

— Je ne sais pas. On ne peut rien discerner dans cette bouillie. Les brigades d'experts travailleront quand tous les corps auront été enlevés.

Jackson va pour allumer une cigarette, mais retient son geste.

À ce moment arrivent trois limousines. La première s'arrête devant le cinéma, tandis que les deux autres continuent vers le supermarché. Une femme en descend, grande, blonde, cheveux lisses coupés sous l'oreille, nez droit et yeux clairs écartés sur un visage sévère, tailleur pantalon bleu marine. Parfaite publicité des agents féminins du FBI. Elle se dirige vers nous.

— Agent spécial Maureen Segall, du FBI, se présente-t-elle.

— Bonjour. Je suis le commissaire Jackson-Carr du 12e district dont dépend ce quartier, et voilà mon second, le capitaine Levine.

— Enchantée, dit la femme sans que son expression le confirme. À partir de maintenant, commandant, nous prenons l'enquête à notre charge.

— Et nous, on fait quoi ?

— Ce qui vient de se passer, commandant, est visiblement lié au terrorisme, et vous faites partie de la police municipale.

— Nationale, en ce qui me concerne, je rectifie.

L'agent Segall se tourne vers moi.

— Habilité à combattre ce genre d'individus ? demande-t-elle sans pouvoir gommer un ton narquois.

Je la fixe, mâchoires serrées. Elle ne le sait pas, mais je peux combattre tous les individus qui répandent la mort. Tous ceux pour qui la mort ou la vie d'autrui ne présentent pas de différence. Tous ceux pour qui la haine et le fanatisme remplacent la conscience. Celui qui a pris la vie de ma fille, et ceux qui ont pris celle de ces gens. Ceux qui combattent au nom de la mort, et ceux qui l'adorent au point de se l'infliger pour tuer.

— Habilité, oui, agent spécial. Et je ne laisserai pas le FBI prendre ma place. (Jackson me lance un coup d'œil étonné.) Mes hommes et moi participerons avec vous à l'enquête. Je viens de New York, le terrorisme était ma spécialité.

— Nous verrons, capitaine, nous verrons, soupire l'agent Segall en se tournant vers Jackson comme pour demander de l'aide.

Il se contente de regarder ailleurs.

Dan Barrilan s'installa à l'avant du bus, laissa passer cinq stations, descendit et héla un taxi en maraude.

— Suivez la rive ouest de la rivière Root et déposez-moi dans le centre.

Il descendit sur la place de Californie, continua à pied sur trois blocs dans la 13e, puis tourna dans la ruelle sordide où se trouvait la cellule clandestine dans laquelle il rencontrait chaque fois qu'il en était besoin son agent traitant au FBI.

Il tapa le code d'entrée dissimulé dans une rainure sous une affiche déchirée et jeta un dernier coup d'œil alentour avant d'entrer.

Les autres étaient déjà là.

— Hello, Dan ! le salua sans se retourner Peter Crawford, chef d'antenne, installé devant une carte murale de l'ouest du Pakistan.

— Salut, répondit l'agent en serrant la main de James Hillar II, responsable du suivi stratégique, assis devant son ordinateur.

Les deux hommes, vêtus de costumes gris poussière, arboraient la coupe de cheveux de l'Agence : champ de blé après moisson. Leur aspect soigné détonnait avec celui de Dan Barrilan, qui cultivait le style négligé.

Peter Crawford en le voyant débarquer ne put s'empêcher une fois encore de remarquer l'étonnante ressemblance de son agent avec le président iranien Ahmadinejad qui avait déclaré la guerre au monde entier. Même silhouette, même façon de marcher, teint bistre et cheveux de jais. Sosie imparfait, mais sosie quand même. Barrilan était pour le FBI une recrue de choix. Les fondamentalistes devaient être troublés par cette ressemblance.

Barrilan prit une chaise et s'assit dessus à califourchon avant d'allumer une cigarette.

— On a du nouveau ? demanda-t-il.

— Et toi ? renvoya Crawford.

— Moi, j'ai un problème.

— Lequel ?

Il soupira, se releva en tirant goulûment sur sa cigarette.

— Il va être vite résolu, plaisanta James Hillar II, si tu continues de fumer comme ça.

— Mon problème, expliqua l'agent, c'est que mon patron et ami et logeur, en un mot Ahmed Laffouani, propriétaire et gérant des boucheries du même nom, ne semble plus être en odeur de sainteté auprès de ses coreligionnaires.

— C'est-à-dire ? interrogea Crawford.

— Avant-hier, deux enturbannés débarquent dans le bureau où Laffouani et moi faisions les comptes. Laffouani les reçoit aimablement, leur offre le thé, et toutes les simagrées. Allah Akbar par-ci, Allah Akbar par-là. Les deux mecs continuent de tirer la tronche et demandent à Laffouani de me faire sortir. Ce qui n'était pas encore arrivé. Je sors, et reste l'oreille collée à la porte, craignant de m'être fait repérer. Pas du tout. C'était pas pour moi, mais pour mon boss.

— C'est-à-dire ? répéta Crawford.

— Ils commencent par l'engueuler en farsi, ce qui prouve qu'ils sont iraniens.

— Pourquoi ils l'engueulaient ?

— Parce que le fils de Laffouani, Ali, semble se contrefoutre à leurs yeux du Djihad et autres billevesées. Il est étudiant à l'université Marquette où il suit je crois des cours de gestion marketing, mais il semble préférer sortir avec les filles et boire des coups que passer son temps à la mosquée. À mon avis, ils manquent de cadres et le môme qui a de la tête ferait une bonne recrue.

— C'est vrai ?

— C'est vrai.

— Et ?

— Donc ça les emmerde, et Laffouani s'en prend plein la tronche bien qu'il proteste qu'il va s'occuper d'Ali, qui est jeune, etc.

— Et c'est quoi, ton problème ?

— Mon problème, c'est que s'ils ne font plus confiance à Laffouani, moi j'apprends que dalle. Ce qui est le cas. J'ai demandé à Laffouani qui, à son avis, avait déposé les bombes, ou plutôt qui les avait fait déposer. Il n'en sait rien.

— Tu y crois ?

— Assez, ouais. Vous savez quoi ? La semaine dernière, il m'a fait venir chez lui pour dîner. Petits plats dans les grands, tout le tralala. Boum, au dessert débarque sa fille, Farida, vingt piges, petite boulotte avec voile. Et sans barguigner, entre la corne de gazelle et le cigare au miel, il me propose de la marier avec moi.

— Putain, siffla Hillar II.

— Pas exactement, rectifia Dan. Plutôt vierge à la cire. Peut-être excisée, même.

— Alors ? souffla Crawford avec un demi-sourire.

— Alors, ça veut dire que le vieux m'a à la bonne, mais si lui ne l'est plus avec ses potes, qu'est-ce que je fais ?

— Tu l'épouses, s'esclaffa James Hillar. Une vierge à notre époque, ça ne se laisse pas passer. Et puis si on lui a coupé le clito, tu seras jamais cocu.

Barrilan soupira en regardant Hillar II de travers.

— Tu sais quoi ? Quand tu feras plus agent, tu pourras faire comique dans les motels en Arkansas.

Hillar Junior piqua un fard et plongea sur son écran.

— Bon, arrêtez vos conneries, grogna Crawford. Qu'est-ce que tu suggères, Barrilan ?

— D'attendre et voir. Je ne veux pas brûler ma couverture. Je vais me rapprocher de Laffouani pour savoir exactement où il en est. Si c'est comme je le crains, ça sert à rien que je reste chez lui. En revanche, il faut demeurer sur le coup parce que je suis sûr qu'il y a en ville des cellules dormantes qui vont être réactivées et préparer d'autres attentats ici.

— Et pourquoi ici ? Pourquoi pas une plus grande ville ? Los Angeles, Chicago ? Boston ? Enfin un truc plus médiatique, rétorqua Crawford.

— T'as pas mis le nez dans mon dernier rapport ? grinça Barillan.

— Si. En diagonale.

— Alors, t'as pas compris. J'indique que la nouvelle stratégie des islamistes semble être de s'attaquer à des lieux sans signification particulière, comme cette ville sans autre intérêt que ses brasseries.

— Parce que ?

— Ça prouve aux Américains qu'aucun d'eux n'est à l'abri, même s'il habite chez les péquenots. Si t'as que New York ou San Francisco qui trinquent, la terreur va rester localisée, tandis que là t'as pas un peigne-cul qui se sentira à l'abri d'une bombe. Futé, non ?

— Futé, convint Crawford pensivement. Trouve-les, Barrilan, lâcha-t-il brusquement. Trouve-les, ces enculés ! Amène-les-nous ! Bordel ! bouge-toi !

— Oui, chéri. Bien sûr. Dis-moi surtout quand t'es libre, qu'on vienne avec une bouteille de vin.

Il y a toujours des moments dans ce genre de boulot où les hommes qui travaillent ensemble ont l'impression que non seulement les autres n'en font pas suffisamment, mais surtout qu'eux-mêmes en font plus. C'est tout le problème des associations.

Crawford et Barrilan restèrent un court instant à se dévisager. Crawford craqua le premier. Il savait qu'entre lui et Barrilan il n'y aurait pas photo auprès de leurs chefs.

— T'as besoin de quelque chose ? demanda-t-il d'un ton radouci.

— De rien que tu puisses me donner, répliqua Barrilan. Préviens le Bureau, qu'on soit pas pris de court.

Dis-leur de mettre la pression pour les faire bouger. Il faut pousser les bougnoules à la faute.

— D'accord, bon. Pour le prochain rendez-vous, le mot, c'est tante Hillary.

— OK. Je me casse, à plus, dit Barrilan.

Il sortit sans les saluer. Ce n'était pas à cause d'eux, mais il ne se sentait pas bien. Il savait que ça faisait partie du métier d'infiltré. Il avait de plus en plus de mal à supporter son statut de funambule aveugle sans filet. Le seul avantage d'être en sous-marin chez ces cinglés de Dieu, c'est qu'il ne risquait pas d'éprouver de la sympathie pour eux comme c'était arrivé à certains agents infiltrés chez des voyous avec qui ils finissaient par copiner.

Quoique Laffouani, s'il ne se foutait pas le derrière en l'air cinq fois par jour en psalmodiant et en menaçant tout ce qui n'est pas musulman des pires sévices, il serait plutôt du genre brave type. Son fils Ali, davantage encore, avec son air de se foutre de tout à part lorgner les filles et aimer faire la fête.

Barrilan ressortit prudemment de la ruelle et examina un long moment la rue. Rassuré mais aux aguets, il héla un taxi pour recommencer le même circuit qui le ramènerait chez Laffouani.

Tout ce cirque le fatiguait. Il pensait souvent à son cousin Ariel, officier para sur le Golan. Trente ans, une femme et une fille qu'il voyait chaque fin de semaine quand il rentrait à Ashkelon. Il avait choisi l'armée et il était fier de Tsahal, de son pays, de son unité. S'il était tué au combat, il aurait droit aux honneurs militaires. Dora, son épouse, serait une veuve de héros, et Myriam, sa petite fille, conserverait de son père l'image d'un grand gaillard rieur qui avait donné sa vie pour qu'elle conserve la sienne.

Lui, s'il crevait, étant donné qu'il n'avait plus de famille, le Bureau prendrait une place dans un cimetière anonyme où personne ne viendrait le pleurer. À condition bien sûr qu'on retrouve son corps.

Il quitta le taxi, reprit le bus, marcha encore vingt minutes et arriva au bureau où il s'occupait des comptes d'exploitation des Boucheries halal Laffouani.

Frederich Lacy débarqua à Mitchell International Airport à douze heures et des poussières après un voyage d'une heure dix depuis Cleveland.

Il s'arrêta dans le hall après avoir récupéré son bagage et regarda éberlué l'agitation autour de lui. Quarante ans qu'il avait quitté sa ville natale pour ne jamais jusque-là y revenir.

Poussé par la foule, il se retrouva sur l'avenue Wisconsin dont il gardait le souvenir d'une voie calme et ombragée qui conduisait downtown, et qui était devenue une autoroute.

Deux fois avec sa mère il était venu à Mitchell chercher son père de retour de voyage. L'aéroport à l'époque était provincial et prendre un avion était une aventure. Son père lui apparaissait comme quelqu'un d'important. Ses parents s'entendaient encore à ce moment-là, son frère Ronald venait juste de naître.

Durant les années qui avaient suivi son départ de Milwaukee, il avait parcouru le pays au gré de ses caprices et n'avait jamais plus donné de nouvelles aux siens. Il avait échangé dans les premiers temps son patronyme contre celui de sa deuxième victime, Matt

Turner, vingt ans, rencontré à la gare routière de Chicago, qui lui avait fait une sale proposition qu'il avait feint d'accepter. Le garçon l'avait dégoûté avec ses cheveux pas lavés sur les épaules, son jean rapiécé et son regard vicieux. Ils étaient montés sur sa moto et avaient roulé jusqu'à un bois où le type apparemment avait ses habitudes.

Quand le garçon s'était fait plus pressant, il lui avait défoncé le crâne avec le marteau qu'il avait emporté de chez lui après le meurtre de Lacy. Il l'avait ensuite violé avant de le découper et d'enterrer les morceaux.

C'est à cette occasion qu'il avait eu pour la première fois la curiosité de goûter de la chair humaine et avait prélevé un morceau de fessier censé être le meilleur au dire de son aïeul.

Rentré au foyer pour célibataires où il demeurait depuis deux semaines, il fit griller la viande qu'il partagea avec son voisin de chambre sans bien sûr lui en révéler l'origine. D'après ses souvenirs ils s'étaient régalés, bien que la viande lui parût un peu ferme, peut-être à cause de l'âge moins tendre du sujet.

En quittant la maison familiale, il avait emporté la bible que ses parents pentecôtistes conservaient sur leur table de nuit. Lui-même était pieux, et se rendre à l'église écouter les sermons était un des grands moments de sa semaine.

La lecture du Livre saint l'avait édifié sur ce que l'on pouvait faire ou pas sans offenser Dieu. La sodomie était l'un des pires crimes, l'un de ceux qui conduisaient en enfer. Perdre sa semence dans un autre homme revenait à perdre son identité d'homme.

Même son arrière-grand-père n'y avait jamais succombé.

Il détestait les homosexuels et refoulait sa propre excitation devant le corps nu d'un garçon. Il devait traquer tous ces hommes qui se conduisaient comme des femmes. Les violer au seuil de leur mort était une façon de les punir en les humiliant.

Il consulta la carte des bus. Le 211 passait devant le parc Mitchell dont il conservait le souvenir d'une magnifique serre horticole surnommée le Dôme en raison de son architecture.

Son cœur était pétri d'émotion d'être de retour. C'était la main de Dieu qui l'avait ramené. Ramené dans sa ville où désormais vivait Levine. Comment ne pas croire aux signes ?

Assis contre la vitre, il ne se rassasiait pas du spectacle. Sa ville avait tellement changé, tellement grandi durant ces années. Il pensa à la maison de ses parents à West Allis. Ils devaient être morts depuis le temps. De toute façon, ça ne l'intéressait pas.

C'était eux qui avaient commencé à le négliger. Divorçant sans se soucier de lui. Son père se remariant aussitôt et sa mère partant vivre ailleurs avec son autre fils.

Une bouffée de haine lui acidifia la gorge. Ils ne risquaient pas de lui servir d'exemple comme auraient dû l'être des parents. C'était sûrement pour cette raison qu'il était devenu l'être pur et intransigeant qui avait fait de sa vie une croisade.

Il descendit du bus en reconnaissant le Milwaukee Art Museum. Comme il avait prospéré ! De son temps, c'était un petit bâtiment en briques rouges qui abritait les œuvres des artistes locaux. À présent, flanqué de chaque côté d'un important bâtiment en verre et acier dont les entretoises renvoyaient la lumière du soleil, c'était un édifice royal.

Les autorités avaient eu la bonne idée de conserver l'ancien musée. Agrandir, améliorer, mais pas détruire. Le passé servait de repère à une vie. On était né là, on avait étudié ici, et vécu peut-être ailleurs, mais chaque lieu conservait l'empreinte de celui qui y était passé.

Les êtres humains sont interchangeables, les lieux non. Les lieux sont les racines. On ne peut pas se couper de ses racines. On ne doit pas. Il n'avait pas coupé avec Milwaukee, il attendait pour y revenir que la Voix l'appelle. Et Elle l'avait fait.

Elle s'était servie d'un moyen moderne, la télévision. Il L'avait écoutée toute sa vie depuis qu'il avait pris la route. Mais il n'avait jamais oublié Milwaukee. C'était à Milwaukee qu'il avait connu sa première grande émotion. Cette bouffée délirante qui l'avait saisi quand il avait dû tuer ce garçon qui voulait le quitter pour rejoindre sa famille. Sa vie en avait été changée radicalement. Il avait attendu longtemps avant de retrouver l'ineffable plaisir de ce moment-là.

Il avait cru qu'il resterait unique jusqu'à ce qu'il rencontre Teresa Parker, qu'il la convainque de se mettre en ménage avec lui et partage sa paye de dactylo pour les faire vivre. Il avait vingt ans ; elle, vingt-deux. Il l'avait connue dans un café où il s'était arrêté un matin en arrivant à Des Moines par le bus. Elle prenait son petit déjeuner avant de se rendre à son travail. Ils avaient parlé et s'étaient donné rendez-vous le soir même pour qu'elle lui montre la ville. Elle venait d'un bled du Minnesota, croyant probablement transformer son destin de fermière pauvre en celui de pauvre ouvrière.

Ils étaient restés trois mois ensemble, puis il s'était lassé de ses exigences. Elle lui parlait mariage et l'avait même écrit à ses parents. C'est à ce moment-là qu'il avait pris peur. À cause des papiers. Il craignait qu'ils ne résistent pas à une enquête sur leur titulaire. Et il n'avait surtout pas envie de se marier et de rester végéter à Des Moines. Un autre avenir l'attendait.

Un dimanche matin, il lui avait proposé une promenade en barque sur la rivière Nivell, une balade incontournable pour les amoureux. Ils y étaient allés en bus et l'idiote était folle de joie, pensant qu'il l'amenait là pour lui faire sa déclaration.

Ils avaient déjeuné de poisson grillé et avaient ensuite loué une barque. La Nivell était réputée pour ses méandres qui s'enfonçaient dans les terres ombragées au point que l'on aurait pu se croire dans une forêt tropicale.

Teresa laissait languissamment flotter sa main dans l'eau comme dans ces films stupides dont elle raffolait, quand les filles attendent de leurs galants qu'ils se déclarent. Elle roucoulait avec des rires de gorge qui lui mettaient les nerfs à vif. L'assommer avant de la jeter dans l'eau ne lui procura pourtant pas le plaisir attendu. Mais lorsqu'elle réapparut, suffoquant et criant, le fixant les yeux fous et hurlant des mots inaudibles, qu'il la frappa sauvagement sur la tête avec la rame et sur ses mains qu'elle crochetait sur le bord de la barque dans le vain espoir de s'en sortir, et qu'enfin elle lâcha le plat-bord et coula à pic, à ce moment-là seulement il ressentit la bienheureuse secousse.

Je regarde mon portable comme s'il pouvait me conseiller. J'ai récupéré dans un vieux calepin l'un des numéros de téléphone de la propriété familiale des parents de Sarah, à Mulholland Drive.

Une chance sur vingt que je sois à la bonne adresse. Une chance sur cent que je tombe sur Sarah. Et si elle me répond, comment vais-je réagir ? Je crève d'envie d'entendre sa voix et celles de mes enfants.

Mais je crève aussi de peur. C'est comme jouer à la roulette russe.

Je tape le numéro et attends le cœur serré qu'il sonne à l'autre bout. On décroche après cinq sonneries.

— Allô…

— Oui… ?

— Est-ce que je suis… Je voudrais parler… Heu… les propriétaires sont-ils là ?

Blanc sur la ligne.

— Les propriétaires ? Je suis l'employée de maison de M. et Mme Bensimon…

— Joyce et Bob ?

— Vous demandez qui, monsieur ?

— Je voudrais juste savoir si je suis à la bonne adresse…, balbutié-je.

— Je ne sais pas, monsieur. Je vous demanderais de rappeler plus tard, quand M. ou Mme Bensimon seront là.

— Ils reviennent quand ?

Nouvelle hésitation. L'employée doit avoir des consignes de sécurité. Dans ces quartiers huppés d'Hollywood, les résidents vivent sous la menace des gangs qui n'hésitent pas, dès qu'ils le peuvent, à s'introduire sur la colline mythique. L'année précédente, le bébé d'une richissime productrice de films a été enlevé en plein jour avec la complicité de sa gouvernante. La police a travaillé en marchant sur des œufs pour que les médias ignorent l'affaire qui rappelait tellement l'histoire Lindbergh. La rançon demandée au bout de quatre jours était d'un million de dollars, que la mère a réuni selon les modalités des ravisseurs. Un impondérable, un vagabond se promenant à moitié ivre sur les lieux de la remise, a fait échouer l'échange. Le corps du bébé a été trouvé le lendemain dans une décharge. Selon les légistes, il était mort depuis plusieurs jours.

— Bon, je rappellerai. Attendez…. Attendez ! crié-je alors que la femme va raccrocher. Est-ce que Mme Sarah et ses enfants habitent là ?

— Vous leur demanderez, monsieur, répond sèchement la femme en coupant la communication.

Je me remets à respirer et ferme mon portable. Je me suis conduit comme un imbécile. Il suffisait de demander à parler à Sarah et la bonne femme m'aurait dit si elle la connaissait ou pas. Mieux, où je pourrais la trouver.

Si je rappelle maintenant, elle sera sur ses gardes et m'enverra probablement baigner, si elle ne prévient pas la sécurité. Je m'allonge sur mon canapé avec l'envie de me coller des baffes.

Le plus simple serait d'aller à L.A. Je sonnerais à la porte, me présenterais et demanderais à parler à ma femme. Ce serait ainsi que ça se passerait dans une comédie de Capra. Mais je m'habille et sors pour rejoindre le commissariat où j'ai rendez-vous avec les agents du FBI.

Quand je mets le pied sur le trottoir le matin pour aller à l'arrêt de bus et que je regarde autour de moi, je ne peux m'empêcher de faire la comparaison entre ce quartier qui n'a ni âme ni identité et la rue où nous habitions à New York, Jane Street, dans Greenwich Village.

Des maisons à deux ou trois étages en briques rouges qu'on appelle des *brownstones,* percées de fenêtres en ogive à petits carreaux, aux encadrements peints en blanc ; des portes laquées, vert doux, gris bleu, lie-de-vin, surmontées parfois d'une imposte en verre décoré, se succédaient de chaque côté du trottoir. La plupart étaient précédées d'une minuscule pelouse soignée comme un tapis de billard. Des prunus, des cerisiers du Japon transformaient en avril la rue en bouquets mauves et roses.

On habitait au 14. Une maison de deux étages avec une glycine bleue tortillée sur le lampadaire du coin, et un ampélopsis qui à l'automne la mettait en feu.

Quand je repense à ces rues new-yorkaises, j'ai l'impression d'entrer dans un décor à la Walt Disney. Les arbres forment une voûte d'un trottoir à l'autre ; à Jane Street, c'étaient des tilleuls, et l'été l'odeur de leurs fleurs entrait jusque dans les maisons.

Plusieurs fois dans l'année les locataires organisaient des fêtes où l'on pouvait vendre des objets et des livres dont on voulait se débarrasser. On se retrouvait entre voisins à boire du vin ou de la bière avec des gâteaux faits maison, ou des pains de viande, une des spécialités de Sarah. Les soirées se prolongeaient chez les uns ou les autres, et on finissait dans cette grande ville inhumaine par connaître tous ses voisins.

Ici, l'air est peut-être moins pollué, je ne sais pas, mais la rivière qui coule devant chez moi n'a pas le charme de l'Hudson, et les bâtiments de l'autre rive font plutôt penser à Calcutta.

Quand je marche le dimanche ou le soir sur les trottoirs pour rentrer chez moi, j'entends le bruit de mes pas, et parfois je me retourne en me demandant si l'on me suit.

Le bon côté, c'est qu'effectivement le taux de criminalité est proportionnellement la moitié de celui de New York. Mais ce matin, ce n'est pas l'ambiance d'une calme ville de province qui règne. L'atmosphère est saturée d'électricité et d'angoisse. Les passants marchent vite et se dévisagent nerveusement. Les patrouilles de flics ont été multipliées et la garde nationale contrôle les accès et les ponts.

L'enquête sur les attentats a pris une dimension nationale et même internationale.

Une vidéo envoyée à CNN a montré le numéro 2 d'Al-Qaida, Ayman al Zaouahri, déclarer aux Américains que quel que soit l'endroit où ils se trouvent, ils ne sont pas à l'abri des martyrs de Dieu. Suivait une liste de noms de villes plus ou moins importantes, de sites stratégiques, où les hommes de Ben Laden comptent agir. Ils ont même dans leur extrême humanisme lancé un contrat contre notre nouveau Président.

La Maison-Blanche a encore relevé le niveau de vigilance, déjà dans la partie la plus haute du rouge, et arrêté un certain nombre de ressortissants musulmans suspects à ses yeux. Ce qui a déclenché les foudres des associations des droits de l'homme qui n'hésitent pas à mettre en parallèle l'incarcération des ressortissants japonais dans des camps de prisonniers au cours de la Seconde Guerre mondiale avec la pression exercée sur les résidents étrangers issus du Moyen-Orient.

Je n'ai pas revu les fédéraux et ignore comment ça va se passer entre eux et nous. Les experts n'ont pas retrouvé grand-chose sur les lieux. Des kamikazes, il ne reste presque rien, un bout de coran pour le premier et une photo aux trois quarts brûlée pour le second.

Des bagarres ont éclaté entre des gangs d'Afro-Américains et les Latinos sous prétexte qu'avec leur teint bronzé les Latinos ressemblent à des musulmans. Ces attitudes de méfiance et de peur accentuent l'impression d'état de guerre dans lequel les attentats ont précipité le pays. Sur ce chapitre au moins, les terroristes ont gagné.

La menace de frapper sur tout le territoire met chaque citoyen en première ligne, et un repli égoïste est en train de se produire. On revient au chacun pour soi puisque tous deviennent des cibles.

Tom Barrett est partout, tout le temps. C'est à la fois son heure de gloire et son cauchemar.

Les huiles de Washington se sont succédé après les attentats, les félicitant, lui et ses services, de leur sang-froid et de leur efficacité. Des pontes médicaux se sont déplacés pour prêter leur concours aux médecins et chirurgiens de Milwaukee.

Si l'explosion du cinéma était due à une charge de Semtex, celle du supermarché avait été provoquée par une bombe artisanale actionnée par son porteur. Le drame est que comme pour la plupart de ces bombes l'artificier l'avait remplie de clous et de boulons rouillés qui avaient déchiqueté les corps, leur infligeant des blessures atroces.

Les télés ont passé en boucle le double carnage de Milwaukee, n'épargnant aucun détail, jusqu'à ce que la Maison-Blanche s'en émeuve et réclame davantage de retenue. Mais il suffit dans une démocratie comme celle des États-Unis de retenir les journalistes pour que ceux-ci en rajoutent et recherchent dans les archives internationales d'autres attentats comme ceux de Madrid, Londres ou Tel-Aviv, et établissent des comparaisons sanglantes.

J'arrive au commissariat dont les abords ont été comme ceux de tous les bâtiments publics protégés de blocs de ciment interdisant à une voiture piégée d'approcher. Des barrières métalliques empêchent le stationnement, et toutes les voitures de police sont garées dans le parking intérieur. Des hommes de la garde nationale patrouillent devant les galeries commerciales et les bâtiments publics.

Je dois plusieurs fois justifier de mon identité aux gardes avant d'entrer et rejoindre le bureau de Jackson-Carr. Il est au téléphone et me fait signe de rester debout. Il raccroche et se lève.

— On les retrouve ailleurs, dit-il en prenant son colt dans le tiroir. Vous êtes armé ?

— Heu… Oui, pourquoi, on part à la guerre ?

— Les fédéraux nous attendent dans une de leurs cellules clandestines.

— Ah bon ?

Je le suis jusqu'au parking où il se met au volant d'une voiture banalisée.

— Où va-t-on ?

Il ne répond pas et embraye. Les grands axes sont vides et Jackson n'hésite pas à appuyer sur le champignon. Des tanks sont embusqués aux carrefours et des patrouilles de rangers sillonnent les rues.

On est en guerre.

Plongés chacun dans nos pensées, on roule une bonne vingtaine de minutes avant de prendre une rue qui mène sur le port. Jackson a sa tronche des mauvais jours. Je dois avoir la même. Des rumeurs ont circulé comme quoi les terroristes avaient placé des charges explosives dans la ville, et on serre les fesses.

Il s'arrête dans une ruelle dégueu encombrée de sacs-poubelle éventrés, de pneus, de déchets crapoteux, de boîtes de conserve, ce qu'on trouve sur les pentes du Kilimandjaro. Le vent fait s'envoler des feuilles de journaux jaunies, des bouts de carton. On a l'impression d'un lendemain de guerre nucléaire.

On sort et je le vois fourrager sur un mur derrière une affiche déchirée. Une porte en bois qui semble tenir par miracle à son encadrement s'ouvre.

Il entre et je le suis. Première surprise. La porte en bois est doublée à l'intérieur d'une plaque blindée qui à mon sens peut résister à l'assaut d'un char. Seconde surprise. Un vaste local sans ouverture, dont les murs, le sol et le plafond sont recouverts de plaques métalliques destinées à l'isoler et à brouiller les communications, style cage de Faraday. Au centre, une longue table où sont assis trois hommes et une femme et, courant le long d'un mur, une console qui supporte une demi-douzaine d'ordinateurs, scanners, écrans télé, bref, un assortiment de ce qui se fait de mieux en technologie investigatrice. À se demander pourquoi tous les méchants ne sont pas enfermés.

Un des trois hommes se lève à notre entrée et vient vers nous d'un air affable.

— Vous avez trouvé facilement, commandant ? s'enquiert-il en serrant la main de Jackson.

— Oui, les indications étaient bonnes.

— Capitaine Levine ? dit l'homme en me tendant une main qui a la taille d'une poêle, et qui arbore sous le nez un balai roux. Il doit friser les deux mètres. Je m'appelle Peter Crawford et suis chef d'antenne à Milwaukee.

— Bonjour, dis-je.

— Agent Serge Bradley, responsable et expert en explosifs ; Maureen Segall, que vous connaissez déjà et qui est chargée de l'enquête, et Dan Barrilan, me présente-t-il ensuite en se tournant vers les autres.

Je salue chacun d'un signe de la tête. À part celui qui s'appelle Barrilan et ressemble à un marchand de tapis, les autres sortent tout droit du moule Quantico. Coupe de cheveux corps des marines, costume tergal bleu marine à trois ronds et air constipé. Seule Maureen Segall, qui a, semble-t-il, échappé et au coiffeur et au tailleur maudits, a droit à mon regard indulgent.

— Asseyez-vous, je vous en prie, invite Crawford. Café ?

On accepte sans conviction et il s'assoit en face de nous pendant que l'expert en explosifs va remplir deux gobelets de café à la machine.

— Bien, démarre-t-il, nous savons tous pourquoi nous sommes là et nous avons peu de temps. Je tiens juste à souligner qu'avec l'accord de monsieur le maire nous sommes convenus d'une totale collaboration avec la police de Milwaukee. Vous savez que depuis le 11 Septembre tous les organismes de sécurité du pays sont regroupés au sein du Homeland Security, les services de police y compris. (Il se tourne vers moi.) Vous avez formé à Detroit, capitaine, une brigade qui s'est illustrée dans la chasse aux gangs et qui a fait chuter la délinquance grave de plus de quarante pour cent. Nous voudrions que vous recommenciez avec un petit nombre de collaborateurs que vous aurez choisis, et cette fois contre les terroristes.

Je m'assois avec un certain soulagement. Je m'étais attendu à devoir me battre avec les Feds pour rester dans l'action.

— Cependant, reprend-il, il est évident que le FBI a davantage l'habitude de les combattre…

Je me retiens de balancer une vanne sur le cafouillage du 11 Septembre. Ce n'est pas le moment de se mettre le Bureau à dos. J'aimerais également savoir qui est cet homme qui ressemble tellement à Ahmadinejad, le génie de Téhéran.

— Je reviens de Quantico, où les spécialistes du Moyen-Orient pensent avoir affaire à une méthode sortie des cartons de Khomeiny en 1979, poursuit-il.

Je le trouve pompeux. C'est ce qui est agaçant chez les Feds. Ils donnent toujours l'impression d'en savoir plus que tout le monde et de ne supporter les autres que parce qu'ils y sont obligés.

— … Les experts ont en effet retrouvé en relevant les divers indices laissés par les kamikazes, très peu entre parenthèses puisque les deux terroristes ont été pulvérisés avec leur charge, deux morceaux de plastic aux trois quarts brûlés qu'ils ont pu néanmoins reconstituer en s'aidant de diverses techniques dont je vous fais grâce. Ces deux morceaux de plastic correspondaient à des clés que les terroristes s'accrochent autour du cou avant de partir pour leur mission, des clés censées leur ouvrir les portes du paradis d'Allah.

L'agent marque une pause comme pour attendre une réaction qui ne vient pas.

— Cette culture s'appelle la culture du Basiji. Les Iraniens l'ont reprise, lors de la guerre Iran-Irak, d'une secte du XIe siècle créée par un certain Hassan ben Sabbah, surnommé le Vieux de la Montagne, qui s'était lui-même inspiré de l'enseignement dispensé dans une madrasa appelée « Maison de la Sagesse », en réalité un centre d'entraînement pour les fanatiques de l'époque. Avec l'aide d'une armée de jeunes paumés qu'il avait convaincus que mourir en tuant un infidèle les conduirait tout droit au paradis d'Allah et à ses soixante et onze vierges, il se proposait tout bêtement d'arracher le pouvoir à son maître qu'il accusait de l'avoir trahi. Il s'installa avec ses tueurs dans l'antique cité d'Alamut, située entre les chaînes montagneuses du Zagros et du Fars. Ça, c'est pour votre culture personnelle. On dit que ça a marché au point qu'il a été obligé de les empêcher de se suicider pour arriver plus vite au paradis et à ses délices. Il eut en plus la bonne idée de les bourrer de haschich, ce qui en fit des Haschachins. Vous me suivez ?

— J'aime beaucoup les belles histoires, grincé-je, surtout au cinéma… Mais on va où, là ?

Il me balance le regard style « machette aiguisée », censé me couper le sifflet.

— Ce que j'essaye de vous expliquer, capitaine, c'est que nous avons affaire aux mêmes cinglés qui en 1980 ont envoyé des milliers d'adolescents la tête ceinte du bandana rouge sang du martyr marcher devant l'armée iranienne afin de faire exploser les bombes antipersonnel irakiennes et ainsi préserver les combattants. Des mecs qui adorent se faire sauter, sans jeu de mots.

On se toise sans aménité.

— Comment on le sait ? reprend Crawford, à qui je n'ai rien demandé. Une des clés était enroulée sur un bout de clavicule dont l'ADN nous a donné l'âge du sujet. Treize ans.

— Alors, nous sommes censés faire quoi ? Les sorties des maternelles islamiques ?

— Vous n'y trouverez pas grand-chose. Ces garçons, et ces filles, n'oubliez pas la vidéo tournée à Jérusalem montrant une gamine qui se fait sauter dans un bus, ont l'ordre de ne pas se faire remarquer pour leur zèle religieux. Vous risquez davantage de les rencontrer dans les établissements de jeux électroniques ou sur les terrains de foot.

Il y a un silence, et j'en profite pour avaler une gorgée de café sans goût. Je pense en même temps qu'on a peu de chances de gagner devant de tels adversaires. Ces gens sont différents, ils cultivent la mort comme d'autres cultivent des tomates. La vie ne représente rien pour eux, pas davantage la leur que celle des autres. Ce n'est pas nouveau. Les Japonais de la dernière guerre ont envoyé des dizaines de pilotes s'écraser sur nos porte-avions. Ce n'était pas Allah qui le leur commandait, mais l'empereur, leur dieu à eux.

Ce qu'on apprit plus tard, c'est que sur la plupart des « volontaires » les autorités militaires durent faire pression en leur précisant qu'en cas de défaillance au dernier moment, leurs familles non seulement seraient déshonorées, mais connaîtraient la rigueur de l'empereur. Tandis qu'à présent ces nouveaux nihilistes courent à la mort en chantant et même en redemandent. Culture du progrès humain.

Serge Bradley intervient :

— Ce qui explique le peu de sophistication du matériel employé. Ces gosses ne sont pas très techniques. Ils ont juste à enfoncer un bouton.

— Et où s'entraînent-ils, alors ? On ne lave pas des cerveaux, même de gosses, en les faisant jouer au base-ball…

— Ils ne jouent pas au base-ball dans les madrasas.

Je me tourne vers celui qui vient de parler et qui ressemble au secoué de Téhéran.

— Excusez-moi, mais je n'ai pas bien compris quelle était votre fonction au FBI.

— Je suis celui, j'espère, qui convaincra ces garnements de précisément préférer jouer au base-ball qu'à la guerre, répond-il en souriant comme s'il venait de raconter une bonne blague.

Crawford étouffe un sourire.

— Excusez-nous, capitaine, mais nous ne pouvons pas dévoiler tous nos plans.

Leurs plans, j'en ai rien à foutre. Je veux seulement participer à la bagarre. J'ai encore devant les yeux le bras arraché d'une femme tatoué du numéro d'Auschwitz. Elle s'est tirée de l'enfer, a recommencé à vivre, et en allant voir un film s'est fait déchiqueter par un salopard de gosse qui ignore tout de l'Histoire et de la vie.

Je me lève brusquement et vais vers la fenêtre où je regarde en bas le ballet des voitures de police qui sillonnent la ville.

— Vous pensez pouvoir constituer une équipe, capitaine ? interroge Crawford, et en combien de temps ?

Je ne réponds ni ne me retourne. Constituer une équipe ? Avec qui ? Mes hommes ? Je les connais à peine. Une équipe destinée à combattre une hydre comme le terrorisme doit être soudée au point que chacun de ses membres est prêt à mourir à la place de ses coéquipiers. Suffisamment motivé pour risquer sa peau. Ce qui ne m'a pas semblé être le cas des types du commissariat.

À Detroit, j'ai mis plus de six mois à former une brigade de quatre hommes. Non, trois hommes et une femme. La meilleure, la plus performante, la plus courageuse des quatre, toujours en avance d'un coup sur ses camarades comme sur ses adversaires. Une nana formidable. C'est avec des gens de cette trempe que j'ai pu pacifier tout un quartier où aucun service public ne mettait plus les pieds. Et Sandy, formée à un tas de disciplines mais qui ne la ramenait pas, s'est fait trucider par un dealer de quinze piges à la gueule d'ange. Un de ces mômes élevés dans la misère et la revanche qui l'a pointée alors qu'elle essayait de l'amener à lâcher le couteau qu'il avait posé contre la gorge d'une petite fille de six ou sept ans qu'il avait prise en otage pour s'enfuir. Elle s'était approchée sans cesser de lui parler. De sa mère, de sa famille, de son quartier, de lui.

J'avais vu qu'elle prenait trop de risques, que le gamin était chargé comme un camion. Je lui ai crié de s'arrêter mais elle a continué, sûrement trompée par les yeux affolés du garçon qui avec ses boucles de chaque côté de son visage ressemblait vraiment à un ange.

Il a brusquement laissé choir la gamine qu'il tenait et enfoncé d'un seul geste son poignard dans la poitrine de Sandy. Elle est tombée sur les genoux et, accouru, j'ai vu son regard incrédule se lever vers son assassin.

J'ai immédiatement dissous le reste de l'équipe et demandé mon transfert. Je ne saurai jamais d'une façon certaine si je ne suis pas responsable de la mort de mon équipière.

Ai-je été assez ferme en lui interdisant d'y aller, ou ai-je espéré que sa formidable énergie et l'empathie qu'elle avait avec ce genre de pègre lui permettraient de désarmer le garçon avant qu'il tue la fillette et nous oblige à le descendre ?

Je me retourne vers Crawford.

— Pas facile, agent spécial, de constituer rapidement ce genre d'équipe. Et dans le cas qui nous intéresse, il faut faire vite. Laissez-moi me débrouiller seul, et si besoin, je vous demanderai de l'aide.

Crawford pince les lèvres, mordillant en même temps le bout des poils de son balai, et feint de s'absorber dans une quelconque paperasse posée devant lui.

— Capitaine Levine…, dit-il en me regardant droit dans les yeux, nous ne participons pas à un concours dont le gagnant pourra partir aux Caraïbes dans un hôtel quatre étoiles avec le partenaire de son choix. Ou vous acceptez de travailler avec nous, à nos conditions, ou nous vous écartons de l'enquête.

Un silence tendu succède à la sortie de l'agent spécial. Je deviens blanc et dois me retenir pour ne pas foutre sur la gueule de ce crétin. Qu'est-ce que ce singe connaît de moi ? Il jouait encore dans les bacs à sable que je chassais déjà la racaille dans toutes les rues de New York. Et entre un tueur fou et un terroriste, c'est quoi la différence ?

— Crawford, vous étiez combien le 11 Septembre quand les services étrangers, le Mossad, la DGSE, et même le MI5 vous ont prévenus de l'imminence d'attentats sur notre sol ? Ils étaient combien vos agents à Miami à surveiller les futurs terroristes qui s'entraînaient sous leurs yeux dans des écoles de pilotage ? Vous étiez combien à vous tirer la bourre avec la CIA et la NSA au lieu de partager vos infos ? Alors, vos remarques, vous pouvez vous les mettre où je pense ! Faites votre job avec vos experts dans vos bureaux, et laissez les hommes de terrain agir sur le terrain.

C'est au tour de Crawford de pâlir, au point que ses yeux se creusent. Je comprends à sa grimace que Jackson-Carr se sent le cul entre deux chaises.

— Nous savons qu'il n'est pas facile d'animer une équipe qui n'a jamais eu l'habitude de travailler ensemble, surtout sur ce genre de dossier. Mais je crois que nous n'avons pas le choix, lâche-t-il.

— Pas question que vous jouiez les justiciers solitaires, crache Crawford, les dents serrées. Ce n'est pas seulement une question de confiance…

La collaboration commence bien, pensé-je en me rendant compte une fois de plus combien il est difficile à des gens de formation et de conception différentes de faire équipe. Toujours le syndrome de l'association. Il y a toujours un des associés qui pense en faire plus que l'autre.

Je tends mon pouce vers le dénommé Barrilan qui donne l'impression d'être là par hasard.

— C'est comme ça que vous comprenez la confiance ? Vous n'êtes même pas fichu de me dire qui est ce type et ce qu'il fait là.

— Je suis un collaborateur actif du Bureau, capitaine Levine, répond le gars d'une voix douce. Ça devrait vous suffire. Je ne suis pas musulman, si c'est ce qui vous inquiète…

— Il n'y a pas que ça qui m'inquiète, votre tronche aussi !

Bradley se marre dans sa barbe et Segall contemple ses ongles.

— Ma tronche, capitaine Levine, qu'est-ce qu'elle a, ma tronche ?

— Vous ressemblez comme deux gouttes d'eau à ce cinglé d'Ahmadinejad, il est de votre famille ou quoi ?

Il a un petit sourire et paraît compter ses doigts qu'il vient de former en pyramide.

— Vous trouvez vraiment que je lui ressemble ? Mais c'est normal, je suis iranien. Qui peut connaître ses liens lointains de parenté ? Peut-être qu'une de mes aïeules a fricoté avec un de ses aïeux… Qui peut savoir ?

Je ne le sens pas ce type. Son sourire ne correspond pas à son regard. Il veut donner l'impression d'être détaché et pourtant je perçois autre chose en lui. Sa fausse aisance cache quelque chose de plus profond. J'ai assez fréquenté la mort pour la reconnaître. Elle se signale par la peur qu'elle inspire aux hommes. Et cet homme a peur.

— Laissez tomber, capitaine, intervient Crawford, ce n'est pas votre problème. Ce qui l'est en revanche, c'est si vous voulez ou non travailler avec nous. Avec votre équipe.

Je regarde Jackson, qui me rend mon regard en tentant d'y faire passer un message du genre : Acceptez, on verra après.

— D'accord, je soupire, d'accord, je m'y mets.

— Eh bien, c'est parfait, sourit Crawford, faux comme un jeton. Vous pourrez nous faxer la liste de vos collaborateurs ? Nous les entrerons dans nos fichiers. Simple routine.

Frederich Lacy s'était trouvé une chambre dans un motel pouilleux à la sortie nord de la ville. Le gars qui le tenait l'était encore plus. Quant à la chambre, il comprit vite que la paillasse sur laquelle il était censé dormir avait l'habitude de servir de piste de jogging aux punaises.

Il s'en foutait. Il était porté par autre chose. Il l'avait encore vu à la télévision. Fuyant les journalistes qui le poursuivaient après un attentat contre un cinéma. Une bonne femme pas mal du tout l'accompagnait. Une flic, sans doute, ou sa nouvelle copine, ou les deux. Aucun ne voulait répondre aux journalistes. Ils arboraient une mine à faire peur. Il faut dire que l'attentat avait fait des dégâts.

Levine avait dû laisser tomber sa femme après l'histoire de New York. Il avait eu tort, c'était elle la plus futée. Et hargneuse avec ça. Elle avait été à deux doigts de le coincer pendant que l'autre abruti courait dans tous les sens avec son équipe d'incapables. D'ailleurs, leur fille était certaine que c'était sa mère qui la sauverait. Elle ne s'était pas trompée de beaucoup.

Une mère comme ça, c'est quelque chose. Pas comme la sienne qui à peine divorcée s'était enfuie avec son frère. Quelle salope ! Comment peut-on préférer un de ses enfants à un autre ?

Lui n'avait aimé aucun des siens, c'était plus juste. Entre son feignant de fils cadet qui passait ses soirées à jouer au flipper avec ses copains, sa fille qui restait enfermée dans sa chambre à écouter de la musique de dingue et ne disait pas une phrase par jour, et l'aîné qui s'était mis en ménage avec une poufiasse à qui il s'était empressé de faire un gosse, il était servi. Sans parler de Gerda, sa femme, inexistante et pleurnicheuse, qui les excusait en permanence.

Il avait lu tous les journaux qui parlaient de l'attentat. « Parler » est un euphémisme. Qui HURLAIENT l'attentat. Mais là aussi quel gâchis ! Quel manque d'imagination et de raffinement !

Le crime aveugle, il ne comprenait pas. On punit pour améliorer, élever, remettre dans le droit chemin. C'est la raison donnée par Dieu. Il n'hésitait jamais à prendre le temps de le leur expliquer, mais il était très souvent déçu par leurs réactions.

Tous affirmaient ne pas mériter ce qu'il allait leur faire. Mais qui parlait de mériter ? Il ne les châtiait pas pour s'être comportés selon les normes d'une société sans autre conscience que son instinct de reproduction. La souffrance qu'il leur infligeait les aidait à se dégager de leur médiocre humanité pour se rapprocher de Dieu. C'était la mission que Dieu lui avait choisie. Que seraient les martyrs sans la souffrance ? C'est elle qui nous aide à grandir. Ils le savaient mais faisaient mine de l'avoir oublié. Ils suppliaient, promettaient de s'amender, juraient que désormais leurs actes seraient en accord avec le Seigneur et leur conscience.

« Alors, pourquoi ne pas vous en être avisé avant ? » leur rétorquait-il.

Lui aussi souffrait. Lui aussi s'infligeait d'intolérables tortures. Souvent les mêmes que celles de ses hôtes. Tels ces savants qui expérimentent sur leur propre corps l'invention qu'ils ont découverte.

Il les exhortait alors à partager ses sensations, les encourageait à aimer comme lui l'ineffable supplice. Il lui était arrivé d'agir simultanément sur lui et sur eux. De percer, de brûler au même endroit. Il avait remarqué que c'était généralement à cet instant qu'ils perdaient tout espoir. S'il leur conseillait de prier pour leur âme, ils ne le faisaient pas. Tout occupés à lécher leurs plaies. Cette attitude le rendait le plus souvent furieux.

Au moment de la mort, c'est comme si le corps échappait à la douleur. Comme si l'esprit était tourné vers un monde que lui seul perçoit. À cet instant bref mais si intense, l'âme surgit pour prendre la place des sensations. Le chemin qui relie le cerveau à la douleur se coupe. Et l'âme entre en scène.

La terreur leur faisait dire n'importe quoi. Des mensonges, des promesses qu'il savait qu'ils ne tiendraient pas. Et ça, ça l'énervait. Pécheurs, c'est une chose, mais pas menteurs !

Notre monde ne supporte plus la souffrance, même si elle le sauve. Les prophètes le savaient qui la recherchaient. La transcendance s'obtient dans l'abnégation de nos désirs impurs.

« Ce que je vous fais n'a rien de personnel, je me sacrifie pour que vous ne soyez pas damné. Ne le comprenez-vous pas ? »

Les saints au bout de leurs souffrances et au moment de leur trépas relevaient leur pauvre visage meurtri vers leur Seigneur. Ils n'étaient qu'amour. Mais pas eux.

Quand ils étaient sur le point de mourir, il leur promettait que leur voix, leur regard, leurs gestes, leurs cris seraient à jamais dans sa mémoire. Enfin, s'il devait être honnête, c'était pour les premiers. Après…

Il se faisait un point d'honneur de prier pour eux tout au long de leur agonie. Certains qui s'étaient montrés dociles se révélaient parfois les plus fourbes. Ils hurlaient leur rage et l'insultaient. Il ne leur en voulait pas. D'autres imploraient sa clémence. Mais Dieu a-t-Il eu pitié à Sodome ? N'a-t-Il pas changé Lilith qui avait couché avec son père en statue de pierre ? N'a-t-Il pas envoyé les dix plaies sur l'Égypte, fait errer les Hébreux quarante ans dans le désert, précipité le Déluge ?

Quand ils le suppliaient de les tuer, l'imploraient de les achever, il comprenait qu'il avait échoué. Il leur disait que ce n'était pas lui qui donnait la mort, mais Dieu. Il n'était qu'une partie de sa matérialité sur terre. Ils devaient attendre le temps que Dieu leur avait consenti.

Ils ne comprenaient pas. Son rôle était tellement ingrat.

Il se souvenait d'une jeune fille qu'il avait suivie jusque dans un bois qu'elle traversait pour se rendre à l'école. Une fillette, grosse comme une allumette.

Mais provocante au point de lui couper le souffle quand il voyait ses jambes minces et blanches se balancer sous sa jupe si courte.

Que croyait-elle en s'accoutrant ainsi ? que croyaient ses parents ? Qu'on pouvait laisser une gamine de cet âge montrer ses fesses impunément ? qu'il n'y aurait personne que ce manège allait bouleverser ? irriter au point de devoir intervenir ?

Il lui avait parlé gentiment, elle ne s'était même pas arrêtée, et presque aussitôt parce qu'il tentait de la convaincre de son impudeur, elle l'avait envoyé vertement promener dans des termes que lui-même n'aurait pas osé employer. Elle grimaçait sous son maquillage comme une courtisane de Babylone. Elle n'avait pas quinze ans.

Elle lui avait dit d'aller se faire foutre, que s'il ne lui fichait pas la paix, elle irait directement se plaindre aux flics parce qu'elle savait parfaitement qui il était. Que tous dans le quartier se moquaient de lui et le prenaient pour un barjot, et qu'il ferait mieux de s'occuper de ses fesses à lui que des siennes.

Soupirant de lassitude, il alluma le minuscule écran de télé qui trônait sur la commode branlante couverte de brûlures de cigarettes. Il espérait encore le voir. L'entendre.

La première fois qu'il avait rencontré Levine, la toute première fois, c'est quand il s'était emparé de Gloria. Une charmante petite fille de neuf ans.

Un hasard. Il était venu chez sa mère sous prétexte d'embaucher son fils pour qu'il l'aide dans sa ferme de Farmingdale, à Long Island, où il disait cultiver des produits maraîchers avec sa femme et ses deux enfants.

Mais le garçon lui avait déplu. Un grand dadais boutonneux, pas du tout ce qu'il s'était imaginé après avoir lu l'annonce que sa mère avait fait passer dans un gratuit pour trouver une embauche à son fils.

Ils s'appelaient quelque chose comme Riley. Des gens ordinaires. Comme aurait dit sa mère : pauvres mais propres.

Il avait à contrecœur accepté l'invitation à partager leur déjeuner, pensant s'esquiver ensuite. Mais quand la petite Gloria était arrivée, il l'avait immédiatement conquise, comme lui l'avait été.

Un bout de chou, délicieuse comme un sucre. Blonde avec des tresses et une jolie robe bleue à petites fleurs blanches. Il s'en souvenait comme si c'était hier. Il avait aussitôt proposé à sa mère de l'emmener chez sa nièce, du même âge qu'elle, qui fêtait justement son anniversaire ce jour-là. La mère, confuse, avait d'abord refusé, mais il avait su la convaincre et il était parti avec l'enfant en promettant de la ramener le soir même.

Elle n'avait jamais revu sa fille. À la place, il lui avait au bout de quelque temps envoyé une lettre où il lui décrivait la façon dont Gloria était morte. Il y racontait aussi comment son arrière-grand-père était devenu cannibale et comment il s'y était lui-même essayé.

Il avait détaillé à Mme Riley les différentes façons qu'il avait eu d'accommoder Gloria et le plaisir qu'il en avait tiré. Il ignorait encore aujourd'hui ce qui l'avait poussé à écrire cette lettre. D'autant, et il se le reprochait encore à présent, que seul le sentiment trop vif pour la fillette l'y avait entraîné.

Toujours est-il que c'était à cause de cette lettre que Levine s'était mis à le traquer et à lui lancer son défi imbécile. Il n'avait pas saisi qu'il avait comme adversaire non pas un vulgaire meurtrier mais un homme habité par la grâce.

Il avait payé son erreur grossière de la vie de sa fille.

Elles étaient si mignonnes, ces jeunes filles. De vraies petites femmes. Coquettes, coquines, aguicheuses. Sans les défauts de leurs aînées. Un enfant qui meurt le fait avec grâce. Tellement étonné de connaître si vite la fin alors que tous lui ont promis une vie si jolie.

Elles pleuraient, certes, mais à petits sanglots retenus. Rien à voir avec les beuglements discordants des adultes. Les enfançons réclament tous leur mère. Mais quand ils comprennent qu'il n'y a plus d'espoir, ils regardent leur bourreau avec étonnement, comme si jusque-là ils avaient cru à un jeu.

Ce qui était merveilleux avec les enfants, c'était leur côté naturel. Ils ne feignaient pas. Si leur corps répondait, ils ne s'en défendaient pas. Aucune hypocrisie.

Quand il avait enlevé la fille de Levine, il ne l'avait pas fait pour les mêmes raisons que pour Gloria. Il voulait juste lui montrer que c'était lui qui avait le contrôle.

Mais quand il s'était rendu compte qu'elle faisait partie du peuple honni des assassins de Jésus, la tuer était devenu une mission, une revanche qu'il devait à son Seigneur.

Il avait presque regretté qu'elle soit aussi courageuse. Elle lui avait jusqu'au bout montré son mépris. Ne se plaignant pas, certaine que son père et sa mère viendraient la délivrer.

Et la clouer sur la croix, comme *ils* avaient oser le faire pour Dieu ! Quelle idée de génie ! Ouvrir sa chair à l'emplacement exact des blessures du Christ. Baigner ses plaies avec le même sel qui avait brûlé celles du Seigneur. Et attendre avec elle, sachant que cette fois il n'y aurait pas de résurrection.

Il pensa à sa femme et aux enfants qu'il avait eus d'elle. Ils étaient loin de posséder le courage de cette petite juive. Des ratés qui ressemblaient à leur mère. Il avait même appris par la suite que son cadet l'avait dénoncé à la police. Pour toucher une prime. L'imbécile.

Il eut faim et espéra se trouver un restaurant bon marché. Il devait garder ses sous jusqu'à ce qu'il dégote un travail.

Il ne devait pas faire honte à la ville qui l'avait vu naître. Peut-être restait-il quelqu'un de sa famille. Du côté de sa mère, il y avait du monde. Des oncles, des cousins, de pièces rapportées, qui avaient sûrement entendu parler de lui à l'époque.

Les Nichols étaient un couple banal, poussant leur vie devant eux davantage qu'ils ne la vivaient. Dénués d'ambition à l'exception de celle de ressembler à tout le monde. Animés de désirs aussi minuscules que leurs audaces.

Et lui qui était tombé là-dedans. Mouton noir dans un troupeau qui se pensait immaculé. Mesquineries familiales, conjugales, auxquelles il assistait avec dégoût. Et le fils biologique qui débarque huit ans après. L'enfant inespéré.

Il ignorait si certains des membres de cette famille avaient été interrogés au moment de sa fuite. Avait-on fait le rapprochement entre Edgar, le fils adopté de Lionel et Sonia Nichols, et l'homme après qui avaient couru sans succès toutes les polices des États-Unis ? Moins que probable.

Il sortit de l'hôtel. La ville lui parut bizarre, repliée sur elle-même. Presque déserte. La peur d'un nouvel attentat crispait d'angoisse les habitants. Tant mieux. Les policiers seraient occupés à autre chose qu'à lui courir après.

Son nom n'avait sûrement pas disparu de la liste des dix criminels les plus recherchés, mais qui à présent se soucierait de lui ? Qui imaginerait qu'il était revenu chez lui ? Tous devaient le croire mort.

C'était le moment de les détromper.

Un catafalque a été dressé dans la salle d'honneur de la mairie.

Quarante-huit cercueils identiques y ont été entreposés. Six portent la croix protestante, douze celle des baptistes, quatre celle des catholiques. Vingt-six sont frappés de l'étoile de David.

En raison de la foule serrée dans le hall du cinéma, la charge de Semtex que le terroriste portait à la ceinture a fait le maximum de dégâts.

Le jour de la cérémonie, les commerçants de la ville ont descendu leurs rideaux et les administrations ont cessé le travail. Les drapeaux ont été mis en berne et la population invitée à observer une minute de silence. Les véhicules se sont immobilisés, hormis ceux des services médicaux et de sécurité.

À midi et quart, heure de la première explosion, la ville de Milwaukee a retenu son souffle et un silence lourd s'est posé sur la ville.

Le président des États-Unis a fait le déplacement en compagnie du secrétaire d'État à la Défense et du commandant suprême des forces armées. C'est la première épreuve du nouveau Président.

Les autorités religieuses de la ville sont assises sur l'estrade dressée derrière les cercueils. Tom Barrett, la mine sombre, fait office de maître d'œuvre.

Le ciel lui-même s'est mis à l'unisson et un orage sec a secoué l'atmosphère. Le tonnerre roule au loin mais la pluie reste suspendue. La température est étouffante et le ciel se maquille de sombre.

À l'extérieur de l'hôtel de ville, des membres des services antiterroristes et des diverses agences de sécurité gouvernementales sont mêlés à la foule, tentant de repérer des visages ou des attitudes suspects.

Debout à la gauche de l'estrade avec les autres notables de la ville, j'ai du mal à contenir mon impatience. Tout me rappelle l'enterrement de Judith.

Je revois le cercueil drapé de satin blanc posé sur une estrade tendue de velours cramoisi devant l'autel de la synagogue de la 54e Rue Est, et le rabbin qui parlait si bien de cette petite fille qu'il ne connaissait pas.

La synagogue libérale ressemblait à une salle de théâtre avec ses rangées de sièges en velours rouge, ses éclairages en forme de poursuites et son grand chandelier d'argent placé de profil sur la scène, seul signe que l'on se trouvait dans la Maison de Dieu.

La famille de Sarah s'était déplacée en totalité et occupait la partie gauche de la salle. Sarah était soutenue par ses frères et entourée de ses parents. Jonathan et Mélanie m'avaient jeté des coups d'œil désespérés.

J'étais de l'autre côté en compagnie des huiles de la préfecture, du maire et de ses collaborateurs, et de mes collègues les plus proches : Randel, le descendant des Peaux-Rouges, Swanson, râleur mais toujours fidèle, Samantha Stevenson, qui avait été la plus près de s'emparer du monstre.

Le reste de la salle était occupé par les amis et les policiers en grande tenue des autres commissariats de la ville et même des plus importants du comté. Qu'un assassin s'en prenne délibérément à la famille d'un policier était une nouveauté inouïe. Quelque chose avait basculé. Ils avaient connu le temps où s'attaquer à un flic relevait du crime de lèse-majesté et aucun truand n'aurait été assez fou pour s'y risquer. Désormais, personne n'était plus à l'abri. Ils se disaient sûrement, écoutant le rabbin invoquer la bonté de Jéhovah, que ça ne valait pas le coup de risquer sa peau et celle des siens pour le salaire de misère qu'on leur versait.

Tom Barrett remercie le Président et présente rapidement chacune des victimes, rappelant que la ville s'enorgueillit de la diversité d'origines de sa population, ce qui fait sa richesse et sa vitalité.

Puis le président des États-Unis se lance dans un vibrant discours où il déclare avec vigueur que le pays poursuivra les assassins jusqu'à ce qu'ils soient tous traînés devant la justice et que la loi leur sera appliquée avec la plus extrême rigueur.

C'est le moment que je choisis pour m'éclipser. Feignant d'ignorer Jackson-Carr qui ouvre des yeux comme des soucoupes, tandis que mes voisins doivent penser que je suis particulièrement affecté pour me comporter d'une façon aussi grossière.

Je me sens mal, mais pas pour les raisons qu'ils imaginent.

Je me sens mal parce que ce même discours je l'ai entendu dix ans plus tôt prononcé par le maire de New York, le gouverneur de l'État, le chef de la police, le préfet, le commandant en chef des Swat, et toute une ribambelle d'hommes et de femmes importants arborant une mine consternée et qui indiscutablement devaient l'être, mais qui dès que la cérémonie avait pris fin s'étaient rafraîchis au buffet somptueux offert par le maire et étaient retournés à leurs occupations et leurs soucis.

Et je m'étais retrouvé seul, rejeté par ma femme, mes enfants, ma belle-famille, et même par les amis de notre couple qui devant l'attitude de Sarah ne savaient pas quoi faire.

J'étais resté le dernier après que le cercueil de Judith eut été enlevé par les hommes des pompes funèbres et enfourné dans une limousine qui l'avait conduit à l'avion privé frété par mes beaux-parents. Judith reposerait près des membres de la famille Bensimon dans un petit cimetière de Los Angeles.

On ne m'avait ni invité ni demandé mon avis. Ils étaient sortis sans me jeter un regard, sauf Jonathan et Mélanie qui en sanglotant s'étaient précipités dans mes bras avant d'être sèchement rappelés par leur mère.

Une scène digne des tragédies antiques devant un public embarrassé. Le maire Bloomberg m'avait pris par l'épaule et avait tenté de m'entraîner à l'extérieur, mais je m'étais dégagé. Je ne supportais plus personne. J'avais envie de mourir.

J'étais au centre d'un champ de ruines et ne voulais en sortir que pour tuer l'assassin de Judith. Et maintenant je veux revoir Sarah et qu'elle me pardonne. Je veux tenir mes enfants dans mes bras avant qu'ils ne deviennent adultes et qu'ils m'oublient.

Barrilan releva à peine les yeux de son registre quand les trois hommes pénétrèrent dans les locaux et poussèrent la porte du bureau de Laffouani.

Il en connaissait un sur les trois. Abdel Malek Hattal. Un homme d'affaires palestinien qui commerçait avec son pays d'origine par l'intermédiaire de l'Égypte.

Dan savait que le Bureau l'avait dans le collimateur depuis un long moment. Téléphones sur écoute et traceurs sur ses voitures. Mais l'homme était prudent et n'avait rien fait jusque-là qui permette de l'interpeller. Il expédiait à Gaza, via le port d'Alexandrie, des denrées alimentaires aussi bien que des objets religieux et du matériel de BTP. Ses containers avaient été plusieurs fois fouillés au moment de l'embarquement sans que les agents des douanes y trouvent rien de louche. Ça n'empêchait pas les Feds de savoir que Malek Hattal n'était pas clair, et ils attendaient le faux pas.

Hattal et les siens étaient entrés chez Laffouani après avoir brièvement toqué à sa porte et l'avoir aussitôt refermée.

Dan s'était alors rapproché du mur mitoyen entre les deux bureaux sous prétexte de fouiller dans un classeur et avait collé l'oreille à la cloison.

Hattal parlait l'arabe dialectal du Caire que Dan ne comprenait pas bien. Cependant, il en savait assez pour comprendre que le Palestinien n'était pas content.

Laffouani était un de ses fournisseurs. Il lui vendait des bêtes congelées tuées rituellement qu'Hattal expédiait en Palestine. Plusieurs fois les bêtes avaient été sans résultat éventrées par les agents des douanes.

Pour l'instant, d'après ce que Dan entendait, il ne s'agissait ni de bœufs ni de moutons, mais d'hommes. Des hommes qu'Hattal appréciait visiblement, qui devaient arriver en Amérique et qu'il proposait à son fournisseur comme aides-bouchers. Laffouani lui répondait en s'excusant de ne pouvoir les prendre, ses équipes étant au complet. Mais Hattal insistait.

Dan essayait de saisir ce qui se cachait derrière ces propos professionnels. Qui étaient ces hommes ? d'où venaient-ils ? Il était probable que ça n'avait rien à voir avec une proposition d'emploi. Ça ne se faisait pas comme ça chez les Arabes. On embauchait des gens qu'on connaissait par telle ou telle filière familiale, clanique ou de même village.

Il entendit le ton monter entre les deux hommes, et à ce moment-là Ali Laffouani poussa la porte du bureau. Dan se recula vivement et fit au jeune homme un signe amical.

— Qui est chez mon père ? demanda Ali en entendant les éclats de voix.

— Des clients, j'ai reconnu Abdel Hattal.

Le garçon fit la grimace.

— Il vient sûrement se plaindre de moi.

— De toi, pourquoi ?

Ali haussa les épaules.

— Il voudrait que tout le monde vive selon la charia.

— Ah, je ne savais pas qu'il était si respectueux de notre religion.

— Quand ça l'arrange. Je l'ai vu picoler sec dans une soirée où j'étais passé. Et c'est pas les versets du Coran qu'il susurrait à la fille qui était sur ses genoux !

— Comme disent les infidèles, les voies du Seigneur sont impénétrables.

La porte du patron s'ouvrit.

Hattal, la quarantaine, barbe coupée à l'occidentale près du visage, habillé de vêtements coûteux, était séduisant si l'on exceptait son regard dépourvu de chaleur. Il toisa les jeunes gens.

— Ali ! il t'arrive d'entrer dans un lieu où l'on travaille, lança-t-il avec une moue méprisante au fils Laffouani. (Il se tourna vers Dan.) Il faudrait que tu enseignes le goût du labeur à ce jeune homme.

Dan sourit.

— Je ne suis pas son père et, que je sache, Ali ne vit pas de l'air du temps.

— Non, mais de l'argent de son père, cracha Hattal, alors que le père en question apparaissait sur le seuil de la porte et considérait la scène. (Le Palestinien se tourna vers lui.) Laisse-moi ton fils, je lui apprendrai et à travailler et à respecter Dieu.

Un silence de mort suivit. Laffouani père était directement mis en cause, et il ne le supporta pas.

— Quand j'aurai besoin que l'on m'apprenne à m'occuper de mes enfants, ce ne sera certainement pas à toi que je ferai appel, Abdel Hattal. Tu t'immisces un peu trop souvent dans les affaires des autres, ça pourrait finir par te porter tort.

Les deux hommes qui accompagnaient le Palestinien relevèrent leurs mains vers l'intérieur de leur veston. À nouveau, le silence s'installa. Dan se rapprocha de son bureau, prêt à plonger dessous si la situation devenait soudain dangereuse.

Il était évident que Laffouani et Hattal avaient envie d'en découdre et Dan aurait donné beaucoup pour en connaître la raison. Il était sûr que l'hostilité affichée par le Palestinien contre le fils Laffouani n'était qu'un prétexte. Hattal voulait prévenir le père que son statut enviable de membre directeur de leur communauté était en train de changer. Ça arrivait lorsqu'un musulman enfreignait les règles du Coran. Il pouvait perdre en une heure sa situation si personne ne le protégeait. Il pouvait même y laisser la vie si la faute concernait un grave manquement religieux. Mais jamais si un homme avait un fils paresseux.

La situation qu'il avait dépeinte à Crawford était bien réelle. Il ne devait en aucun cas y être mêlé. Les islamistes, et il était persuadé qu'Hattal en était un, ne faisaient pas de détail. Ils agissaient comme les groupes mafieux. Pas de témoins.

Un autre client entra à ce moment-là, et Dan espéra que la tension allait se relâcher. L'homme, un boucher détaillant, comprit aussitôt ce qui se passait.

— Tu es occupé, mon ami, bon, je repasserai, dit-il à Laffouani en esquissant déjà une retraite vers la porte.

— Non, reste, reste, réagit Laffaouni, nos amis s'en allaient et j'ai justement besoin de te voir, une bonne affaire à te proposer…

L'homme hésitait, partagé entre l'intérêt et la tension qu'il sentait. Hattal était un homme connu pour sa dureté, il ne faisait confiance à personne et ceux qui travaillaient pour lui devaient lui être fidèles à vie. En réalité, les membres de la communauté ne se souvenaient pas depuis quand exactement il avait pris la place de leader. Son bizness avait brusquement prospéré ; on l'avait vu souvent à la mosquée de l'imam Razanidhj, connu pour ses sermons enflammés contre l'Occident. Il participait pécuniairement à beaucoup d'œuvres caritatives, et sa femme, habillée de noir de la tête aux pieds, enseignait l'histoire religieuse à l'université Marquette, où précisément Ali Laffouani était étudiant comme nombre de jeunes musulmans.

— Tu as raison, je m'en vais, coupa Hattal. (Il se tourna vers Dan.) J'aimerais que tu viennes me voir à mon bureau, je crois que nous pouvons avoir besoin l'un de l'autre.

— J'en suis très flatté, Abdel Hattal. Ta réputation de bon musulman est un exemple pour chacun d'entre nous.

— Oui… On t'a déjà dit à quel point tu ressemblais au guide Ahmadinejad qui fait trembler nos ennemis et se dit prêt à détruire ce nid de rats qu'est Israël ?

— Souvent.

— Et penses-tu comme lui ?

— Souvent.

Hattal se mit à rire.

— J'aime les hommes laconiques comme toi, ils gardent leur énergie pour agir au lieu de parler. Passe me voir quand tu veux.

Il salua de la main et sortit, suivi de ses deux gardes du corps.

Un silence lourd succéda à son départ. Le visiteur de Laffouani ne savait visiblement pas sur quel pied danser et regardait alternativement les trois hommes.

— Tu voulais me parler d'une affaire ? hasarda-t-il vers le boucher.

Celui-ci eut un geste négligent de la main.

— Excuse-moi, pas maintenant, reviens demain.

L'homme n'avait pas besoin qu'on lui fasse un dessin.

— D'accord, à demain.

Laffouani regarda Dan, puis son fils.

— Tu as fait une bêtise ? lui demanda-t-il.

Le jeune homme secoua la tête.

— Rien du tout. Hattal est un con !

Les yeux de Laffouani lancèrent des éclairs.

— Tu n'as pas le droit de parler comme ça d'un des nôtres.

— Je ne suis pas comme lui.

Les deux hommes se toisèrent avec colère, mais Dan comprit que Laffouani avait peur pour son fils. Il pensa que c'était le moment d'intervenir :

— Je vais aller le voir puisqu'il le désire, je tâcherai d'arranger les choses.

— Il veut te voir pour te demander un service, sûrement pas pour arranger quoi que ce soit, répliqua son patron.

— Qu'est-ce que je peux faire pour lui ? feignit de s'étonner Dan.

— Des hommes comme lui ont toujours besoin de quelque chose. Au début c'est un petit service qu'il dira vouloir te rendre au centuple. Après…

— Après ?

— Rien, soupira Laffouani avec un geste fatigué de la main. Je veux que tu travailles sérieusement, dit-il soudain à son fils.

— Mais je travaille sérieusement ! J'ai mes examens à la fin du mois ! Il veut quoi, Hattal ? Que je transporte des bombes dans le métro !

Laffouani tressaillit et jeta un rapide regard vers Dan, qui ne broncha pas.

— Arrête de dire des bêtises et arrête de fréquenter des filles chrétiennes. Ce sont toutes des traînées !

Ali Laffouani haussa les épaules et alluma nerveusement une cigarette.

— Y a que chez nous, hein, qu'elles sont sérieuses ?

— Oui, il n'y a que chez nous ! répondit son père avec force. Et si tu continues à te comporter comme cette vermine américaine, tu deviendras comme eux. C'est ta femme qui commandera chez toi et toi tu seras son toutou. Tu les vois avec leurs chiens qu'ils soignent mieux que leurs enfants ? Ils les vénèrent bien davantage que leur Dieu. Ils sont devenus des chiens ! Tu veux leur ressembler ?

Frederich Lacy, assis sur le canapé fleuri du petit salon de sa nouvelle maison, la considérait avec bonheur. Trois mois qu'il était arrivé à Milwaukee et déjà il avait trouvé un travail et un vrai logis.

Le gardien de l'hôtel sordide à qui il avait prêté une oreille complaisante quand celui-ci lui racontait des histoires salaces qui semblaient être les seules à le passionner lui avait proposé cette bicoque appartenant à son ex-belle-sœur, avec laquelle il poursuivait, à l'entendre, une histoire de cul brûlante.

Située dans le quartier de New Berlin qui n'était pas spécialement l'endroit le plus classe de la ville, elle se composait de deux pièces en rez-de-chaussée, d'une salle d'eau et d'une petite cuisine. Elle était séparée du trottoir par un bout de cour et isolée de ses voisines par deux terrains vagues. Mais ce qui l'avait conquis était le sous-sol bétonné creusé sous la maison, d'une surface identique, dépourvu de toute ouverture à l'exception de la trappe dans le couloir qui y donnait accès. Il avait ouvert des yeux comme des soucoupes en le voyant.

« Pourquoi un tel sous-sol ? » avait-il demandé à la belle-sœur.

Elle se méprit, croyant que son futur locataire se moquait de sa propriété.

« Mon ex avait peur de la bombe atomique. Il voulait un abri, répondit-elle en tordant sa bouche mince peinte d'un trait sanglant. De toute façon, on prend la maison avec !

— Mais bien entendu ! Ce sous-sol me convient parfaitement.

— Seulement, le jour où vous partirez, il faudra le laisser complètement nettoyé. Ça m'a coûté 50 dollars pour le faire vider quand on a divorcé et que mon ex est parti. Faut pas y entreposer des saloperies !

— Ce n'était pas mon intention, chère madame, lui répondit-il aimablement. J'aime écouter de la musique sans déranger mes voisins et ce sous-sol sera parfait. »

La femme l'avait considéré les lèvres pincées, étonnée, mais visiblement soulagée de la réponse.

Il se versa un grand verre de gin pur qu'il avala d'un trait et allongea confortablement les jambes. Les meubles vieillots de la maison l'enchantaient. Il détestait cette mode du métal et verre. Le bois avait une âme, le bois vivait.

La maison inhabitée depuis deux ans était malpropre et dégageait une forte odeur de renfermé, mais il s'en fichait. Les fenêtres du salon et de la chambre donnant sur les terrains vagues à hauteur d'un mètre laissaient entrer peu de lumière.

Il s'était présenté la même semaine dans une des cliniques de la ville qui bénéficiaient du *medical care* et où l'on demandait un garde-malade ayant de solides connaissances d'infirmier, même sans posséder les diplômes.

Il s'était fabriqué ces derniers et, à l'issue de l'entretien avec le directeur de la clinique, avait été engagé sur-le-champ. Un véritable Américain avec des références aussi élogieuses était une chose trop rare pour être négligée. On ne fit aucune enquête, trop content d'embaucher un employé qui ne parlait pas un espagnol mélangé de sabir anglais.

C'était une chance, même s'il regrettait son ancienne activité à la bibliothèque municipale de New York. Il repensait souvent aux kilomètres de rayonnages du sous-sol de la bibliothèque. Les milliers de volumes qu'il compilait, classait, respirant avec bonheur la poussière, avant de devoir entrer toutes ces références dans ces horribles ordinateurs, sans cœur et sans odeur, qu'il avait appris à dompter.

Il aimait les livres, l'objet livre, car il ne lisait pas. Le livre palpitait, conservait l'empreinte des milliers de mains entre lesquelles il était passé. Les plus anciens avaient le soyeux et la chaleur que dégage la peau humaine qu'il aimait tant caresser. Il avait tenté d'en recouvrir certains avec de la peau prélevée à cet effet. Mais il avait échoué. Trop impatient, il ne l'avait pas laissée assez sécher.

Ce sous-sol était son royaume. Nul n'y venait sans lui en demander l'accès, autant la conservatrice que le directeur. Il était le maître et le seul occupant de ces lieux enfouis sous terre. C'est là qu'il vivait sa vraie vie, là où il avait emmené Judith. Là où il était devenu le criminel le plus célèbre des États-Unis.

Son ménage avec Gerda n'avait été que la partie visible de son existence, destinée seulement à égarer les intrus.

Avant de la rencontrer, de venir vivre à New York et de lui faire des enfants, il avait parcouru le pays et connu beaucoup de femmes. Aucune n'était pure. Pas davantage que ces jeunes garçons qu'il avait aussi dû châtier.

La pureté sauverait le monde. Sélectionner, supprimer jusqu'à obtenir la quintessence de l'humaine condition. Le corps n'avait pas plus d'importance qu'une valise. Ce qui comptait était ce qu'on y mettait.

Évoquer ces anciens souvenirs avait amené son esprit à échafauder des envies coupables, entraînant son corps dans des désirs inavouables. Eh bien, ce corps, cet esprit, ce soir il allait les punir.

Il ferma les yeux. Visualisa le châtiment et entreprit de se déshabiller. Nu, il descendit au sous-sol qui s'ouvrait dans le couloir. Un escalier d'une dizaine de marches et ses pieds foulèrent le sol de béton rugueux.

Les seuls aménagements qu'il avait entrepris l'avaient été ici. Une table en métal recouverte d'un matelas rembourré en moleskine. Des anneaux dans les murs, deux longues chaînes. Quelques instruments de chirurgie achetés d'occasion comme le reste.

Il n'avait pas beaucoup d'argent, même si son récent emploi lui ouvrait des possibilités d'avancement. Le directeur avait vite compris que le nouvel employé était du genre assidu et consciencieux au point d'être maniaque. Il ne ménageait pas les filles de service qui étaient sous ses ordres et qui ne passaient plus leur temps à rêvasser et ricaner comme elles le faisaient avec le chef précédent.

Il choisit un scalpel dans la trousse et prit un sachet de compresses. Il ne voulait pas salir. Ce lieu devait rester d'une propreté exemplaire. Il étala sur la table des feuilles en plastique qu'il fixa sur les côtés.

Il n'oubliait jamais aucun détail. Ce n'était pas un exploit, il était ainsi. C'est pour ça que personne ne le retrouvait. Levine aurait dû le comprendre. Il aurait dû immédiatement reconnaître sa supériorité et s'excuser de l'avoir traité publiquement d'impuissant et de dément. Mais cet homme était sans vergogne. Son origine et son éducation, sans doute. Juif, il avait de ses ancêtres conservé la certitude de sa supériorité, et son environnement l'avait certainement conforté dans cette idée d'être un membre du peuple élu. L'Histoire aurait pourtant dû lui apprendre que son Dieu était le plus indifférent et le plus faible de tous. Qu'Il détournait d'eux Son regard parce qu'ils L'avaient trahi en adorant le Veau d'or. Ils n'avaient rien compris.

Il s'allongea sur la table en frissonnant au contact du plastique et étendit les jambes. Ses pensées se mirent à vagabonder vers des contrées interdites, mais il laissa faire, sachant qu'il allait les contraindre.

Il ne put cependant retenir une érection et grimaça de contrariété. Son corps en faisait à son aise, oubliant qu'il ne lui revenait pas de prendre des initiatives.

Il respira profondément et entailla la peau de sa poitrine sur une dizaine de centimètres. La peau se fendit et le sang coula tandis qu'il fermait convulsivement les yeux sur sa douleur. Il les rouvrit aussitôt. Quoi, lui aussi faiblissait !

Furieux, il entama la peau de son ventre, se crispant pour ne pas hurler. Il voulut se punir de sa faiblesse et souleva à l'aide de son scalpel un côté de la peau qu'il détacha de l'aponévrose à petits coups de lame. La souffrance indicible le tordit, mais il continua jusqu'à en décoller une large bande.

L'extase se mêla enfin à la torture et il ne put retenir ses larmes. Bien que comprenant avec rage qu'il n'était pas encore prêt à s'écorcher, il souleva un plus grand morceau d'épiderme pour approcher ce seuil intolérable où le corps s'échappe de la conscience pour ne plus souffrir.

Il sentait le sang tiède couler le long de son ventre. Il aimait son odeur métallique. C'était son sang à lui, sa propre substance. Il pouvait arrêter ou continuer comme bon lui semblait. Il était libre comme peu d'hommes le sont.

Tremblant de jouissance, il posa son scalpel et fermant les yeux s'évanouit dans son sang.

Je joue avec le combiné du téléphone, le repose, le reprends, commence à composer le numéro, mais suis interrompu par l'irruption de Jackson-Carr :

— Levine, vous avez constitué votre équipe ?

Il sait pertinemment que je n'ai rien fait. Pour la bonne raison que je n'ai même pas essayé. L'idée de travailler une douzaine d'heures par jour avec Mendoza me donne des boutons.

Je ne l'aime pas. C'est irrationnel mais c'est comme ça.

Mon antipathie a débuté un soir qu'il racontait la soirée qu'il avait passée la veille avec sa petite famille. Il en avait rajouté des tonnes, se moquant de ceux qui ne connaissent pas le bonheur d'être attendus après une dure journée par une femme amoureuse et des enfants rayonnants, se vantant dans la foulée de sa maîtresse.

Les autres, les hommes mariés et pas encore divorcés, ou ceux qui l'étaient et se souvenaient, avaient renchéri, et je m'étais retrouvé le seul à ne rien pouvoir raconter. Mendoza m'avait alors regardé avec une expression d'étonnement surfait, assortie d'une compassion jouée.

« Et vous, chef, pas de famille ? »

Je lui en avais surtout voulu de n'avoir pas su quoi répondre, d'être resté comme un gland face aux autres qui attendaient mon histoire. Au bout d'un moment, les flics avaient raclé les pieds et s'étaient éloignés.

— Je n'ai pas eu le temps. Je suis allé déposer au tribunal hier et ce matin. Je boucle le cambriolage de l'épicerie mexicaine.

— Levine, ça fait huit jours que nous avons rencontré les Feds. Si vous voulez pas bosser sur l'affaire, je mets quelqu'un d'autre ! Arrêtez nom de Dieu de jouer les starlettes ! J'ai tout le monde sur le dos, moi !

Je relève la tête vers lui.

— Je ne sais pas avec qui bosser.

Jackson lève un sourcil réprobateur et me fusille du regard. Peut-être craint-il que je sois raciste ?

— Qu'est-ce que vous avez contre Mendoza ? grogne-t-il.

— Rien, je le sens pas, c'est tout.

Il a un geste de colère.

— Depuis que vous êtes arrivé, vous faites la gueule ! Vous parlez à personne en dehors du service, vous ne participez à rien ! Vous faites vos heures et vous vous tirez ! Les hommes ne vous aiment pas, et je comprends pourquoi !

Je ne réponds pas. Si ce connard savait combien je m'en fous d'être aimé ou pas de ces gros culs, il n'en reviendrait pas. J'ai autant besoin de leur amitié qu'un aveugle d'un permis de conduire.

— J'ai demandé à travailler seul.

— Et les fédéraux ont refusé. Si vous n'êtes pas bien ici, présentez votre demande de mutation. Vous m'avez été imposé par le service des promotions. Je ne sais pas d'où vous venez ! Vous apparaissez sur les registres que depuis deux ans ! Je n'arrive pas à ouvrir votre foutu dossier ! Vous êtes qui ? Le fils bâtard du Président ! Vous allez obéir aux ordres, oui ou merde !

Par chance, Jackson a choisi pour sa diatribe un moment où le bureau est vide. Je le toise, pèse le pour et le contre, décide que ça ne sert à rien.

— OK, patron, alors je choisis Tiger, dis-je avec un sourire torve.

Il a l'air étonné. Le grand Black n'est pas connu pour son caractère conciliant.

— Parce que ?

— Plus de feeling.

Il hausse les épaules. Moitié afro-américain lui-même, il ne peut pas objecter grand-chose.

— Bon, alors grouillez-vous de le briefer et de vous bouger le cul ! On va pas attendre d'autres morts !

Il repart vers son bureau d'un pas rageur. J'imagine qu'il donnerait bien la moitié d'un mois de salaire pour que le foutu con que je suis retourne d'où il vient ! Et tant mieux si c'est la planète Mars !

À ce moment, le téléphone sonne sur mon bureau.

— Oui ?

— Agent Maureen Segall. Capitaine Levine ?

— Oui, agent Segall, je réponds d'une voix soudain aimable.

Je trouve cette femme fort séduisante. Un mélange de féminité et d'autorité. Une beauté classique, genre WASP, une probable gourmandise de la vie dissimulée sous un air sévère et vaguement distant. Le genre à vous filer un pain ou à vous déshabiller de force.

— Capitaine, je suis en planque devant une mosquée au coin de la 54e et Panwee dans le quartier de Pewinkee. D'après nos renseignements, c'est un vrai nid de frelons. Vous pouvez m'y rejoindre ?

— Heu… j'emmène quelqu'un ?

— Je ne crois pas qu'on en aura besoin… Mais faites comme vous sentez.

— J'arrive. Vous êtes en voiture ?

— Une berline banalisée Ford, grise.

— OK.

Je rafle ma veste, glisse mon Glock dans son étui et file au garage chercher une voiture.

Par chance la bagnole a un GPS et je tape l'adresse du rendez-vous. Je pourrais me diriger les yeux fermés à New York, et même à Detroit, mais je n'arrive pas à me mettre dans la tête la topographie de cette foutue ville de Milwaukee. Elle a été construite par des Européens qui avaient le goût des quartiers, des rues qui partent dans tous les sens, des petites places où les nouveaux immigrants se retrouvaient. Aucune rationalité dans tout ça. New York, ce sont des avenues à angle droit, coupées de rues qui débouchent sur d'autres avenues. Un numérotage que comprendrait même un débile. Des axes qui quadrillent la ville et où l'on ne se perd pas. Deux fleuves qui la cernent et servent de points de repère.

La voiture de Maureen Segall est garée devant un sex-shop. Je m'arrête à une cinquantaine de mètres d'elle et la rejoins.

— Salut, agent spécial, dis-je en ouvrant la portière passager de la Ford et en m'asseyant.

— Salut, capitaine.

Elle me tend la main.

— Je ne vous ai pas dérangé en plein travail ?

— Non, je me faisais juste engueuler par Jackson-Carr.

Elle sourit. Dieu, quel joli sourire ! Durant toutes ces années, l'expression « femme séduisante » a disparu de mon vocabulaire. Ni mon cœur ni mon corps n'ont réclamé quoi que ce soit. Je n'en ai remarqué ni désiré aucune. Branché en permanence sur les fichiers de recherche des criminels, ma bécane remplaçait une compagne. Ma haine me nourrissait mieux que n'importe quel autre sentiment. Ma haine et ma culpabilité. Mais je constate depuis peu que j'éprouve des émotions qui me surprennent, comme ces ados que travaille la puberté.

— Alors, c'est quoi cette tôle ? demandé-je, désignant un bâtiment en briques rouges haut de deux étages, au fronton orné d'un discret croissant vert en néon.

— Une ancienne école maternelle transformée en mosquée. La municipalité l'a louée à une association caritative musulmane il y a cinq ans. Elle s'est peu à peu transformée en madrasa. Les jeunes musulmans viennent y étudier le Coran enseigné par des maîtres parfois venus de l'extérieur mais accrédités par leurs ambassades. Nous avons la preuve que c'est un centre de recrutement de combattants.

— Pourquoi on ne la ferme pas ?

— Parce qu'ils se disperseraient et on les perdrait de vue. La tactique choisie est de les harceler pour les pousser à la faute, style commettre des violences, participer à des rassemblements interdits. Ça nous permettrait d'expulser les étrangers et de vérifier les autorisations des résidents.

— Parce que là vous ne pouvez pas le faire ?

— Pas s'ils respectent la loi. Les douze représentants de notre Sénat sont démocrates, le maire est républicain. Ils attendent qu'il fasse un faux pas pour crier au scandale et brandir les droits civiques.

— Même après l'attentat ?

Maureen Segall me sourit et se tourne vers moi.

— Qu'est-ce que ça change à la lutte pour le pouvoir ?

Je hoche la tête et me rappelle soudain que j'ai été démocrate toute ma vie, toujours prêt à gueuler quand les droits civiques étaient en péril, même s'il m'arrivait d'oublier de m'en soucier lors de certains interrogatoires de mecs que j'estimais particulièrement mauvais. Cette notion est tellement couverte de poussière dans mon esprit que je ne m'en suis pas préoccupé depuis des années. Les droits des uns et des autres sont devenus le cadet de mes soucis.

— Alors, qu'est-ce qu'on fait ?

— On y va, décide Maureen Segall en sortant de la voiture.

Dommage. J'aurais préféré me balader avec elle le long du lac. Prendre un verre, manger une friture, flirter. J'aurais pu découvrir si elle était aussi sensible à mon charme que je le suis au sien. J'ignore si c'est le soleil, le printemps qui débarque, mais je me sens des envies de tendresse... enfin, pas seulement.

Mais je la suis et nous traversons le carrefour embouteillé. Nous arrivons devant une double porte en bois épais contre laquelle Maureen frappe énergiquement.

La porte s'entrouvre devant un grand barbu qui la toise avec dédain.

— Nous voudrions entrer, dit-elle poliment.

Un deuxième type apparaît, aussi barbu, avec les mêmes épaules de déménageur et le même regard tendre.

— C'est un établissement religieux, grogne le premier, on n'entre pas.

— Même avec ça ? réplique-t-elle en brandissant sa carte du FBI.

Les deux malabars se consultent de l'œil, et le premier ouvre un battant.

— Il y a des gens qui prient ici, vous ne devez pas déranger.

— Bien sûr.

Nous entrons et nous nous retrouvons devant des dizaines de paires de chaussures.

— Merde ! s'exclame-t-elle.

Les deux portiers nous observent, visiblement prêts à nous jeter dehors si on ne se déchausse pas.

— On se déchausse, dit-elle en faisant voler ses mocassins.

J'ai un sourire en voyant ses mi-bas transparents et fins. Par chance, le sol est couvert de tapis.

Nous négligeons les anciens lavabos de l'école transformés en fontaines à ablutions et enfilons un long couloir, nous faufilant entre des groupes d'hommes en palabres qui ne nous prêtent aucune attention. On passe devant des salles de classe où des adolescents ânonnent des prières qu'ils suivent sur un tableau noir. Dans l'ancienne cour de récréation, des hommes vêtus de blanc et coiffés d'un calot marchent en discutant.

Les murs sont couverts d'affiches de propagande. Elles concernent pour la plupart le conflit israélo-palestinien, meilleur ciment de la difficile unité arabe, et des portraits de chefs religieux et terroristes. L'une d'elles représente la mosquée al-Aqsa de Jérusalem ornée du fanion du Prophète. D'autres, des combattants cagoulés, armés de roquettes Kasam bombardant les villes du sud d'Israël. Une photo de presse barrée d'un V victorieux montre un bus déchiqueté autour duquel s'affairent des secouristes israéliens. Plusieurs d'entre elles sont consacrées aux réfugiés de Gaza, et une plus ancienne évoque le massacre de Sabra et Chatila et la collusion des armées d'Israël avec les légions chrétiennes de Gemayel. Au moins, ils respectent les faits historiques.

Des dessins d'enfants à demi effacés décorent encore certains murs, et des patères pour les manteaux y sont toujours fixées.

Un escalier nous conduit au premier étage où résonne un fort brouhaha. Des hommes se pressent devant des portes et je les écarte pour entrer dans une salle où, sur une estrade, un religieux la tête coiffée d'un turban noir s'adresse à une assemblée d'hommes assis sur des tapis. Il s'interrompt à notre entrée et son silence entraîne celui des fidèles qui tournent la tête vers nous.

Je ressens aussitôt la formidable hostilité qui se dégage de ces regards. Je jette un coup d'œil à ma partenaire et le plus discrètement possible dégage la bride qui retient mon pistolet dans le holster. Je me demande bien ce que Maureen va inventer pour justifier notre intrusion.

— Excusez-nous de vous interrompre, monsieur, je suis l'agent spécial Segall du Bureau central du FBI du Wisconsin, et voici le capitaine Levine de la police criminelle de la ville, dit-elle en lui présentant sa carte.

L'homme ne répond pas, se contentant de la toiser et d'ignorer son badge. Il tient une longue baguette encore appuyée contre un tableau noir accroché au mur. Les hommes ont tous un coran en main.

On est arrivés en pleine séance d'étude et je sens ma partenaire désarçonnée.

— Que voulez-vous ? lâche le religieux, rompant enfin son mutisme.

Elle s'approche et l'imam recule comme pour se préserver de son contact.

— Des policiers qui faisaient une ronde ont vu entrer dans votre mosquée deux jeunes gens que nous recherchons.

Je comprends stupéfait qu'elle vient d'inventer cette fable.

— Personne n'est entré ici, répond dédaigneusement le religieux.

— Excusez-nous, mais comment en être sûr ? Vous êtes dans votre salle et dehors il y a partout des hommes…

Je m'émerveille de son culot en même temps que je ne me sens pas tranquille. L'endroit regorge de croyants venus là pour prier, et je suis seul, et avec une femme. Ce qui constitue une vraie provocation. Je m'interroge sur la santé mentale de ses chefs qui l'envoient perturber une mosquée, sans mandat, avec un policier pour unique protection.

— Si des gens s'étaient introduits ici, j'en aurais été immédiatement prévenu, répond l'imam. Dès que vous vous êtes présentés à la porte, j'en ai été averti.

— Je suis portée à vous croire, monsieur, mais je serais plus tranquille si vous me laissiez inspecter les papiers de vos fidèles au hasard. Juste pour que je puisse dire à mes chefs que tout est normal et que les policiers ont pu se tromper.

Une houle de protestation secoue les rangs, et instinctivement je porte la main à l'intérieur de ma veste. Geste qui n'échappe pas au religieux.

— Revenez avec un mandat, crache-t-il en se retournant vers le tableau, comme pour indiquer que pour ce qui le concerne l'entrevue est terminée.

— Nous n'avons pas besoin de mandat, monsieur, pour nous assurer des identités. Le *Patriot Act* nous y autorise. D'autant que, comme je vous l'ai dit, on a vu entrer ici des gens que nous recherchons.

L'imam, les yeux brillant de fureur, pose sa baguette sur une petite table damasquinée où se trouve un coran richement enluminé et une théière en argent finement ciselée.

Des hommes se lèvent au premier rang et bientôt tous sont debout et nous regardent sans tendresse.

Je soutiens leurs regards sans enlever la main de ma veste.

L'atmosphère est si tendue qu'un cil tombant à terre ferait le bruit d'une explosion. À ce point nul ne peut prédire la suite des événements. Embarqués dans cette histoire abracadabrante, la situation est en train de nous échapper.

Si les Américains sont paranos, les musulmans le sont tout autant. Harcelés par les contrôles de police, soupçonnés par leurs voisins ou leurs collègues, il suffit de presque rien pour que ça explose. Mais là où nous sommes rendus, nous ne pouvons plus reculer sans perdre la face. Maureen se tourne vers l'imam.

— J'espère que vous êtes assez sage, monsieur, dit-elle d'une voix dure, pour ne rien faire qui puisse encourager vos fidèles à une action que vous regretteriez.

J'admire une fois de plus son culot, mais du coup ne suis plus du tout certain qu'elle soit en service commandé. Plus j'y réfléchis, moins j'imagine Crawford prenant ce risque.

L'imam ne répond pas, se contentant de fixer ses ouailles. Il pèse le pour et le contre. Une bagarre dans une mosquée avec deux flics ferait un peu désordre.

Il y a des échanges verbaux, ça discute âprement. Puis quelques-uns se fouillent et exhibent leurs papiers. Mais sans faire mine de les tendre, et Maureen me lance un coup d'œil.

— Vous permettez que nous les examinions ? demande-t-elle à l'imam, toujours aussi figé.

Et, faisant comme si elle avait reçu l'autorisation du religieux, elle se dirige vers les plus proches qui lui tendent leur carte sans enthousiasme. Sur le qui-vive, je ne la quitte pas des yeux.

L'issue de la salle est à présent bloquée par les hommes montés du rez-de-chaussée. Nous sommes au milieu d'une foule résolument hostile et il suffirait d'un clignement d'œil de l'imam pour qu'on soit lynchés sur place.

Il ne le fait pas, et je juge que c'est notre jour de chance.

Maureen Segall termine son contrôle d'identité, remercie le religieux et sort avec moi sur ses talons. Mon dos ploie sous la lourdeur des regards. Muets, les rangs s'écartent au fur et à mesure de notre progression. Nous redescendons entre une double haie d'hommes qui nous observent avec haine jusqu'à la porte extérieure. Nous nous rechaussons et quittons enfin ce « lieu de paix ».

— Ç'a été chaud, lâche-t-elle une fois au volant de sa voiture, les yeux fixés sur le pare-brise.

— Dites-moi, vous étiez missionnée pour faire ça ?

— À peu près.

— Ça veut dire quoi « à peu près » ?

— On ne nous a pas clairement indiqué ce que nous devions faire dans le style harcèlement. Je ne peux pas tout vous dire, capitaine.

Je la trouve un peu moins séduisante. Elle m'embarque dans une histoire où j'aurais pu laisser ma peau, et elle ne veut rien me dire ? Même pas merci ? Faire disparaître deux flics n'est pas difficile dans ce genre de communauté. À mon sens, on ne manquerait pas de volontaires.

— Si vous voulez prendre du galon, agent spécial Segall, faites-le sans moi. Moi, je suis un flic qui n'a pas envie de finir dans un fauteuil de handicapé ou mis à la retraite sans pension parce que j'aurai commis une bavure. Vous vouliez quoi ? Mettre le feu à la ville ?

— Excusez-moi, capitaine, je me suis trompée sur vous. Je n'avais pas compris quand vous insistiez pour participer à l'enquête que vous souhaitiez le faire depuis votre ordinateur. Maintenant, si vous voulez bien descendre, je crois que votre voiture n'est pas loin, réplique-t-elle d'une voix dure après m'avoir toisé.

Je secoue la tête et sors de la voiture en soupirant. En fin de compte, que ce soient des femmes ou des hommes, je ne peux pas blairer les fédéraux.

Ses paupières se soulèvent d'un coup comme des capotes de fiacre et elle fixe l'ampoule suspendue au-dessus d'elle qui ne lui évoque rien. Elle veut redresser la tête et s'aperçoit qu'elle ne peut pas. Une douleur lui déchire la nuque, lui arrachant une longue plainte.

Elle cherche en vain à se souvenir.

Elle ne sait pas que la drogue qui l'a un temps anéantie la protège encore un court moment de l'horreur. L'accalmie cesse quand monte une effroyable douleur qui la fait suffoquer.

Elle hurle en même temps qu'elle tente de s'arracher à ce qui l'immobilise et regarde s'élever son bras déchiré par un pieu et amputé de sa main. Elle fixe sans comprendre le moignon sanglant.

Incapable d'appréhender la réalité, son corps se tord dans ses liens quand baissant les yeux elle voit son buste ouvert par son milieu.

Lorsque les effets de la drogue disparaissent définitivement et que la souffrance atteint un paroxysme, sa raison bascule. Une houle de bile, de suc acide mélangé de sang l'étouffe dans une bouillie saumâtre.

Elle hoquette, tousse, s'asphyxie dans ses glaires jusqu'à ce que, la gorge inondée, elle se noie dans son vomi.

La faible ampoule couverte de poussière qui depuis si longtemps éclairait sa cave s'éteint.

Je vois arriver « Tiger » Johnson et lui fais signe. Je lui ai donné rendez-vous au Murray, un bar dont les murs sont décorés d'affiches des succès de Broadway et de photos du New York des années soixante-dix. Les Twins y sont photographiées depuis l'Océan, resplendissantes de lumières et de beauté.

Le détective me rejoint et se laisse tomber sur la banquette.

— Salut, cap'taine.

— Bonsoir, Johnson, merci d'être venu.

Il a immédiatement accepté la mission que je lui ai proposée, prévoyant probablement que l'enquête pourrait être passionnante et lui procurer de l'avancement. Tout ce qui de près ou de loin concerne la lutte antiterroriste est très bien vu de la hiérarchie policière qui y trouve l'occasion de damer le pion aux fédéraux et de se pousser sous les feux de la rampe. D'autant que la panique n'est pas retombée, alimentée par des messages vidéo des principaux responsables islamistes menaçant les États-Unis et leurs alliés de porter partout le feu chez eux. Dans la semaine, trois GI faits prisonniers à Mossoul ont été décapités devant les caméras. L'un d'eux était une femme. Des groupes terroristes ont été arrêtés en Belgique et en Italie au moment où ils s'apprêtaient à faire sauter la gare du Midi à Bruxelles et celle de Florence, qui a déjà payé un lourd tribut au terrorisme dans les années quatre-vingt.

Le chef du Mossad a, dans une interview au journal *Haaretz*, comparé la lutte contre le terrorisme à celle de pompiers luttant contre un incendie dans un bâtiment bourré d'explosifs. Dès qu'un foyer est vaincu, un autre s'enflamme.

« Avant, nous savions où était l'ennemi. À présent il est partout. La guerre, comme disait Clausewitz, est un caméléon. Elle épouse les évolutions du présent et notamment les nouvelles façons de créer de l'ennemi. »

Johnson s'est fendu la pêche quand je lui ai raconté notre expédition improvisée avec l'agent Segall à la mosquée du quartier de Pewinkee. Il m'a dit regretter de ne pas en avoir été. Ce qui m'a un peu étonné, ignorant que Johnson venait d'apprendre que la traite négrière avait été plus importante par les marchands arabes à partir du VIIe siècle que celle pratiquée des siècles plus tard par les Occidentaux.

— Qu'est-ce que vous prenez ? je lui demande quand la serveuse vient à notre table.

— Un dry, et vous, cap'taine ?

— Bourbon sur glace. Ce sera mon deuxième.

— C'est que des plantes, ricane-t-il.

La serveuse revient avec nos boissons et il avale d'un trait son dry.

— Alors ? demande-t-il en reposant son verre, on fait quoi ?

— Pour l'instant, vous continuez votre boulot au poste mais vous savez que je peux vous appeler à n'importe quel moment. C'est malheureusement le FBI qui a la main, mais ils ont reconnu avoir besoin de nous. Ça vous ira ? Sachant que vous recevrez une prime substantielle de leur service.

— C'est un bon argument, cap'taine. Mais coincer des islamistes en est un meilleur. Vous vous souvenez de l'attentat contre la discothèque à Bali ? Un de mes bons copains, un Australien que j'avais connu à Botany Bay lors d'un championnat de surf, un mec super, y passait sa lune de miel. D'après les sauveteurs, on aurait pu mettre ce qui restait de lui et de sa femme dans une boîte à chaussures.

— Je suis désolé.

— Et j'parle pas des flics qui ont été enterrés le 11 Septembre sous les gravats.

— Ouais. Mais on doit travailler sans haine, Johnson, c'est une mission comme une autre.

— J'ai bien compris.

Il m'apprend qu'il est marié depuis trois ans et père d'une petite fille, Doris, de sept ans.

— J'ai parlé de vous à ma femme, elle m'a dit qu'elle serait ravie de vous mitonner un plat africain. Entre nous, elle n'en connaît qu'un et encore elle l'a appris dans un livre de cuisine. Elle est née à Phoenix et fait bien mieux le poulet grillé au maïs. Mais je me garderais bien de lui dire.

Puis on discute de choses et d'autres en sirotant nos verres. Je me félicite de travailler avec lui, c'est un gars sur qui on peut compter. Il me dit s'occuper avec sa femme d'œuvres sociales pour les Noirs, mais reconnaît que beaucoup méritent ce qui leur arrive.

— Ces crétins ne trouvent rien de mieux que de se tirer dessus à longueur de temps. Un môme qui naît dans le South a peu de chances de franchir la barre des vingt ans. Et à cause de qui ? De ses frères. J'ai parfois envie de tout lâcher, c'est ma femme qui me retient.

Habilement il me pose des questions sur ma vie et ma carrière. Je reste évasif, lui dis que j'ai été marié et que j'ai deux enfants. J'en reste là. Et il n'insiste pas.

On recommande chacun sa tournée et je sens mon angoisse s'apaiser, quand mon portable sonne.

— Oui, je grogne en décrochant. Hein ? Oh… OK ! J'arrive. Un homicide dans le quartier de New Berlin, j'explique à Johnson. Je vais regarder dans la voiture où c'est. Désolé. On reparlera plus tard.

— Je connais, je vous accompagne.

— Rentrez chez vous, vous n'êtes plus de service.

— Ma femme et ma gosse sont parties chez ma mère jusqu'à la fin de la semaine. J'ai rien à bouffer chez moi, et quand elles sont pas là, je m'emmerde.

— Bon, alors on y va.

New Berlin est un quartier industriel coincé entre Greendale et Franklin. Il est principalement habité par des Asiatiques qui y ont ouvert des commerces de gros et des restaurants. L'air sent en permanence le glutamate et les épices thaïes.

On s'arrête devant le 1234 South Line que la police a fermé sur la moitié de la chaussée, laissant disponible une seule voie de circulation. Et comme les voitures ralentissent pour reluquer le remue-ménage des flics, la progression est difficile. Johnson doit se servir de sa sirène pour franchir le carrefour.

On descend et l'on se dirige vers une maison à deux étages devant laquelle s'agite une armée d'uniformes. Une pelouse bien entretenue la sépare de la rue et des volets fraîchement repeints lui confèrent un air pimpant. Une véranda fleurie où sont disposées une table et des chaises en osier court sur le devant.

Une ambulance est positionnée, l'arrière vers l'entrée de la maison, portes ouvertes pour empêcher les curieux massés sur la chaussée de se rincer l'œil. Un grand rouquin semble diriger les opérations.

— Capitaine Levine, du 12e district, c'est vous qui avez appelé ?

— Non, capitaine, c'est le sergent O'Brady, il est en bas.

— C'est quoi ?

Le rouquin secoue la tête en fermant les yeux.

— C'est très, très moche.

On se lance un regard avec Johnson. Notre projet d'aller manger mexicain vient de tomber à l'eau.

L'équipe technique est déjà sur place et un flic nous indique que la victime se trouve à la cave.

— À la cave ? Elle est tombée ?

— Sur un cinglé, crache le policier.

Il tremble et il est sur le point de vomir.

— Qu'est-ce que vous avez, ça ne va pas ?

Il fait un geste de la main qui peut dire n'importe quoi et s'éloigne rapidement.

— Putain, ça a l'air chaud, siffle Johnson en s'engageant dans l'escalier de la cave.

En bas, des projecteurs halogènes ont été mis en batterie, éclairant l'endroit comme une scène de cinéma. Deux photographes mitraillent sous tous les angles, et comme on arrive dans leur dos, on ne voit pas immédiatement ce qu'ils photographient. La putréfaction a déjà commencé car l'odeur qui nous accueille est abominable.

— Ça vient pas de se passer, je marmonne.

Je remarque un inspecteur qui se tient à distance. Comme lui aussi est rouquin, je pense que c'est le sergent O'Brady et me dirige vers lui, mais je dépasse à ce moment le cadavre.

Incrédule, je m'arrête net, les yeux exorbités, et entends derrière moi Johnson hoqueter, courir vers le mur du fond et vomir à grands hoquets. Pétrifié par ce que je vois, j'ai du mal à reprendre mon souffle. Un des photographes me lance un coup d'œil en faisant une grimace.

— Excusez, faut que je la prenne par-dessus.

Mais il doit me pousser pour que je réagisse. Je sens une présence et une voix qui souffle :

— Vous avez déjà vu ça ?

Oui, j'ai déjà vu ça. La tête en moins. Mais les membres cloués en croix et les multiples blessures, oui, j'ai déjà vu ça. Ce qui est nouveau, c'est le buste ouvert verticalement du sternum au pubis.

Le sang séché laque les chairs déchirées et l'extrémité des côtes perce à l'extérieur comme des bouts de doigts. Les masses grisâtres des organes internes ne baignent plus dans aucun liquide. Comme l'odeur me l'indiquait, la mort remonte à plus de vingt-quatre heures.

Je sens sous mes pieds le sol osciller comme le pont d'un navire. Un large ruban torsadé entoure la table posée au milieu de la pièce et évite de patauger dans le sang. Les deux murs les plus proches maculés jusqu'au plafond de giclures sanglantes indiquent la fureur avec laquelle le crime a été commis.

Je cherche un quelconque message qu'aurait laissé l'assassin. Mais ne trouve rien. La violence figée de la scène et la blancheur crue des halogènes la rendent hallucinante.

— Je suis le sergent O'Brady. J'imagine que vous êtes le capitaine Levine ?

Je n'arrive pas à détacher les yeux du cadavre écorché, aux jambes et au bras percés de pieux, du genre dont on se sert pour fixer les tendeurs d'une tente. Le bras droit pend en dehors de la table et j'imagine que c'est la victime qui l'a arraché. Je ne veux pas penser que cette femme a subi cette torture encore vivante.

Détournant la tête, je remarque un homme qui parle dans un micro tout en lisant ses notes. O'Brady suit mon regard.

— Dr Lennox, le légiste, indique-t-il.

Le toubib arrête de parler et revient vers le cadavre.

— Impossible pour l'instant de donner les causes exactes du décès en raison des multiples blessures. Probablement une hémorragie massive ou un arrêt du cœur. Il faut attendre l'autopsie, marmonne-t-il dans son micro.

— Docteur, balbutié-je en le fixant, les… blessures ont été faites post mortem ?

Il relève la tête. Il est aussi blanc que sa blouse.

— J'aimerais en être sûr, murmure-t-il.

— Vous voulez dire…

Le toubib reprend son monologue sans répondre. Les photographes ont achevé leur travail et remontent. Deux techniciens grattent et ratissent tout ce qu'ils peuvent. Vu l'exiguïté du lieu, je remercie mentalement O'Brady de ne pas y avoir fait entrer une armée de flics.

Je regarde autour de moi. Une cave classique, avec ce qu'on y entasse d'inutile et de cassé. Des valises, des meubles bancals, des boîtes, des cartons, un sommier relevé contre un mur, un vieux vélo. Un jeu de criquet, des malles, des piles de magazines. Les souvenirs d'une vie.

— C'est qui ? je demande au sergent. Et qui l'a découverte ?

— Jane Morrison. Son amie. Elles avaient l'habitude de courir tous les mardis à six heures. Ne la voyant pas venir, elle a téléphoné. Comme ça ne répondait pas, elle s'est dit qu'il y avait un changement et que son amie avait probablement oublié de la prévenir. Elle l'a rappelée plusieurs fois aujourd'hui et s'est inquiétée. Pas le genre de sa copine, d'après elle, de rater un rendez-vous sans donner de raison. Bref, elle est venue, elles avaient chacune les clés de l'autre en cas de problème. Elles vivaient seules. Divorcées.

— Où est-elle ?

— Je l'ai fait conduire à l'hôpital, elle est en état de choc. Presque catatonique.

— Je peux la comprendre.

— Excusez-moi, dit Johnson qui entre-temps s'est rapproché. J'ai été…

— J'aurais bien voulu faire comme vous, mais je n'ai jamais pu…

Si, j'ai déjà vomi devant un même spectacle. J'ai même dû fournir un effort surhumain pour ne pas m'écrouler devant ma femme quand on a découvert le cadavre de Judith. Elle, elle est restée debout, définitivement brisée, mais assez forte pour rassembler ses morceaux. Quelle était l'importance de notre douleur devant le martyre que notre enfant avait enduré ?

— Il faudra qu'on l'interroge, dis-je, surpris du son de ma voix.

Atone, immatériel, pareil à celui d'une voix artificielle.

Que reste-t-il dans la mémoire et sous les paupières de ceux qui voient un tel massacre ? Comment peut-on regarder ensuite un coucher de soleil, un horizon brumeux, une fleur, les couleurs d'un oiseau, le sourire d'un enfant, les yeux d'une femme, quand on a vu l'innommable ? Le cerveau peut-il oublier ? Le cœur vivre et encore aimer ? Les conjoints des flics ne partent pas seulement à cause de leurs horaires, ils partent parce qu'ils reconnaissent dans leurs yeux ce qu'ils ont vu. Les soldats qui reviennent du front ne reprennent jamais leur vie là où ils l'ont laissée, ils la reprennent brisée, grise, sale.

Je sens une main sur mon bras et tourne la tête.

— On y va, chef ? Ils ont fini. Ils attendent pour enlever le corps, dit Johnson.

— D'accord. (Je me tourne vers le sergent O'Brady qui semble ne pas pouvoir décoller le regard du cadavre.) Il faut boucler le quartier, interroger le voisinage. Vous avez vérifié le reste de la maison ?

— Mes hommes s'en occupent.

Nous remontons au premier et entrons dans le salon. Deux canapés, une table basse, un bonheur-du-jour, une commode où est posée une série de photos sur lesquelles un couple avec deux jeunes enfants sourit ; une autre avec la victime en compagnie d'un grand chien joyeux.

— Où est le chien ?

— Il n'y en a pas, répond O'Brady. La photo n'est pas récente.

— Où est son ex-mari ?

— Je ne sais pas, on le recherchera.

— Ce sont ses enfants ?

— Probablement. On s'occupe de les localiser pour les prévenir. Son amie sait peut-être où ils sont. Quoique d'après les toubibs elle n'est pas en état de parler.

— Faudra bien, pourtant. Elle est à quel hôpital ?

— Mount-Vernon.

— Je vais aller l'interroger. Qu'est-ce que ça donne du point de vue empreintes ?

— Beaucoup trop. Bien sûr, on va analyser. Vous pensez à quel genre de meurtrier ?

— Ni un voleur ni un rôdeur.

On s'observe parce qu'on pense tous les deux à la même chose. Celui qui a fait ça n'est pas un criminel ordinaire. Il y a une mise en scène dans la volonté de faire souffrir. Il n'a pas tenté de dissimuler le corps. Au contraire, il l'a exposé comme une œuvre d'art.

— Espérons qu'il est fiché, remarque O'Brady.

— Je vais contacter le BSU, l'Unité des sciences du comportement à Quantico, et le CASKU, qui s'occupe des serial killers. J'y ai un ami qui y enseigne.

— Je ne pense pas que la crucifixion soit un mode opératoire courant chez les psychopathes. Quoiqu'il y en ait eu un sacré à New York qui a…

Soudain il s'arrête, et me fixe, les yeux exorbités.

— Excusez-moi, capitaine… Vous êtes… le capitaine Levine de New York… ?

Je ne réponds pas. Cette pensée, je tente de la repousser depuis que je suis arrivé. O'Brady retient son souffle. Johnson, qui n'a pas tout entendu, s'approche.

— Le flic qui… à qui on a…, balbutie le sergent.

— Tué sa fille, oui.

— Et on n'a jamais retrouvé… son assassin…, achève-t-il dans un murmure.

— Il doit être crevé, je l'ai cherché partout.

Pourquoi je dis ça ? Qui je veux convaincre ? Quelle peur me retient tout à coup ?

O'Brady me fixe, horrifié. Bien sûr, il connaît l'histoire. Tous les flics du pays connaissent l'histoire de ce flic qui non seulement n'a pas sauvé sa fille mais n'a pas été foutu de coincer son assassin

— Vous devriez en parler à votre hiérarchie, reprend O'Brady, gêné, en se dandinant.

— Je n'ai pas besoin de vos conseils, sergent. Et quel rapport avec ce meurtre ? Vous pensez que notre pays ne possède qu'un monstre ?

— Non, bien sûr, c'est que… Comme vous voudrez, capitaine. Si ça se sait, ça ne viendra pas de moi.

— Vous voulez rester sur le coup ?

— J'étais le premier sur les lieux… J'aimerais bien rester.

Johnson suit la conversation sans intervenir, pas certain d'avoir compris.

— D'accord, dis-je. Vous êtes premier sur l'enquête. Mais tout ce que vous apprendrez devra passer par moi. Absolument tout, vous pigez ? On va y mettre du monde.

— Vous oubliez que les trois quarts des flics contrôlent les différents sites de la ville, objecte O'Brady. Ils vérifient et perquisitionnent du matin au soir. M'étonnerait que le FBI les libère.

— Faudra bien. Il ne va pas en rester là.

— On va confronter les empreintes avec celles que l'on a. Il est obligatoirement fiché. (Il regarde autour comme pour chercher de l'aide.) Celui… l'assassin de votre fille… il était pas d'ici ?

— On a vérifié à l'époque mais on n'a rien trouvé. Des Nichols, il y en a des tonnes dans le pays. Comment s'appelle l'amie de Mme Morrison ? coupé-je.

— Tina Wharshop.

— Où se trouve l'hôpital Mount-Vernon ?

— Un de mes hommes peut vous y conduire.

— Je connais, intervient Johnson.

— Heu… en ce qui concerne ce dont nous avons parlé, capitaine…, vous ne pensez pas… ?

— Je ne pense à rien. Soyons clairs, sergent. Ma fille a payé pour une erreur que j'ai commise. Je l'ai provoqué en oubliant que les psychopathes sont vaniteux. Nous le poursuivions en vain pour des crimes commis à New York, pas ici. Il m'a lancé un défi que je n'ai pas su relever, et ma fille est morte.

Il me fixe, la bouche tordue comme quelqu'un qui ne sait pas ce qu'il doit faire. Je soutiens son regard parce qu'à cet instant je n'ai qu'une envie, rester sur l'affaire.

Une règle absolue dans la police veut qu'un enquêteur soit immédiatement déchargé de l'enquête sur un crime si celui-ci le concerne personnellement. Et pour la première fois depuis que je traque Nichols, je sens qu'il est là.

— S'il se trouvait que ce soit votre… il faudrait immédiatement prévenir votre hiérarchie, insiste O'Brady.

— Allons-y, dis-je à Johnson.

Les brancardiers remontent avec le corps glissé dans une housse et posé sur un brancard.

— Ça passe ? demande celui qui est le plus bas.

— Ben, faudra bien ! On va le mettre sur chant.

— Elle va tomber.

— Et alors, elle risque pas de se faire plus de mal !

On quitte la maison en fendant la foule des flics et des journalistes et en évitant les micros qui se tendent vers nous.

J'ai la tête en feu et le cœur prêt à se décrocher. La ressemblance des tortures ne peut pas être un hasard. Il a seulement ajouté une atrocité à sa panoplie. D'un autre côté, comment croire que nous nous trouvons tous les deux dans la même ville en même temps ?

On regagne la voiture en zigzaguant au travers de la foule de plus en plus dense massée sur les trottoirs. Une bonne vingtaine de journalistes venus trop tard et retenus par des flics excédés piétinent en gueulant qu'on les empêche de travailler.

Un policier doit faire la circulation pour dégager notre voiture. Johnson évite d'actionner sa sirène pour ne pas attirer l'attention. Au moment de franchir le carrefour, on voit arriver la voiture du maire.

— Merde, qu'est-ce qu'il fait là ?

— On n'a pas l'habitude de ce genre de crime, ici, marmonne Johnson.

— Avancez, dégagez-vous, on file à l'hôpital.

La ville après ce qu'on vient de voir me paraît étrangement calme. Depuis les attentats, les gens se calfeutrent. On longe le lac, et Johnson, qui jusque-là était resté muet, attaque :

— Ce dont vous parliez avec O'Brady, c'est bien ce que je pense ?

Je tourne la tête vers lui. Son profil se détache dans la demi-obscurité de la voiture et je comprends qu'il est en colère.

— Je ne sais pas ce que vous pensez.

— Je pense… je pense que celui qui a fait ça est peut-être le même que celui qui a tué votre fille.

— Qu'est-ce qui vous le fait croire ?

— Vous savez bien. Je n'avais pas fait le rapprochement entre vous et… cette histoire. J'avoue que j'avais un peu oublié. (Il se reprend.) Vous savez, on voit tellement de cinglés.

— Ce n'est pas lui, dis-je du ton le plus détaché. La coïncidence est un peu exagérée.

— Pourquoi ?

— Il y a très peu de chances pour que l'on se trouve ensemble à Milwaukee. J'y suis par hasard. Mais lui, qu'est-ce qu'il y ferait ? Il a toujours préféré les grandes villes où il pouvait se perdre.

— Et si c'était quand même lui ? Je me souviens qu'on a pensé qu'il était peut-être né ici.

— On n'a rien trouvé, je martèle au moment où la voiture arrive devant l'hôpital. Il y avait effectivement une famille Nichols, comme dans des centaines d'autres endroits.

Il arrête le moteur et reste les yeux fixés sur le pare-brise.

— Je crois que si je n'avais pas ma fille Doris, je refuserais que vous restiez sur l'enquête et j'en parlerais à Jackson-Carr. Toutefois, ce type on doit l'attraper vivant et le présenter à la justice. Je suis flic, et vous aussi, on doit respecter la loi.

Je secoue la tête.

— Mais bien entendu, inspecteur.

O'Brady a pensé à placer un policier devant la chambre de Tina Warshop. Je la regarde à travers la vitre, allongée tout habillée sur un lit, les yeux fixes.

— On y va, je décide, mais en douceur. Vu ce que ça nous a fait, j'imagine pour elle.

Je pousse la porte et entre sans qu'elle réagisse. Je m'approche lentement du lit tandis que Johnson reste en arrière. Le médecin nous a prévenus qu'on ne pourra pas obtenir grand-chose car il l'a mise sous sédatif.

Elle sent ma présence et tourne la tête.

— Madame Warshop, je m'appelle Stanislas Levine et je suis capitaine de police à Milwaukee. C'est moi qui suis chargé de l'enquête sur... sur le meurtre de votre amie. Et voici l'inspecteur Johnson.

Elle me regarde sans mot dire et je remarque que ses yeux ont du mal à se fixer et papillotent comme devant une lumière trop forte.

— Pourrais-je vous poser quelques questions ? Je sais ce que vous avez subi et vous m'en voyez désolé. Mais les premiers moments d'une enquête sont cruciaux, et tout comme vous nous voulons que ce monstre soit puni.

Elle ne bronche pas. Son visage semble pris par la glace. Un masque de plâtre. La porte est poussée et le médecin passe la tête.

— Ne la fatiguez pas, ne la forcez pas, dit-il d'un ton sévère.

— Nous savons être patients, monsieur, mais en ce moment le criminel est en train de cavaler pour se mettre à l'abri.

Il hausse les épaules d'un air excédé et referme la porte. Je tire une chaise près du lit et m'assois. À ce moment mon portable sonne.

— Oui ?

— O'Brady. Jane Morrison travaillait à la mairie, aux Affaires sociales, le maire la connaissait bien.

— Chiotte !

Un coup de projecteur supplémentaire sur l'affaire et davantage encore de pression à attendre. Johnson lève un sourcil interrogateur. Je viens vers lui.

— Et son amie aussi ? je murmure au sergent.

— Non, je ne crois pas.

— Jane Morrison travaillait à la mairie, je révèle à Johnson, qui fait la grimace.

— A bien besoin que le maire se fiche dans nos pattes. Et il ne manquera pas de le faire. Entre les menaces d'attentats qui pèsent sur sa ville et ce meurtre barbare, il n'a pas fini de nous emmerder. Sa ville dont il vantait il y a encore peu de temps la sécurité et la douceur de vivre renferme dans ses murs un psychopathe et des terroristes, grogne le grand Black d'un air dégoûté.

Je reviens près du lit et me rassois. Tina Warshop paraît avoir repris un peu de vie.

— Madame Warshop, vous deviez retrouver votre amie hier vers quelle heure ?

Elle me fixe et s'humecte plusieurs fois les lèvres avant de me répondre.

— Six heures, souffle-t-elle. On se retrouvait au parc.

— Elle n'est pas venue et vous l'avez attendue. Lui avez-vous téléphoné ?

Tina Warshop est secouée d'un sanglot et fixe le plafond sans répondre.

— Madame Warshop…

— Je l'ai appelée deux fois. À six heures et demie et plus tard dans la soirée.

— Vous avez laissé des messages ?

— Oui… en lui demandant de me rappeler. Je pensais qu'elle était allée voir ses enfants et qu'elle avait oublié notre rendez-vous. C'était déjà arrivé.

— Vous l'aviez eue avant au téléphone pour fixer le rendez-vous par exemple ?

— Non, on se téléphonait seulement si l'une ou l'autre avait un empêchement.

Elle respire avec difficulté et ses mains se crispent sur les draps. Je me doute de ce qu'elle endure.

— Et aujourd'hui, vous l'avez rappelée ?

— Oui, ce matin, avant de partir travailler. Dans la journée, j'ai téléphoné à son bureau et ils m'ont répondu qu'elle était absente depuis deux jours.

— Inquiète, vous avez décidé d'aller chez elle ?

Tina Wharshop dodeline de la tête.

— Il était quelle heure ?

— Après le travail.

— C'est-à-dire ?

— Un peu plus... de six heures.

— Vous travaillez aussi à la mairie ?

— Non.

— Que faites-vous ?

— Je suis négociatrice dans l'immobilier. Chez Marwyn Frères. J'ai eu une journée d'enfer, je n'ai pas pu y aller avant, souffle-t-elle sur un ton d'excuse.

— Donc, vous arrivez. La porte était-elle fermée ?

— Oui... (Elle fixe le mur comme si elle revoyait la scène.) J'ai ouvert avec ma clé, mais la porte... enfin je veux dire... n'était pas...

Elle se tait et ferme les yeux.

— N'était pas fermée à clé, c'est ce que vous voulez dire ? Mme Morrison fermait-elle sa porte à clé quand elle était chez elle ?

— La nuit seulement, je crois. Là... là...

Elle éclate en sanglots.

— Connaissiez-vous son mari, madame Warshop ? Ils étaient divorcés. Savez-vous où il est ?

Elle a rejeté la tête en arrière et fixe le plafond. Son visage est ravagé et elle respire avec difficulté.

— Il est mort, hoquette-t-elle.

— Mort ?

— L'an dernier. Le cœur.

Je me lève. J'ai une envie folle de griller une cigarette. Sarah m'avait fait cesser. Ensuite, ça m'a repris sporadiquement. À chaque échec, à chaque période de désespoir. J'ai de nouveau arrêté à Detroit.

— Madame Warshop, est-ce que votre amie vous a dit craindre quelque chose ou quelqu'un ?

Elle secoue la tête.

— Elle... avait un ami ?

Elle me regarde, les yeux vagues.

— De cœur, vous voulez dire ? Non.

— Elle ne fréquentait personne ? Il y a longtemps qu'elle était divorcée ?

Tina Warshop soulève les épaules comme si elles pesaient une tonne.

— Ils ont divorcé il y a cinq ans.

— Comment en êtes-vous si sûre ?

Elle me regarde et je remarque ses yeux clairs.

— Nous sommes amies d'enfance, Jane et moi. Nous nous sommes mariées la même année à deux mois près et nous avons divorcé la même année et le même mois. On ne s'est jamais quittées.

Elle froisse convulsivement les draps en se rendant compte de ce qu'elle vient de dire. Son visage se tord et des larmes silencieuses coulent sur ses joues.

— Vous sortiez toujours ensemble, ou avait-elle d'autres amis ?

— Nous sortions le plus souvent ensemble, nous sommes une… nous étions une bande de copines, se reprend-elle, toutes divorcées ou célibataires. Parfois, l'une d'entre nous arrivait avec un petit ami, et on la perdait de vue quelque temps, puis elle revenait. D'autres fois, l'une ou l'autre se mariait ou fréquentait un moment… mais nous nous retrouvions toujours. Pour celles qui changeaient de vie on avait des dates fixes. Thanksgiving, Independence Day…

Elle s'arrête brusquement comme si elle en avait trop dit.

— Votre amie n'a jamais fréquenté après son divorce ?

— Jane avait cinquante ans. À cet âge-là, les hommes cherchent des femmes de quarante, voire moins. Elle ne voulait pas d'un homme plus âgé qu'elle. Elle disait qu'elle ne supporterait pas ses manies. Elle aurait aimé trouver quelqu'un pour sortir, partir en week-end, en vacances. Mais ceux qu'elle rencontrait se transformaient vite en pantouflards.

— Ah ? Comment les rencontrait-elle ?

Tina Warshop ne répond pas tout de suite.

— Dans les soirées. Sur… Internet, lâche-t-elle avec réticence.

— Et Mme Morrison a rencontré des hommes de cette façon ?

— Une fois ou deux, admet-elle.

— Et ça s'est passé comment ?

— À chaque fois, une dizaine d'années de plus et envie de se caser. Mais elle, elle avait envie de s'amuser, pas de leur faire la cuisine. Elle ne cherchait plus.

— Donc, elle n'a jamais trouvé un homme qui lui convienne ?

Elle hésite.

— Dernièrement, elle m'a dit avoir communiqué avec quelqu'un qui lui a paru différent.

— Différent de quelle manière ?

— Différent. Il disait être arrivé à Milwaukee récemment et vouloir se faire un cercle d'amis. Ils se sont vus au bout d'une quinzaine, je crois. Il n'était pas jeune, pas spécialement beau non plus, mais bien élevé, courtois. Il l'a invitée à dîner, ce que les autres ne faisaient jamais, chacun payait sa part. Elle a apprécié, pas qu'elle était intéressée, la pauvre, mais elle l'a trouvé, comment dire ? galant ? Une autre fois, ils sont allés écouter la lecture d'une pièce de théâtre, il disait aimer le théâtre et lire.

— Vous l'avez rencontré ?

— Non, jamais. Elle attendait sûrement que ce soit un peu plus sérieux pour nous le présenter. Nous sommes très dures, sourit-elle. Nous sommes solidaires. Il le faut bien… les hommes…

Elle se tait et ferme les yeux.

— Que vous a-t-elle dit d'autre sur lui ?

Elle hausse les épaules.

— Rien, je crois qu'il n'avait pas beaucoup d'importance pour elle. Enfin, pas comme vous le pensez. Il ne lui plaisait pas physiquement, mais comme il était seul et aimait le théâtre, et elle aussi, elle s'est sans doute dit que ça ferait un partenaire de sortie. Elle avait un peu de bien et elle se méfiait.

— Vous savez ce qu'il faisait dans la vie ? Quel était son nom ?

— Je crois qu'elle m'a dit qu'il s'appelait Eddy. J'ignore son nom de famille.

— Eddy. Et d'où il venait ?

— Je ne suis pas sûre qu'elle le savait.

— Avez-vous l'adresse de ses enfants ?

— Ils habitent de l'autre côté du lac. Son fils travaille à l'université. Sa belle-fille est traductrice de français. Ils ont deux enfants qui étaient la fierté de leur grand-mère.

— Que pouvez-vous me dire d'autre sur votre amie, madame Warshop ?

— Que je l'aimais ! crie-t-elle en éclatant en sanglots. Plus que ma famille ! On ne s'est jamais quittées. On est restées dans cette ville, nous sortions ensemble avec nos maris. On faisait tout ensemble !

Ses pleurs hachent ses paroles. Elle suffoque, se tord les mains.

— Qu'est-ce qu'il lui a fait, mon Dieu ! Qu'est-ce qu'il lui a fait !

Le toubib rapplique aussitôt.

— Ça suffit maintenant, laissez-la ! Sortez !

— OK, OK, j'acquiesce en levant les mains dans un geste d'apaisement.

Sur son lit, Tina Warshop s'étrangle de pleurs, ployée par son chagrin.

— J'ai vu des conjoints ou des proches moins affectés qu'elle, remarque Johnson lorsque nous sommes dans le couloir. Bon Dieu, drôlement courageuse, cette femme !

— Il faut prévenir les enfants.

À ce moment, son téléphone sonne.

— Oui ? Bonsoir, commandant. Oui, il est à côté de moi. Je vous le passe. Pour vous, dit-il en me tendant le portable.

— Levine. Eh bien, ce qui se passe, je réponds, c'est qu'on m'a appelé pour un 811 et on y est allés avec Johnson qui était avec moi. Oui, c'est un crime grave... très... On est à l'hôpital où a été emmenée l'amie qui a découvert la victime... Mount-Vernon... Elle est sous le choc mais elle nous a parlé un peu... Le sergent O'Brady du 17e district a été le premier sur les lieux... C'est lui qui nous a prévenus... ce n'était pas dans son secteur et il préférait que ce soit un inspecteur des Homicides qui s'en charge avec lui... Les hommes d'O'Brady ont examiné la scène du crime... Vous voulez qu'on envoie la nôtre ?... Quand on est arrivés, l'équipe scientifique était déjà là... Elle avait un fils, adulte. Il a été prévenu... Divorcée depuis cinq ans, veuve depuis un an... Son fils viendra l'identifier... il habite de l'autre côté du lac... Elle s'appelait Jane Morrison et travaillait à la mairie... Chez elle... dans sa cave... très abîmée... l'assassin s'est acharné... On est apparemment entré sans effraction. Peut-être un familier... mais vu la nature du crime, c'est pas certain.

Je m'efforce de parler sans passion, de crainte que Jackson fasse le rapprochement entre le meurtre de Jane Morrison et celui de Judith. Un crime pareil va faire la une des journaux. Quoique avec les attentats... Tout ce que je souhaite, c'est qu'on me laisse l'enquête. Ce n'est pas certain que ce soit lui, mais si jamais...

Je suis prêt à démentir à fond tout rapprochement entre les deux affaires. Je l'ai loupé deux fois en dix ans sur des renseignements arrivés trop tard. Je ne veux pas refaire la même erreur. À l'époque il bougeait sans arrêt. Peut-être sait-il que je suis là. Il a pu me voir à la télé ou dans les journaux.

Quand j'ai débarqué ici, un flic des Stups avait descendu un jeune de vingt ans. La presse était déchaînée. Deux mois après mon arrivée, je coince pour exhibitionnisme un capitaine des pompiers à la retraite, et dans la foulée, je tombe sur un réseau pédophile totalement ignoble. La préfecture n'a pas laissé passer l'occasion de redorer son blason, et ma réussite a été surexploitée sur l'ordre du maire.

— ... Vous aurez le rapport demain, commandant. On devrait peut-être passer par le FBI pour les empreintes et l'ADN, s'il y en a. Très sanglant... On verra. Ils sont mieux équipés... Je comprends... mais on peut pas être partout... Ouais... je veux bien laisser tomber le contre-terrorisme si vous croyez que c'est mieux... Il faudra les prévenir... À demain.

Johnson me regarde de côté.

— On y va ? dis-je. On a du boulot sur la planche.

Je sais que mon ton léger ne le trompe pas. Mais ce sera dorénavant comme ça.

On remonte en voiture et je réfléchis que Nichols doit à présent avoir dépassé la soixantaine. D'après sa femme et la conservatrice de la bibliothèque municipale où il a passé quelques années, il savait se montrer courtois et aimait se vanter de ses goûts artistiques. Il était d'un abord aimable, et comme tous les psychopathes savait séduire ses victimes. Ce que nous en a dit Tina Warshop peut correspondre.

L'assassin de Jane Morrison n'a pas cherché à cacher le corps, et l'on saura bientôt s'il a laissé des traces. Mais ça ne fait pas nécessairement de lui un désorganisé.

Nichols était à la fois un organisé et un désorganisé. On a identifié ses empreintes seulement quand il a tué Judith. Dans ses nombreux crimes précédents, les rares empreintes relevées n'avaient mené nulle part. Il n'avait jamais été fiché.

Les psychologues criminels classent ces tueurs en deux catégories principales. Les organisés, qui ont en général un quotient intellectuel satisfaisant ou même parfois supérieur à la moyenne, tuent pour des raisons qui leur sont propres, choisissent leurs victimes, sont minutieux, laissent peu d'indices derrière eux, et les arrêter demande autant de technique que de chance. Rien ne les distingue des autres hommes. Ils sont souvent bons maris et bons pères de famille. Les seconds, les désorganisés, tuent sur une impulsion. Leur proie se trouve au mauvais endroit au mauvais moment. Ils ne préméditent rien et se moquent de laisser des indices. Seul les fait agir leur besoin de tuer. Mais ces catégories ne sont pas étanches. Un organisé pourra devenir un désorganisé si un événement le perturbe gravement. Ou quand il veut se faire prendre. Les flics qui les pourchassent le savent et, faute de mieux, attendent l'erreur.

— Je vous raccompagne, capitaine ?

— Si vous voulez.

Les deux flics avec lesquels je vais travailler connaissent mon histoire. Ce n'est pas sain d'être ainsi entre leurs mains.

— Vous voilà arrivé.

— Merci, Johnson, à demain. J'irai directement à la morgue. À huit heures.

— J'y serai, capitaine. Chef…

— Oui ?

— On l'aura. Même… même si ce n'est pas celui que vous croyez.

— J'espère.

Je suis à plat ventre sur une couchette étroite qui pue le fuel. Une sonnerie stridente m'a réveillé. Je me lève d'un bond et me cogne la tête aux parois de la cabine. Dehors, des matelots cavalent et l'un d'eux me fait signe de me grouiller. Mais mes jambes se dérobent et je n'arrive pas à sortir de cette fichue cabine. Devant moi s'étend un long couloir très encombré et je me dis que je vais périr noyé. Je donnerais n'importe quoi pour que cesse la cacophonie de cette sacrée sirène. Je papillonne des yeux et me frotte la tête. Mon portable posé sur la table de chevet vibre et couine. Je l'ouvre en continuant à me frotter la tempe. Je me suis cogné contre le coin de la table de nuit.

— Ouais…

— Mendoza. Le maire vient d'appeler pour que vous passiez à la mairie ce matin à huit heures et demie.

— Le maire ? Pourquoi il ne m'appelle pas directement ?

— J'sais pas. Il a peut-être pas votre numéro.

Je regarde l'heure. Sept heures trente.

— Vous êtes où ?

— Hé, chez moi.

— Je devais aller à la morgue.

Est-ce que je me justifie devant ce thon ?

— Ouais... ben faut que vous alliez voir le maire.

Je raccroche. C'est quoi cette histoire de bateau ? Je courais comme un dératé parce que le bateau allait couler ? Pas difficile à comprendre le symbole. Même sans faire appel à Freud. Mais je n'ai pas rêvé le jeton que je me suis pris à la tempe.

Je me sens plus fatigué qu'en me couchant. Chaque muscle, chaque articulation semblent grippés. Je me traîne jusqu'à la salle de bains après avoir mis la cafetière en marche et reste dix minutes sous la douche.

Crevé. Complètement crevé. Je bois deux tasses de café fort et suis pris d'une irrésistible envie de fumer.

Je me rase et m'habille. Me regardant dans la glace, je me dis que je devrais ménager le vieillard qui s'y reflète.

Je n'ai pas envie d'attendre le bus. J'arrête un taxi qui me farcit la tête de ses problèmes. Je ne desserre pas les dents de toute la course et le chauffeur me regarde partir d'un œil dégoûté.

Je dois montrer mon badge une demi-douzaine de fois avant d'accéder au saint des saints. Entre les gardes nationaux armés de M16 et les flics harnachés prêts à l'assaut qui se la jouent Rambo, on se croirait à Kaboul.

Le secrétaire particulier, toujours aussi gominé, m'invite à m'asseoir et m'offre un café, mais Barrett surgit presque aussitôt.

— Ah, vous êtes là, Levine, très bien. Venez.

Je le suis dans son bureau, où il s'écroule dans son fauteuil.

— Asseyez-vous, vous avez l'air crevé, dit-il au bout d'un moment après m'avoir examiné d'un œil vide.

— Excusez-moi, monsieur le maire, mais que se passe-t-il ? Je devais être à la morgue à huit heures ce matin.

Il a un geste de la main du genre : c'est pas mon problème.

— Vous avez été appelé hier soir pour un homicide perpétré sur Jane Morrison, crime dont on m'a dit qu'il était tout à fait sordide, n'est-ce pas ? Saviez-vous que Mme Morrison travaillait à la mairie depuis plus de vingt ans et que la malheureuse avait décidé de prendre sa retraite avant deux ans parce qu'elle avait fait un héritage ?

— Je sais qu'elle s'appelait Jane Morrison et qu'elle travaillait à la mairie.

— Je n'ai pas pu voir le corps qui avait été emporté quand je suis arrivé. La pauvre a été torturée à mort, c'est ça ?

Il est d'une nervosité extrême. Ses mains s'agitent et il secoue la tête comme s'il était attaqué par un essaim d'abeilles.

— Oui, Mme Morrison a eu une mort difficile…

Barrett écarquille les yeux en me fixant.

— Difficile, hein ? C'est comme ça que vous parlez d'une victime qui a eu le buste pelé comme une orange et les bras et les jambes cloués en croix à une table ? Difficile, hein ?

Sa voix part dans des pointes hystériques. Visiblement ses nerfs craquent. Il se relève brusquement.

— J'ai convoqué la presse, ou plutôt la presse m'a CONVOQUÉ. Depuis hier soir j'ai été accablé de coups de téléphone. Entre Al-Qaida et ce monstre, il faut faire quelque chose, Levine !

Pourquoi les emmerdes me tombent-elles toujours dessus ? Suis-je devenu chef de la police de Milwaukee sans m'en être rendu compte ? ou personnellement responsable de la lutte antiterroriste pour le Wisconsin ?

— Nous enquêtons, monsieur.

— C'est tout ce que ça vous fait ? Une respectable et innocente citoyenne est massacrée chez elle par un monstre…

Il ne continue pas et me fixe, le regard flamboyant.

— C'est arrivé hier soir, monsieur. La scène du crime a été analysée, le quartier bouclé, et les voisins interrogés par la brigade du sergent O'Brady, arrivé le premier sur les lieux du crime et qui m'a appelé. Le Dr Lennox doit avoir commencé l'autopsie, ce pourquoi je devais aller ce matin à la morgue. Nous n'avons pas perdu de temps, je vous l'affirme. O'Brady et moi allons mettre le plus d'hommes possible sur l'affaire, et s'il le faut nous demanderons l'aide du FBI.

Je me lève. Ce crétin m'exaspère, je tapote machinalement mes poches à la recherche d'un paquet de cigarettes et me dirige déjà vers la porte.

— Pourquoi le FBI ? Ce n'est pas un crime fédéral.

— Il se peut qu'il ait aussi tué dans d'autres États, et comme les fédéraux nous prennent la moitié de nos hommes, autant leur demander un coup de main.

Il hoche la tête, visiblement pas convaincu.

— Une seconde, capitaine !

— Oui, monsieur ?

— Les journalistes sont depuis vingt minutes dans la salle des mariages. C'est à vous de leur parler.

— Pour l'instant nous n'avons pas grand-chose à leur dire.

— Je m'en fous ! Je ne veux plus qu'ils m'emmerdent ! Dites-leur n'importe quoi, que vous avez une piste, des indices ! Rassurez-les ! Ils sont hystériques !

Y a pas qu'eux, je pense en soupirant. Si je n'avançais pas sur une corde raide, je l'aurais déjà envoyé se faire voir chez les Grecs, l'élégant Tom Barrett.

— Je leur parle de quoi ? Des terroristes ou du meurtre de Jane Morrison ?

Il me foudroie du regard.

— Pour l'instant, du meurtre de Mme Morrison, crache-t-il en détachant les syllabes. Sans donner de détails. Aucun détail. Meurtre brutal, c'est tout.

— Ça n'aurait pas plus d'effet si c'était vous qui leur parliez, monsieur ?

— Certainement pas. C'est vous le policier chargé de l'affaire. Calmez-les. Je ne veux pas de panique dans ma ville. On est déjà en état de guerre ! Ce salaud en a profité !

— Je vous tiens au courant, monsieur.

Je sors et le secrétaire m'accompagne vers la salle des mariages, où m'attend la horde qui fait si peur à monsieur le maire.

Il entre le premier et demande aimablement le silence. Les flashs crépitent et le bruit continue. Il tape plusieurs fois sur le pupitre sans que le brouhaha s'apaise, pire, il paraît croître. Genre rentrée des classes quand les élèves se retrouvent après les vacances.

Je reconnais quelques-uns des journalistes présents lors de la présentation des résultats de la mairie. Et de la même façon les chaînes télé mènent la danse, repoussant autant qu'elles le peuvent leurs confrères de la presse écrite ou audio. La hiérarchie de l'audimat fait loi.

Je reprends ma place derrière le pupitre de plexi. Si les conférences de presse continuent, je vais pouvoir y graver mes initiales. En regardant les caméras me cadrer, j'imagine Nichols devant son écran. S'il est là, à quoi pense-t-il ? Quels peuvent être ses sentiments tant d'années après ? Se dit-il qu'on rejoue la même scène ? Il aurait tort. Jane Morrison n'était pas ma fille. Elle peut juste me servir à le coincer. Une bousculade devant l'estrade, encore des bruits divers qui tendent à s'apaiser, et une jolie rousse se tortille pour me tendre son micro.

— Lydie Nataf, de CNN. Capitaine Levine, nous avons appris qu'hier soir un meurtre particulièrement odieux a eu lieu dans notre ville. Pensez-vous qu'il ait un lien avec les attaques terroristes dont notre ville a déjà souffert ?

— Rien ne nous autorise à le penser pour l'instant.

Quelques-uns de ses confrères tentent de prendre le micro. Les usages veulent que l'on donne alternativement la parole à tous, mais je n'ai pas l'intention de me montrer aimable, et j'ai envie d'en finir vite. En quoi j'ai tort. Je lui redonne la parole d'un geste du menton.

— On dit que le meurtrier se serait acharné sur sa victime. Pensez-vous à un meurtre rituel ? enchaîne la rouquine comme on rattrape un ballon.

— Rituel ? Non, mais nous n'écartons aucune possibilité. Ce meurtre remonte seulement à quelques heures et l'enquête ne fait que commencer. Nous avons demandé l'aide du FBI et nous espérons que nos forces conjointes vont nous permettre de rapidement progresser.

— Donc, pour vous, ce crime n'a rien à voir avec les terroristes ? insiste-t-elle.

— Non. Nous avons écarté cette hypothèse.

— Pourquoi alors avoir réclamé l'aide du FBI… ?

Je la fixe en soupirant comme si sa question était tout simplement exaspérante, voire idiote, et je me demande où elle veut en venir.

— Parce que, comme vous le savez, depuis les attentats dont notre ville a été victime, nous avons travaillé avec le FBI et de nombreux policiers municipaux ont été affectés à la traque des terroristes. Les fédéraux ont accepté de nous… comment dire ?… renvoyer l'ascenseur ? C'est aussi une expression employée dans votre métier, je crois ? Par conséquent, à présent que le danger terroriste semble écarté…

— D'accord, on laisse tomber les attentats terroristes, capitaine. Le crime qui s'est produit hier soir semble pourtant relever de la folie meurtrière, si j'en crois mes sources…

— Je ne connais pas vos sources, mais depuis vingt-cinq ans que je suis dans la police j'ai vu quantité de meurtres aussi violents. Nous vivons une rude époque, mademoiselle. Celui-ci n'est pas pire que les autres.

— Une victime torturée et mise en croix indique, vous me l'accorderez, un criminel… particulier. Les habitants de cette ville veulent savoir si on est en face d'un nouveau Jeffrey Dahmer…

Bingo. Je viens de me faire posséder. Jeffrey Dahmer avait tué une petite vingtaine de jeunes gens, gays pour la plupart, dans les années quatre-vingt, quatre-vingt-dix, à Milwaukee. Il ne s'était d'ailleurs pas contenté de les tuer d'une manière le plus souvent atroce, il en avait aussi dévoré quelques-uns. Son souvenir empoisonne encore les mémoires.

— Rien pour l'instant ne fait penser à ce genre de criminel. La victime vivait seule et s'est hélas montrée trop confiante.

— Une crucifixion est un peu… un message, insiste-t-elle. Comme une signature… Cet assassin ne pourrait-il pas être une sorte de mystique ?

— Je ne vois pas où vous voulez en venir.

— Nous avons subi d'effrayants attentats terroristes islamistes qui ont fait des dizaines de victimes, pourrait-on penser qu'un chrétien un peu… dérangé… ?

C'est elle qui est dérangée, et mon expression doit être révélatrice de ce que je pense.

— Bien sûr, vous n'y croyez pas…, enchaîne-t-elle, et pourtant, capitaine, on pourrait penser que des atrocités appellent d'autres atrocités…

Cette fille est une bombe qui peut m'éclater dans les mains. Que ce genre de bobards se répandent dans les médias, et bonjour la paix civile. Des meurtriers chrétiens répondant à des meurtriers islamistes !

Je reste un moment à la fixer, sans dire un mot, comme si je n'en croyais pas mes oreilles. J'entends ses confrères s'agiter sans savoir s'ils sont pour ou contre.

— Vous pensez vraiment ce que vous dites ? lui demandé-je avec un air de commisération incrédule.

— Et pourquoi pas ? s'entête-t-elle.

— Parce que c'est tout simplement absurde ! Nous ne sommes pas dans la série *24 heures*, nous vivons dans le réel ! Et la victime n'était pas musulmane !

— Toujours d'après nos sources, continue-t-elle sans se démonter et en jouant des coudes allégrement contre ses confrères, le criminel n'aurait pas tué pour voler, il s'est acharné sur elle. Un de vos officiers a déclaré n'avoir jamais vu ça

— J'ai du respect pour votre profession et pour la plupart de ceux qui la pratiquent, mais beaucoup moins pour ceux que je sens prêts dans leur propre intérêt à déformer, voire inventer. Si le public a le droit d'être mis au courant, il a aussi le droit de ne pas être abusé !

Elle me toise férocement, mais j'en ai rien à foutre ! Cette garce a réussi à me déstabiliser. Elle est décontenancée par ma réaction violente, mais se reprend, en parfaite pro qu'elle est.

— Croyez, capitaine, que je ne fais pas partie de ceux qui déforment ou inventent. Mais je connais la police et sa propension à… comment dit-on ? Noyer le poisson ? Et dans ce cas précis, il semblerait…

— Si elle le fait parfois, c'est seulement dans l'intérêt de l'enquête. Dans le cas qui nous occupe, celle-ci a à peine commencé. Nous vous tiendrons informés quand nous en saurons plus. Une autre question ?

Des mains se lèvent, mais ou ses confrères sont dépourvus d'imagination, ou ils en ont assez entendu pour gribouiller leur papier, car leurs questions se recoupent. Je leur réponds néanmoins patiemment, m'avisant peut-être un peu tard qu'il ne faut en aucun cas se mettre mal avec la presse.

En veine d'amabilité, je les remercie de la pertinence de leurs interventions et, laissant au secrétaire du maire le soin de conclure la conférence de presse, je m'esquive prestement.

D'abord, O'Brady aurait dû être là. Il est mon second et c'est lui qui a fait les premières constatations. Je ne veux pas être en guerre avec tout le monde.

Je me presse de filer pour ne pas arriver trop en retard à mon rendez-vous avec Lennox. Je hèle un taxi et tout en roulant repasse l'interview dans ma tête. J'espère ne pas en avoir trop dit. Notre seule chance de coincer le tueur est de lui faire croire que l'on nage. Ce qui est malheureusement la vérité. Si c'est Nichols, il voudra encore me défier. Si ce n'est pas lui…

Mon portable sonne au moment où je descends du taxi et interrompt mes réflexions.

— Oui ?

— Bonjour, chef, c'est Johnson.

— Salut.

— Vous êtes où ?

— J'arrive à la morgue, pourquoi ?

— Je vous y ai attendu ce matin et je suis reparti au commissariat.

— Bon…

— Une femme vient de téléphoner et vous a demandé…

— Qui ?

— Elle n'a pas dit son nom. Elle voulait vous parler.

— En rapport avec notre enquête ?

— Peut-être. J'ai dit que vous seriez là vers onze heures, midi, j'ai bien fait ?

— Ouais… Si elle rappelle, prenez son nom et son numéro.

Encore sous le coup de la conférence de presse, je manque me faire renverser en traversant n'importe comment. Une bordée d'injures m'accompagne jusqu'au trottoir. Je dois me décontracter si je veux arriver à quelque chose.

« Comme le saumon, laisse-toi porter par le courant quand il t'entraîne vers la mer. » Je ne sais plus où j'ai lu cette idiotie, sûrement dans un des innombrables canards psycho à trois balles qui vous assènent sentencieusement en remplissant leurs tiroirs-caisses des « Soyez positif », « Aimez-vous d'abord », « Connaissez-vous vous-même », et autres recommandations du même tonneau.

Je suis le meilleur quand ma raison l'emporte sur mes émotions. Comme tout le monde. Rien de pire que de subir l'assaut de ses sentiments qui, d'après un autre article, parviennent trente mille fois plus vite au cerveau que le raisonnement. J'ai toujours cru qu'avec la raison on pouvait arriver à tout. Comme repousser la douleur, la peur, la haine. Jusqu'à la mort de Judith.

Pourquoi imaginer que l'assassin qui a massacré Jane Morrison est celui de ma fille ? Parce que je l'espère ou parce que je le crains ?

Il faut attendre le résultat de l'analyse des empreintes. Sur mes recommandations, on a envoyé aux labos du FBI, bien plus performants que les nôtres, les éventuelles traces d'ADN et les différents fluides récoltés. À moins que le meurtrier ne se soit enfermé dans un sac-poubelle, on en retrouvera. Mais entre les trouver et les déchiffrer, il y a parfois un monde.

Nichols n'a jamais écorché ses victimes. Il les cannibalisait. Les violait. Les mutilait. Mais il a crucifié Jane Morrison comme Judith.

Mais pourquoi serait-il précisément ici ? Quand on a vérifié ses ascendants et découvert entre autres qu'une famille Nichols avait vécu à Milwaukee, on s'est aperçu qu'elle avait disparu depuis des années. Et dans tous les autres endroits où des Nichols avaient été répertoriés, on n'a jamais pu retrouver d'individus se rapprochant de près ou de loin d'Edgar Nichols.

Ici comme ailleurs, ce sont les services locaux qui s'en sont occupés. Peut-être devrais-je vérifier. Les Nichols de Milwaukee avaient deux fils. Edgar et Ronald. Coïncidence ou les recherches se sont-elles arrêtées trop tôt ? Faute d'indices, je n'avais pas de piste quand je me suis lancé à sa recherche. J'ai opéré selon le procédé classique du chasseur, cherchant à enfermer ma proie dans une spirale de plus en plus resserrée, à partir de New York. On a signalé son passage au poste frontière avec le Canada, mais il s'est ensuite dilué dans l'immense continent.

J'ai visité systématiquement les endroits où un fugitif avait le plus de chances de se cacher, en collaboration avec la police canadienne. Hantant jour et nuit les lieux les plus infâmes du pays, en liaison permanente avec les services de recherche des différentes polices et organisations qui, malgré ma brutale désertion, avaient ordre de la police de New York de m'apporter toute l'assistance possible. Pas seulement par compassion. Il était plus qu'urgent qu'un criminel de cette envergure soit retrouvé. L'affaire avait fait un tel bruit qu'il était inimaginable que la police soit tenue longtemps en échec.

Pourtant, elle le fut. J'ai cavalé pendant dix ans, interrogé des centaines d'individus repoussants, dealé avec des épaves humaines qui pour un bout de shit m'auraient vendu père, mère et le reste. Supplié, payé, cogné. En vain.

La morgue est installée au sous-sol de la préfecture. Je pousse une double porte mi-vitrée ouvrant sur un couloir qui, après avoir desservi une salle d'attente aussi minable que sinistre, débouche dans des bureaux. Deux employés relèvent la tête, je leur souris.

— C'est pour quoi ? demande l'un d'eux.

Je constate une fois de plus que toutes les morgues sont identiques. Même couleur des murs, même silence plombant, et surtout même odeur. Un mélange écœurant comme un parfum trop lourd, de froid, de formol et d'effluves indicibles, peut-être seulement le fruit de l'imagination.

— J'ai rendez-vous avec le Dr Lennox, dis-je en montrant ma plaque.

— Il est en salle d'autopsie. Si vous y allez, faut vous changer.

L'employé aussi ressemble à ses collègues de partout. Pâle, flottant dans une blouse trop grande, pas aimable, comme si les visiteurs risquaient de déranger ses locataires.

— Merci, je réponds en découvrant une cabine. Je laisse ma veste et mes chaussures et je prends ce kit ?

— Exactement, dit l'employé déjà replongé dans ses occupations.

J'enfile une blouse et des chaussons en papier tissé et pousse la porte de la salle.

Lennox et son assistant sont en train d'examiner Jane Morrison. Je ne peux pas me tromper. Son buste dépecé n'a pas pu être recousu. Elle n'a pas eu besoin de la célèbre ouverture en Y.

En me voyant débarquer, Lennox rabat précipitamment le drap sur le corps.

— Je croyais que vous deviez venir tôt, lance-t-il, agressif.

Je me force à sourire. Tout ce beau monde commence à me courir.

— J'ai dû aller parler aux journalistes.

— Vous aviez déjà quelque chose à leur dire ? feint-il de s'étonner en laissant tomber une masse sanglante dans le plateau de la balance. Neuf cents grammes, annonce-t-il à son assistant.

— Et vous, vous avez du nouveau ?

— J'y ai passé la nuit, grogne-t-il de dessous son masque.

— Et alors ?

Il consent à me regarder.

— J'ai envoyé des cellules de son cerveau, son urine et différents fluides au labo pour un examen toxique, mais je peux d'ores et déjà vous dire que cette femme a été droguée.

Je suis soulagé. Si cette malheureuse a été droguée, elle aura moins souffert.

— Avec quoi ?

— Je viens de vous dire que je viens de les envoyer...

Je n'aime pas le ton de ce type. Comme beaucoup de ses confrères il se prend pour Dieu le Père et doit penser que les flics sont tout juste bons à dresser des P.-V. Je me souviens des lamentations de mes parents quand je leur ai annoncé qu'après mon diplôme de droit j'avais l'intention de préparer l'école des officiers de police. C'est tout juste s'ils osèrent en parler à notre entourage. Pour eux toutes les polices ressemblaient à celle qui les avait chassés de Pologne.

— Si vous n'avez pas les résultats, comment savez-vous qu'elle a été droguée ?

— Elle a plusieurs marques de piqûres sur les bras et les cuisses.

— Plusieurs ? elle se droguait avant ?

Il hausse les épaules avec exaspération.

— Vu la tétanie des masses musculaires qui n'a rien à voir avec la raideur cadavérique qu'elle devrait présenter soixante heures après sa mort, et l'absence de signes de défense et de contention, il a dû lui injecter un acide succinique, appelé succinylcholine qui est un inhibiteur neuromusculaire, et du midazolam qui est un sédatif employé en prémédication avant une anesthésie. Le tout destiné à l'immobiliser sans qu'elle perde vraiment conscience. Un truc de sadique.

— On est paralysé mais on sent tout ?

— Exact. Et comme l'effet de ces drogues est court, on doit procéder à de nombreuses injections. L'analyse des tissus nous dira si j'ai raison.

— Vous voulez dire qu'il l'a torturée alors qu'elle ne pouvait pas bouger ?

Il me fixe sans répondre et introduit une curette dans le vagin.

— Elle a subi des violences sexuelles mais je n'ai pas trouvé de sperme. Ou il portait un préservatif ou il n'a pas éjaculé.

Je fixe la dépouille de Jane Morrison et je me dis que la désinvolture apparente de Lennox est peut-être une défense. Flics et légistes sont si souvent confrontés à la barbarie humaine qu'ils ont besoin de prendre de la distance. Les conflits ont montré que des hommes ordinaires peuvent pour certains se transformer en bourreaux. Mais en temps de paix qu'est-ce qui transforme un homme en monstre ? Pas de propagande de haine qui dépouille l'ennemi de son humanité, pas la peur de mourir et de perdre ceux que l'on aime. Si chacun se bat avec sa part d'ombre, pourquoi tant d'hommes perdent-ils le combat ?

— Il... il l'a torturée combien de temps ?

— Je peux juste donner l'heure approximative de sa mort, mais probablement assez longtemps.

— Elle est... restée vivante...

— Vous voudriez que je vous dise qu'il lui a infligé ces horreurs post mortem ?

— Je voudrais que vous me disiez la vérité.

— Je n'en sais rien. Il a découpé le torse selon la technique de l'autopsie verticale. Il l'a ouvert en deux, mais la lividité des chairs indique que ç'a été probablement fait post mortem. En revanche, il l'a crucifiée vivante.

— Elle a pu perdre connaissance ?

— Je ne sais pas. Tout le monde n'a pas la même résistance à la douleur. Ce qu'on peut espérer c'est qu'elle aura succombé à un arrêt cardiaque. Je ne le saurai que lorsque j'aurai terminé l'autopsie et reçu les résultats des analyses.

— Où s'obtient ce genre de drogues ?

— Dans les centres médicaux, sur Internet...

— Dès que vous en saurez plus, je veux votre rapport sur mon bureau.

— Une partie, marmonne-t-il. Le reste, quand je recevrai les résultats du labo. C'est bon, dit-il à son assistant en ôtant sa blouse. Vous pouvez aller dormir.

Je regarde une dernière fois le visage de Jane Morrison qui est la seule partie de son corps restée intacte. Les horreurs endurées ne semblent pas l'avoir altéré. Un miracle du cerveau ?

Quand je me retrouve dehors, je suis étonné du ciel ensoleillé et de la douceur de l'air.

Les entrepôts d'Hattal couvraient le tiers de la surface du hangar 221 situé sur la partie du quai qui s'étalait entre East Kilbourn Avenue et East Michigan Street.

Sur le port commercial, les bâtiments se succédaient sur plus de cinq kilomètres et étaient construits en tôle industrielle avec des toits en verrière ou métalliques. Devant la plupart d'entre eux courait un quai de chargement en béton. Ils étaient séparés en blocs comme dans une ville, et Dan Barrilan cherchait le bloc 21.

Des restaurants et des cafés, mais aussi un bowling étaient regroupés au sud des quais. La capitainerie du port se trouvait plus au nord, vers Lake Park. À l'extrémité du quai numéro 3 s'érigeaient les bureaux des douanes et de l'administration. La majorité des bâtiments dataient de moins de dix ans et n'avaient pas cet air délabré qu'ils ont souvent.

Les entrepôts de viande et de produits frais se trouvaient au centre du bâtiment 2, Barrilan prit cette direction. Il répondait à l'invitation du Palestinien et se présenta à l'entrée gardée par deux malabars qui entreprirent de le fouiller. Hattal ne lui avait pas donné de raison et il n'en avait pas demandé.

— Je vais téléphoner, dit l'un des gardes, reste là.

L'entrepôt était rempli de palettes de marchandise et de cartons qui s'empilaient jusqu'au plafond. Une travée centrale permettait à un Fenwick de circuler. Tout de suite à droite de l'entrée, trois marches menaient à un bureau aux vitres malpropres derrière lesquelles deux employées tapaient sur des claviers d'ordinateur. Des ouvriers chargeaient un camion pendant que d'autres ouvraient d'immenses cartons. Il régnait partout une activité fiévreuse, mais les employés, femmes et hommes, s'affairaient sans presque parler. Seules les manœuvres du Fenwick troublaient le silence.

Barrilan aperçut Hattal qui venait à sa rencontre, bras ouverts et affichant un large sourire.

— Mon ami, mon frère ! s'exclama-t-il en l'attirant contre lui. Te voir me donne toujours de la joie et de la curiosité. Es-tu apparenté avec Mahmoud Ahmadinejad, tu lui ressembles tellement ?

L'espion sourit et lui resservit la même blague qu'à Levine :

— Qui peut connaître l'histoire vraie de son passé ? Ma famille comme la sienne est depuis si longtemps en Perse. Les hommes et les femmes se croisent...

Hattal éclata de rire.

— Viens, on va boire du thé et parler...

Suivi à distance par les deux gardes, il l'entraîna au bout de l'entrepôt et le fit entrer dans un bureau moderne et confortable.

— Assieds-toi, mon ami, assieds-toi. Tiens, on va s'installer là, dit-il en désignant un large et confortable canapé aux nombreux coussins. Du thé ? du café ? qu'est-ce qui te ferait plaisir ? Je vais nous faire apporter des gâteaux comme t'as jamais mangé ! Va nous chercher du café et du thé, et demande à Yasmina de nous donner de ses gâteaux, ordonna-t-il à l'un des gardes. Et après, vous resterez dehors !

Dan s'installa, notant qu'Hattal, déjà grand, choisissait un siège plus élevé.

Le garde revint presque immédiatement en compagnie d'une femme portant un lourd plateau d'argent sur lequel s'alignaient une théière, une cafetière, des verres décorés, des sucreries et des gâteaux. Elle le déposa devant eux, yeux baissés

— Allez, dehors, ordonna le Palestinien. Que veux-tu, thé, café ?

— Café, s'il est fort, répondit Dan.

— Fort ? C'est du turc. Fort comme eux ! s'esclaffa-t-il.

Il lui servit un café épais dans un verre et une assiette garnie de trois gâteaux.

— Je ne mange pas autant, sourit Dan.

— C'est vrai que tu n'es pas gros, mon frère, hein ?

Dan hocha la tête sans répondre.

Il attendait, légèrement anxieux, ce que le Palestinien avait à lui confier. S'il fallait en croire Laffouani, le premier service demandé n'était pas le plus important.

Ils reposèrent les tasses et les assiettes que l'un et l'autre avaient à peine touchées.

— Cigare ? proposa Hattal.

Dan secoua la tête.

— Non, merci.

Hattal s'alluma un gros module tout en fixant son invité.

— Tu es né où, Abdul Farançji ?

— Ispahan.

— Oh, on dit que c'est une jolie ville.

— Oui. Les amandiers y donnent les plus beaux fruits d'Iran, et l'air sent le miel en permanence.

Hattal rit.

— Tu voudrais y retourner ? Y as-tu des parents ?

— Lointains, mes parents sont morts. J'y retournerais volontiers, mais… (il fixa Hattal)… nous sommes utiles aussi à l'extérieur.

Hattal lui sourit en tirant une bouffée de son cigare.

— Comment es-tu entré chez Laffouani ?

— Par des amis communs. J'avais besoin de travailler et je ne souhaitais pas le faire chez les Américains. Laffouani voulait un comptable et j'ai fait l'affaire.

Hattal se resservit une tasse de thé.

— Tu veux encore du café ?

— Non, merci.

— Tu es sobre, Abdul. Tu ne fumes pas, tu n'es pas gourmand, es-tu marié ?

— Pas encore. Je n'ai pas eu le temps de m'en occuper.

— On m'a dit que Laffouani t'avait proposé sa fille…

— Mon devoir est ailleurs.

Hattal leva les yeux vers lui.

— C'est-à-dire ?

— Mon devoir est d'aider mes frères et ma foi.

— De quelle manière ?

Dan se crispa imperceptiblement. N'allait-il pas trop vite ? Est-ce qu'Hattal le sondait pour le piéger ? Ce n'était pas impossible. Laffouani lui avait confié que le Palestinien s'était renseigné auprès de lui, lui demandant d'où il le connaissait, s'il était un bon musulman, s'il fréquentait des groupes d'étude, s'il connaissait bien le Coran, et son patron lui avait assuré s'être porté garant sans restriction. Ce qui d'ailleurs l'avait étonné. Le boucher n'en savait pas davantage sur son compte que ce que lui avait appris l'agent retourné par les services secrets américains qui l'avait présenté.

— De toutes les manières dont je pourrai être utile, laissa-t-il enfin tomber.

— En tenant les comptes de Laffouani ?

— Ça, et autre chose.

— Comme quoi ?

— Pardonne-moi, mon frère, mais je n'ai pas l'habitude de me confier, même à un ami.

Hattal se leva en tirant furieusement sur son cigare et alla se placer face à une bibliothèque qui prenait tout un mur et dont les étagères supportaient quantité de livres saints.

— Excuse-moi à ton tour, répondit-il sans se retourner. Je n'ai pas à te poser ce genre de questions. Mais si j'ai pu me montrer indiscret, c'est parce que j'ai la sensation que tu pourrais être mieux employé qu'à tirer des traits sous des additions.

Il lui fit face avec un grand sourire que Dan, connaisseur des usages, ne lui rendit pas. Il devait se montrer légèrement vexé de l'attitude cavalière et de l'indiscrétion de son hôte.

Le mode oriental de la discussion veut que l'on échange très longtemps des propos sans importance avant d'entrer dans le vif du sujet. Les palabres servent à ça. Au bout d'un moment, l'un ou l'autre des interlocuteurs peut faire évoluer la discussion. Si l'autre suit, c'est bon. Dans le cas contraire, on reprend les propos anodins. Mais il semblait qu'Hattal négligeait ce genre d'usage.

— J'ai besoin dans mon affaire d'hommes en qui je peux avoir confiance, reprit-il en revenant s'asseoir. Des hommes à qui je peux sans crainte confier de grosses sommes d'argent sans avoir peur qu'ils s'enfuient avec ! (Il éclata de rire.) Des sommes d'argent ou autre chose…

Dan esquissa un sourire mais garda son air pincé.

— Comment t'entends-tu avec Ahmed Laffouani ? demanda brusquement le Palestinien.

— Bien. C'est un homme honnête et un bon musulman.

— Plus que son fils, c'est sûr !

— Ali Laffouani est jeune, mais ses études sont sérieuses. Nous avons besoin d'hommes d'affaires, de gestionnaires qui sachent communiquer avec les autres.

— Les autres ?

— Les non-musulmans.

— Tu ne les aimes pas beaucoup, hein, les dhimmis ?

Dan fit mine de cracher par terre, et Hattal éclata de rire.

— Je suis content que nous ayons parlé, dit-il en se penchant vers lui. J'ai beaucoup d'affection pour toi, Abdul. Pense à ce que je t'ai dit. Quoi que tu gagnes chez ton patron, tu gagneras le double chez moi.

— Il n'y a pas que l'argent, mon frère, dit Dan en se redressant.

— Je ne pensais pas qu'à l'argent. Tu veux travailler pour tes frères et ta foi ? Tu peux le faire chez moi. J'ai beaucoup de contacts avec l'extérieur… pas seulement pour les carcasses de viande. À Gaza, ils ne font pas que reconstruire les maisons et les mosquées que les Israéliens bombardent. Ils se préparent. Comme tous nos frères se préparent dans le monde. Est-ce que tu comprends ce que je te dis ?

Dan ne répondit pas, se leva et se dirigea vers la porte.

— Tu es bavard, mon ami, lâcha-t-il d'un ton froid en se retournant. (Hattal eut un haut-le-corps.) Laisse le bavardage aux femmes, et toi, sois prudent. Je te contacterai, si Dieu le veut.

Il ouvrit la porte et sortit, le dos crispé de tension. Il reprit le long couloir qui conduisait aux quais, accompagné des deux gardes du corps. Les ouvriers s'interrompirent dans leur activité pour le regarder passer.

Hattal était une grande gueule devant qui tout le monde s'écrasait. Celui qui aidait ses frères palestiniens tout en préparant la guerre avec les croisés. Une grande gueule. Avait-il bien fait de vouloir la museler ?

J'ai passé la journée à collationner les différents indices trouvés chez Jane Morrison et à les confronter à ceux que nous détenons sur les meurtriers barbares. Malheureusement, les empreintes digitales sont trop nombreuses et brouillées pour être actuellement identifiées. Les spécialistes travaillent à les démêler. Pour l'instant, aucune trace d'ADN n'a été relevée qui corresponde à un profil que nous possédons dans nos fichiers.

Les labos du FBI, s'ils sont techniquement plus performants que ceux de la police, ont des priorités qui ne sont pas les nôtres Ils m'ont fait comprendre, sans prendre de gants, que la traque des terroristes leur paraissait plus importante que le meurtre, même abominable, d'une employée de mairie. Donc, on va poireauter encore un bon moment avant de recevoir les résultats.

Johnson et les hommes d'O'Brady ont interrogé l'entourage de Jane Morrison. Les renseignements obtenus recoupent ceux de Tina Warshop.

Jane Morrison menait une vie confortable et sans histoires. Elle avait un temps milité dans la campagne de Bill Clinton mais à part ça ne faisait pas de politique. D'ailleurs, aucun enquêteur ne pense, comme la journaliste de CNN, que sa mort puisse avoir ce motif.

Une de ses collègues a confirmé que Jane Morrison avait récemment rencontré un homme, mais elle ne lui en avait pas dit plus. Elle n'avait pas, d'après elle, l'habitude d'étaler sa vie privée devant ses collègues.

Mendoza et Thompson, un inspecteur de la brigade des homicides récemment arrivé au 12e, ont fait du porte-à-porte pour savoir si un voisin avait remarqué quelque chose de suspect. Et j'ai demandé à Johnson de contacter les services spécialisés sur la Toile afin de retrouver si possible le chat qui aurait permis à Jane Morrison de rencontrer cet homme dont nous avait parlé Tina Warshop. Parce qu'à part lui, aucun homme de son entourage professionnel ou amical ne correspond au profil de l'assassin. On n'a pas encore pu fouiller l'histoire de chacun d'une manière exhaustive, mais les premiers éléments de l'enquête laissent à penser que ce n'est pas là qu'on trouvera son meurtrier. Pour une fois, l'entourage semble être hors du coup.

— Alors, où en sont les fameux spécialistes des rendez-vous amoureux ? ai-je demandé à Johnson quand il est revenu les pieds en compote de ses différentes cavalcades.

— Nulle part ! Jane Morrison se servait de son ordinateur de bureau pour contacter les sites de rencontres, et elle effaçait soigneusement les traces, bien qu'on les ait retrouvées dans son disque dur. En revanche, ceux qui lui ont répondu, deux hommes au moins, l'ont fait d'un cybercafé.

— Et alors ? J'imagine qu'on a retrouvé les cybercafés…

— L'un d'entre eux seulement, et la chance a voulu que le patron se montre coopératif, ce qu'il n'était pas obligé de faire. En consultant ses registres, il s'est aperçu que le type était là et qu'il roucoulait avec une nouvelle conquête.

— Super !

— Non. Parce que le type en question a pu prouver qu'il était arrivé le matin même de Santa Fe où vit sa famille, et qu'il y était parti la semaine précédant la mort de Morrison.

— Comment ç'a été prouvé ?

— Billets d'avion gardés pour se faire rembourser par sa boîte, et les flics de là-bas sont allés voir sa mère et sa sœur qui ont confirmé. Ça ne peut pas être lui, il n'était pas là.

— Bon, et l'autre ?

— On n'a pas encore retrouvé l'ordinateur. Certainement aussi dans un cybercafé, mais deux sont fermés aujourd'hui.

— Faites-les ouvrir !

— Ils sont situés dans le quartier arabe et on est vendredi.

— Et alors ?

— Ils n'ouvriront pas. Le vendredi pour eux, c'est comme notre dimanche.

— Le dimanche, moi, je fais ouvrir des cybercafés cathos.

— Cathos, peut-être, mais pas musulmans.

— Merde.

— Ouais.

— La femme n'a pas rappelé, celle qui voulait me parler au sujet de l'enquête ?

— Non, mais c'est vous qui étiez là tout l'après-midi.

— Exact.

Il n'y a rien de plus déprimant que lorsque tout vous claque entre les doigts. Vous sentez que vous êtes sur une affaire qu'il ne faut surtout pas laisser pourrir, et chaque élément qui pourrait vous en rapprocher, au contraire, vous en éloigne.

Jusqu'à cette femme qui semblait avoir des révélations à faire et qui n'a pas rappelé. C'est fréquent. Un témoin, après avoir hésité, téléphone à la police et ne tombe pas sur le bon interlocuteur. Déçu, il en parle à un proche qui lui déconseille absolument de le faire, le persuadant qu'il sera dans le meilleur des cas enquiquiné jusqu'à la moelle, s'il n'est pas en plus soupçonné, et qu'il risque même des représailles de celui qu'il accuse. Et le gars ne rappelle jamais.

Le commissariat est complet. Toutes les permissions et même les jours de repos ont été suspendus. La machine à payer les heures supplémentaires va entrer dans le rouge.

Il est bientôt huit heures à l'horloge murale qui doit dater des Pères fondateurs. Les équipes de jour dégagent au profit de celles de nuit, mais restent à disposition. J'ai vaguement faim et suis fatigué. Je ne pense qu'à Nichols. Il a occupé toute la journée mes pensées. Chaque déconvenue, chaque retard, était comme une attaque personnelle.

J'ai eu fréquemment envie ces derniers jours de regarder par-dessus mon épaule. Ne te retourne pas, me rabrouais-je. Il n'est pas là. Il te guette mais tu ne le vois pas.

— Bonsoir, patron, je me rentre ! Plus besoin de moi ?

— Nan. Votre femme est revenue ?

— Depuis ce matin.

— Vous allez pouvoir manger, alors.

— Une autre fois je vous aurais bien invité, mais quand elle arrive, elle est de mauvais poil parce qu'elle ne trouve pas la maison comme elle veut. Alors je les emmène toutes les deux au restaurant chinois.

— Votre fille mange chinois ?

— Elle adore.

— OK, à demain.

Je regarde partir le grand Black qui bouscule intentionnellement un camé qui vient de débarquer menotté. Johnson m'a confié qu'une de ses trouilles maintenant qu'il a une fille, c'est que plus tard elle se drogue. J'ai tenté de le rassurer en lui disant qu'il aura moins de risques avec elle qu'avec un garçon, et il m'a répondu qu'avec sa fille il sera beaucoup plus indulgent et que ça remet les choses au même niveau. Je ne me souviens pas m'être préoccupé pour mes enfants des problèmes de drogue. Mais c'était il y a dix ans et les choses ont empiré. Leur mère et moi pensions que notre attention permanente à leur égard et nos mises en garde contre chaque danger les protégeraient. Notre aînée Judith était une jeune fille tellement responsable que nous étions persuadés qu'elle saurait tout de suite repérer un comportement anormal et nous aurait prévenus.

Penser à eux me fait venir des sanglots dans la gorge. Je dois sortir boire un coup. Jack Daniel's est mon compagnon des mauvais jours, il ne m'a jamais laissé tomber.

La température est douce, mais elle serait glaciale ou brûlante que je m'en foutrais autant. La ville est plongée dans une demi-obscurité parce que sans que l'on sache pourquoi les commerces ont baissé leur éclairage. Les trottoirs sont à moitié vides et je ne sais pas où aller. Les voitures de police sont plus nombreuses que les autres. Chacun reste chez soi.

À deux blocs du commissariat, il y a un pub où aiment aller les flics et que d'habitude j'évite avec soin. Les flics ont une odeur que je ne supporte pas. Ils sentent la peur qu'ils cachent sous des airs cyniques ou des blagues de corps de garde. Ensemble, ils en rajoutent des tonnes pour oublier que s'ils sont là cramponnés à leur queue de billard ou au comptoir, c'est parce qu'ils n'ont pas de chez-eux. Ils disent qu'ils se foutent d'être détestés du reste de la population, mais le moindre geste de respect peut les faire fondre. Ils se justifient d'être flics parce que leur père l'était. Ou un oncle, ou les deux. Comme une malédiction qui se transmettrait dans la famille. Ils sont feignants ou courageux, cons ou malins, racistes ou tolérants, conservateurs ou libéraux. Cocus ou infidèles. Ils sont comme les autres.

Les flics, c'est un grand corps malade qui pue.

Je marche vers le pub, reluquant malgré moi les poubelles et les recoins pour voir s'il n'y aurait pas un explosif planqué ou un terroriste prêt à me planter.

En poussant la porte, je reçois le double souffle d'une musique agressive et de la chaleur confinée. Le tout arrosé d'une odeur de bière et de vin. Je m'installe sur un tabouret au bar, m'immisçant entre les coudes des collègues. Il y a dans ce pub trois commissariats qui se côtoient, et l'atmosphère n'est pas toujours paisible.

Je commande un Jack sur glace, le siffle d'un trait et en recommande aussitôt un deuxième. Ils me feront le boire et le manger ce soir.

— Vous semblez avoir rudement soif…

Je me retourne et me retrouve à hauteur de Maureen Segall.

— Oh, bonsoir, que faites-vous dans ce lieu mal famé ?

— Comme vous. Je suis venue boire.

On se regarde sans rien dire. Je crois que j'ai digéré le coup de la mosquée.

— Je vous offre un verre ?

— D'accord, mais j'aperçois un bout de table, là-bas.

— OK. Un Jack Daniel's aussi ?

— Non, un gin-tonic.

— J'apporte les verres.

Elle nous a dégoté un coin contre le mur où je peux à peine étendre mes jambes. Mais je suis content d'être avec elle.

— Vous êtes toute seule ?

— Non, j'étais avec deux collègues que j'ai laissés tomber quand je vous ai vu arriver.

— Pourquoi ?

Elle me regarde avec un sourire en coin que je trouve très… charmant.

— Je voulais m'excuser pour la mosquée…

— La mosquée ? Quelle mosquée ?

On rit ensemble et je siffle mon verre pour me donner une contenance.

— Je me suis conduite comme une idiote. Mais je crois que j'avais une excuse.

— Ah oui ?

— Je voulais vous impressionner.

— En vous faisant tuer ?

— Vous m'auriez sauvée…

— Alors, c'est vous qui auriez été impressionnée. Un autre verre ?

— C'est mon deuxième.

— Jamais deux sans trois.

Je me lève et retourne au bar faire le plein. Le barman est débordé et j'en profite pour réfléchir. Cette femme me plaît. Je lui plais. Qu'est-ce qu'on attend ? Trop simple. Je suis marié. Je ne suis plus marié. Et même, j'ai jamais trompé ma femme ? À qui je voudrais le faire croire ? À moi ?

Je commande deux bourbons et un gin-tonic, et en avale un pendant qu'il prépare le gin. La vérité, c'est que j'ai la trouille. Je ne sais même plus comment on fait l'amour. Si ça se trouve, je suis devenu aussi nul qu'un adolescent à sa première conquête. L'amour, c'est pas comme le vélo, ça s'oublie. En plus, c'est différent avec chacune. C'est pour ça qu'on aime changer. Pour voir les différences.

— Alors, capitaine, on boit pour oublier ?

C'est Mendoza. Les rencontres se suivent et ne se ressemblent pas.

— Oublier quoi ?

— La vie, la mort, les souvenirs... On a tous des choses à oublier.

— Qu'est-ce que vous faites là, au lieu d'être chez vous ?

— Comme vous, je me détends. Faut pas croire que trois gosses et une femme, c'est le nirvana.

— Et pour elle, ça l'est ?

— Tiens, on croirait l'entendre. Je vous offre un autre verre ? dit-il en ciblant les trois que je tiens.

— Merci, mais on m'attend. À demain.

— À demain, capitaine.

Je me fraie un chemin jusque la table.

— Un flic de chez vous ? me demande Maureen.

— Ouais. On n'est pas tous des séducteurs...

Elle me sourit, boit sans me quitter des yeux.

— Vous lui avez dit de forcer sur le gin ?

— Pourquoi ?

— Il me semble très fort. Vous voulez me soûler ?

— Vous en avez besoin ?

Elle ne répond pas et repose son verre.

— J'ai envie de fumer. Si on allait chez moi ?

— Moi aussi, j'ai envie de fumer.

Elle se lève et je la suis. Elle n'a pas besoin comme moi de se faufiler entre les buveurs, ils s'écartent comme la mer Rouge devant les Hébreux. Ou peut-être que mon troisième whisky était de trop.

— Ma voiture est là, dit-elle.

— La même que l'autre fois ?

— Non, celle-ci est noire.

— Comme moi !

Elle hausse les épaules en secouant la tête et sourit d'un air navré, comme devant la mauvaise blague d'un potache. Ce simple enchaînement d'expressions me met le feu aux poudres.

Elle démarre et la ville est à nous. Les feux passent tous au vert quand on arrive dessus, les voitures s'embouteillent de l'autre côté, les chars relèvent leurs canons et les gardes nationaux nous font une haie d'honneur.

Elle descend se garer dans un parking, et sans prononcer un mot m'entraîne vers l'ascenseur. Les portes ne sont pas refermées que nous nous embrassons comme des déments.

On court jusqu'à sa porte qui s'ouvre si vite qu'elle devait nous attendre, et après l'avoir refermée d'un coup de pied, j'entreprends de déshabiller cette wasp à l'aspect froid mais qui semble chaude comme la foudre.

C'est à qui gagnera le concours de la mise à nu de l'autre. On gagne ensemble et sans se quitter on va jusqu'à un lit, le sien sans doute, où nous nous emmêlons. Personne n'a pris le temps d'allumer, et un bout de lune se donne un mal de chien pour tenir la bougie.

Je me souviens de tout. Même si je vais trop vite. Mais les essais se succèdent, toujours meilleurs. C'est son téléphone le matin qui nous a réveillés.

Je suis à peine assis à mon bureau que Johnson quitte le sien pour me rejoindre.

— Au fait, j'ai oublié de vous demander hier, il vous a dit quelque chose, le toubib ?

— Il m'a dit qu'elle avait été droguée avec des substances qui paralysent sans pour autant ôter les sensations, dis-je en rangeant mon pistolet dans le tiroir. On a affaire à une ordure intégrale. Le genre qui prend son pied à voir l'autre dérouiller à mort sans pouvoir bouger.

Johnson avale sa salive de travers.

— C'est tout ? articule-t-il.

— Pour l'instant.

— Si ce fumier me passe entre les mains..., murmure-t-il.

— Vous êtes sur la liste d'attente.

— Patron... ?

— Quoi ?

— Rien. Je... je suis allé ce matin aux cybercafés qu'étaient fermés. C'étaient des employés et ils ignorent qui sont les patrons parce que les deux font partie d'une chaîne. De toute façon, ils n'ont ni le droit ni les moyens de nous donner des renseignements. Mais je peux les bousculer.

— Ça ne servirait à rien. Ils n'ont effectivement pas les moyens de retrouver les numéros sur la Toile si nous n'avons pas les identifiants et les fournisseurs d'accès. Il va falloir passer par les Services spéciaux. Même si on tombait par hasard sur le gars en train de recommencer, le temps qu'on ait le numéro de téléphone, il serait déjà à l'autre bout du pays, parce que nous n'avons pas le mot de passe. Ces salopards ont toujours grâce à ça une longueur d'avance sur nous.

— Connerie !

— Pourquoi croyez-vous qu'on se fait souvent balader ?

— Bon, alors qu'est-ce que je fais ?

— Installez-vous à votre téléphone et tâchez de savoir quel service gouvernemental sera le plus rapide, et surtout décidé à nous aider.

— Et si le gars chatte de chez lui ?

— Alors, on l'a dans le cul.

Mon portable qui sonne met fin à notre déprimante conversation.

— Allô, capitaine Levine à l'appareil…

— Stan…

Je reste figé, ma mâchoire s'affaisse, mes genoux se dérobent et je me laisse tomber pesamment sur ma chaise.

— Stan, c'est moi, Sarah. Stan, tu es là ?

— Oui…

— J'imagine ce que ça te fait, dit-elle.

— Non.

— Non, quoi ?

— Non, tu n'imagines pas.

J'entends son rire.

— Toujours aussi émotif ?

— Comment m'as-tu trouvé ?

— Tu es une star de la télé.

— Où es-tu ?

— À Los Angeles. Je t'ai vu sur CNN. Qu'est-ce qui se passe à Milwaukee, Stan ?

Je ne réponds pas et jette un coup d'œil autour de moi, certain que tous écoutent. Mais je suis seul au milieu d'un grand vide.

— Rien. Tu vas bien ? Comment vont les enfants ?

— Très bien. Je m'occupe d'eux. Ils prennent beaucoup de temps. Mélanie prépare une école de cinéma mais elle veut en même temps faire de la politique. Jonathan veut aller à Berkeley, mais il n'a pas la moyenne. Et toi, tu as repris ? J'ai été surprise de l'apprendre.

— J'ai recommencé à Detroit et j'ai été muté ici.

— Ça m'étonnait aussi que tu aies demandé Milwaukee.

— C'est une ville charmante, enfin, jusque-là.

— De quoi parlait cette journaliste à qui tu ne voulais pas répondre ?

— Ça se voyait tant que ça ? (Je me force à rire.) Sarah… c'est formidable que tu m'appelles.

— Les enfants parlent tout le temps de toi.

— Je voudrais les voir.

Elle ne répond pas tout de suite, comme si elle réfléchissait à une proposition à laquelle elle n'a pas de réponse.

— Alors, de quoi parlais-tu hier matin quand tu ne voulais rien dire ? reprend-elle.

— Sarah, tu as entendu ce que je t'ai dit ?

— J'ai entendu. Et je pense que toi aussi tu as entendu ce que je t'ai demandé.

— Tu veux parler du meurtre que l'on a eu ? Un sale truc. Une femme salement assassinée, et comme elle avait un gros poste à la mairie, ça prend des proportions…

— Elle a été crucifiée ?

Je retiens mon souffle.

— En quelque sorte.

— En quelque sorte ? Tu te souviens qu'il est né à Milwaukee ?

J'ai envie de gagner du temps en lui demandant « Qui ? » mais j'ai peur de sa réaction.

— Tu sais parfaitement qu'on n'a jamais retrouvé sa famille.

— Parce qu'ils n'ont pas bien cherché.

— Sarah, Sarah… on a cherché partout où ont vécu des Nichols. Ce n'était peut-être même pas son nom !

— Ceux de Milwaukee avaient deux fils. Ronald et Edgar. Edgar, Stan. Comme le nôtre.

« Comme le nôtre. » Sarah se rend-elle compte de ce qu'elle vient de dire ?

— Sarah, à ce point de l'enquête… je ne sais même pas pourquoi tu me parles de ça. Je suis tellement content de t'entendre, et toi tu me replonges dans le cauchemar !

— La journaliste a dit qu'elle a été crucifiée. Cette femme a été crucifiée. Crois-tu qu'il y ait tellement de cinglés qui crucifient leurs victimes… ?

Sa voix brusquement montée est retombée en morceaux.

— Tu te rends malade pour rien. Ce n'est qu'une coïncidence.

— Tu as toujours dit que tu ne croyais pas aux coïncidences.

— J'ai pensé au début…, je ne te le cacherai pas, que ça pouvait être lui. Mais j'ai compris que ça s'appelle prendre ses désirs pour des réalités.

— Il ne t'intéresse plus ?

— Hein ? J'ai passé dix ans de ma vie à le chercher ! Comment peux-tu dire ça ? Ce qu'a subi cette femme… enfin des malades de ce genre… Écoute, est-ce que je peux venir vous voir ? Sarah, ce sont mes enfants, tout de même !

— Dis-moi la vérité.

— La vérité, c'est que j'en sais foutre rien ! Laisse-moi venir.

— Non.

Je suis désarçonné par la sécheresse qu'elle a mise dans ce simple mot. Ferme-t-elle définitivement la porte ? Et que faudra-t-il pour qu'elle l'entrouvre une seconde fois ? Je ne sais plus quoi dire de peur qu'elle raccroche. Elle m'en veut tellement. J'ai été fou d'imaginer qu'elle puisse un jour me pardonner.

— Tu ne me pardonneras jamais ? (Elle ne répond pas.) En réalité, j'y ai repensé quand j'ai vu la victime. Mais c'est tout.

— Tu continueras de le poursuivre si c'est lui ? demande-t-elle de la manière dont elle dirait : Tu comptes toujours faire ton jogging le matin ?

— Évidemment, si je savais où le trouver ! Sarah, je n'ai fait que le chercher durant toutes ces années. S'il était vivant, je l'aurais coincé…

— C'est peut-être lui qui a tué cette femme. Il est revenu à Milwaukee où il avait de la famille.

— Ce n'est pas lui. Et Nichols n'était probablement pas son vrai nom. Il en a changé sans cesse. Sarah, tu es là ?

— Je suis là.

— Tu as entendu ce que je t'ai demandé ?

— Stan, je t'ai appelé pour que tu me parles de ce type.

— Moi, je veux que tu me parles de toi, de Mélanie, de Jonathan. Je veux parler de nous. Est-ce que tu sors ? As-tu des amis ? Habitez-vous chez tes parents ?

— Chez mes parents ? Tu plaisantes ! La vie est assez dure comme ça ! Nous habitons une maison sur Laurel.

— Je voudrais t'envoyer de l'argent.

— Je n'en ai pas besoin, je m'en sors bien. Je retravaille.

— Dans la pub ?

— Non, ça c'est fini. Je m'occupe d'un service de recouvrement et d'enquêtes pour une compagnie d'assurances.

— C'est-à-dire ?

— Les fraudeurs. Mon équipe enquête sur les fraudeurs.

— T'es devenue flic ?

— C'est un peu ça.

— Sarah… si tu ne veux pas que je vienne, viens ici. Juste pour que je te voie et qu'on parle.

— On parle.

— Je veux te voir !

— Je te rappellerai.

— Donne-moi ton numéro.

— Je te rappellerai.

— Je pourrais facilement le trouver.

— Je ne crois pas.

— Pourquoi, tu t'es remariée ?

— Je te rappelle que nous ne sommes pas divorcés.

— Je m'attendais si peu à t'entendre. Tu veux le croire ? J'ai appelé chez tes parents, une bonne femme m'a envoyé sur les roses !

— Ah, c'était toi ?

— C'était moi. Je n'en pouvais plus. Tu sais, ça m'a pris d'un coup.

— Une seule fois ?

— Je n'ai plus osé. Je ne savais pas si tu étais chez Joyce et Bob, j'avais peur de tomber sur eux.

— Ils ont… changé. Ils comprennent mieux.

— Et toi ?

Encore un long silence. Puis :

— Qu'est-ce qui te fait hésiter à dire que c'est lui ?

Elle n'en démord pas. Mais je dois la laisser en dehors de tout ça.

— Rien n'est sûr. Nous devons en parler de vive voix.

— Je te rappelle.

Elle raccroche. Je garde le combiné à la main. J'ai tellement attendu cet instant, mais pas notre conversation ni son motif. Je vois Johnson me faire signe.

— C'est O'Brady, il voudrait vous parler.

Frederich Lacy posa sur la table les deux paquets sortis du congélateur. Il déballa le plus petit et la main de Jane Morrison apparut. Il la considéra avec dégoût. Les doigts recroquevillés étaient gris et momifiés. Les ongles noirs de sang le révulsèrent. Avait-il oublié la manière de conserver les trophées ?

Inquiet, il ouvrit l'autre paquet et souleva l'une des feuilles d'aluminium qui enserraient le morceau de peau prélevé sur son buste. Il n'était pas en bon état, percé de trous minuscules. C'était la première fois qu'il découpait une si grande surface.

Déçu, il fourra le tout à la poubelle. Pourquoi n'avait-il pas prélevé le cœur, le foie ou le cerveau ? Le cerveau est le siège de la personnalité, comme le cœur et le foie sont ceux du courage. Il avait récemment lu un récit qui l'avait fort impressionné.

Thomas Schneebaum, aventurier et ethnologue, avait vécu quinze ans après le crash de son avion auprès d'une tribu primitive en Papouasie occidentale. Fait prisonnier, il avait été amené à leur village suspendu par les poignets et les chevilles à une tige de bambou.

Revenu à la civilisation, il en rapporta un livre, *Au pays des hommes nus*, où il confiait que durant son séjour forcé il s'était nourri de chair humaine et avait vécu complètement nu, avec seulement un étui à pénis.

Il racontait que lorsqu'un des jeunes de la tribu sortait vainqueur d'un combat contre un autre jeune d'une tribu rivale, il lui brisait le crâne, en arrachait le cerveau dont il avalait immédiatement un morceau avant qu'il ne refroidisse, et rapportait le reste au village. Au cours de la fête qui célébrait sa victoire, le chef, entouré des dignitaires de la tribu, incisait l'abdomen du vaincu, y plongeait les mains pour en retirer le foie, l'installait sur une grande feuille de bananier avec le cerveau et partageait le tout avec les autres dignitaires.

Un jour où le trophée rapporté était particulièrement apprécié, Schneebaum, occupé à manger un gros ver bien gras enveloppé dans une feuille de banian et qu'il faisait passer ainsi que ses nausées à l'aide d'une sorte de thé hallucinogène, fut convié au festin. Pas plus qu'il n'avait pu refuser le ver offert par l'épouse qu'on lui avait attribuée, il ne pouvait décliner l'invitation. À la vue de cette offrande dégoulinante de sang, il tenta de se dérober, sachant toutefois qu'il vexerait le chef d'une manière irrémédiable et probablement fatale pour lui.

Il disait avoir pesé longuement le pour et le contre. Devenir cannibale ou perdre la vie ? Il choisit la vie, et au fur et à mesure qu'il mâchait le morceau de foie gluant et le cerveau qu'il trouva salé mais d'un goût plus fin, et que sa bouche se remplissait de sang, il ressentit une sensation étrange.

Manger le foie et le cerveau était s'approprier à la fois l'intelligence, le courage et la force du guerrier terrassé. La boisson fermentée et inconnue de lui qui accompagnait son repas faisait exploser dans son cerveau un volcan de lumières et de sensations dantesques. Son corps lui échappa, survola le village. Sa vision décuplée embrassait les montagnes et les vallées environnantes. Il entendit des chants et des mélopées dont la sauvagerie aurait fait frissonner les plus braves. Près de lui, le serrant de près ou s'éloignant tour à tour, des créatures grimaçantes et bavantes, mais alliées, l'accompagnaient et le guidaient dans son infernal voyage.

L'histoire était belle, mais n'avait rien à voir avec celle de Jane Morrison. Alias Marybelle. Quarante ans déclarés, bonne situation. Aimant le théâtre et les sorties entre amis. Gourmande de bonne cuisine, mais attentive, précisait-elle, à sa silhouette.

Deux semaines à se parler, ou plutôt à s'écrire. Premier rendez-vous dans un pub animé du centre-ville. Les femmes sont toujours prudentes. Deuxième rencontre, un restaurant italien, bon et pas cher, où elle avait semblé apprécier qu'il règle l'addition, puis soirée théâtre.

« Je suis veuf et ne connais personne ici. Je serais ravi de rencontrer du monde.

— Moi, j'ai toujours vécu à Milwaukee, sauf deux années où je suis allée à l'université à Chicago. Je suis revenue très vite, inutile de vous le dire. J'aime cette ville pour son calme. On y vit très bien, vous verrez. Que faites-vous dans la vie ?

— Je lis beaucoup, j'aime les ballets et le théâtre. Voyager aussi.

— Et comme… profession, Eddy ?

— Vous m'avez dit travailler pour la ville, Marybelle…

— Oui.

— Racontez-moi ce que vous faites. »

Il avait toujours su détourner la curiosité. Pas difficile. Les gens sont tellement indifférents aux autres qu'ils adorent parler d'eux.

Elle était seule mais pas esseulée. Elle disait avoir beaucoup d'amis. Sa maison était confortable. Les deux premières fois il ne l'avait vue que de l'extérieur.

Marybelle aussi était « confortable ». Jane, plutôt. Elle lui avait donné son prénom cette fois-là. Il avait conservé le sien. Eddy. Elle lui plaisait. il se serait bien vu faire un bout de chemin avec elle. Elle avait une bonne situation et ne semblait manquer de rien.

La fois d'après, il était arrivé avec un livre qu'il avait dit avoir découvert chez un bouquiniste. Ça l'avait flattée qu'il lui offre un livre qu'il prétendit rare. Elle l'avait invité à prendre l'apéritif chez elle avant d'aller dîner.

La raccompagnant, il avait voulu entrer avec elle, mais elle avait refusé ; et comme il insistait, disant qu'elle lui plaisait, qu'il était un homme sérieux, elle avait paru ennuyée et lui avait répliqué que ce n'était pas ce qu'elle cherchait dans sa relation avec lui. Elle s'était même montrée dédaigneuse, lui faisant comprendre qu'elle n'était pas intéressée par une relation amoureuse parce qu'il ne lui plaisait pas. Comprenant qu'il était allé trop vite, il avait fait machine arrière.

« Pourrait-on se revoir, Jane ? Je vous promets de ne plus jamais vous ennuyer avec mes sentiments. Vous avez raison, l'amitié est le bien le plus précieux et qui s'abîme le moins.

— Écoutez… je… je préfère vous rappeler.

— Voulez-vous dire que vous ne voulez plus me voir ?

— Vous savez, c'est la première fois que j'accepte de rencontrer quelqu'un de cette manière. Tout ça va trop vite pour moi. Je me rends compte que j'ai fait une erreur. Un homme recherche autre chose chez une femme. Je crois que ce serait mieux que nous en restions là, Eddy. »

Elle le laissait. Elle lui fermait sa porte. Elle ne le trouvait pas assez bien pour elle. Elle l'abandonnait sans même se demander s'il en souffrait. Elle se moquait de ce qu'il ressentait.

Sa rue était déserte à cette heure-là. Même pas un promeneur avec son chien. Une fureur noire l'avait saisi. Elle ne se rendait pas compte qui elle avait devant elle, cette employée de mairie ! Un homme que toutes les polices recherchaient ! qui avait fait trembler New York !

Alors qu'elle le plantait là sur le perron et qu'elle ouvrait sa porte comme s'il n'existait pas davantage qu'une crotte de chien, il s'était rué derrière elle, la faisant lourdement tomber sur le sol où elle s'était assommée sur le pied en fonte d'une console mal placée.

Il avait allumé après avoir refermé la porte, surpris lui-même de sa réaction. Elle gisait inanimée sur le sol, la jupe relevée, les bras jetés, son sac ouvert laissant échapper son contenu, où il aperçut un préservatif.

Ce fut ce préservatif qui déclencha sa rage. Une menteuse. Une saloperie de menteuse. Pire : une dévergondée.

Il avait ouvert la porte de la cave dans le couloir, et sans réfléchir l'avait traînée en bas. Ses jambes tressautant sur chaque marche, elle avait repris conscience tandis qu'il la soulevait pour la porter sur la table.

Elle avait voulu crier, et il avait saisi le premier objet qui lui était tombé sous la main, un vase, qu'il lui avait brisé sur le crâne. Puis il l'avait hissée sur une large planche posée sur des tréteaux après l'avoir débarrassée de tout ce qui l'encombrait.

De la voir étendue, le cuir chevelu sanglant et les jupes relevées, avait ranimé ses fantasmes. Il l'avait violée sans éjaculer, toujours attentif à ne pas laisser de traces. Elle s'était réveillée pendant l'acte, avait hurlé, et il l'avait une fois de plus assommée.

Comprenant qu'il n'arriverait pas facilement à ses fins, il l'avait étroitement ligotée après l'avoir bâillonnée et il était retourné chez lui prendre des drogues qu'il avait volées à la clinique. C'était la première fois qu'il se servait de drogues. Il n'en connaissait pas complètement les effets. Mais la maison était trop proche de celles de ses voisins. Il ne pouvait pas prendre le risque qu'on l'entende crier. Et puis c'était nouveau. La douleur muette qui ne se lisait que dans les yeux. Même le visage était figé. Seuls les yeux vivaient. Et de quelle manière ! Cependant, ça éloignait le sujet. La personne devenait une sorte de mannequin. Une chose à disposition. Plus une complice ni une partenaire qui attendait tout de lui.

La crucifier avait été simple, mais il s'était énervé quand il avait découpé la peau. C'est pour ça qu'il l'avait abîmée. À un moment, Jane avait perdu conscience. Confronté à l'intolérable douleur, son mécanisme cérébral avait cédé. Prenant son pouls, il avait constaté qu'il était tombé à vingt pulsations.

À la fin de la nuit, il s'était entièrement déshabillé, avait brûlé ses vêtements maculés dans la chaudière, puis il était monté se doucher dans la chambre de Jane après s'être masturbé. Il avait trouvé un jogging dans une armoire et, comme ils étaient sensiblement de la même taille, il l'avait enfilé. Quand il était redescendu, elle était morte. Le jour pointait. Il était épuisé, vidé de ses forces, mais satisfait.

Curieusement, ils habitaient le même quartier, à trois stations de bus. Il avait toujours veillé à choisir, par prudence, ses partenaires dans d'autres villes, voire d'autres États que celui où il résidait.

La seule fois où il ne s'était pas conformé à cette règle, c'était à New York, et il en payait encore le prix. Il ne se souvenait d'ailleurs plus si cette tragique erreur était due à la taille gigantesque de la ville qui l'avait trompé ou si les circonstances l'avaient conduit à cette imprudence.

Il n'avait pas prévu de tuer Jane Morrison de cette façon, c'était son mépris qui l'avait fait réagir. Il était arrivé à un tel niveau dans le contrôle de son art qu'en reculer les limites était inévitable. Se surpasser, aller au-delà de soi, s'imposer de nouvelles épreuves au risque d'y perdre la vie, n'était-ce pas ce que le Seigneur avait toujours demandé ? Le servir dans la tiédeur ou la prudence n'était pas Lui plaire. Dieu exigeait toujours plus de Ses fils. N'avait-Il pas sacrifié le Sien sans hésiter ? Que serait un zélote qui calculerait comme un épicier le poids de son engagement ?

Cette femme à qui il offrait l'amour, pourquoi l'avait-elle refusé ?

Ce préservatif dans son sac n'indiquait-il pas une pécheresse ? Elle lui aurait cédé qu'il aurait pardonné.

Marchant dans le petit matin avec le soleil qui se levait derrière la barrière en dents de peigne des immeubles, il avait respiré avec plaisir la fraîcheur de l'air. Regardant l'heure, il vit qu'il avait juste le temps de se changer avant de se rendre à son travail, où, vu son degré de fatigue, il ne ferait sûrement pas de zèle.

Il ne supportait pas qu'on le quitte. Jamais.

Le second attentat eut lieu dans la ville de Saint Louis. La bombe éclata dans une ancienne halle au blé installée sur les rives du Missouri et transformée en galerie marchande.

Ce bâtiment qui datait du milieu du XIXe siècle était construit en briques marron et rouge, avec des colombages jointoyés à la chaux. Une grande verrière en carène de bateau le coiffait à une hauteur de vingt-six mètres et permettait d'apercevoir la coupole de différents points du fleuve. Les habitants de Saint Louis étaient fiers de leur halle où venaient accoster dans le temps les bateaux transportant le grain et le coton qui faisaient la richesse et la réputation de la ville.

Des dizaines de boutiques présentant les œuvres des artistes régionaux ou nationaux, des magasins de mode, des restaurants, des enseignes de créateurs, un complexe de cinémas attiraient les chalands, particulièrement à l'heure du déjeuner où les terrasses des restaurants étaient si rapprochées que les tables étaient recouvertes de nappes différentes de manière à ce que les bergers reconnaissent leurs troupeaux.

La bombe éclata à une heure alors que les clients se disputaient les dernières tables libres.

Plus tard, quand on interrogerait des témoins hébétés, quelques-uns se souviendraient que juste avant l'explosion une jeune femme habillée de noir, portant une mallette, la tête recouverte d'un foulard qui lui cachait le visage, détaillait les vitrines des magasins en ayant l'air d'attendre quelqu'un.

Le choc frappa de plein fouet le restaurant italien Chez Manny, accolé au japonais Takaoka, et toutes les tables occupées sur un périmètre de plus de trente mètres. Les vitrines explosèrent, l'immense verrière se souleva et retomba en larges morceaux coupants, le souffle projeta les corps sur des dizaines de mètres et arracha tout ce qui ne tenait pas solidement au sol dans un fracas assourdissant.

L'écho de l'explosion fut entendu à des kilomètres, figeant les gens dans la stupeur.

Une immense fumée noire s'éleva dans le ciel de Saint Louis, tandis que les voitures de pompiers de toute la ville convergeaient vers le lieu de l'incendie qui faisait rage à l'intérieur de la galerie, attisé par les entrées en face à face ouvertes sur le fleuve.

Les allées étaient transformées en brasiers, d'où les rescapés tentaient de s'échapper. Beaucoup, pour éteindre le feu qui les dévorait, sautèrent dans le fleuve.

En moins d'une demi-heure, toutes les chaînes de télévision et de radio, tous les sites d'information sur Internet diffusèrent le récit du drame. Hébétée, sous le choc, l'Amérique chancela.

Le Président en visite officielle en Europe reprit immédiatement *Air Force One* avec les ministres qui l'accompagnaient. Le Sénat s'ouvrit en séance extraordinaire tandis que le Congrès réunissait une cellule de crise, précédée par celle de la Maison-Blanche.

Entre le moment de l'explosion et la diffusion de l'information dans le monde, il s'écoula moins de trente minutes, et à peu près autant pour que réagissent les nations.

Une vidéo fut diffusée sur les principales chaînes mondiales, où un homme au visage dissimulé dans l'ombre mais coiffé d'un turban et lisant le *Kitab*, le Livre, parsemant son discours d'*Allah Kerim*, Volonté de Dieu, entreprit de justifier le carnage et ceux, futurs, qui ne manqueraient pas de frapper tous les infidèles.

Les responsables de Quantico et de Langley, ainsi que les chefs des différents services secrets américains, les techniciens de l'agence ECHO appelée aussi les Grandes Oreilles, la NSA, les responsables des principales agences à l'étranger, les attachés militaires, et tout ce que le monde du renseignement et du contre-espionnage compte d'agents, furent priés de participer en urgence à des vidéoconférences avec le locataire de la Maison-Blanche entouré des secrétaires d'État à la Défense et à la Sécurité, ainsi que des principaux chefs d'état-major des forces armées.

Toutes les bases étrangères où stationnaient les troupes américaines furent mises en état d'alerte rouge. Les pays alliés des États-Unis firent de même et les ambassades des pays occidentaux virent leur sécurité renforcée.

Davantage encore qu'après l'attaque du 11 septembre, les nations prirent conscience qu'existait une guerre qui n'osait pas encore dire son nom et avait déjà fait des dizaines de milliers de victimes.

Deux jours après l'attentat de Saint Louis, je reçois un coup de fil de Crawford.

— Capitaine Levine ?

— Oui.

— Agent spécial Peter Crawford.

— Que puis-je faire pour vous ?

— Eh bien, justement plus rien, capitaine.

Je décolle l'écouteur de mon oreille, le considère, le recolle.

— Expliquez-vous, agent spécial.

Sûrement que Crawford entend l'ironie accompagnant son titre.

— Je n'ai pas à m'expliquer, capitaine. Nos responsables ont décidé que les services de police étaient déjà suffisamment occupés par le maintien de l'ordre, sans avoir à combattre le terrorisme. Votre chef a été avisé.

Je ne réponds pas. J'ai envie de lui raccrocher au nez. Pourtant, cette décision m'arrange plutôt. Johnson n'a pas pu remonter la piste de l'amoureux de Jane Morrison. Et à cause des attentats, les agences gouvernementales qui auraient pu nous aider ont fait la sourde oreille. Même le maire n'a rien pu obtenir. Ne plus m'occuper de contre-terrorisme me laissera davantage de temps pour coincer l'assassin de l'employée de mairie et, cerise sur le gâteau, je n'aurai plus à supporter l'agent Crawford.

— Qui a pris la décision ?

— Pas moi. Les instances supérieures après une réunion interarmes. Les différentes agences fusionnent et la police n'y a pas sa place. Ne vous vexez pas.

— On ne se regrettera pas, je lâche.

— Je n'avais rien contre vous, capitaine.

— Moi non plus. Alors, bonne chance, agent spécial, et que Dieu sauve l'Amérique.

Je raccroche et fais signe à Johnson. Il s'amène en roulant ses lourdes épaules.

— Patron ?

— On ne fait plus partie du FBI, je lui annonce avec un sourire contraint.

— Ah bon, pourquoi ? Ils ont arrêté les terroristes ?

— Non, mais ils semblent penser qu'on est des nuls et qu'on les embarrasse.

— Qu'ils aillent se faire… ! Bon, ben, ça nous laisse plus de temps pour le Tanneur.

C'est le nom que spontanément il a trouvé pour désigner l'assassin de Jane Morrison. Je tremble que la presse le reprenne. Mais j'ai confiance en sa discrétion.

Mendoza débarque à ce moment-là et nous regarde de travers avant de se laisser tomber sur sa chaise. Futé, il sent l'atmosphère.

Quand je suis arrivé au commissariat de Milwaukee, Jackson-Carr m'a dévolu le Cubain comme adjoint. On s'est serré la main, grimacé un sourire, salués de la tête, et Jackson a dit :

« Mendoza, le capitaine Levine est en charge de la brigade avec moi. Vous serez son partenaire.»

Ça s'est vu tout de suite que ça ne lui plaisait pas. Pourtant, avec son grade de sergent, il ne pouvait pas prétendre diriger le commissariat en collaboration avec Jackson, et il ne pouvait pas refuser la promotion.

Un patron de district est censé savoir constituer des équipes qui soient complémentaires, et c'est ce qui arrive le plus souvent. Soit parce qu'il a senti que les gars ont des affinités, soit qu'il pense qu'ils finiront par s'habituer l'un à l'autre, soit qu'il n'en a rien à fiche.

La confiance vient avec l'amitié. Confier sa vie n'est pas une mince affaire. Passer son temps en compagnie de quelqu'un que vous ne pouvez pas piffer non plus.

Un couple qui ne se supporte plus divorce, ou prend d'autres partenaires occasionnels. Impossible dans le « couple » flic. Ou alors, il faut s'expliquer.

Et qu'est-ce que je peux reprocher à ce choix à part que la tête de Mendoza ne me revient pas, qu'il en fait des tonnes avec sa famille, que c'est ça que j'encaisse pas et qu'il paraît se foutre de moi en permanence ?

Je me dis que je dois la jouer fine si je veux continuer à travailler avec Johnson et Mendoza à la fois. Cependant, si je veux être sincère, la réapparition de

Sarah me trouble tellement que j'ai du mal à mettre de l'ordre dans mes pensées.

— Qu'est-ce qui vous arrive ? demande-t-il en fourrageant dans des papiers.

— On s'est fait renvoyer du FBI, j'explique en espérant que ce trait d'humour arrondira les angles.

Mendoza ne bronche pas et continue à ranger son bureau.

— Tu crois qu'on était si mauvais ? lui demande Johnson.

Mendoza repousse le tiroir qu'il faisait mine de ranger et se renverse en arrière sur sa chaise, les mains derrière la tête.

— Probable.

— C'est ce que j'ai pensé, j'enchaîne. En revanche, ça nous laisse plus de temps pour notre saloperie de meurtre de Jane Morrison. On ne serait pas trop de trois en première ligne. Si vous n'avez rien sur le feu, je serais content que vous nous aidiez.

— Qu'est-ce qu'en dira Jackson ? s'inquiète le Cubain en levant le pouce vers le bureau du commissaire.

— Le maire veut très vite des résultats. La victime travaillait depuis vingt ans à la mairie. La façon dont elle a été tuée est terrible. Vous avez vu le dossier. Tous les flics qui ne sont pas affectés à la surveillance de la ville et qui ne travaillent pas sur des affaires urgentes sont les bienvenus. Le sergent O'Brady, de la section « Crimes graves », a été le premier sur les lieux avec son équipe. C'est le labo fédéral qui s'occupe d'analyser les indices. Lennox est le médecin légiste sur l'affaire.

— Je connais O'Brady.

— Pour l'instant, nous n'avons aucune piste, dis-je en lançant un coup d'œil de mise en garde à Johnson. On recherche un type qu'elle aurait rencontré sur le Web et qui serait le dernier avec qui elle est sortie. On ne le retrouve pas parce qu'ils se sont servis tous les deux de pseudos et que le type correspondait à partir d'un cybercafé. Le compte rendu d'autopsie est dans ma bécane. Je vais vous l'envoyer avec tout ce qu'on a jusqu'à maintenant.

Mendoza soupire et regarde autour de lui. Je comprends qu'il est accroché mais veut se faire désirer.

— Si vous croyez que je peux vous aider, lâche-t-il négligemment au bout d'un moment. Je termine un dossier. Une histoire de dealer retrouvé mort dans le port. Pas vraiment d'indices probants, règlement de comptes entre tordus. Si vous en êtes d'accord, j'arrête là.

On se regarde et je me dis que je me suis peut-être monté la tête pour rien. Que je n'ai pas su m'y prendre parce que je me croyais en transit et que je les considérais comme des ploucs.

Sûr que Sarah m'aurait donné tort. Elle me donnait d'ailleurs rarement raison. Disait que j'étais le plus souvent injuste et d'une totale mauvaise foi. Que je voulais toujours que les autres soient comme je le désirais. Que mon meilleur rôle était celui de despote.

Le jeune cavalait dans la rue pour sauver sa peau, échapper à ce cinglé. La soirée, douce et paisible, contrastait avec la terreur qui le faisait haleter. De rares promeneurs se retournèrent, d'autres ne le virent pas. Dans le parc tout proche un orchestre de cuivres avait rassemblé un public conquis.

À bout de forces, il s'arrêta et s'appuya contre le mur qui faisait l'angle entre la 27e et Baldwin. Du sang coulait sur ses jambes brunes qui tremblaient tellement qu'elles ne le portaient plus. Pourtant, c'était un sportif, un footballeur apprécié de l'équipe junior de son collège. Petit, mais rapide comme l'éclair, il espérait devenir un grand professionnel.

Kahala n'était pas une oie blanche. Il savait parfaitement ce qu'un homme veut parfois faire avec un jeune garçon. Un de ses amis avait été importuné l'année précédente par un Noir qui lui avait imposé des attouchements sexuels. Mais le garçon n'avait pas perdu la tête, il s'était servi de son téléphone portable pour prendre des photos compromettantes de l'homme et le faire chanter. Cependant, ce qu'il venait d'endurer dans la maison de ce vieil homme qui l'y avait entraîné sous le prétexte de lui offrir des cartes autographiées de grands champions dépassait l'imagination. Il avait compris que, s'il ne s'échappait pas de là, il lui arriverait des choses encore plus épouvantables, et avait profité que le type, le pensant évanoui, sorte acheter de l'alcool pour malgré ses souffrances se ruer à l'extérieur.

Kahala avait quatorze ans et il était cambodgien. Le matin même il était parti de chez lui pour prendre un car qui devait l'emmener en excursion avec l'école. Sa famille se composait en tout et pour tout de sa mère et d'une sœur, rescapées du massacre de leur village par les Khmers rouges.

Kahala n'avançait plus, pas seulement parce que la terreur le paralysait encore, mais parce que la drogue que l'homme lui avait administrée lui donnait l'impression de courir dans la semoule.

L'endroit où il s'était écroulé était désert. Le parc s'étendait vers la droite et c'est dans cette direction que les gens marchaient. Il les regardait de son trottoir comme un naufragé le ferait d'un rivage qu'il saurait ne pas pouvoir atteindre. Il était incapable de crier et agitait la main d'une façon qui n'évoquait en rien sa détresse. Se retournant, il vit son tortionnaire qui arrivait à grands pas et se tordit les mains de désespoir.

À ce moment-là, débouchant de Baldwin, Stéphanie Bowie et son amie Sandra Mohigan tombèrent sur le garçon. Elles considérèrent avec ahurissement l'adolescent presque nu, le derrière en sang et l'air égaré. Elles l'interrogèrent sur ce qui lui était arrivé, mais Kahala ne sut que marmonner.

Un homme d'un certain âge arriva sur ces entrefaites. Il était banal au point que les jeunes filles seraient incapables plus tard de donner de lui une description exacte.

— Oh, tu es là, mon garçon, dit-il en saisissant le jeune Asiatique par le bras.

Celui-ci tenta de lui échapper, ce que voyant, les jeunes filles s'interposèrent :

— Que lui voulez-vous, laissez-le, s'opposa Sandra, la plus décidée.

— Mais ce garçon est mon neveu, expliqua l'homme, embarrassé. Sa mère me l'a confié pendant qu'elle partait en voyage avec mon frère. Il s'est blessé et s'est échappé pour ne pas être puni. Mais je peux vous affirmer, mesdemoiselles, que je suis trop content d'avoir retrouvé ce petit garnement pour songer à le punir.

Mais les deux jeunes filles n'en démordirent pas, et pendant que Stéphanie surveillait l'homme et le jeune garçon, Sandra appela la police de son portable.

Le garçon ne réagissait toujours pas, se contentant de lancer des regards suppliants à Stéphanie sans pouvoir décrocher une parole.

— Je vous assure, affirmait l'homme, que vous perdez votre temps et me faites perdre le mien.

— Ce garçon est blessé, riposta Stéphanie.

— Et alors, à chaque fois qu'un gamin se blesse, vous appelez la police !

Elle était embêtée, d'autant que le jeune Asiatique était à présent prostré et n'opposait aucune résistance à son oncle. Il semblait avoir pris son parti de ce qui lui arrivait.

Une voiture de police suivie d'une autre de pompiers déboucha à ce moment-là et s'arrêta devant eux. Stéphanie vit l'homme se raidir quand les deux patrouilleurs s'approchèrent.

Le patrouilleur Clinton n'était pas un bleu, la rue, il connaissait. Son collègue Parker en était à son deuxième mois de patrouille. Mais tous deux en observant la scène ne virent qu'un homme, d'aspect respectable, tenant la main d'un garçon à moitié nu, en compagnie de deux jeunes filles passablement énervées, l'une d'entre elles, tout au moins.

— Que se passe-t-il ici ? interrogea l'agent Clinton.

Sandra expliqua qu'elles avaient rencontré le garçon qui semblait effrayé et que cet homme qui se disait son oncle prétendait qu'il s'était blessé et enfui de chez lui pour ne pas être puni.

Les gens commençaient à s'attrouper, et Clinton, qui comme tous les flics de la ville avait reçu la consigne, compte tenu de la situation, de ne rien faire qui puisse attiser la curiosité et l'angoisse de la foule, décida de les raccompagner à leur domicile. Mais Sandra exigea que les policiers prennent leurs noms et les inscrivent comme témoins.

Visiblement excédé par la jeune fille qu'il n'était pas loin de considérer comme une fichue emmerdeuse, l'officier Clinton prit les renseignements avant de faire monter le vieux et le jeune dans la voiture de patrouille. Les pompiers, qui s'étaient contentés de fournir une couverture pour couvrir le garçon, repartirent.

La foule fut longue à se disperser, les deux adolescentes racontant la rencontre et insistant sur leur inquiétude. Mais les gens en ces temps de peur avaient d'autres chats à fouetter que de se mêler d'une dispute entre un oncle et son neveu.

Clinton et Parker avaient décidé de régler cette affaire au domicile de l'homme qui leur dit s'appeler Frederich Lacy et habiter 924 North Street, dans le quartier de New Berlin.

Durant le trajet, l'homme se confondit en excuses de les déranger pour des vétilles, sachant combien leur temps était précieux, surtout en ces moments de trouble. Quand ils arrivèrent chez lui, il les fit entrer en poussant gentiment devant lui le jeune garçon hébété, incapable seulement de répondre aux questions des policiers. Son oncle l'excusa en invoquant sa terrible timidité.

Les policiers déclinèrent son offre de boissons, inspectèrent pour la forme les deux pièces de la maison pendant que l'homme leur expliquait qu'il travaillait dans une clinique de la ville comme infirmier anesthésiste. Ils ne trouvèrent rien de suspect, virent que cuisait un rôti odorant et que la télé était allumée sur des dessins animés, programme que regardait probablement le neveu avant sa fuite.

Ils ne firent pas attention à des photos de garçons en slip posées sur un meuble.

Kahala était si terrifié d'être revenu dans la maison de l'horreur qu'il ne pouvait articuler un mot pour demander du secours. Il resta assis en silence, la tête pendante, pendant que les adultes s'expliquaient.

Parker qui ne participait pas à la conversation déambulait dans la maison, se disant que si son chef ne s'alarmait pas il n'y avait pas de raison de le faire, même si une mauvaise impression ne le quittait pas. Clinton était un vieux de la vieille, cuirassé contre toute émotion. Il avait sermonné son bleu en lui conseillant de ne jamais se laisser entamer ou attendrir par une situation, aussi dramatique qu'elle soit, sous peine de se suicider avant ses quarante ans, comme ça arrivait si fréquemment.

Au moment où Clinton commençait malgré tout à s'étonner de ce couple insolite, dont l'un parlait beaucoup et l'autre pas du tout, la répartitrice l'appela sur son talkie, lui ordonnant de se diriger vers le musée d'Art moderne où une alerte à la bombe venait d'être signalée.

— Nous sommes obligés de partir, une alerte à la bombe, expliqua-t-il comme s'il s'excusait. (Il se tourna vers le garçon.) Alors, tu vas mieux ?

Mais il n'obtint pour réponse qu'un vague hochement de tête.

Voyant sa surprise, l'oncle l'entraîna dans la pièce voisine et lui expliqua que le gamin était en traitement chez un psychologue car il avait tendance à s'automutiler et était suivi pour ça. Justement, Clinton avait connu ce problème avec sa sœur qui durant son adolescence se tailladait les bras et les jambes. Bien sûr, il n'en dit rien à l'homme mais admit dans son for intérieur que c'était plausible.

Les policiers prirent congé, ne remarquant pas le regard de terreur du jeune Kalaha et le visage convulsé de fureur de son « oncle ».

Quand ils remontèrent dans leur voiture, ils ne se doutaient pas un seul instant du drame qui se déroulait dans la maison du 924 North Street, qu'ils venaient de quitter.

Clinton, roulant à vive allure vers le musée d'Art moderne, se contenta d'appeler le poste de police par radio et annonça :

— Querelle familiale entre un oncle et son neveu déjanté. On les a raccompagnés sans bobos chez eux.

Dan Barrilan, alias Abdul Farançji, débarqua à Milwaukee, venant de Saint Louis. Il alla directement chez Laffouani, après s'être débarrassé de son maigre bagage dans sa chambre.

Son patron l'accueillit dans son bureau devant une tasse de thé au jasmin.

— Comment vas-tu, mon ami ? s'enquit-il chaleureusement.

Chaleur un brin forcée, jugea Dan, sachant que son patron avait été laissé en dehors de l'affaire.

— Bien, bien, et vous ?

— Très bien, grâce soit rendue à Allah ! Mon fils Ali vient de décrocher la première partie de son diplôme !

— Qu'Allah soit béni, répondit machinalement Dan.

— Alors, commença Laffouani après s'être brûlé les lèvres avec son thé, tu es allé te promener ?

— Abdel Malek Hattal ne vous a pas prévenu ? feignit de s'inquiéter Barrilan.

— Si, si, il m'a demandé la permission de t'envoyer en voyage pour une affaire. Bien sûr, j'ai accepté.

Le silence s'installa, seulement troublé par les aspirations bruyantes des deux hommes. Dan reposa sa tasse.

— Un de ses correspondants arrivait de Qom à Saint Louis, il avait besoin d'un homme de confiance, expliqua-t-il.

— Pourquoi ?

Dan fit semblant d'hésiter.

— L'homme avait en sa possession un coran ancien, de grande valeur, qui l'intéressait.

— Ah ? Encore une tasse ?

— Volontiers.

— Et c'était quoi ce coran ? sourit Laffouani en se rebrûlant les lèvres. Dieu que ce thé est chaud !

— Un exemplaire rare que possédait un saint ayatollah qui dirige un séminaire de théologie chiite à Qom.

— Et les Américains l'ont laissé entrer ? s'étonna Laffouani.

— Les dhimmis sont trop sûrs d'eux, c'est ce qui les perdra, répondit Dan d'un ton évasif.

— Qu'Allah t'entende, mon fils !

Aucun des deux hommes n'était dupe. Laffouani savait pertinemment que son employé n'avait pas été expédié à Saint Louis pour en rapporter un livre, aussi sacré soit-il. Il y avait suffisamment de réseaux dans le pays pour acheminer un livre de grande valeur sans devoir y expédier un homme.

Laffouani avait été mis au courant, sans en connaître les détails, de ce qui allait se produire à Saint Louis. Il n'avait pas cherché à en savoir davantage.

— Et tu le lui as porté ?

— Pas encore, je le vois ce soir.

Laffouani opina de la tête. Pourtant, son inquiétude, elle, n'était pas feinte. Il se méfiait du Palestinien comme du feu. Un fanatique, riche et arrogant, qui s'était introduit dans leur communauté et en avait pris le contrôle sans qu'on s'en soucie. Avant lui, c'était un Égyptien qui tenait ce rôle. Il avait été arrêté puis relâché, faute de preuves, par le FBI, qui le soupçonnait de recueillir des fonds pour les chiites d'Irak au moyen d'une association caritative qui avait été dissoute. À peine relâché, l'Égyptien s'était envolé et Hattal était apparu.

— Et comment c'était là-bas ?

— La terreur. Ces gens craignent trop la mort pour ne pas perdre n'importe quel combat.

— Allah nous a appris à ne pas la craindre. Il a su faire de nous des guerriers valeureux. Quel mérite avons-nous à nous battre contre des hommes qui sont à peine des enfants ? cracha Laffouani.

— Notre prophète savait depuis toujours que notre foi s'étendrait sur le monde. J'aurais voulu que tu voies et entendes les lamentations hystériques de ces bouffeurs de porc après que notre sœur eut déposé sa bombe.

Les deux hommes se sourirent, complices. Dan se demanda combien de temps encore il pourrait débiter ces horreurs. Il avait souvent pensé à ces femmes espions obligées de coucher avec l'ennemi pour le tromper. Comment s'en sortaient-elles ? Eh bien maintenant il le savait. Elles se dégoûtaient.

— Il va encore t'employer comme coursier ? sourit Laffouani en y mettant juste ce qu'il fallait de dédain.

— Je ne crois pas, répondit son interlocuteur qui se leva. Si tu me le permets, je voudrais me rafraîchir et rattraper mon retard au bureau.

Laffouani acquiesça.

— Dis-moi, tu continues à travailler ici ?

Dan lui lança un regard autant indigné qu'étonné.

— Mais… mais… aurais-tu à te plaindre de moi ?

— Non, non… mais si Malek Hattal veut que tu travailles pour lui…

— Et pourquoi le ferais-je ? Je lui ai rendu ce petit service, qu'il a d'ailleurs récompensé, mais si tu continues à m'accorder ta confiance, mon travail est chez toi.

— Bien, bien… Alors va, et examine les factures avec Mansour, j'ai l'impression que ce Libanais est en train de nous rouler. Qu'attendre d'autre d'un Libanais ! Tu sais ce qu'on dit ? Si tu tends la main à un Libanais, compte tes doigts quand il te la rend !

Laffouani éclata de rire.

Dan l'accompagna d'un large sourire. Cette blague, on s'en servait partout. De l'est à l'ouest, et du sud au nord. Et elle était toujours pour les autres.

— Je vais vérifier. Merci pour le thé.

Dan resta au bureau jusqu'à six heures. Il avait rendez-vous avec Hattal à son domicile. Il était effectivement allé à Saint Louis pour récupérer un livre, mais l'importance de ce livre ne résidait peut-être pas dans sa sainteté.

Il avait pris contact, contre toute prudence, avec l'antenne locale du FBI où le volume avait été passé entièrement aux rayons infrarouges. On avait essayé sur lui diverses méthodes de déchiffrement jusqu'à ce qu'enfin on trouve dans un paragraphe d'un texte ancien des chiffres et des lettres qui n'avaient rien à faire au milieu d'une prière.

Les techniciens avaient tout photographié et avaient rendu le livre à Dan qui ne tenait pas en place, conscient que cette heure et demie soustraite à son emploi du temps programmé pouvait le perdre.

Il se changea, emporta le livre et prit un taxi jusqu'au domicile d'Hattal. Il jouait son va-tout. Ou Hattal l'avait envoyé quérir un bouquin sans valeur afin de tester sa loyauté, ou il avait l'importance qu'il espérait et enfin il était admis au plus près de la tête de la cellule terroriste.

Pendant tout le trajet, il examina les voitures qui suivaient le taxi afin de savoir s'il était ou non filé. Il ne portait pas d'arme, et en aurait-il eu une qu'elle ne lui aurait servi à rien. Il se sentait juste plus vulnérable que jamais.

À lui aussi, Hattal faisait peur.

Une famille Nichols figure bien dans les registres d'état civil de la mairie. Lionel et Sonia. D'après le cadastre et les plans de la ville, ils habitaient dans les années quarante un quartier excentré, West Allis, au numéro 4480 de West Bath Road.

Une employée aussi âgée que la machine Corona dont elle se sert et qui n'a jamais quitté la ville m'explique qu'à l'époque West Allis était un coin charmant et bucolique où vivait une population aisée.

Je découvre que Lionel Nichols, le père, était docteur en chimie et travaillait pour PPG Industries, entreprise qui depuis a disparu. Sonia, la mère, était femme au foyer. Ils avaient effectivement deux fils, Edgar, l'aîné, et Ronald, de huit ans son cadet. L'état civil indique qu'ils ont divorcé en 1969 et quitté la région. Personne n'a jamais plus entendu parler d'eux, ce qui explique que les recherches effectuées pour retrouver l'éventuelle famille de Nichols à Milwaukee n'aient pas eu de suite.

Cependant, la traque que les polices des différents États en collaboration avec Interpol au Canada avaient lancée après sa fuite de New York avait permis de résoudre nombre d'enquêtes restées inabouties jusque-là. Certaines affaires de meurtres et de disparitions dont on n'avait jamais pu identifier les victimes, faute de connaître à l'époque les techniques de recherche d'ADN, furent enfin résolues. On exhuma quantité de cadavres qui présentaient des similitudes de modus operandi ; on rechercha dans des dizaines de dossiers les pièces à conviction qui avaient été préservées, et pour une bonne douzaine de crimes restés impunis on put enfin mettre un nom sur leur assassin. Nichols avait, avant de débarquer à New York pour mon malheur, tracé dans tout le pays une route sanglante. Mais si des disparitions à l'époque avaient bien été signalées dans la région de Milwaukee, on n'avait retrouvé aucun corps.

Alors, pourquoi je pense qu'il est l'assassin de l'employée de mairie ? Parce qu'il l'a crucifiée ? C'est aussi la raison pour laquelle Sarah y a songé. Autant que je le sache, ce genre de torture n'a jamais été répertorié sur d'autres meurtres. C'est la première fois que je le retrouve.

J'essuie mes mains moites sur mon pantalon. Mon cœur cogne au point de me coller des bourdonnements d'oreilles. Je regarde autour de moi comme si j'avais fait un mauvais coup. Mais je suis seul dans ce petit bureau sans air où sont conservées les archives les plus anciennes qui n'ont pas été saisies sur ordinateur. Celles de la famille Nichols, vieilles de plus de quatre-vingts ans, dorment toujours entre les pages jaunies d'un des registres couverts de poussière que depuis deux jours je soulève et consulte un à un.

Je dois savoir si l'on a retrouvé à Milwaukee trace d'un de ses crimes. De nouvelles recherches m'attendent. Mais le fait qu'il soit peut-être né ici implique-t-il qu'il y soit revenu et qu'il ait tué Jane Morrison ?

Je suis si excité que ça me donne une violente envie de fumer. Je plaque tout et sors comme un fou pour acheter des cigarettes. Mon trésor serré dans la main, je vais m'asseoir sur un banc et allume d'une main fiévreuse ma première Lucky depuis cinq ans.

J'ai des fourmillements dans tout le corps. Je fume comme si c'était la dernière et en rallume aussitôt une autre sous le regard fortement désapprobateur d'un couple. Mais je leur balance un regard si noir qu'ils filent.

Il est revenu. Je le sens. Et il est revenu pour moi. Peut-être me surveille-t-il. Je me relève brusquement et examine les alentours. Attention. Calme-toi. La parano, c'est tout bon ou tout mauvais. Ça sauve des vies mais ça en perd encore plus.

Et comment le reconnaître ? Le portrait-robot qu'on a établi de lui à l'époque était si foireux qu'on pouvait en déduire une chose et son contraire.

Sa femme, ses collègues, ses enfants avaient été sollicités pour le tracer, puisqu'on ne possédait de lui aucune photo. Son épouse avait dit qu'il avait toujours refusé de figurer sur une seule photo familiale. Mais, une fois le portrait terminé, on s'aperçut que chacun avait indiqué une physionomie différente. Son fils aîné lui voyait des yeux petits et rapprochés sur un visage maigre. Gerda, sa femme, lui dessina une bouche mince comme une balafre, des yeux écartés sur un visage rond et un nez légèrement de travers.

La conservatrice de la bibliothèque gardait le souvenir d'un homme au visage étroit et à la calvitie naissante, alors que sa fille affirmait que son père se peignait sur le côté. Mais ils tombèrent tous d'accord sur l'expression figée du regard et le rictus qui lui tirait la bouche quand il se mettait en colère.

Une colonne blindée passe en ferraillant devant moi. L'Amérique étale sa force pour se rassurer. L'attentat de Saint Louis a été encore plus meurtrier que celui de Milwaukee. Je regarde d'un œil dégoûté passer le dernier véhicule militaire. Les images de la guerre du Vietnam remontent à ma mémoire. Pourquoi Fukuyama a dit que l'Histoire était terminée ?

Jackson-Carr, qui subit la pression du maire, ne me lâche pas. Il m'a menacé si je n'ai pas de piste avant un mois de me retirer l'affaire Morrison. Je sais que plus d'un flic de la Criminelle est sur les rangs et que ça ne leur déplairait pas que je me casse la gueule. Résoudre le meurtre de Morrison serait leur bâton de maréchal.

Mon portable sonne.

— Levine, je grogne.

— Stan… ?

— Sarah ?

— Je suis à l'aéroport Mitchell.

Avez-vous remarqué que lorsque vous êtes déjà dans la panade la vie en remet une couche ? J'ai rêvé pendant des années de retrouver ma femme, et quand enfin elle est là, je viens de tomber amoureux d'une autre.

— Tu es avec les enfants ?

— Non, je suis seule. Tu viens me chercher ?

Un peu sonné, je mets du temps à répondre.

— À moins que quelqu'un t'en empêche.

— Sarah…

— Je serai au terminal 2. Je t'attends à la cafétéria.

Elle raccroche, et je reste comme un idiot sans même songer à fermer mon portable. Je me prends la tête entre mes poings. Sarah à Milwaukee, c'est la dernière chose dont j'aie besoin. Je dois être seul pour me battre. Sa présence me rend vulnérable. Si Nichols apprend qu'elle est là, il s'en servira contre moi. S'il m'a vu à la télévision, il sait où je travaille. S'il sait où je travaille, il sait où j'habite.

C'est comme ça qu'il a opéré à New York. C'est en la suivant qu'il a appris où Judith allait à l'école et à quelle heure elle en sortait. Avec sa mentalité tordue, il a vite compris qu'elle se laisserait attendrir par ce faux infirme qu'elle allait bousculer et qui se plaindrait de ne plus pouvoir marcher. Qu'elle voudrait se racheter de l'avoir fait tomber. Qu'elle accepterait de le ramener chez lui puisqu'il disait ne pas avoir les moyens de se payer un taxi. Un cerveau de gamine contre celui d'un adulte pervers.

Il est l'heure du déjeuner et les employés se pressent de regagner leurs bureaux. À part les obligations professionnelles qui les obligent à sortir, les gens ont pris l'habitude de se terrer chez eux. Les restaurants, les spectacles, les grands magasins sont vides.

Je hèle un taxi en maraude.

— À l'aéroport Mitchell.

Sarah n'est pas revenue pour moi.

Le quartier de New Berlin s'étend sur trois districts et dépend pour sa sécurité du 12e, du 16e, et pour une faible partie du 17e.

Ce fut le détective McCarthy, du 16e district, coéquipier du sergent O'Brady avec lequel il avait eu le privilège de découvrir le corps de Jane Morrison, qui reçut Mme Mohigan quand elle vint au commissariat deux jours après l'incident dramatique survenu entre cet homme et son neveu et dont avait été témoin sa fille Sandra.

Bouleversée par la scène à laquelle elle venait d'assister, celle-ci avait tout raconté à sa mère dès qu'elle était rentrée de son travail. Elle lui avait confié son indignation devant l'attitude des patrouilleurs, qui non seulement n'avaient pas jugé bon de protéger le jeune Asiatique, mais avaient semblé furieux qu'elle exige qu'ils prennent leurs noms, à Stéphanie et elle au cas où elles devraient témoigner.

« Il était en sang ! s'était exclamée la jeune fille. Et tout ce qu'ils ont fait, c'est les ramener chez eux !

— Mais tu es sûre que cet homme avait maltraité son neveu ?

— Il était terrorisé au point de ne pouvoir dire un mot. Les flics ont cru qu'il avait bu !

— Mais tu me dis qu'il saignait…

— Il avait du sang qui lui coulait entre les cuisses ! »

Mme Mohigan avait eu un haut-le-corps. Un jeune garçon blessé et la police n'intervenait pas ? À moins que sa fille ne se soit trompée et qu'au lieu de les raccompagner chez eux ils n'aient amené au poste l'oncle pour l'interroger, après avoir déposé son neveu à l'hôpital.

De toute façon, elle devait en avoir le cœur net, ne serait-ce que pour rassurer Sandra.

McCarthy demanda à Mme Mohigan ce qui l'amenait.

— Je viens suite à un incident sur la voie publique auquel ont assisté ma fille et son amie qui sortaient de leur cours de gym.

— Un incident de quelle sorte ? demanda McCarthy, l'esprit occupé ailleurs.

— Samedi, en fin d'après-midi, un jeune garçon, asiatique d'après ce qu'elles m'ont dit, leur est littéralement tombé dans les bras dans un état effrayant.

McCarthy leva un sourcil dubitatif. « État effrayant », ça voulait dire quoi pour cette femme qui ressemblait à une bourgeoise un peu coincée et lui rappelait son institutrice ?

— C'est-à-dire ?

— Il saignait entre les cuisses et visiblement fuyait quelqu'un, et au moment où ma fille et son amie allaient lui venir en aide, c'est-à-dire l'emmener peut-être dans une pharmacie, a débarqué un homme d'un certain âge qui a affirmé être l'oncle du garçon et justement le chercher.

— Le chercher ?

— Bref, ma fille, très angoissée, a appelé la police, et deux agents sont arrivés avec une voiture de pompiers…

— Oui…

— Ma fille leur a expliqué ce qui se passait. Ils ont demandé à l'homme des précisions qui ont dû les satisfaire parce qu'ils se sont contentés de les raccompagner chez eux…

— Oui…

— Et ma fille a dû insister pour que les policiers prennent son nom et celui de son amie au cas où elles devraient témoigner.

— Et quel est le problème, madame Mohigan ?

— Le problème, inspecteur, c'est que ma fille est restée très secouée par cette affaire et elle voudrait être sûre que le garçon va bien.

— Madame, il me semble que les policiers en raccompagnant le jeune homme chez lui ont fait ce qu'ils devaient.

— Eh bien, je voudrais voir leur rapport.

McCarthy ouvrit des yeux comme des soucoupes. Cette bonne femme était aussi têtue que son instit !

— Leur rapport ? Mais, madame, c'est confidentiel ! Vous imaginez la population venir ici demander à consulter les rapports de nos officiers ?

— Les policiers s'appelaient Clinton et Parker, s'obstina Mme Mohigan, ma fille a relevé leurs noms sur leurs vareuses. Je veux savoir ce qu'il est advenu du garçon.

McCarthy regarda son interlocutrice comme si elle débarquait tout droit d'une lointaine planète.

— J'imagine que vous savez qui sont les agents Clinton et Parker ? s'obstina-t-elle en détachant bien les mots comme si elle parlait à un demeuré.

— Oui. Mais j'imagine aussi, madame, répondit sèchement McCarthy, que vous savez que nous avons suffisamment à faire en ce moment pour ne pas venir nous… harceler avec des histoires de gamin… qui s'est blessé.

— Gamin qui s'est blessé ! s'indigna Mme Mohigan. Gamin qui s'est blessé ! Un adolescent en sang qui fuit dans la rue, vous trouvez ça normal ?

McCarthy et Mme Mohigan se regardèrent un bon moment sans rien dire, et le rouquin, adjoint d'O'Brady et aussi rouquin que lui, dut comprendre que tenter de se débarrasser de cette folle revenait à vouloir se débarrasser de morpions affamés.

— Écoutez, pour vous montrer ma bonne volonté, je vous promets que dès que j'aurai un moment je consulterai le rapport établi par nos policiers et…

— Vous ne m'avez pas comprise, inspecteur, il n'est pas question que je rentre chez moi et que je dise à ma fille que vous allez consulter le rapport de vos hommes quand vous aurez le temps…

— Et que voulez-vous que je fasse, madame ? demanda McCarthy avec un sourire carnassier.

— Je voudrais voir le commissaire, lâcha Mme Mohigan d'un air décidé. Je veux voir votre chef parce que j'en ai le droit en tant que citoyenne pas certaine du tout que ses impôts soient bien employés !

Il y eut encore par-dessus le bureau passablement encombré du détective McCarthy un échange de regards qui, s'ils avaient été des poignards, auraient cloué les combattants au mur.

— Mon chef est très occupé.

— Eh bien, je vais attendre qu'il puisse me recevoir, lança Mme Mohigan d'un ton à la fois sarcastique et sans appel.

McCarthy renonça cette fois au duel d'œillades assassines. Si cette folle voulait se faire rembarrer par le commissaire qui jouissait d'une réputation méritée de pitbull, il ne voyait pas pourquoi il l'empêcherait. D'autant qu'il n'avait jamais lu l'ombre d'un rapport de l'officier Clinton sur un quelconque problème familial. Mais il espérait bien que ce rapport sur cette foutue affaire était quelque part, parce que ce n'était pas le moment de contrarier la population de Milwaukee traumatisée par les attentats et l'horrible assassinat de cette secrétaire de mairie.

— OK, madame, soupira-t-il en se levant, je vais voir où en est le commissaire…

— Je vous en suis très reconnaissante, monsieur.

Toujours ce ton sarcastique et autoritaire.

McCarthy traîna un peu dans les couloirs avant de rejoindre le bureau de son chef pour que cette emmerdeuse ne croie pas qu'il suffisait de gueuler contre les flics pour obtenir satisfaction.

Il raconta l'histoire au commissaire de telle façon que l'autre ne comprit rien.

— Mais qui c'est ce neveu et qui est l'oncle ?

— Clinton et Parker seraient intervenus dans une histoire un peu glauque à laquelle auraient assisté une fille et sa copine, disant que le môme, un bridé, avait du sang sur les fesses et paraissait complètement à l'ouest. Là-dessus, un bonhomme s'amène, dit que c'est son neveu et veut le ramener chez lui. Mais la fille de la bonne femme qui est dans mon bureau est certaine que c'est pas une simple histoire de famille, et elle veut savoir ce que le patrouilleur Clinton et son adjoint ont consigné dans leur rapport, répéta McCarthy d'un ton las.

— Et qu'est-ce qu'ils ont consigné ?

— J'en sais rien, je sais pas où est leur rapport.

— Comment ça ?

— J'ai rien vu dans les registres sur la journée de samedi qui ressemblerait à cette histoire. Mais j'ai peut-être pas fait gaffe.

— Alors, faites gaffe, nom de Dieu ! Vous croyez que c'est le moment d'ameuter les populations !

— Elle voudrait vous voir.

— Moi, pourquoi ?

— Parce qu'elle a pas confiance.

— Putain, elle a pas tort, si ces guignols n'ont rien noté !

— Vous voulez que je vous l'envoie ? dit McCarthy d'un air gourmand.

Le commissaire s'appelait Welcome, et tous ceux qui le fréquentaient, même ses copains de poker, s'étaient toujours demandé quel était le mongol responsable de ce patronyme qui lui allait aussi bien qu'un tablier à une vache.

— Recherchez d'abord ce foutu rapport ! aboya Welcome, et concomitamment, si Clinton et l'autre sont là, envoyez-les-moi. Avec le rapport ! beugla-t-il pour être entendu à trois blocs de là.

McCarthy disparut, se mit à la recherche du registre du samedi précédent, chercha le rapport de l'équipe 68, ne trouva rien, interrogea la dispatcheuse qui se rappela au bout d'un quart d'heure qu'effectivement l'officier Clinton avait bien signalé une histoire dans ce genre, mais qu'il avait été appelé avec Parker sur une alerte à la bombe au musée d'Art moderne.

Le rouquin répéta tout ça à son commissaire, qui avait déjà oublié l'histoire.

— Merde, pas de rapport écrit ? Ils sont là ces deux branques ?

— À la cafét', à la pause.

— Je vais leur en foutre de la caféine, envoyez-les !

Clinton et Parker, loin de se douter de ce qui se tramait, débarquèrent la mine enfarinée dans le bureau de leur chef. Ils ne la gardèrent pas longtemps. Sommés de s'expliquer sur le rapport fantôme, ils racontèrent l'histoire à leur manière. Welcome savait que Clinton, qui avait plutôt été un bon flic, se laissait un peu aller à deux ans de la retraite. Et Parker pouvait tout juste faire la différence entre une baby-sitter et un dealer.

— Bon, vous savez quoi, bande de nazes, susurra-t-il, puisque vous avez si obligeamment raccompagné chez eux ce type et son gentil neveu, vous savez où ils habitent, hein ? Eh bien, vous allez y retourner et me tirer tout ça au clair. D'accord, mesdemoiselles ?

— Maintenant ? s'exclama Clinton d'un ton dégoûté.

— Non, ma poule, hier, répliqua Welcome en lui lançant un regard à le transformer en glaçon.

— D'accord, on y va, chef, dit-il en donnant un coup de coude à Parker. Tu viens ?

Les deux patrouilleurs quittèrent le bureau pendant que McCarthy allait assurer à Mme Mohigan, qui pendant tout ce temps n'avait pas bougé de sa chaise, que les policiers avaient bel et bien fait un rapport circonstancié sur l'affaire, qu'il était malheureusement impossible de le lui montrer, mais qu'entre-temps les deux policiers étaient retournés chez l'individu pour un supplément d'enquête dont elle serait avertie puisqu'ils avaient, grâce à sa fille, ses coordonnées.

Mme Mohigan fixa McCarthy avec une acuité destinée sûrement à sonder sa sincérité, remercia en tendant la main, se retourna une dernière fois avant de passer la porte et enfin disparut.

McCarthy se laissa tomber sur sa chaise avec un soupir porteur tout à la fois de soulagement et d'inquiétude. Si par malheur il s'avérait que les deux glands avaient laissé passer un truc grave, cette chieuse ne les lâcherait pas ! Ça se voyait comme le nez au milieu de la figure.

Clinton et Parker se propulsèrent jusqu'au 924 North Street. Durant le trajet, Clinton ne cessa de râler que si on faisait intervenir les flics pour toutes les histoires de famille, faudrait décupler les effectifs. Parker ne répondait pas. C'était plutôt un taiseux, et il n'avait pas envie de se mettre son supérieur à dos si ce n'était pas indispensable.

— Tu te rends compte, ce pépère à trois balles, tu le vois enculer ce môme ? Parce que, t'y trompe pas, c'est ce que ces nazes ont dans la tête.

— Ça arrive…

— Sûr que ça arrive ! Mais ça fait trente ans que je me trimbale cet uniforme, et je te prie de croire que les pourris, j'les sens ! Ben çui-là, il sent juste la naphtaline !

Ils débarquèrent devant la maison et toquèrent plusieurs fois à la porte dépourvue de sonnette. Ils allaient partir quand la porte s'ouvrit devant Lacy.

— Messieurs ? dit-il, étonné mais souriant.

— Excusez, monsieur, vous vous souvenez de nous ? demanda Clinton. On est intervenus samedi…

— Bien sûr ! C'était la première fois de ma vie que

j'avais affaire à la police, je ne l'ai certes pas oublié, s'exclama-t-il en éclatant presque de rire. Que puis-je faire pour vous ?

— Ben, déjà, nous permettre d'entrer, répliqua Clinton en lançant un coup d'œil vers Parker. On voudrait compléter notre rapport.

— Mais je vous en prie, je reviens juste de mon travail. Je vous ai dit que je travaillais dans une clinique ? Assez épuisé, je dois le dire, parce qu'avec cette ambiance de terreur tout le monde se sent mal et on est surchargés.

Les policiers entrèrent, et leur hôte, toujours souriant, planté au milieu de la pièce, les interrogea du menton et des sourcils.

— Je vous écoute.

— Heu… on pourrait pas s'asseoir ? se décida Clinton, je vais avoir besoin d'écrire.

Clinton était aussi noir que rond. Il avait une bouille de pub pour du chocolat. Rien qu'à le voir, on se sentait rassuré. Rassuré, mais pas nécessairement protégé.

— Oh, mais quel hôte je fais ! s'écria Lacy en s'empressant de tirer deux chaises. Je vous offre quelque chose à boire ? Pas d'alcool, vous allez me dire que vous êtes en service, et je n'en ai jamais, ne buvant pas moi-même. Mais du café ou de l'eau ?

— Non, merci, ce sera pas long, répondit Clinton en sortant un carnet.

Parker, qui trouvait que la maison sentait le renfermé, aurait bien aimé ouvrir une fenêtre. Une indéfinissable impression de malaise le tenait comme la première fois qu'il y était venu.

— Votre neveu est reparti ? demanda Clinton.

— Oui, il ne reste jamais bien longtemps.

— Vous le voyez souvent ?

— Mon frère est routier, la plupart du temps il est absent de chez lui et c'est sa femme, la mère de Kahala, qui l'élève. C'est un jeune homme difficile, comme tous les garçons de son âge, alors, quand elle est fatiguée, ou lorsqu'elle accompagne mon frère pour un voyage, ils me l'envoient parce que je m'entends très bien avec lui. À part ce petit problème dont je vous ai parlé quand nous nous sommes vus.

— Qu'en dit son psy ? demanda Parker.

Lacy et Clinton se tournèrent vers le jeune policier qu'ils avaient presque oublié.

— Ça s'arrange, répondit Lacy en hésitant. Je crois que cette fois il a eu une altercation à son école avec un autre élève sur son identité. Ce n'est pas facile d'être métis dans notre pays.

— Ses parents habitent où ? reprit Parker, jetant des coups d'œil autour de lui en se dirigeant négligemment vers la pièce voisine.

Son collègue le regardait faire, le crayon en l'air. Lacy se tourna vers lui comme pour lui demander l'autorisation de répondre.

— Dans le Montana, dit-il enfin, un coin perdu.

— Un village ? reprit Parker, revenant dans la pièce.

— Oh, même pas. Une poignée de maisons. Je comprends le malaise de mon neveu. Il n'y a rien pour les jeunes, là-bas, après l'école.

— Comment ça s'appelle ?

Clinton, légèrement ahuri et contrarié de perdre la vedette, lança à son collègue un coup d'œil de mise en garde que l'autre ignora.

— Ça n'a même pas de nom, s'esclaffa Lacy.

Parker le fixa.

— Heu… c'est près d'Anaconda Butte, en pleines Rocheuses, répondit Lacy en hésitant. J'y suis jamais allé. C'est eux qui viennent.

— J'savais même pas qu'un coin comme ça existait dans notre pays, s'exclama Clinton.

— Moi non plus avant qu'ils y habitent, renchérit leur hôte en ricanant. Mais mon frère est un drôle de coco. Il y a toujours trop de monde pour lui. Il adore la pêche, la chasse…

— Et sa femme ? interrogea Parker.

— Excuse-moi, intervint Clinton, décidément vexé, on s'occupe du gosse.

— Ah, oui, gentil comme tout et bon élève, mais on ne sait pas ce qui leur passe par la tête, parfois ! intervint Lacy.

— Qu'est-ce qui s'est passé ? demanda Clinton. Pourquoi il saignait ?

— Ce petit imbécile a fouillé dans l'armoire à pharmacie et s'est amusé à se faire des blessures sur les cuisses avec mes lames de rasoir. C'est ce qu'il m'a expliqué ensuite. Voyez-vous, j'étais sorti faire des courses, et cet idiot a pris peur quand il a vu le sang couler. Il s'est enfui, croyant que j'allais le gronder, et je suis arrivé quand les jeunes filles lui parlaient.

— Il avait l'air drogué, dit soudain Parker.

Clinton sursauta. Qu'est-ce qui lui prenait à la bleusaille ? Il voulait qu'ils aient des histoires pour avoir laissé filer un ado drogué et l'adulte chargé de le surveiller ?

— Mais pas du tout ! protesta leur hôte. Je suis insomniaque, et ce petit imbécile a pris un de mes cachets, croyant que c'était de l'aspirine.

Clinton se gratta la gorge. L'histoire était un peu scabreuse.

— Quel genre de somnifère ? demanda-t-il.

— Du Travanil. C'est fort quand on n'a pas l'habitude. Je voulais le faire vomir mais en fin de compte il s'est couché et il a dormi jusqu'au lendemain.

— Et il est reparti quand ? interrogea Parker.

— Il est reparti… eh bien, à la fin du week-end. Je l'ai mis à l'avion.

L'homme les regarda avec un large sourire. Parker mourait d'envie de fouiller les lieux, mais il n'avait pas de mandat de perquisition. Ils n'avaient pu entrer que parce que le type était d'accord, mais il pouvait les mettre dehors quand ça lui chanterait s'il en avait marre. D'ailleurs, son attitude changeait. Il commençait à montrer des signes d'impatience.

— Vous avez d'autres questions ? demanda-t-il, s'adressant exclusivement à Clinton. Parce que je ne vous cacherai pas que j'aimerais bien prendre une douche. La journée a été rude.

— Non, non, soupira Clinton en rangeant son carnet. Vous savez, l'autre fois on n'a pas insisté parce qu'on voyait bien que le gosse était perturbé, c'est pour ça que notre chef a demandé un supplément d'enquête.

— Un supplément d'enquête ? se moqua gentiment leur hôte. Pour un enfant énervé ?

— Ouais… bon, ben, excusez-nous encore, monsieur. Mon collègue et moi on va vous laisser. Vous savez, la jeune fille qui nous a appelés, ben, elle pensait que cet enfant avait besoin de soins.

— Elle est très jeune, solidarité d'ados, sourit l'homme. Mais rassurez-la, mon neveu n'a besoin de rien, ses parents font ce qu'il faut.

— Ouais, sûrement, répondit Clinton en prenant congé. Enfin, si votre frère vous donne des nouvelles, vous pouvez toujours passer au commissariat, on transmettra à la jeune fille.

— Je n'y manquerai pas, détective, acquiesça Lacy, qui se perdait un peu dans les grades et avait surtout envie maintenant que ces deux crétins fichent le camp.

Clinton et Parker remontèrent en voiture et repartirent.

— Tu en avais après lui ? remarqua Clinton au bout d'un moment.

Parker le regarda.

— Je le sens pas, dit-il.

— Oh, lâche-moi ! Tu veux qu'on réécrive notre rapport comme quoi on a laissé filer un pédophile ? Tu veux prendre ta retraite avant l'âge ?

— Je ne l'aime pas, lâcha Parker, alors qu'ils arrivaient devant leur commissariat.

Frederich Lacy attendit que la voiture ait passé le coin de l'avenue pour respirer. Il tremblait de tous ses membres mais il avait adoré cette sensation de jeu du chat et de la souris. Quand c'était lui le chat. Il avait même été tenté de leur proposer de fouiller la petite maison, sachant qu'ils ne trouveraient rien. Par défi, il avait lancé plusieurs coups d'œil vers la carpette qui recouvrait la trappe du sous-sol, mais ces abrutis n'avaient rien remarqué.

Il adorait jouer avec le feu. Pousser toujours plus loin le challenge et constater qu'il en sortait vainqueur. « À vaincre sans péril, on triomphe sans gloire », disait son père, qui avait fait des études dont il était fier, se plaignant que son fils n'ait pas les mêmes aptitudes. C'était tout son père, ça. Les reproches, les vexations.

Il souleva le tapis et ouvrit la trappe. Sa respiration s'accéléra. Ici était son nid, son refuge. Il descendit les quelques marches après avoir allumé l'halogène qui inonda la pièce de sa lumière crue. Le bourdonnement du réfrigérateur et du congélateur qu'il s'était fait livrer troublait seul le silence de la pièce insonorisée.

Il examina le sol de béton noirci par le sang. Il avait nettoyé mais sans insister. Si les flics tombaient dessus, nettoyé ou pas, avec leurs techniques dont ils étaient si fiers, ils comprendraient vite ce que c'était.

Il s'allongea sur la table après y avoir posé une feuille de papier de protection. La visite des flics l'avait excité. Il se caressa au travers de son pantalon mais n'éprouva pas grand-chose. En revanche, il avait faim.

Il resta un moment les yeux fermés, la tête vide, puis se releva et alla vers le congélateur. Il en souleva le couvercle et une épaisse buée s'en échappa. Le corps démembré de Kahala reposait dans la glace, et il se dit en grimaçant qu'il aurait du mal à dégager les morceaux de leur gangue.

Une fois seul avec son prisonnier, il avait perdu son sang-froid, ce qui lui arrivait rarement. Mais à cause de cet imbécile de Jaune il avait failli se faire prendre.

Le week-end avait été long. Aussi bien pour lui que pour Kahala, pour des raisons différentes.

Il alla vers le réfrigérateur, l'ouvrit et regarda les masses brunes posées sur des assiettes. Le foie, le cœur et le cerveau. Il sortit le foie et le posa sur la table. Il le dégagea de son enveloppe de cellophane et aussitôt l'odeur puissante de l'organe le plus irrigué de sang du corps humain envahit ses narines. Il pinça les lèvres, étonné de son mouvement de recul.

Il prit un scalpel et coupa une tranche qu'il examina avec soin. Il devrait la nettoyer sérieusement avant de la goûter. Cette masse sanglante percée d'artères et de veines le dégoûtait un peu.

Il sortit l'assiette sur laquelle reposait le cerveau. Il était appétissant. Comme si le Créateur avait désiré faire de l'organe noble un exemple. Lisse, légèrement brillant et déjà prédécoupé. Il passa l'index dessus, tâchant de se souvenir de la spécificité de ses aires. Il était la plus parfaite œuvre de Dieu.

Il revint vers ce qui avait été le foie du jeune Kahala, le renifla de nouveau. Qu'est-ce qui lui arrivait ? Pourquoi cette sensation de dégoût ? Le garçon était sain, il s'en était assuré. Sa mère travaillait comme serveuse dans un drugstore qu'il fréquentait. Il avait vu comment elle s'occupait de son garçon. Pourtant, il n'avait plus envie de ce foie. D'un geste brusque, il fourra la tranche qu'il venait de couper et le reste de l'organe dans la poubelle située sous la table.

Il retourna au réfrigérateur, sortit le cœur qu'il jeta également, ne conservant que le cerveau, et ferma le sac-poubelle. Il le déposerait dans un container et les rats du quartier se régaleraient.

Ces saloperies de rats se nourriraient de Cambodgien tout frais.

J'abandonne le taxi coincé dans un embouteillage et cavale au terminal 2. Je suis dans l'état fébrile et légèrement nauséeux d'un adolescent amoureux à son premier rendez-vous.

L'aéroport grouille de flics et de militaires. En raison des contrôles qui n'en finissent pas, les files de voyageurs s'étirent interminablement devant les guichets d'enregistrement.

Trois policiers entourent soudain un voyageur et l'obligent à se coucher sur le ventre, les mains derrière la tête, sous la menace de leurs armes. La foule s'écarte comme devant un danger imminent. Les agents le relèvent brutalement et l'entraînent avec ses bagages. Personne ne bronche. Cette scène me rappelle un film de science-fiction des années soixante, où les citoyens étaient soumis à un ordre violent et arbitraire. À cause de ces cinglés de terroristes, le monde est entraîné dans la folie.

J'arrive à la cafétéria et repère immédiatement la nuque et les épaules de Sarah, qui me tourne le dos, assise à une table en train de lire. En une seconde je retrouve l'émotion de mes souvenirs que j'ai refoulée si longtemps. Ses cheveux noirs et brillants qui retombent souplement un peu en dessous des oreilles et dans lesquels entremêlés courent à présent quelques cheveux gris. La vue de ces cheveux qui marquent la mesure du temps me poigne. Pourtant, la courbe harmonieuse de ses épaules, sa façon de tenir la tête comme si, même en lisant, elle gardait sa distance avec le monde lui ont gardé cette distinction juvénile qui me plaisait tant.

Je m'appuie contre un pilier en tremblant, ne sachant comment l'aborder. Neuf ans sans se parler, sans rien savoir de l'autre, et puis poser doucement la main sur son épaule et la voir lever la tête vers moi.

Son regard, son tout premier regard me dira tout. J'avance, respire un grand coup. Et elle tourne brusquement la tête.

Quelques instants à se regarder sans rien se dire, l'estomac creusé de trac.

— Bonjour, Sarah.

Elle me sourit.

— J'ai failli attendre.

Elle me désigne la chaise devant elle.

— Je suis contente de te voir, dit-elle.

Je hoche la tête avec un sourire idiot.

— J'ai eu du mal à te trouver, je mens.

— Tu affirmais pouvoir le faire au milieu de la multitude.

— Ça fait tellement longtemps.

— Tu me trouves vieillie ?

— Vieillie, non, changée…

Levine, le roi des balourds.

— On s'en va ? dit-elle.

Je me relève, mû par un ressort, prends son bagage, lui fraye un passage dans la foule comme à une VIP.

— Je vais chercher un taxi. Heu… tu… tu as retenu un hôtel ou…

— Si tu n'habites pas un taudis et si tu as de la place…

— Bien sûr !

Miracle, un taxi s'arrête à peine hélé. Je mets les valises dans le coffre, donne l'adresse et m'assois sur le bout des fesses.

Embouteillages, garde nationale en patrouille, véhicules hurlants de la police de la ville fendant le flot des voitures, excitation et inquiétude palpables de l'atmosphère. Je ne vois rien, n'entends rien. Ma femme est revenue. Durant le trajet on n'échange pas deux phrases.

Le chauffeur regarde ma rue avec circonspection pendant que je le règle.

— Drôle de coin, l'entends-je marmonner.

Sarah descend, examine la rue, lève les yeux vers l'immeuble et me lance, ironique :

— Il ne manque plus que Fritz Lang, dans *M. le Maudit*.

Je hoche la tête, ouvre la grille, la précède dans le couloir, actionne le monte-charge.

— Super, dit-elle.

Je ne réponds pas, ne sachant si c'est du lard ou du cochon.

On arrive devant ma porte et elle entre avec détermination en regardant autour d'elle, pendant que je reste dans l'entrée comme l'agent immobilier quand il m'a présenté l'appartement.

Elle se tourne vers moi.

— J'aime bien cet endroit, dit-elle, il te ressemble. La chambre est là ?

Alors je pose sa valise, vais vers elle et la prends dans mes bras. Elle se serre contre moi et je l'embrasse passionnément.

La portant à moitié et continuant de l'embrasser, je la conduis dans ma chambre.

Barrilan quitta le taxi avant d'arriver au 2241 Simpson Road dans le quartier de Whitefish Bay, le domicile d'Hattal. Il parcourut deux blocs et observa que ce quartier populaire, cosmopolite et bruyant, était l'adresse parfaite pour conserver l'anonymat.

Des échoppes débordantes de marchandises déballaient sur les trottoirs des rouleaux d'étoffes colorées, des sacs de riz, de semoule, de dattes, de choux chinois, d'épices, de coiffes et de vêtements traditionnels, des objets ménagers en plastique, des cages de poulets vivants, et tout ce dont une famille peut avoir besoin. La plupart étaient des trous dans le mur fermés par des rideaux de tôle et s'inséraient sans vergogne entre des boutiques plus luxueuses d'hi-fi, de matériel ménager, des bureaux de change, des cafés où l'on servait le thé en levant bien haut la théière, mais aussi du coca, des calamars ou des beignets. Des officines proposaient dans différentes langues des prêts à taux zéro. Des agences de voyages aux licences douteuses offraient des séjours à La Mecque, au Yémen, au Vietnam, en Thaïlande, au Kenya, au Mexique, tous les pays destinés à faire rêver les transplantés échoués sur les rives du rêve américain. Deux agences de la Western Union, presque côte à côte, exhortaient les immigrés à soutenir les leurs restés au pays. Des cybercafés remplis d'ordinateurs dernier cri voisinaient avec des baraques déglinguées qui remplissaient l'air de l'odeur de leurs épices et des décibels de leur musique.

Les piétons se faufilaient entre les écueils, et les clients assez audacieux pour arriver jusqu'aux caisses devaient veiller à ne pas heurter de la tête les cages suspendues où caquetaient des singes moitié moins gros que des chats et qui n'étaient pas destinés à être de compagnie.

Le 2241 était un immeuble médiocre de trois étages à la façade écaillée, fermé par une porte d'entrée solide qui tranchait avec l'aspect lépreux du reste. À gauche de l'immeuble et le dépassant, une immense bouteille de bière Pabst, Blue Ribbon, en métal rouillé, tenue entre de solides griffes d'acier, rappelait que l'on était dans la patrie des brasseurs, même si les premiers habitants venus de Rhénanie avaient depuis longtemps déserté le quartier.

Dan sonna à l'interphone et la porte s'ouvrit aussitôt, pendant qu'au-dessus de sa tête pivotait une caméra.

Il poussa la porte et se retrouva devant un escalier étroit et malpropre qui montait raide devant lui entre des murs au plâtre crevassé et griffé de graffitis en arabe.

Il grimpa les trois étages jusqu'au dernier palier où il n'y avait qu'une seule porte. Il frappa, et aussitôt apparut Hattal, tout souriant.

— Mon frère ! s'exclama-t-il en lui ouvrant les bras. Entre donc !

Coup de cymbale sur la tête de Dan en pénétrant dans l'appartement du Palestinien. Une immense pièce blanche au parquet de même couleur couvert de tapis anciens ; des meubles qui n'avaient rien d'oriental mais de facture design à la Huckelley. Une baie vitrée par laquelle on apercevait le lac et les feux des bateaux qui y circulaient. Des canapés confortables et sobres, des meubles clairs, des céramiques anciennes, des coussins de couleurs gaies. Pas de cuivres, de tables marquetées ni de franges dégoulinantes de perles dorées.

En bas, c'était l'Amérique du Sud, l'Asie, l'Afrique, le Moyen-Orient, avec leurs foules bruyantes et négligées. Ici, c'était Washington Square. Le loft d'un yuppie, pas le refuge d'un chef terroriste islamiste.

Hattal eut un sourire amusé devant l'étonnement de son invité.

— Eh oui, mon ami ! Je suis américain !

Hattal recevait sans doute ici des fonctionnaires des douanes et des transports, et avait tout intérêt à montrer un visage lisse, pensa Dan.

— Assieds-toi, assieds-toi, dit son hôte en désignant un confortable canapé de feutre gris souris.

Dan lui tendit le livre qu'Hattal prit sans se donner la peine de le regarder, comme s'il n'avait servi que de prétexte.

— Merci. As-tu bien voyagé ? lui demanda-t-il en s'asseyant dans le même canapé en feutre rouge face à lui.

— Très bien. Ton correspondant était à l'heure.

— Vous avez parlé du pays ?

— Il m'a donné le livre et il est reparti. Je n'ai pas insisté.

— Un timide, sans doute, rit Hattal.

Dan ne savait pas s'il se foutait ou non de lui.

Hattal appela en frappant dans ses mains :

— Farida, Farida, viens voir, ma chérie !

Une jeune femme vêtue de noir de la tête aux pieds apparut, venant d'une pièce voisine. Dan maîtrisa le réflexe de se lever pour l'accueillir.

— Ma femme, présenta Hattal, et Dan sentit une fierté dans sa voix.

Il la salua en posant la main sur le cœur et en inclinant la tête.

— Mon ami Abdul Farançji qui a eu la gentillesse d'aller jusqu'à Saint Louis me chercher ce livre qui arrive tout droit de Qom, et que j'avais commandé il y a si longtemps, expliqua Hattal à sa femme.

— Bonjour, dit-elle, et Dan sentit un frisson le parcourir. (La jeune femme, malgré son air réservé et sa tenue sévère, respirait la sensualité.) Je vous remercie pour mon mari.

— Ç'a été un honneur pour moi, répondit Dan en arabe, alors que la femme lui avait parlé en anglais.

— Mon mari m'a dit que vous étiez d'Iran…

— D'Ispahan, la demeure de mon cœur.

— J'y suis passée, répondit-elle.

— Ma femme y a fait une partie de ses études, précisa Hattal.

Dan se crispa. La rencontre n'était pas fortuite. La jeune femme s'assit à côté de son mari. Ses gestes étaient mesurés et élégants. Elle plongea son regard sombre dans celui de Dan.

— J'allais à la faculté Imsr Dâgâan, dans le quartier de Si-o-seh, dit-elle.

— Près du pont aux trente-trois arches, acquiesça Dan. Le quartier a bien changé depuis mon enfance, hélas.

— Oui, je l'ai trouvé abîmé. Que se passe-t-il dans cette ville qui a été un des joyaux de la Perse ?

Dan soupira en secouant la tête.

— Rien d'autre que la peste du profit et de la modernité. Nos guides ont beau prêcher la modestie et la piété, trop des nôtres ont choisi de tourner le dos à la religion et à nos traditions. Une frénésie de cupidité a saisi le monde interlope des promoteurs, et ils construisent partout des immeubles hideux en copiant l'Occident et en détruisant notre héritage.

— Quel malheur ! fit Hattal.

— Même l'Unesco s'en est émue, reprit Dan d'un ton âpre. Notre sainte ville fait partie du patrimoine mondial, et l'organisation a dépêché des experts pour constater les dégâts. Être obligé de recevoir des leçons des infidèles !…

Hattal se tourna vers sa femme.

— Ne t'avais-je pas dit que notre ami est un pur, un dévot ? Il souffre tout autant que nous de la situation que nous endurons. Même chez nous il y a des voleurs, même chez nous nous devrons châtier ceux qui ne suivent pas la voie de Dieu.

Farida lui renvoya un demi-sourire et s'adressa de nouveau à Dan :

— Où habitiez-vous quand vous étiez à Ispahan ?

— Sur le Chahar Bagh. Ma famille était négociante en meubles et objets anciens. Depuis des générations, soupira-t-il. Petit, j'allais jouer sur la place Naghsh-e-Jahan, et vous savez ce qu'ils vont faire de notre artère historique où s'érigent les plus belles demeures de notre ancien empire ? Ils ont décidé d'y construire un métro ! Bientôt, leurs pelleteuses et leurs bétonneuses vont défoncer le sol sans qu'ils se soucient le moins du monde des fondations de nos mosquées, de nos écoles !

Emporté par son discours, Dan s'était penché vers ses hôtes, les yeux brillants.

— Mon mari m'avait dit que vous ressembliez beaucoup au président Ahmadinejad. Il n'avait pas exagéré. L'avez-vous déjà rencontré ?

— Jamais, hélas. Je suis là depuis 1998.

— Vous n'êtes jamais retourné ?

Dan lança un coup d'œil à Hattal et ne répondit pas.

— Farida, ma chère, voudrais-tu nous faire du thé ? À moins que tu ne préfères du café ? demanda-t-il courtoisement à son invité.

— Ça me ferait plaisir, acquiesça Dan.

La jeune femme se retira, suivie des yeux par son mari.

— C'est la fille d'un saint homme, dit-il. Elle est yéménite.

— Tu as beaucoup de chance, mon frère, on m'a dit que ton épouse est un exemple de piété et de fidélité.

— Tu n'es pas marié, Abdul ?

— Je n'ai pas encore eu le temps.

Malek Hattal éclata de rire.

— Laffouani te donne tant de travail ?

— Mon cœur est à mon peuple, répondit Dan.

Farida revint avec un plateau d'argent, qu'elle posa sur la table basse entre les deux hommes.

— Permettez que je me retire, dit-elle à Dan, j'ai des copies à corriger.

— Ma femme est professeur, se rengorgea Hattal. Elle apprend à nos jeunes filles ce qu'une bonne musulmane doit savoir. Servir son Dieu et son époux. Elle leur apprend aussi ce qu'est l'Amérique et les prépare à des… diplômes, continua-t-il d'un ton évasif.

— Mon époux n'est pas moderne, rit Farida. Il parle parfois comme un Afghan !

— Que dis-tu ? protesta Hattal. Je suis un bon Palestinien. Mais c'est vrai que j'aime respecter les lois de la charia. (Il se tourna vers son hôte.) Farida est obligée de participer à la vie professionnelle, mais, crois-moi, je ne considère pas ça comme un progrès.

Dan la salua.

— J'ai été heureux de vous rencontrer.

— Je suis heureuse que vous connaissiez mon mari, répondit-elle en le saluant à son tour. Mon mari est un exemple pour tous les bons musulmans.

Restés seuls, les deux hommes sirotèrent leurs boissons en parlant de choses et d'autres. Dan remarqua une fois de plus qu'Hattal était un bavard qui aimait se vanter. À l'entendre, il avait participé à toutes les guerres et révolutions dans son pays, connaissait personnellement autant les responsables du Hamas que du Fatah, et avait l'oreille des deux. Cette fois, la tradition de la palabre était respectée et Dan pensa qu'il devrait se servir de ce défaut.

Hattal posa sa tasse, se renversa sur le dossier du canapé et fixa son interlocuteur.

— Es-tu prêt à t'engager pour notre foi, Abdul Farançji ?

Dan sentit son cœur manquer un battement. On y était. Il rendit son regard à son hôte.

— Je suis prêt à mourir pour elle, dit-il après un silence.

— Que penses-tu des martyrs qui donnent leur vie pour Allah ?

— Qu'ils sont bénis.

Le Palestinien se leva et alluma une cigarette.

— Tu en veux une ?

— Merci, déclina Dan.

Hattal se planta devant la baie et regarda le mouvement sur le fleuve. Les deux hommes restèrent sans parler, plongés dans leurs réflexions. Hattal se tourna vers Dan.

— Tu sais, ce qui nous manque, ce n'est pas la volonté, ce n'est pas l'argent, ce n'est pas le courage, tout ça nous en avons plus qu'il ne nous en faut. Des dizaines de milliers de nos jeunes sont prêts à donner leur vie pour Allah. Des dizaines de milliers d'autres sont prêts à donner tout l'argent qu'il faut.

— Alors, que manque-t-il ?

— Il manque une tête, une tête unique.

— Que fais-tu de Ben Laden ?

— Ben Laden ? Un mythe. Un symbole qui est obligé de se cacher dans une grotte comme un lépreux. Qui ne communique plus que par l'image ou la voix du vieux Zarkaoui… Il nous faut un homme jeune et décidé qui saurait regrouper toutes nos forces. Nos combats sont comme des piqûres d'épingle, c'est pas comme ça qu'on terrasse un éléphant. Les Américains se sont vite remis du 11 Septembre, les Européens ont déjà oublié Londres et Madrid, quant aux Israéliens, chaque attentat semble les renforcer. Nos guerriers sont sur tous les fronts, mais en ordre dispersé.

Dan prit une cigarette dans le paquet resté sur la table et l'alluma lentement.

— Ton président est un fou, reprit Hattal, les Occidentaux s'amusent de ses menaces et n'attendent qu'un prétexte pour le renverser. La famille saoudienne ne pense qu'à engranger l'argent du pétrole ; les régimes du Maghreb, inféodés à l'Ouest, leur tendent la main comme des mendiants et font mine de nous combattre pour toucher davantage ; quant aux Émirats, leur fortune leur sert à se rouler dans la luxure. Nous sommes partout et ne sommes nulle part ! Un milliard quatre cents millions d'hommes et nous nous contentons des miettes qu'on nous lance. Nous bataillons comme des enfants dans une cour d'école ! Et tout ça, tu sais pourquoi ? Parce que nous ne nous sommes pas donné un chef !

Dan écrasa sa cigarette et releva les yeux vers son hôte qui, dressé devant lui, vibrait de toute sa carcasse.

— En avons-nous un ? demanda-t-il.

Le Palestinien le fixa sans répondre. Une corne de remorqueur meugla et Dan se rendit compte que c'était le premier bruit qui lui parvenait de l'extérieur.

— Je pourrais être celui-là, dit Hattal doucement.

Dan retint un mouvement de surprise. Pourquoi le Palestinien lui dévoilait-il ainsi ses batteries ? Ou c'était un mythomane, ou…

— Me suivrais-tu si je te le demandais ?

Dan resta silencieux. Où tout cela allait-il le mener ?

— Tu me fais beaucoup d'honneur. Je ne suis rien.

— Je connais les hommes, répliqua le Palestinien en le pointant de l'index. Je sais qui tu es. J'ai besoin ici d'un second. Un homme qui ne parle pas, mais réfléchit. Un homme qui ne pense pas seulement à s'enrichir. Un homme qui souffre de voir les siens s'avachir et se laisser corrompre par la mollesse des infidèles. Nous pouvons porter des coups mortels à l'Amérique et faire tomber ce colosse aux pieds d'argile. S'il tombe, le reste suivra. Les Européens ont peur de nous. Mais pas encore assez. Nous devons porter partout le feu. Nous en avons les moyens, il nous manque les têtes.

— Qui te dit que j'en suis une ?

— Je t'ai dit, je connais les hommes. Je voudrais te faire rencontrer celui qui peut nous mener à la victoire. Le veux-tu ?

— Je suis au service d'Allah, répondit Dan.

— Alors, tiens-toi prêt. Parce que cette fois nous allons les faire trembler.

Je regarde Sarah assise en face de moi en train d'étaler de la confiture sur son bagel, et j'ai du mal à croire ce que je vois.

On s'est aimés une grande partie de la nuit, retrouvant les élans de nos débuts, et j'ai constaté qu'il est plus facile de s'exprimer avec son corps qu'avec les mots.

Mais j'ai aussi veillé longtemps en pensant à Maureen. Je regardais le profil de ma femme dans la pénombre et je me disais que je l'avais trahie. Pourtant, pas une seule fois je n'ai pensé à Maureen quand j'étais dans ses bras. Mais cela durera-t-il ?

Je me suis levé tôt et j'ai préparé un petit déjeuner princier, cavalant à l'épicerie coréenne d'où je suis revenu avec des fruits et des fromages, puis chez Moritz, un des rares delicatessens de Milwaukee où l'on trouve des bagels presque aussi bons que ceux de New York, et où j'ai acheté du jambon de bœuf, puisque Sarah dédaigne le porc.

L'odeur du café l'a tirée du lit, et on est l'un en face de l'autre comme n'importe quel couple amoureux qui se retrouve le matin.

Elle relève la tête et nos regards se croisent.

— Délicieux, Stan, il y a très longtemps que l'on ne m'a préparé un tel festin.

— Tu veux dire que nous avons des enfants égoïstes ?

— Oh, disons plutôt préoccupés d'eux seuls…

Elle me sourit, et j'ai une envie folle de me lever pour l'embrasser. Je n'ai pas une seule fois regardé l'heure. Aujourd'hui, j'ai décidé de m'accorder du bon temps. Pourtant, je meurs d'envie de la présenter à mon équipe. Je suis sûr qu'elle leur plaira. Ils diront probablement à voix suffisamment haute pour que je l'entende qu'elle est beaucoup mieux que moi, et j'en serai heureux.

Il est trop tôt pour en parler, mais on devra prendre une décision. Vivre ici ou à Los Angeles, ou encore retourner à New York. Cette nuit, elle m'a prouvé combien elle m'aimait. N'était-ce l'ombre qui parfois assombrit son regard, je pourrais croire que rien n'est arrivé, qu'aucun cauchemar ne nous a séparés.

— Tu t'es bien habitué ici ? demande-t-elle en croquant dans un kiwi.

— Ça va, je réponds en haussant les épaules. C'est un peu province, mais je travaille, le temps passe.

— Et Detroit ?

— Dur. Sacrée ville. Ça m'a remis le pied à l'étrier. Et toi, tu as repris un job ?

— Et de quoi crois-tu que l'on ait vécu ? Mon oncle Stanley m'y a aidée, tu t'en doutes.

— Toujours le clan.

— Je dois reconnaître que ça m'a facilité la vie. Il était dans le conseil d'administration d'une compagnie d'assurances. C'est un boulot intéressant.

J'ai envie de lui faire remarquer que ça n'a pas été le cas pour moi.

Elle boit délicatement une gorgée de café et regarde autour d'elle.

— Pourquoi… pourquoi est-il revenu ? demande-t-elle d'un ton neutre au bout d'un moment.

Elle n'a pas besoin de spécifier qui.

— Je n'ai jamais dit ça. Une impression… au début, c'est vrai, j'y ai pensé…

— À cause de la crucifixion… C'est lui qui a tué l'employée de mairie.

— Non… on n'en sait rien. Tu sais, je suis un peu obsédé, alors tout ce qui rappelle…

— Il l'a décapitée ?

J'ai du mal à retenir un haut-le-corps. Je ne me suis jamais habitué à sa façon d'évoquer sans détour des choses horribles.

— Pas du tout. Arrêtons de parler de cette abomination. Écoute, ce qui m'y a fait penser, c'est que nous savons qu'une famille Nichols a habité ici… Alors évidemment j'ai fait le rapprochement. Mais elle a disparu depuis des années, et non seulement on n'a jamais eu aucune preuve que ce soit la sienne, mais on ne sait pas non plus si Nichols était son véritable nom.

Elle continue de boire tranquillement son café. Je lui prends la main par-dessus la table.

— J'aimerais que cette fois on s'accorde un peu de temps pour nous deux… On a besoin de se retrouver, je veux revoir mes enfants. Je suis décidé à mettre de la distance dans… dans… Il faudrait recommencer à vivre. Ne prenons pas d'autres risques.

Elle s'arrête de boire et me toise.

— Je suis sûr qu'il est là, et toi aussi.

— Je ne crois pas. Et si par hasard c'était lui, la hiérarchie me retirerait l'affaire.

Elle se raidit et son expression se durcit encore.

— Tu laisserais l'assassin de notre fille s'en tirer parce qu'une espèce de baudruche s'appuyant sur un règlement inepte te l'ordonnerait ?

— Personne ne s'en tirera. Que ce soit Nichols ou un autre. Cette femme a été tuée et nous retrouverons son assassin. Ce que je veux dire, c'est qu'il ne faut pas s'emballer. Nous n'avons rien qui le relie à ce crime, à part que l'assassin de Jane Morrison est aussi un sadique. Mais des psychopathes, nous n'en manquons pas.

— Tu mens !

L'expression de Sarah n'est plus celle de cette nuit. En un instant tout en elle s'est durci et éloigné.

— Je ne mens pas. Tu as pensé à lui parce que tu m'as vu embarrassé avec cette idiote de journaliste qui me cherchait des poux dans la tête et voulait des informations que je ne pouvais pas lui donner. Je l'ai cherché pendant des années sans jamais le retrouver, alors dis-moi, pourquoi serait-il précisément là où je vivrais ?

— Parce que comme moi il t'a vu à la télévision. Parce qu'il veut finir son travail de démolition. Parce que c'est un monstre et que le mal est sa raison de vivre !

Elle se lève brusquement et va verser le reste de sa tasse dans l'évier.

— Pourquoi crois-tu que je sois là, Stanislas ?

Je papillote des paupières. Elle ne m'a jamais appelé comme ça. Jamais. Au point que j'ai presque oublié ce prénom ridicule.

— Je croyais que c'était pour moi.

Elle me regarde avec froideur.

— Je suis là pour t'aider à le tuer.

Et son ton est si glacial que je ne peux me retenir de frissonner.

— Le tuer ? (Je me lève et me rapproche d'elle.) Le tuer ? pour te retrouver en prison à sa place ? Tu penses à nos enfants ? (Je le savais, elle n'est pas revenue pour nous aider à nous reconstruire.) Sarah, tu entends ce que tu dis ? Tu penses à Mélanie et Jonathan ? C'est lui, et tu le tues, OK. Tu passeras en jugement et on reparlera de notre drame. Encore une fois tout sera étalé et nous revivrons ce cauchemar. S'il est là, je l'arrêterai et il sera jugé et condamné. Il pourrira en prison jusqu'à la fin de sa vie et c'est beaucoup plus dur que de mourir. Il a tué et violé des enfants et les autres détenus ne lui pardonneront pas. Et toi et moi et les enfants nous pourrons continuer à vivre.

— Pendant toutes ces années, tu l'as cherché pour quoi ?

— Pour le livrer à la justice. Pour qu'il cesse de penser qu'il est plus fort que le monde entier. Le tuer ? C'est l'affaire d'un instant. (Je mime le geste de pointer une arme.) Tu le vises, et il te regarde, et il te nargue, pensant que tu n'auras pas le courage de tirer. Et il sourira, et il te racontera comment notre fille est morte.

— Je n'ai pas dit que je le tuerais avec un revolver.

— Tu bluffes. (À présent, je suis en colère.) Tu bluffes et tu le sais. Les tueurs et nous ne sommes pas faits de la même matière. Tu veux le tuer, pensant que sa mort effacera ton chagrin. Faux. Dès qu'il ne sera plus là, il te manquera. La haine est une nourriture dont on a du mal à se passer une fois qu'on y a goûté.

— Tu parles comme un abruti de rabbin. Tu ne comprends rien. Je le trouverai et je le tuerai, et tu ne m'en empêcheras pas. J'irai en prison et ce sera le plus beau jour de ma vie.

— C'est mon boulot de l'arrêter. C'était aussi ma fille ! Mais ce n'est pas lui cette fois !

— Je ne veux pas que tu l'arrêtes. Je ne veux pas voir les nuées de journalistes tendre leurs micros en le suppliant d'expliquer les raisons qui l'ont poussé à tuer. Je ne veux pas entendre des putains de psys expliquer que c'est pas sa faute mais celle de ses parents, ou mieux de la société ! Toutes ces raisons qu'on nous balance pour nous convaincre que non, les humains ne peuvent pas naître mauvais ! Hitler ? C'est parce que c'était un peintre médiocre qui ne vendait pas. Staline, parce qu'il aimait le pouvoir et qu'il était paranoïaque. Saddam Hussein… Tiens, pourquoi Saddam Hussein ? Je ne veux pas voir un éditeur lui proposer d'écrire ses Mémoires en lui donnant un à-valoir qui en fera le caïd de la prison ! Je ne veux pas voir les experts en cinglés divers lui faire des ronds de jambe. Je veux qu'il crève et pourrisse au fond du trou le plus profond ! Je veux voir la peur dans son regard et l'entendre me supplier de le laisser vivre comme Judith l'a sans doute supplié, comme

Jane Morrison l'a fait, elle et toutes ses victimes qu'il se délectait à faire souffrir !

Elle est belle. Dressée les poings serrés, les yeux étincelants de rage, et je me sens minable devant elle.

— Je suis d'accord sur tout. Mais je ne veux pas que tu gâches ta vie, notre vie, pour quelque chose que d'autres feront en toute légalité.

— Je vais le tuer, Stan, et personne ne m'en empêchera.

Clinton et Parker débarquèrent chez McCarthy qu'ils trouvèrent en discussion téléphonique avec O'Brady. Il leur fit signe de la main d'attendre.

— Ouais… ouais… il n'a rien trouvé. Pas un poil, pas une foutue trace. Nada, que dalle ! Propre comme un sou neuf, et pas moyen de remonter la piste Internet amoureux. Ils sont trois inspecteurs maintenant au 12e à s'en occuper. Mais ils doivent faire fissa, on a besoin d'eux ailleurs. Tu sais que Dawson qui est réserviste à la garde nationale a été rappelé ? Ça fait un détective de moins à la Crim. Comme déjà les autres servent de sentinelles un peu partout, tu enregistres le topo ? Bon, je te laisse, j'ai deux clowns qui ont réussi à choper un vendeur de glaces qui mélangeait du chocolat dans la vanille, on se rappelle.

Il raccrocha et regarda les deux « clowns » qui tiraient la gueule devant lui.

— J'allais pas lui dire que vous aviez raccompagné en voiture chez lui un tonton macoute.

— Si t'as fini de déconner, on peut peut-être parler, grogna Clinton.

— Mais je suis tout ouïe, sourit le rouquin en se laissant aller contre le dossier de sa chaise. Alors, qu'est-ce qui lui est arrivé au méchant petit garçon qui a fugué avec les fesses en sang ?

Clinton lança un regard excédé à Parker qui examinait le plafond.

— D'abord, c'étaient pas les fesses, mais les cuisses. On en vient. Le type a tout expliqué. Ce sera dans notre rapport. Mais on n'a rien vu de spécial.

— Vous avez visité la baraque ?

— Parker a fouiné, mais comme y a que deux pièces ç'a été vite. T'as rien remarqué, hein ? demanda Clinton à son coéquipier.

Celui-ci secoua négativement la tête mais garda son air fermé.

— Bon, alors si vous êtes sûrs, je classerai le rapport. Pour pas m'emmerder je le lirai à la mère de la fille qui nous tanne, alors rédigez-le correctement, ça changera. Vous l'avez vu le môme ?

Clinton secoua la tête.

— Non, il était reparti.

— Ah ? Où ?

— Ben, chez ses parents ?

— Qui sont ?

— Dans un foutu bled d'après ce qu'on a compris, dans les Rocheuses.

— Quel bled ?

Clinton se tourna vers Parker.

— Qu'est-ce qu'il a dit comme bled ?

— Vous l'avez noté.

— Ah ouais. (Clinton sortit son carnet.) Voilà : Anaconda Butte.

McCarthy écarquilla les yeux.

— Comment t'appelles ça ?

— Anaconda Butte.

— C'est où ?

Clinton haussa les épaules.

— J'ai regardé dans la voiture sur l'ordinateur, intervint Parker. C'est en dessous de Missoula.

— Merde, tu parles d'un nom ! s'exclama le rouquin. (Il resta un moment songeur.) Ça vaut le coup de demander aux collègues du coin d'aller y jeter un œil ?

Parker allait répondre, mais Clinton le devança :

— Tu rigoles ou quoi ? Tu crois qu'on a pas assez de boulot sans aller chercher des trucs à la noix ? Entre les attentats et la bonne femme épluchée, on a de quoi s'occuper !

— C'est ton avis ? demanda McCarthy à Parker.

— C'est peut-être pas une mauvaise idée, lâcha-t-il après avoir hésité.

— Merde ! s'emporta Clinton, mais vous êtes dingues tous les deux ! Personne n'a signalé la disparition d'un môme, aucune plainte, que dalle !

— Ça fait que trois jours, observa l'inspecteur. Et il peut y avoir un autre branleur que toi ailleurs.

Clinton soupira d'exaspération.

— Oh pis, merde, faites comme vous voulez !

— Bon, d'accord, dit McCarthy, on attend quarante-huit heures, si on ne nous a rien signalé, on laisse tomber. Sinon, on se met en branle, d'accord ? Par précaution je balance l'info sur le circuit intérieur. Le nom du môme, celui du tonton et son adresse.

— Ce serait mieux. Faudrait pas qu'on soit blâmés par la hiérarchie si par malchance on laissait passer quelque chose, hasarda Parker.

— Tu sais quoi ? La hiérarchie, elle a autre chose à s'occuper que d'un môme fugueur, grinça Clinton vers son collègue. Personne n'a signalé de disparition, tu veux être plus royaliste que le roi ?

Parker secoua la tête dans un geste d'apaisement.

— D'accord, d'accord.

— Bon, on se tient au courant, les gars, décida McCarthy, qui commençait à se lasser du numéro des deux flics. Votre rapport sur mon bureau demain matin, huit heures. Je fais suivre par prudence.

Les flics sortirent. Avant de franchir la porte, Parker se retourna et lança un regard à McCarthy que celui-ci ne sut pas comment interpréter.

Dan Barrilan entra dans la cabine téléphonique au coin de Brawster et de la 24e. En face, un café exotique proposait en même temps que des tapas des filles en effigie sur des rollers. De l'autre côté de la rue, une épicerie africaine affichait des promotions sur les patates douces et les bananes plantains. À part ça le carrefour était relativement désert et ça ne l'arrangeait pas spécialement.

Cette cabine était la première sur sa liste. S'il avait besoin d'appeler, il devait le faire en suivant un protocole. Jamais de la même cabine et jamais d'un portable. Mais entre ces murs de verre il se sentait aussi visible qu'un poisson dans un aquarium.

Il composa le numéro de Crawford. Laissa sonner deux fois, raccrocha, recommença. La première sonnerie n'était pas finie qu'on décrochait à l'autre bout.

— 3715, dit Barrilan.

— Salut, répondit Crawford.

— Je veux te voir.

— OK.

— Viens avec Maureen Segall.

— Pourquoi ?

— Un homme et une femme, ça se remarque moins que deux hommes.

— Où ?

— Cinéma Select, près de Martin Luther King Park. Dernier rang. Aujourd'hui, trois heures.

— D'accord.

Ils raccrochèrent ensemble et Dan sortit. Il était en sueur et, s'arrêtant à l'abri d'une des parois, examina les alentours.

Ses mains tremblaient et en jurant il les enfonça dans ses poches. Il connaissait le symptôme. Tous les « sous-marins » le connaissaient à un moment ou un autre. Depuis des années il vivait dans la peau d'un homme qui était son contraire, son ennemi. Il était plongé dans un monde de violence et de fausseté. Ne jamais se relâcher, toujours mentir. Avec la peur de la faute, la dernière qu'il commettrait. Les nerfs tenaient un temps, et c'est lorsqu'ils lâchaient que l'on risquait de commettre cette faute.

C'était la troisième fois de sa carrière qu'il était immergé. Trois fois qu'il faisait la taupe. En cinq ans.

Il était à l'université de Columbia à New York où il suivait des cours de langues orientales et d'histoire, quand le FBI l'avait approché et lui avait proposé une formation d'agent spécial.

L'agent qui l'avait contacté lui avait dit avoir déjà fait sur lui une enquête approfondie.

« Pourquoi moi ? avait-il demandé, méfiant.

— Parce que vous avez le type arabe et que vous parlez plusieurs langues du Moyen-Orient.

— Je ne suis pas le seul.

— Non. »

Un responsable l'avait alors reçu et avait fait jouer la corde sensible :

« Nous savons que vos parents ont été arrêtés et torturés quand Khomeiny a pris le pouvoir.

— Comment le savez-vous ?

— C'est mon métier de savoir. Le Joint Committee, une association caritative internationale juive, les a, comme vous le savez, aidés à fuir, ensuite votre père a travaillé pour nous.

— Je l'ignorais. »

Les familles de ses parents de confession juive avaient vécu en paix en Iran pendant des générations, jusqu'à ce que l'Ayatollah arrive. La chasse aux juifs avait alors commencé sous le prétexte du sionisme.

Ils étaient arrivés à New York en 1980, où Dan était né un an plus tard. Pour ses parents, ce sauvetage était une deuxième vie qu'on leur accordait et ils transmirent à leur fils l'amour de leur nouveau pays.

Il devint orphelin à dix-neuf ans, à la suite d'un stupide et rarissime accident de chemin de fer. Le Joint le prit encore une fois en charge, paya son entretien et ses études jusqu'à ce que le FBI se manifeste.

« Et pourquoi je travaillerais pour vous ?

— Je vois au moins deux raisons. Vos parents seraient fiers que vous suiviez leurs traces, et je suis sûr que vous aimeriez combattre les ennemis de l'Amérique. »

En raison de sa connaissance de plusieurs dialectes arabes et de son physique, on l'employa pour infiltrer les immigrés du Proche et du Moyen-Orient, dont les autorités se méfiaient depuis que Ben Laden avait déclaré la guerre à l'Occident.

Il se plongea dans l'étude du Coran, lui qui ne savait rien du Talmud. Il fêta l'Aïd, lui qui avait toujours négligé Yom Kippour. Athée, il devint pratiquant d'une religion qu'il exécrait. Écouter ses « frères » cracher leur haine des juifs et des chrétiens, et devoir renchérir, le rendait malade.

Il traversa la rue en diagonale, traîna devant les vitrines, cherchant dans leur reflet un quelconque suiveur. Il se balada jusqu'à l'heure du rendez-vous sans que son inquiétude s'apaise. La cause en était Hattal et ses confidences.

La ficelle était grosse. Pourquoi le Palestinien le prenait-il comme complice et lui confiait-il ses projets alors qu'il le connaissait à peine ? Il n'était qu'un immigrant iranien qui travaillait chez un boucher en gros et n'avait jamais participé à quoi que ce soit à part des réunions plus ou moins clandestines, et quelques rencontres qui ne l'étaient pas moins avec des oulémas de passage qui se chargeaient d'entretenir leur haine. Il ne s'était distingué en rien et personne ne lui avait jamais rien demandé. Alors pourquoi maintenant ?

Ça ne tenait pas debout. Il entra dans un *diner* et commanda un poisson frit. Il mourait d'envie de manger un steak et de boire une bière, mais craignait qu'un de ses pseudo-coreligionnaires passe et le reconnaisse.

Quelques minutes avant trois heures, il entra au Select sans se donner la peine de vérifier le film. Il s'assit au premier siège du dernier rang, et quelque temps après Crawford et l'agent Segall s'installèrent à côté de lui.

Crawford ouvrit un sachet de pop-corn qu'il partagea avec sa compagne. C'était le moment de la pub et la salle était encore éclairée. Il se pencha en avant comme pour ramasser quelque chose et chuchota :

— Qu'est-ce qui se passe ?

— J'ai rencontré Hattal chez lui, murmura Dan. Il veut que je devienne son second.

— Extra !

— Il dit attendre un chef important qu'il veut me faire rencontrer. Je suis sûr qu'ils préparent quelque chose.

— Super, dit Crawford en se relevant et en collant un baiser sur la joue de sa collègue.

Dan, surpris, comprit en voyant plus loin dans le rang un homme les regarder. Crawford continua à jouer son rôle d'amoureux. Maureen lui caressa la joue. L'homme se détourna.

Ils restèrent silencieux un moment, puis Dan dit :

— Je ne me sens pas prêt.

Crawford prit la main de Maureen et l'embrassa.

— Ça veut dire quoi, pas prêt ? grogna-t-il sans lâcher la main de Segall qui se mit à rire.

Si quelqu'un les observait, il verrait un homme et une femme s'apprêtant à passer un bon moment dans le noir et un voisin qui deviendrait vite gênant.

— Pas prêt. Je sens le piège.

Crawford cessa de jouer les faux dragueurs. Maureen semblait elle aussi désarçonnée.

— Putain, quel piège ? grogna Crawford sans desserrer les lèvres. T'es sur le point d'aboutir, et t'as les foies ?

— C'est pas une question de peur, mais d'instinct.

Crawford faillit réagir physiquement, mais se retint à temps.

— Tu ne peux pas nous faire ça ! Ça fait des années qu'on te prépare ! Putain, t'es au point ! Tu pourrais être le fils de Ben Laden !

— Je le sens pas, s'obstina l'agent. Y a pas de raison qu'il me fasse confiance comme ça. Il veut me piéger.

Crawford ne répondit pas. Lui et Maureen regardaient droit devant eux. La lumière s'éteignit et le générique s'installa. Le film était un japonais sous-titré. Un film de kung-fu.

— Laisse-les t'approcher, zézaya-t-il entre ses dents. Tu seras protégé. On doit savoir ce qu'ils préparent. On sait qu'un responsable doit arriver. On veut savoir qui c'est. Et toi, t'es placé là où il faut.

Les combats avaient déjà commencé sur l'écran, accompagnés des cris habituels. Crawford tourna la tête vers son agent.

Le siège était vide, Barrilan était parti.

La femme qui se présenta ce matin-là au commissariat du 10e district, devant le détective Morgan, n'était pas brillante. Une Asiatique à la peau safranée, moins épaisse qu'un clou, vêtue d'une robe grisâtre qui lui tombait comme d'un cintre ; des cheveux sans éclat poivre et sel tirés en arrière en un chignon gros comme une balle de ping-pong.

— Ouais ? grogna Morgan en levant les yeux vers elle.

— Je viens signaler la disparition de mon fils, dit la femme d'une voix nasillarde.

Morgan ne réagit pas. Il n'aimait pas les Niaquoués. Les Viets, surtout. Mais pour lui tous les Jaunes étaient des Viets. Il avait pour cela une raison qu'il estimait très bonne. Son père avait été retenu prisonnier pendant deux ans dans une cage en bambou. Il avait été libéré en 1975 avec un bras en moins que ses geôliers lui avaient froidement sectionné pour le punir d'avoir cherché à s'enfuir. Il s'était jeté dans le lac en 1976, un an après son retour. Morgan avait dix ans et estimait n'avoir jamais connu son père. Le seul vrai souvenir qu'il avait de lui, c'est quand les pompiers avaient retiré son corps de l'eau, gonflé de gaz et les yeux bouffés par les poissons.

— Il a quel âge ?

— Quatorze ans, non quinze, se reprit-elle.

— Alors, quatorze ou quinze ?

— Quinze, depuis un mois.

— Quand a-t-il disparu ?

La femme parut se troubler.

— Depuis ce matin.

Devant le sursaut du détective, elle se reprit :

— Je sais depuis ce matin.

Morgan soupira en allongeant les jambes et en lançant un regard autour de lui comme pour prendre à témoin de son calvaire.

— Comment ça, depuis ce matin ?

La femme hésita. Elle sentait l'hostilité du détective et imagina probablement ce qu'il pensait. Elle dit :

— Nous être cambodgiens.

Elle ignorait que pour Morgan, Cambodgiens, Vietnamiens, Thaïs, Chinetoques, il ne faisait la différence qu'au restaurant, et que pour lui c'étaient tous des profiteurs.

— Ouais, et alors ?

— Je le sais depuis ce matin parce qu'on m'a seulement prévenue ce matin. (Morgan conserva son air excédé.) Mon fils est parti en promenade avec son professeur de gymnastique. Samedi. Je ne pouvais pas avoir de nouvelles avant. Les enfants pas emporter leur téléphone. Mais se servir de celui du professeur de gymnastique. Pour être tous égaux.

Morgan ne comprenait rien à ce que lui racontait cette femme que l'inquiétude et la timidité faisaient bafouiller et qui parlait un anglais glutamate, comme il disait. Est-ce que le prof de gym était dans le coup ?

— Et comment vous savez qu'il a disparu s'il pouvait pas vous téléphoner ?

— Parce que le professeur de gymnastique s'est aperçu mon fils n'être pas là, mais attendre lundi pour prévenir le collège parce que lui pas savoir si mon fils partir ou pas en camp. Et ensuite, m'ont dit pas me trouver et me prévenir que ce matin.

Morgan la fixa en se mordant l'intérieur des joues. Une vieille manie qui énervait en général son entourage, qui croyait qu'il se foutait d'eux.

Le môme avait donc disparu depuis…, il compta mentalement : quatre jours. Les recherches commençaient deux jours après la déclaration de disparition, voire moins pour un mineur. Il décida pour ne pas s'emmerder de dater la disparition de ce mardi.

— Il a jamais fugué ?

— Non.

Morgan sut qu'elle mentait.

— Jamais ?

Elle se troubla un peu plus et une vague roseur envahit ses pommettes.

— Non, juste une petite fois. Il avait douze ans…

— Ah ? Et cette petite fois, ça a duré combien de temps ?

— On s'est disputés le matin avant l'école, parce qu'il arrivait jamais à se lever. J'étais très en colère.

— Et ?

— Et… Il est parti avec un copain… Un mauvais… Un Noir.

— Et il est revenu quand ?

Il sentit qu'elle cherchait à minimiser.

— C'est pas pareil, balbutia-t-elle, cette fois, nous pas disputer. Il devait prendre le car avec ses camarades et lui pas monté.

— Et le prof s'en est pas aperçu tout de suite ?

— Il y avait deux cars. Il croyait être dans l'autre, ou pas inscrit, il a dit. Et après il a pas fait attention car il y a eu un orage et ils ont monté les tentes très vite. Y avait beaucoup d'enfants.

— À mon avis, déclara Morgan avec une grimace, votre fils avait pas envie d'aller camper et il a préféré faire un tour.

— Non ! Il m'aurait prévenue ! Lui aimer camper !

Le détective haussa les épaules.

— C'est ce qu'il vous a dit ? Il avait de l'argent ?

— Heu… oui… oui… il devait le donner au professeur. Juste payé le voyage en car.

— Eh ben, cherchez pas, soupira Morgan en se levant. Avec des dollars en poche, votre petit chéri est allé faire la fête et il va revenir quand il aura plus d'argent. Il avait combien ?

— 50 dollars.

— Pof ! Il a assez pour tenir une semaine à son âge ! Revenez me voir dans quelques jours, s'il n'est pas là, on s'en occupera. Téléphonez aux hôpitaux, il a peut-être été blessé.

— Vous pas chercher ?

Elle commençait à devenir lourde, la Niaquouée. Son môme avait préféré jouer les courants d'air plutôt que les louveteaux. Quinze piges ! Lui, il avait déjà une copine à cet âge-là qu'il tirait sous la cage de l'escalier. Les mères sont toutes les mêmes, qu'elles soient jaunes, noires, blanches ou n'importe quoi, elles les voient pas grandir leurs « bébés ». Les trois quarts pour pas dire les neuf dixièmes des pseudo-disparitions s'avéraient être des fugues, et pendant ce temps-là les flics couraient dans tous les sens pour que dalle, et dans les mêmes proportions les parents oubliaient de les prévenir quand leur marmaille revenait. Pas de panique.

De toute façon, si le môme avait vraiment eu un pépin, sans demande de rançon, et entre parenthèses qui aurait pensé demander quelque chose à cette greluche qui ne semblait pas en avoir la queue d'un, il y avait de grandes chances pour qu'il ne soit plus de ce monde. Mais ça, c'était quand même la pire des suppositions.

— Bon, rentrez chez vous, madame, dit-il en la prenant par le bras, qui était aussi épais sous ses doigts qu'une patte d'oiseau, et en la dirigeant vers la sortie. Si y a du nouveau, on vous avertit.

Il s'avisa tout à coup qu'il n'avait ni son nom ni son adresse. Il refit le tour du bureau et prit son bloc.

— Vous vous appelez comment et vous habitez où ?

— On s'appelle Simsaophone, et mon fils s'appelle Kahala.

— Kahala Simsaophone, d'accord, comment ça s'écrit ?

La femme lui dicta laborieusement, et il retranscrivit aussi laborieusement.

— Et vous habitez ?

— Road Street, appartement 213. Je travaille restaurant Miller, 128 sur Staten.

— Bien, bien, j'ai tout noté. Si dans deux jours votre fils n'est pas rentré, revenez me voir, on commencera des recherches.

Elle faillit ajouter quelque chose, mais s'arrêta. Morgan supposa qu'elle était déçue qu'il ne lance pas immédiatement les recherches. Les mères étaient toutes les mêmes.

C'est West Bath Road ? s'étonna Sarah en se penchant vers le chauffeur.

— Ouais.

— Vous êtes sûr ?

Il la toisa dans le rétroviseur.

— Ça fait juste trente ans que j'fais taxi à Milwaukee, c'est vrai, j'dois m'tromper…

— C'est pas ça, c'est que… Bon, arrêtez-moi là, s'il vous plaît.

Elle descendit et se retrouva sur le trottoir, suivie par le regard noir du chauffeur. Elle sortit le dossier de sa serviette et observa les alentours.

West Allis était d'après le registre du cadastre une banlieue champêtre où les maisons bourgeoises étaient séparées pour la plupart par de grands jardins. Et même, celle du 4480 West Bath Road se trouvait au milieu d'un petit bois.

Elle avait examiné le registre cadastral des années cinquante et remonté jusqu'en 1920, année où une famille Nichols s'était installée. En 1927, une aile avait été ajoutée au corps de maison principal. Elle s'était ensuite rendue au bureau qui tenait les registres d'état civil.

Les Nichols avaient acheté le lot à un certain Randall, éleveur de volaille. En 1947, Lionel, le fils, avait racheté à sa mère le rez-de-chaussée, où était né son fils Ronald en 1958. Les voisins les plus proches étaient les Sharenberg, au 4460.

En 1969, les Nichols avaient divorcé et vendu la maison. On ignorait ce qu'ils étaient devenus.

Elle lut le numéro sur l'immeuble, 4433, et examina l'alignement de l'avenue. Compte tenu de la taille des blocs, le 4480 devait être au moins deux cents mètres plus loin.

Elle avait cru en voyant le plan cadastral que le quartier de West Allis était un coin de campagne situé au nord-ouest de Milwaukee. Elle avait juste oublié que plus de cinquante ans étaient passés. La charmante banlieue bucolique était devenue un quartier commercial relié au centre-ville par tout un réseau de bus, et il était aussi difficile d'y dénicher une maison au milieu d'un petit bois qu'un cerisier sur la banquise.

Désemparée, elle continua en direction du 4480, comprenant qu'elle n'y trouverait pas ce qu'elle cherchait.

Le quartier avait été créé avant les rénovations entreprises par le maire, et ses immeubles n'étaient plus de la première fraîcheur. Si dans le temps ce coin abritait des maisons bourgeoises et distinguées, il avait bien changé. Des boutiques aux vitres crasseuses proposaient des meubles bon marché, des motos d'occasion, de la literie. Des restaurants turcs et pakistanais faisaient griller de la viande quasiment sur les trottoirs ; des ateliers de mécanique, d'électricité, de meubles ménagers soldés se succédaient sur l'avenue.

Elle se retrouva devant le 4480, qui ressemblait exactement à ce qu'elle avait craint. À savoir que la propriété de ces Nichols avait été remplacée par un immeuble de quatre étages arborant une façade en ciment écaillé et une porte d'entrée en verre dépoli et fer forgé, censée probablement donner dans l'idée des architectes un petit air chic. Hélas, des vitres manquaient entre les volutes de fer, et deux boutiques, une de vaisselle d'occasion et une autre de DVD à tendance porno, flanquaient l'entrée de l'immeuble.

Elle leva les yeux vers les étages et les reporta sur la porte. Pas d'interphone, juste des numéros. Pas de noms. Elle sonna au hasard. Attendit, recommença, puis appuya sur les huit boutons. Aucun écho.

Un homme sortit du magasin de vaisselle. Négligé de vêtements et de barbe, dégarni et ventru. Rien à voir avec Tom Cruise

— Vous cherchez… ? demanda-t-il en mâchonnant un chewing-gum.

Elle se retourna avec un sourire.

— La famille Nichols.

Il ricana, secoua la tête.

— Pas de famille Nichols. L'immeuble est vide, il a été racheté. Y vont faire des travaux.

Elle ignora son regard lubrique qu'il promenait sur elle sans vergogne en mâchonnant.

— Vous ne sauriez pas par hasard où ils sont partis ?

— Nager ailleurs, sûrement, répondit-il en s'esclaffant.

Elle s'éloigna sans prendre la peine de lui répondre et ressentit un moment de découragement. Elle avait tant misé sur cette adresse. Mais c'était absurde, évidemment.

Nichols s'était échappé de New York à leur barbe. Il avait le monde à sa disposition, pourquoi serait-il revenu dans cette ville ? Parce qu'il aurait vu Stan à la télé ?

Et si elle s'était raconté une histoire ? La chaîne qui avait diffusé l'information au début était une chaîne locale qui ne couvrait que la région des Grands Lacs. Elle-même l'avait regardée par hasard, lors d'un déplacement professionnel à Cleveland. Le meurtre de cette femme ne signifiait rien, elle le comprenait maintenant. Stan s'était fait piéger de la même façon, mais il avait eu le courage d'admettre s'être trompé.

Épuisée, elle avisa de l'autre côté de l'avenue un café pas trop mal tenu. Elle avait chaud et mal aux pieds et elle traversa. Elle s'assit à une des tables extérieures, près de la vitre. Un garçon vint en traînant les pieds. Elle se dit que le torchon qu'il portait sur le bras avait dû servir à vidanger un camion.

— Un soda sans verre, dit-elle.

Il repartit et elle fixa l'immeuble du 4480, essayant d'imaginer la maison avec pelouse et petit bois qu'il avait remplacée. Il avait peut-être vécu là, joué avec les autres garçons. Ou est-ce qu'un monstre comme lui ne jouait pas ? Comment imaginer le petit garçon qu'il avait été ? le bébé qui avait enchanté ses parents ? ses petites mains potelées, ses jambes dodues de nouveau-né, les cheveux fins comme de la soie, les yeux qui s'ouvrent, ébahis de ce qu'ils découvrent ? Elle frissonna. Quels parents avaient pu engendrer un tel monstre ?

Avant le drame, elle avait parfois demandé à Stan en lisant des faits divers ce que les parents des criminels pouvaient éprouver. Avaient-ils autant de chagrin que ceux des victimes ? « Eh bien, mets-toi à leur place », avait-il répondu. Elle s'était dit que non, ils ne souffraient pas autant. Parce que, quoi qu'ils aient fait, ils étaient vivants.

Le garçon lui apporta le soda décapsulé et elle n'eut plus envie de boire. Pas à cause de la malpropreté de l'endroit, mais tout ce qui venait de là, elle le comprenait à présent, était ravagé.

La chaussée était encombrée de voitures et de camionnettes, un quartier de gens qui travaillent. Les trottoirs commençaient à se remplir et elle regarda l'heure. Cinq heures. Les habitants faisaient leurs courses avant de rentrer chez eux. Un supermarché au carrefour les drainait vers lui.

Elle se laissa aller contre le dossier de la chaise. Elle ne savait pas ce qu'elle attendait, elle avait juste envie de rester là.

Vers six heures, des enseignes s'éclairèrent et l'avenue s'embouteilla davantage. Des bandes de jeunes surgirent et s'installèrent sur le trottoir devant elle en sifflant les filles qui passaient. L'avait-il fait ? ou les regardait-il déjà avec ses yeux d'assassin ?

Elle se leva, s'approcha du bord du trottoir pour chercher un taxi, n'en trouva pas et se mit en route vers la ville. La ville ? Ici aussi c'était une ville, à présent. Milwaukee avait absorbé West Allis en même temps que la créature infernale que ce quartier avait peut-être abritée un temps.

Il la suivit du regard quand elle se leva, n'en croyant pas ses yeux. Depuis qu'il était arrivé à Milwaukee, c'était la première fois qu'il revenait dans son ancien quartier. C'était un signe que le Seigneur lui envoyait.

Il était arrivé en bus et avait été chamboulé de découvrir l'immeuble hideux qui remplaçait sa maison. Il était resté un moment devant jusqu'à ce que le vendeur de vaisselle sorte et lui jette un regard qui l'avait poussé à partir.

Il avait parcouru le quartier, cherchant un quelconque point de repère de son enfance. Un magasin, un square. Mais rien, même le collège du père Barnard n'existait plus. C'était à présent un grand magasin où l'on vendait de tout.

Ainsi, plus rien ne restait de son enfance. Il ressentit un creux dans l'estomac. Ses parents avaient disparu, noyés dans le pays. Il ne les avait jamais cherchés. Son frère était sûrement devenu un banal employé dans une encore plus banale entreprise et devait se coltiner femme et marmaille. Quand il avait quitté West Allis, leur mère était déjà partie avec lui. Et jusque-là, il n'avait pas fait d'étincelles.

Il se demanda ce qu'étaient devenus les ossements du garçon qu'il avait enterrés le long de la barrière. Il ne pouvait pas l'oublier, c'était le premier, et maintenant il portait son nom.

Qu'il soit tombé sur elle n'était pas un hasard. Il l'avait guidée. Jamais jusque-là il n'avait pensé revenir à West Allis. C'était une autre vie. Mais cet après-midi-là, jour de congé à la clinique, une soudaine impulsion l'avait saisi.

Après avoir arpenté le coin, il s'était senti fatigué et s'était arrêté dans une échoppe où il avait commandé du thé et des crêpes. Et il l'avait vue traverser la rue et s'asseoir au café. Il ne l'avait pas reconnue tout de suite. Et puis, tout lui était revenu comme un film que l'on se passe à l'envers. Il ne pouvait pas la quitter des yeux, savourant jusqu'à la jouissance ce moment incroyable de se trouver si près d'elle, précisément là où tout avait commencé.

Si elle était là, c'est qu'elle savait. Étaient-ils revenus exprès pour lui ? Où étaient leurs autres enfants ? Levine était dans la ville avant qu'il supprime Morrison. C'était le Seigneur qui l'avait remis sur son chemin.

Ils avaient remonté sa piste. Pour rien. Il était aussi invisible pour eux que l'air qui les entourait. Levine avait-il fait depuis le rapprochement entre la mort de Morrison et celle de sa fille ? Sûrement pas, il n'avait laissé aucun indice. Il avait brûlé ses vêtements et ses chaussures, avait enfilé des gants avant de la toucher et essuyé tous les endroits où il aurait pu poser les mains.

Et pourtant, sa femme se trouvait devant le 4480 West Bath Road, la maison de son enfance. Pas celle où il était né. Celle-là, il en ignorait l'adresse.

Il était si excité de cette rencontre qu'il eut envie de la provoquer : « Bonjour, madame, on se connaît, je crois ? » Quelle serait sa réaction ? Elle n'en aurait pas puisqu'elle ne savait pas à quoi il ressemblait. « N'habitiez-vous pas New York, avant ? »

Il s'amusa à inventer des répliques, des mimiques. « Non, monsieur, je ne vois pas. Oui, j'ai habité New York il y a longtemps, mais je ne pense pas que nous nous y soyons rencontrés. » Hautaine, arrogante. Sa fille lui ressemblait beaucoup. Belle aussi.

Mais lui parler était prendre des risques pour rien. Même si elle ne pouvait pas faire le rapprochement entre l'Edgar Nichols qu'elle connaissait et Frederich Lacy.

Une fois de plus, il avait les cartes en main. Dans ce jeu d'échecs, c'était lui qui avait les blancs. Toujours un coup d'avance.

Il se leva pour la suivre quand elle quitta le café. Il craignait qu'elle trouve tout de suite un taxi, mais par chance il n'en passa pas. Il se rapprocha d'elle au point de percevoir son parfum.

Si elle arrêtait un taxi et qu'elle donne son adresse d'une voix suffisamment forte ou qu'elle le fasse de l'extérieur, il l'entendrait. Sinon, il n'avait qu'à suivre Levine lorsqu'il quittait son commissariat et rentrait chez lui.

Elle héla plusieurs voitures sans succès et arriva à un arrêt de bus. Il se mêla aux voyageurs qui attendaient et se colla derrière elle. Ils montèrent en même temps dans le B225. Elle s'installa dans le fond. Il resta près de la porte. Il ne pouvait pas la manquer quand elle descendrait.

Décidément, il était vraiment l'oint du Seigneur.

Dan Barrilan était assis au même endroit que la première fois qu'il était venu chez Hattal : sur le canapé en feutre gris, face à la baie vitrée.

À peine était-il arrivé qu'Hattal s'était excusé en lui disant devoir faire une course dans le quartier qui ne lui prendrait pas plus de dix minutes. Il avait installé son hôte devant un thé et il était parti.

Quand Hattal l'avait prié de venir rencontrer l'imam, Dan avait aussitôt prévenu Crawford.

« Laisse ton téléphone ouvert, lui avait dit son chef d'antenne. Je serai avec deux hommes dans une voiture tout près. En cas de problème, on sera là en trois minutes.

— À part qu'il y a un interphone et que la porte est massive, avait objecté Dan.

— On aura ce qu'il faut, ne te bile pas. Fais-le parler, mais sois prudent. Si tu te sens en danger, prononce le mot "Amérique". »

Prudent. S'il avait dû être prudent, il n'aurait pas été là. Il se méfiait au point d'avoir pris son 22 qu'il avait glissé dans sa ceinture de pantalon, dans le dos, caché par sa chemise qu'il avait laissée flottante.

Nerveux, il se leva. Il n'osait pas visiter l'appartement, certain que les lieux étaient sous surveillance de caméras. Il regarda sa montre. Ça faisait plus d'une demi-heure qu'il poireautait. Il vérifia encore une fois que son téléphone était bien ouvert en mode silencieux.

Il entendit des pas dans l'escalier et la porte s'ouvrit devant Hattal en compagnie de trois hommes. Hattal souriait, pas les autres.

Le premier, devant qui Hattal s'était effacé, était petit et sec. Sur son visage ridé comme une vieille pomme, sa bouche dessinait un fil ; un nez osseux tranchait un visage éclairé par des yeux incroyablement clairs. Il s'immobilisa devant Dan en le fixant, et l'agent eut l'impression de subir un viol du cerveau.

— Abdul Farançji, présenta Hattal. Cheikh Mahmoud El-Barri.

Il ne dit rien des deux autres qui restèrent à l'écart. Mais il n'était pas nécessaire d'être devin pour comprendre qu'ils étaient les boucliers humains du cheikh. Costauds, avec une expression impavide et le regard éteint.

Dan s'inclina respectueusement devant le cheikh. Il n'aurait pas su lui donner d'âge. Il était habillé à l'occidentale de vêtements bon marché comme ses gardes du corps. Tous les trois avaient le crâne rasé et les joues glabres. À part leur teint mat, on ne pouvait pas deviner leur origine.

À l'attitude d'Hattal envers le cheikh, Dan supposa que c'était celui que le Palestinien attendait. L'homme important.

Sans un mot, le cheikh s'installa sur le canapé rouge. Hattal et les deux autres restèrent debout.

— Cheikh Mahmoud El-Barri, commença Hattal, est celui qui nous délivrera de l'oppression des infidèles.

Il se tut, comme s'il attendait une autorisation pour continuer.

— Cheikh Mahmoud El-Barri vit depuis longtemps parmi eux, il les connaît bien.

Dan remarqua que le Palestinien semblait marcher sur des œufs. Il se comportait comme un élève intimidé devant son maître.

Le cheikh était si immobile que Dan ne fut pas sûr qu'il respirait. Assis, les mains étalées sur ses genoux, il ne le quittait pas des yeux. Dan sentait la pression du pistolet contre son dos mais son contact froid ne le rassurait pas. L'homme assis en face de lui semblait n'avoir nul besoin d'arme pour se débarrasser de quiconque. Il dégageait une sensation de menace sans commune mesure avec son aspect. Une dangerosité de l'ordre de l'irréel.

— Je suis très honoré, dit-il enfin. Ma vie est entre tes mains et celles de Dieu.

L'homme se laissa aller en arrière sur le dossier du canapé et bougea imperceptiblement les yeux pour regarder autour de lui.

— On m'a dit que tu voulais agir pour tes frères ?

Il avait une voix aussi frêle que sa silhouette.

— C'est mon vœu le plus cher.

Un long silence s'installa et Dan se demanda combien de temps il tiendrait avant d'exploser.

Hattal observait le cheikh avec respect et amour. Il se tenait debout derrière lui dans une attitude soumise. À présent qu'il les avait présentés, son rôle semblait terminé. Il proposa timidement à son hôte :

— Du thé, Guide vénéré ?

Celui-ci regarda sur la table le plateau servi à Dan.

— J'en prendrai de là, dit-il.

— Mais, s'écria Hattal, vous n'y pensez pas, il est froid !

Le cheikh tourna ses yeux de glace vers le Palestinien.

— J'ai l'habitude de boire, manger, dormir, prier, là où je me trouve. Je n'exige pas d'Allah qu'il me donne les meilleures choses.

— Mais… je peux vous en offrir du frais !

L'homme eut un geste de la main qui par sa sécheresse fit taire son hôte. Il se servit du thé dans la tasse de Dan et but lentement sans le quitter des yeux.

Dans sa vie d'agent spécial, Dan avait rencontré des hommes dangereux, des hommes que leur fanatisme ou leur peur rendaient imprévisibles. Celui-ci, c'était autre chose.

Il se raidit, tenta de vider son cerveau comme on le lui avait appris. Il *savait* que celui qui était devant lui n'était pas un homme ordinaire. Quand un homme passe sa vie en compagnie de son Dieu, ou s'il pratique une ascèse qui l'éloigne de la vie réelle, il développe des qualités particulières que ne possèdent pas les autres. Il est capable de *voir* au-delà de ses yeux. D'*entendre* ce que l'on ne dit pas.

Il entreprit de résister en fixant un point sur le mur. Tous les services secrets du monde enseignent à leurs agents sur le terrain à s'abstraire de la douleur en fermant son esprit. Mais rien n'est plus difficile que de s'empêcher de penser.

— Tu travailles chez Laffouani, dit El-Barri en posant sa tasse.

— Comme comptable, acquiesça Dan, heureux de la diversion.

— Et comment l'idée t'est venue de te battre en faisant des additions ?

Même question que celle d'Hattal.

— Faire des additions me permet de manger. Me battre contre les infidèles me permettra de vivre.

— Tu viens d'Ispahan ?

— Oui, Vénéré.

— Tu as de la famille ici ?

— Je suis seul.

El-Barri laissa ses yeux errer au plafond. Hattal s'était éloigné avec les gardes du corps. Ils formaient un triangle qui, le cas échéant, ne laisserait à Dan aucune chance de s'échapper. En cas de coup dur, il pourrait probablement en descendre un avant d'être tué. Mais pourquoi l'avoir fait venir si on voulait se débarrasser de lui ? Il était plus simple de le faire abattre n'importe où. À moins que cette espèce d'empaillé d'El-Barri n'ait voulu s'assurer avant de sa loyauté.

Il regarda par la baie l'intense animation du port et ressentit davantage son isolement. Il espérait que Crawford écoutait et comprendrait quand il faudrait intervenir. Mais en aurait-il le temps ? et prendrait-il le risque de fiche en l'air une opération de surveillance de cette importance pour sauver un de ses agents ?

— Il faut beaucoup de piété pour mourir pour sa foi, reprit El-Barri dans un murmure.

— Mourir est infiniment plus doux que de vivre dans un monde impie, répliqua Dan.

El-Barri se leva et fit signe à Hattal de le suivre. Dan se raidit davantage et sa main se rapprocha de son dos. Les deux hommes disparurent dans la pièce attenante et il resta en compagnie des gardes du corps. Ceux-ci n'avaient pas bronché depuis qu'ils étaient entrés. Ils s'étaient posés chacun contre un mur, leurs mains épaisses croisées devant eux, dans une feinte indifférence. Mais il leur faudrait une fraction de seconde, Dan le savait, pour saisir ce qui gonflait la poche intérieure de leur veste.

Quelques minutes passèrent, puis Hattal et El-Barri réapparurent, tandis qu'au même moment l'on frappait à la porte. Hattal alla l'ouvrir tandis qu'El-Barri reculait jusqu'à la baie où il s'adossa.

— Entre, mon frère, dit Hattal.

Un de plus, songea Dan. Il s'appuya contre le mur le plus proche. Précaution inutile. Comment Crawford avait-il pu penser qu'il aurait le temps de prononcer le mot « Amérique », et lui et ses hommes celui d'arriver avant qu'il ne soit trop tard ?

— Bonjour, Abdul !

Dan sursauta. Ali Laffouani venait de pénétrer à sa façon juvénile dans la pièce. Apercevant El-Barri, il alla droit sur lui et se prosterna sans un mot.

Le cheikh ne bougea pas. Ali se releva et sans lui tourner le dos recula.

— Guide vénéré, dit-il, tête inclinée et la main sur le cœur, Guide de nos âmes, possesseur de nos vies, accepte que je te salue.

Dan, stupéfait, avait du mal à saisir la scène. El-Barri dit :

— Redresse-toi. Garde ta dévotion pour Allah.

Mais Ali ne releva pas la tête. Se rendant compte de l'étonnement de Dan, Hattal vint vers lui en souriant.

— Eh oui, notre frère Ali Laffouani est l'un des nôtres. Peut-être pas le plus docile, mais très efficace. Belle surprise, n'est-ce pas ? Tu vois que nous sommes prudents.

Ali se tourna vers Dan, tout souriant.

— Je suis content de te voir, Abdul, et de t'étonner.

— Ali Laffouani sait mystifier son monde. C'est ce qui fait sa force, rit Hattal.

— Je savais que tu serais là, Abdul. Tu fais à présent partie des guerriers et futurs martyrs.

El-Barri fit un geste pour faire taire l'impétueux. Ali, confus, s'arrêta net. Le cheikh se tourna vers Dan.

— Ta vie désormais nous appartient. Es-tu d'accord ?

— Ma vie appartient à Dieu, rétorqua Dan. Et pour Le servir je suis prêt à m'en séparer.

— Tu auras bientôt l'occasion de le faire, répondit El-Barri.

J'entends la porte s'ouvrir et Sarah apparaît. Elle s'immobilise sur le seuil du salon et me considère d'un œil étonné.

— Quoi ? lui dis-je, les reins ceints d'un tablier et coupant des pommes de terre en cubes. C'est bientôt prêt.

— Qu'est-ce qui se passe ? demande-t-elle en se débarrassant de ses affaires.

— Je prépare le dîner. Tu as juste le temps de te rafraîchir.

Elle se penche sur le comptoir de la cuisine.

— Tu prépares vraiment le dîner ?

— Eh ben quoi ! J'ai pas construit les pyramides !

— C'est pourtant ce que tu semblais penser quand… quand nous vivions ensemble.

— Bon… on peut changer. Il a bien fallu que je me nourrisse durant toutes ces années.

Elle me fixe d'un air narquois.

— Effectivement, tu as changé…

— Fais-tu allusion à une certaine fois où j'ai dû nourrir les enfants ?

— Entre autres….

On se sourit parce qu'on pense à la même chose.

Sarah a toujours eu une santé de fer, mais elle avait été un hiver terrassée par une grippe qui l'avait clouée trois jours au lit et, pour comble de bonheur, notre employée philippine gisait elle aussi dans sa chambre, frappée du même virus. J'avais donc été chargé de nourrir nos trois enfants. Au bout de la rue, il y avait le meilleur comptoir à pizzas de Manhattan, et tout naturellement je revenais le soir les bras chargés de pizzas au poivron et au chorizo, celles qu'ils préféraient et moi aussi. Tous les repas sans un fruit ni un légume, me reprocha-t-elle quand elle reprit les choses en main. J'avais prétendu que le fromage qui les nappait généreusement était excellent pour leur croissance, mais elle m'en voulut, ayant dû batailler ferme pour les refaire manger normalement.

Elle s'accoude au comptoir et me regarde jeter les pommes de terre dans la poêle.

— Et qu'est-ce que tu nous as préparé ?

Je prends un air triomphant.

— Un rôti de bœuf extra-tendre, avec des pommes de terre sautées et des brocolis sur un lit de persil et ail, une salade, du fromage français et un sorbet aux framboises. Le tout arrosé d'un château-batailley, grand cru classé. Tu vois, pour toi j'ai oublié ma rancune contre les Français et leur Chirac.

— Il ne faut jamais mélanger le plaisir et la politique, sourit-elle.

Elle me dépose un baiser sur la joue et passe se rafraîchir dans la salle de bains. Je la regarde s'éloigner avec fierté et tendresse. La même démarche souple et gracieuse, et la silhouette restée mince et ferme malgré les années. Son visage a pris une gravité qui n'enlève rien à la séduction qu'elle exerce toujours sur moi, seul son regard a changé.

Les yeux ne trompent pas. Ils se souviennent de tout. Ils sont les imprimantes de la mémoire. Dit-on un nez joyeux ou triste ? une bouche pétillante ? des joues vives ? Seuls les yeux ont droit à ces qualificatifs.

Je sors du réfrigérateur une bouteille de sancerre pour l'apéritif et allume deux bougies sur la table basse.

Cet après-midi, j'ai donné rendez-vous à Maureen. Il y avait plusieurs jours que nous ne nous étions pas vus et elle s'est inquiétée de ce qui se passait.

« Rien, rien de spécial. Un travail dingue… c'est tout », ai-je répondu avec embarras.

J'avais choisi un bar dans un quartier peu fréquenté. J'ignorais totalement comment j'allais m'y prendre pour lui annoncer le retour de Sarah. Nous n'avions jamais parlé de rien. À ses questions sur mon passé j'étais resté évasif comme s'il n'importait pas.

Nous avions peu de temps à nous consacrer, Maureen et moi, et lorsqu'on se voyait, nous ne le perdions pas à parler. Une même fringale nous tenait, et le secret que nous devions conserver sur nos relations nous obligeait à ne pas être vus ensemble.

« Je t'ai laissé plusieurs messages, me dit-elle.

— J'ai eu un problème avec mon portable. Je viens seulement de les avoir.

— Tu as de la chance que j'aie dû quitter Milwaukee, grinça-t-elle.

— Dès que je les ai eus, je t'ai donné rendez-vous, je répondis du ton le plus léger possible. Et pourquoi dis-tu que j'ai eu de la chance ?

— Tu es du genre à coucher avec une femme et à la laisser tomber après », lâcha-t-elle sur le même ton, éludant ma question.

Je la fixai en écarquillant les yeux.

« Tu crois vraiment ce que tu viens de dire ?

— Tu sais, les hommes ne m'ont jamais inspiré la moindre confiance. Je pensais que tu étais différent…

— Maureen, peux-tu comprendre que les événements… ?

— Les événements sont les mêmes pour tout le monde, Stan… »

Nous nous sommes quittés sur un vrai malaise. Elle ne me croyait pas et je ne pouvais pas lui en vouloir. Je ne savais tout simplement pas comment lui annoncer la nouvelle. Et pire, je craignais de la perdre.

Sarah m'a rejoint pour retrouver Nichols, elle me l'a avoué. D'accord, nous avons fait l'amour la première nuit. Mais ensuite, elle m'a demandé de dormir sur le canapé.

Je la comprends. Il faut se réhabituer à être ensemble, et surtout, surtout, oublier la raison de son retour. Nous vivons dans une ambiance de tendresse et d'attention à l'autre, mais pas en amoureux. Mais nous savons aussi que tout peut changer. Du moins, je veux le croire.

Elle revient de la salle de bains et s'installe sur le canapé.

— Du sancerre, me dit-elle en examinant la bouteille. Tu as obtenu une prime ?

— J'aurais voulu du champagne, mais crois-le ou non, je n'en ai pas trouvé.

— Je préfère le vin, sourit-elle.

Je nous sers et l'on boit sans se lâcher des yeux.

— À nous.

Je m'assois à côté d'elle et me penche pour l'embrasser. Elle se recule légèrement.

— Tu es belle, dis-je, reprenant contenance comme je peux.

— Pas toi, avec ce tablier, rétorque-t-elle en riant. Ou alors tu aurais dû rester nu en dessous.

Je ris, mais tout ça manque de naturel. Je sais que je l'aime encore, je l'ai tellement attendue. Mais ça va prendre du temps.

— Ça sera prêt dans dix minutes.

— Tu ferais un mari parfait.

— Si ?

— Si rien.

— Alors, pourquoi ce conditionnel ?

Elle ne répond pas.

— Tu as déjà mis la table…

— Et changé les serviettes de la salle de bains !

Elle consent à rire. Je sens qu'elle veut me dire quelque chose.

Nous buvons deux verres chacun et elle commence à se détendre. Je tire sa chaise et nous passons à table où mon dîner s'avère très réussi. Le bordeaux 87 achève de nous tourner la tête et j'appuie ma jambe contre la sienne comme lorsqu'on vient de se rencontrer. Nous parlons de tout et de rien, mais au dessert je lui prends la main et dis d'un ton quelque peu solennel :

— Je voudrais que l'on revive ensemble. Je veux continuer à vous aimer, toi et les enfants. Je sais que c'est possible.

Elle ne répond pas, se contentant de regarder nos deux mains liées.

— Cet après-midi..., commence-t-elle.

J'attends. Je crains ce qu'elle va dire.

— Cet après-midi... je suis allée où était la maison de la famille Nichols. (Elle relève les yeux.) Il n'y a plus rien. Plus de maison, rien.

Je lui caresse la main du pouce.

— Je sais. Il est probablement mort.

— Je ne crois pas.

— Et pourquoi tu n'y crois pas ?

— Parce que je le sentirais.

Je ne réponds pas. Sommes-nous incapables d'accepter ce qui n'entre pas dans nos désirs ?

— Si nous... (J'hésite, elle est tellement fragile sous ses airs durs.) Si nous perdons le reste de notre vie à le poursuivre sans savoir s'il est vivant ou mort, il aura gagné sur tous les plans.

Elle dégage sa main avec douceur. Elle sait que j'ai raison. Mais je sais aussi, pour le ressentir, qu'imaginer Nichols vivant tranquillement dans le même monde que nous est insupportable.

Je connais les récits d'hommes et de femmes déportés par les nazis et revenus des camps après avoir vu leur famille détruite, et ces hommes et ces femmes ont refait leur vie sur les décombres. Mais que signifie refaire sa vie ? On n'a qu'une seule vie, alors comment la refaire ? Ni elle ni moi visiblement n'en possédons les outils.

— C'était très bon, dit-elle.

Elle se comporte en invitée. Pourtant, je suis sûr qu'elle m'aime toujours et que sa gêne n'est que passagère. Je suis celui qu'elle a choisi pour être le père de ses enfants. Pour la chérir et la protéger, comme a dit monsieur le maire. Je n'ai exécuté que la moitié du contrat.

— Je veux que tu y réfléchisses.

Elle acquiesce en souriant.

— Je te le promets. As-tu des cigarettes ?

Je l'ai très rarement vue fumer.

— Oui.

J'en allume une pour chacun.

Elle se lève, s'approche de la fenêtre et regarde dehors. Elle croise les bras comme si elle avait froid.

— Tu habites un drôle de quartier.

— J'ai pas fait attention quand j'ai débarqué. Il m'a paru exotique. Je suis entré dans la première agence et ils me l'ont proposé.

— Ils ont dû être contents.

Je ris.

— Il ne te plaît pas ?

— Si… c'est particulier. Je n'aimerais pas y vivre seule. West Bath Road semble avoir beaucoup changé, dit-elle.

Je la rejoins et la prends dans mes bras.

— Nous aussi. Mais en apparence, seulement.

J'éteins la lampe près de la fenêtre. Sur la table, les bougies finissent de se consumer.

Elle s'appuie contre moi. Je lui ôte sa cigarette des mains, la retourne et l'embrasse avec passion.

— Nous sommes comme des jeunes mariés, dis-je, sentant mon corps réagir.

Elle me sourit dans la pénombre. Puis elle s'écarte et regarde dans la rue.

— Il y a quelqu'un dehors, dit-elle.

— Où ? je demande en fouillant la rue des yeux.

— Dans la ruelle en face, entre les voitures.

— Je ne vois rien.

— L'ombre, là.

— Ce doit être un montant de l'échafaudage. Ils réparent la façade depuis que je suis là. Ou alors l'échafaudage sert à tenir les murs…

— Elle a disparu.

— Tu vois, c'était un reflet.

— Peut-être, ou pas. Un des voisins m'a dit qu'il ne les connaissait pas. Qu'il ne les avait jamais vus. Celui qui tient le magasin de vaisselle d'occasion.

— Le quartier a été rénové dans les années soixante-dix. Ils ont abattu les maisons individuelles et construit un nouveau quartier d'habitations quand la ville après le marasme s'est développée.

C'est curieux, cette façon d'en revenir toujours à lui, comme si toutes ses pensées, tous ses actes n'existaient que pour lui.

— Alors, on a perdu définitivement sa trace ? dit-elle en se retournant. À moins qu'il soit revenu et qu'il ait tué cette femme.

— Il n'est pas revenu. (Je la serre plus fort contre moi.) Ne me laisse plus. Je veux repartir avec toi. Je veux revoir mes enfants avant qu'ils ne m'oublient. Bon Dieu, Sarah, n'avons-nous plus le droit de vivre !

Son regard allait de la baie vitrée à la grille de l'entrée, espérant que l'un ou l'autre des locataires l'emprunterait et qu'il pourrait se faufiler à l'intérieur. Pour quoi faire ? Pour rien. Par défi.

À un moment ils étaient venus à la fenêtre et il n'avait eu que le temps de se coller contre le mur de l'impasse d'où il les observait. Deux voitures garées l'une derrière l'autre le protégeaient de la vue des éventuels passants.

Il avait suivi la femme de Levine à sa descente du bus. L'avenue qu'elle avait empruntée était commerçante et animée et il avait marché presque à ses côtés. Puis elle avait pris la rue M, plus résidentielle. Ce quartier faisait partie de l'East Side, Bay View, proche du lac, rénové par le maire à coups de millions de dollars soustraits sûrement au logement des plus démunis. Plus intéressant électoralement que de créer des abris ou des crèches. Mieux valait diminuer les aides sociales des plus vulnérables pour faire plaisir aux électeurs. C'était toujours la même chanson. Les forts écrasent les faibles ; les riches spolient les pauvres. C'est ainsi depuis la nuit des temps. Seul Jésus avait voulu y remédier. Et ils l'avaient tué.

Elle avait continué dans une rue mal éclairée qui longeait la rivière. Des immeubles industriels en voie de rénovation, des trottoirs plus ou moins défoncés, des trous dans la chaussée où se tortillaient des câbles et des tuyaux sans raccordement. Elle était entrée dans un immeuble en meilleur état que ses voisins et qui ressemblait à un atelier. Façade vitrée sur trois étages donnant sur le ruban sombre de l'eau de l'autre côté de la rue. Le premier et le troisième plongés dans l'obscurité. Le deuxième allumé dans toutes les pièces. Trois boutons d'interphone.

Il les avait retrouvés. Il était vraiment très fort. Bien plus fort qu'eux qui l'accusaient de franchir les lignes imaginaires qu'ils avaient créées. Des lignes qui ne le concernaient pas. Il était un homme du Chaos, de celui qui précède l'Ordre.

Ils disaient qu'il était un monstre sanguinaire, mais n'osaient pas fouiller leur côté sombre de peur d'y découvrir leur vraie nature. On le traitait d'animal, pourtant les animaux tuent pour équilibrer l'Ordre. Se débarrassant des faibles pour que vivent les forts. Les hommes tuent sans raison, ou alors de mauvaises. Pas lui.

Lui offrait aux pécheurs une occasion de se racheter. La douleur est rédemptrice. « Tu enfanteras dans la douleur », disait déjà le Christ.

Même ça, elles ne le font plus.

Ils détestaient la douleur autant qu'ils craignaient la mort. Pourtant, les deux sont délivrance.

Les Levine étaient-ils allés à West Bath Road comme les juifs vont visiter Auschwitz ? Pour se faire du mal ou pour ne pas pardonner ?

Les deux silhouettes derrière la fenêtre semblaient observer la rue. Il se fondit davantage dans l'ombre du mur. Il les voyait. Ils ne le voyaient pas. Son cœur battait d'excitation contre ses côtes comme un saumon au moment du frai.

Cette sensation d'être une menace avait toujours été proche du plaisir. Cette jeune fille qui était passée sans le savoir tapi dans l'ombre, il aurait pu l'attraper et la saigner sur place. Mais quel intérêt ? À part le faire devant les fenêtres de son adversaire ? Ce n'était pas son genre, le meurtre gratuit. À toute action répondait une conséquence. Toute action répondait à une raison.

Il voyait derrière le store briller le bout incandescent d'une cigarette. Ils étaient toujours là. S'il était sorti maintenant les mains dans les poches du pas tranquille du promeneur, ils ne se seraient même pas lancés à sa poursuite puisqu'ils ignoraient à quoi il ressemblait.

Il fut pris d'un rire nerveux. Ils étaient là, à portée de main. Demain il jetterait un nouveau défi.

Dan observa Ali Laffouani charger un logiciel sur son PC. Le jeune homme n'avait plus rien à voir avec l'amateur de nanas et de fiestas qu'il avait connu.

Ils avaient mangé dans un restaurant pakistanais où Ali à mots couverts lui avait parlé de sa foi et de son engagement. Il lui avait dit bien aimer son père mais le mépriser parce qu'il ne pensait qu'à gagner de l'argent. Il avait ajouté en souriant qu'il aurait souhaité avoir Dan comme beau-frère.

Puis il l'avait emmené dans son logement d'étudiant pour lui montrer quelque chose. Il habitait un deux-pièces loué dans un quartier tranquille, pas très loin de l'université. Dan avait remarqué que sa boîte aux lettres était au nom de Ted Browning.

Dès qu'il était entré dans l'appartement, il avait été saisi d'angoisse. Tout allait trop vite. Il venait à peine d'être accepté dans l'organisation terroriste que Laffouani l'invitait chez lui.

Ça ne se passait jamais ainsi. Les cellules étaient cloisonnées au point que les militants restaient le plus souvent inconnus les uns des autres. À moins que ce laxisme ne résulte de l'urgence de la situation.

— Assieds-toi, je n'en ai pas pour longtemps.

— Que vas-tu faire ?

Le fils du boucher ne répondit pas. Il s'installa devant son ordinateur après avoir éteint la lumière centrale et allumé une lampe de bureau, et entra une série de paramètres qu'il tapa avec dextérité sur son clavier, sans que Dan, d'où il était, puisse saisir son mot de passe.

Des colonnes de chiffres défilèrent, suivies d'une liste de noms aléatoire. De temps en temps, le défilement s'arrêtait comme si l'ordinateur reprenait son souffle, puis la course folle reprenait.

L'écran s'immobilisa enfin sur le nom et le visage d'un homme.

— Ce sera lui, murmura Ali après l'avoir examiné.

Dan s'approcha et vit le portrait d'un garçon au visage juvénile. Coiffé d'une casquette de base-ball à la gloire des Yankees, son regard était clair et joyeux.

— Qui c'est ?

— Saddam Ali Mokta, tu sais pas lire ?

— Je te demandais seulement qui était cet homme, rétorqua Dan.

— Saddam Ali Mokta sera le prochain martyr qui rejoindra le paradis d'Allah. Il se prépare depuis toujours à cette gloire.

— Tu veux dire que ce gamin… va…

— Ce gamin, ou plutôt ce héros, a été choisi parmi beaucoup d'autres pour brandir le glaive d'Allah le Miséricordieux. Qu'est-ce qui t'étonne ?

Dan tapa sur l'épaule d'Ali et grimaça un sourire.

— Excuse-moi, mais c'est la première fois que je vois de près l'un de nos martyrs. Je suis ému, c'est tout.

Ali hocha la tête.

— Ce sont eux qui ont la meilleure part de la lutte. Tu as raison d'être ému, mon frère.

Dan recula dans l'ombre et alluma une cigarette pendant que son compagnon continuait d'entrer des données cryptées dans l'ordinateur. Le contraste entre la modernité d'Ali que rien ne distinguait d'un autre jeune et ce qu'il préparait le saisissait. Il aurait pu être un des millions d'internautes de son âge jouant à détruire un monde virtuel, mais lui voulait détruire le monde réel. Du fond des âges lui parvenait l'appel d'un fanatique.

Dan s'éloigna encore. La simple proximité du garçon qu'il avait cru différent des autres lui était devenue insupportable.

— Que va-t-il faire ? interrogea-t-il d'un ton qu'il espéra détaché.

— Attends, répondit Ali en éditant des images en 3D, qui, après un désordre anarchique, se positionnèrent en une carte vue du ciel où se matérialisa une agglomération de taille moyenne. Il zooma, et des habitations s'inscrivirent au milieu d'étendues vertes traversées du ruban bleu des rivières et des traces sombres des routes.

Dan écrasa sa cigarette et se rapprocha.

— C'est quoi ?

Ali se tourna vers lui, et Dan fut secoué par son expression haineuse.

— La cible, lâcha-t-il.

— La cible ?

Ali recommença à taper et d'autres images apparurent. Un grand bâtiment public, une église, un stade. Il zooma encore.

— L'école, là, expliqua-t-il en pointant la flèche sur un bâtiment qui emplit tout l'écran. Une école technique. Sept ou huit cents élèves. Ici, les voies d'accès à la ville et les itinéraires de dégagement. Trente mille habitants. Là, l'église.

Il continua de taper et de nouvelles images remplirent l'écran.

— L'hôtel de ville…, un stade, murmurait-il au fur et à mesure qu'apparaissaient des bâtiments.

Il agrandit le tout et se tourna joyeux vers son hôte.

— Qu'en penses-tu ?

— Vous allez… faire sauter une école… ?

Ali se recula sur sa chaise et considéra Dan en plissant les yeux.

— Que se passe-t-il, Abdul ?

Les deux hommes restèrent à se fixer. Dan rompit le premier le silence :

— Eh bien, je ne suis pas sûr… que tuer des enfants fasse avancer notre cause…

Ali se leva et alluma une cigarette à son tour.

— Tu mets en cause la sagesse et la stratégie de nos chefs ? Mais qui es-tu pour ça ?

— Non… pas du tout ! Simplement… oh, et puis tu as raison, ils tuent les nôtres, pourquoi ne pas tuer les leurs ? s'empressa Dan, conscient de son impair.

— Tu pourrais le faire, n'est-ce pas ? demanda Ali en regardant son hôte de côté, la fumée de sa cigarette montant à l'oblique lui faisant plisser l'œil.

— Probablement, répondit Dan comme s'il s'agissait d'une question sans intérêt. Simplement, je pensais à des objectifs plus stratégiques comme un barrage, une centrale électrique... ou de télécommunications... enfin, tu vois ?

— Ce sera fait aussi. Nos experts en informatique y travaillent.

— Très bien, très bien. (Dan regarda Ali droit dans les yeux.) Je suis flatté et fier de faire partie de la lutte. Je te remercie de ta confiance, mon frère. Je saurai la mériter.

Le jeune homme tira plusieurs bouffées de sa cigarette sans quitter Dan des yeux.

— Je me suis porté garant de toi, ne me déçois pas, dit-il doucement.

— Tu ne risques rien, assura Dan d'un ton qu'il s'efforça de rendre enthousiaste, je suis juste impatient de commencer.

En même temps, son cerveau moulinait des questions auxquelles il ne pouvait pas répondre. Aurait-il le temps d'empêcher l'attentat ? Et comment savoir où celui-ci allait se passer ? Comment prévenir ? Il se sentait dépassé par les événements. Comme d'habitude les responsables n'avaient rien prévu. Ils lançaient leurs hommes au milieu du volcan et eux restaient assis bien au chaud sur leur cul ! Et si ce que lui confiait Ali était faux et servait juste à le tester ?

— Tu parais troublé, mon ami, dit Ali en lui posant la main sur l'épaule.

— Troublé ? Non... mais entre parler d'une chose et qu'elle arrive...

— Tu pourrais le faire, n'est-ce pas, si on te le demandait ?

— Tu m'as déjà posé la question. Je vais te répondre par une autre question : Et toi ?

— Moi, je m'y prépare depuis des années. Ce qui te manque, c'est tout simplement la préparation. Après, tout devient naturel.

— J'imagine, fit Dan d'un ton évasif. J'ai vu des vidéos sur nos martyrs se préparant à entrer dans l'Histoire. J'ai vu leurs familles si fières de posséder un héros.

Ali retourna à son ordinateur.

— Des vidéos, j'en ai des centaines, dit-il. Et chacune correspond à la mort de dizaines de ces chiens. Je voudrais que tu vives ces moments… Mais je ne suis plus sûr que tu le veuilles…

— Il n'y a pas une semaine qu'on m'a contacté ! protesta Dan, et tu voudrais que je te dise que je suis prêt à me faire sauter si on me le demandait maintenant ? Mais qui serais-je si je te disais ça ? Aurais-tu confiance dans un tel vaniteux ?

— Calme-toi, l'apaisa Ali en se levant de nouveau. (Il saisit Dan entre ses bras et le serra contre lui.) Excuse-moi, mais je t'aime comme mon frère, et je suis exigeant quand j'aime. Notre foi a besoin des meilleurs, et je sais que tu en fais partie.

— Ça va, ça va, bougonna Dan.

Il devait se retenir pour ne pas sauter à la gorge de cet homme qui peu de jours avant chahutait avec les filles, buvait sec de la vodka-coca, et qui maintenant se glissait dans la peau d'un tueur.

— Bon, laisse-moi finir, dit Ali en le lâchant. Après, on ira prier à la mosquée. Tu pourras servir à autre chose, ne t'en fais pas, que de ceindre le ruban vert des martyrs. On a besoin de soldats mais aussi de chefs.

Il retourna devant l'écran et entreprit d'entrer d'autres données. Il se servait à présent d'un document écrit en arabe, mais il était assis de telle façon que Dan ne pouvait pas lire et il n'osa pas s'approcher.

Il avait failli plusieurs fois ce soir perdre son sang-froid parce qu'il se sentait comme une marionnette pieds et poings liés. Tout ce qu'il avait appris ne servait à rien si on ne lui en disait pas davantage, et apparemment on n'était pas décidé à lui en apprendre plus.

Il alla à la fenêtre, feignant la discrétion, voulant en réalité se rendre compte de la vulnérabilité de l'appartement. Un guetteur à l'une des deux fenêtres pouvait surveiller toute l'avenue en enfilade et repérer le moindre mouvement suspect. Le quartier lui-même, calme et familial, interdisait toute approche indiscrète. De plus, Dan était persuadé que l'immeuble situé sur deux rues possédait plusieurs issues.

Il entendit le bruit que fait un modem branché sur le téléphone et la transmission électronique des données, mais s'obligea à ne pas se retourner.

— C'est fait, dit Ali.

Il se leva, s'étira, mais son visage resta fermé. Il ralluma les lampes et se laissa tomber sur le divan. Il fixa son hôte sans mot dire.

— Fatigué ? s'enquit Dan.

Le terroriste secoua la tête.

— Anxieux. Le trac avant l'action, marmonna-t-il. Je connais Saddam Ali Mokta. Ses frères, son père.

— Ils… sont ici ?

— Non. En Arabie. Seul Saddam est arrivé. (Il laissa tomber sa tête entre ses mains.) J'envoie un ami à la mort… et je suis heureux pour lui, murmura-t-il. Tu vois, ajouta-t-il en se redressant vivement, c'est ce qui nous différencie de nos ennemis. Le sacrifice de mon ami s'inscrit dans la longue tradition du Djihad. Pour la gloire d'Allah, nous allons à la mort en bataillons serrés. Eux servent leur Dieu avec des parlotes, regrettent les bûchers allumés pour punir leurs hérétiques et n'ont nulle intention de mourir pour leur Jésus.

— Tu oublies les croisades…

— Parlons-en ! Ils ont massacré nos peuples pour nous voler nos terres ! Tous fuyaient la mort, même si elle les rattrapait ! Ce n'est pas ça, servir son Dieu !

Dan ne répondit pas et ralluma une cigarette. Il fumait trop, mais quelle importance ? Il pensa que les autres peuples étaient aussi capables de mourir pour une conviction, à part qu'elle était différente de celle de ces fous. Il s'assit aux côtés d'Ali.

— Laissons tomber la mort, dit-il. On a davantage besoin d'un café que d'aller prier à la mosquée.

Ali le regarda un instant, sourit et lui prit la main.

— Tu es mon ami. Tu as raison. Nos actes peuvent remplacer parfois nos prières. Allons-y.

Ils sortirent et Ali ferma soigneusement derrière lui. Dan en profita pour tenter d'identifier le type de serrure. Une porte blindée et une barre armée de plusieurs verrous. La forcer ne serait pas facile.

Une fois dans la rue, Ali proposa d'aller dans un pub irlandais proche de chez lui. Ils marchèrent en silence, chacun perdu dans ses pensées. La soirée était douce et une odeur d'herbe coupée arrivait du parc proche.

— C'est pourtant un beau pays, dit Dan.

Ali cracha par terre.

— Un pays d'incroyants et de pervers ! Comment peux-tu le trouver beau ?

Dan se força à rire.

— Tu es comme le crotale quand on lui marche sur la queue ! Relaxe-toi.

— Excuse-moi. Hattal dirait encore que je suis trop jeune !

— Tu ne sembles pas vraiment l'apprécier ?

— C'est le moins qu'on puisse dire.

Quand ils poussèrent la porte du pub, ils se retrouvèrent plongés dans un autre monde, fait de fumée, de cris et de rires. Un long comptoir d'acajou était occupé sur toute sa longueur par des buveurs de bière scotchés devant un match de base-ball à la télé et qui accompagnaient chaque action de leurs commentaires.

Face au bar s'alignaient des tables de quatre et six, pour la plupart inoccupées, entourées de banquettes en moleskine. Des fresques représentant des courses hippiques décoraient le mur derrière. Des lampes en verre sombre d'où tombait une lumière rachitique étaient suspendues au plafond par des chaînes couvertes de chiures de mouches.

Dan commanda deux cafés au comptoir et ils s'installèrent à l'une des tables. Ali, toujours crispé, semblait redouter un éventuel danger.

— Je ne comprends pas, dit Dan en sortant son paquet de cigarettes, on peut fumer ici ?

— Le patron arrose les flics, bougonna Ali. Mais au moins on peut fumer. C'est pour ça que je viens ici.

— Tu as l'air soucieux, dit Dan au bout d'un moment, en sirotant son café.

Ali releva la tête vers lui.

— Chaque action que nous accomplissons pour la gloire du Très-Haut est une marche vers notre liberté, murmura-t-il.

— Alors, où est le problème ?

— Nous ne pouvons pas rater cette marche ! répondit farouchement le jeune homme.

La serveuse, une petite boulotte avec une jupe rose à mi-cuisses, s'approcha d'eux.

— Autre chose ?

Ali ne se donna pas la peine de répondre et détourna ostensiblement la tête.

— Merci, non, dit Dan.

Il pensait que le fils de son employeur n'avait pas les nerfs assez solides pour son engagement. L'absurde de la situation en même temps qu'une possibilité de le retourner lui apparut.

— Tu es très soucieux. Détends-toi, tu vas attirer l'attention, murmura-t-il.

Ali releva brusquement la tête et ses yeux parcoururent la salle.

— Je ne suis pas soucieux, répondit-il sur le même ton.

Dan se pencha vers lui.

— Ça va se passer où, ici ? Il vaudrait peut-être mieux que tu quittes la ville…

Ali le fixa.

— Tu as regardé les prises de vues ? Ça ne se passe pas ici.

— C'est vrai, mais ça aurait pu être une banlieue…

— Non.

— Tu ne me fais pas confiance, lâcha soudain Dan, jouant son va-tout.

— La confiance ne fait pas partie de notre entraînement.

— Bon, allons-y, soupira Dan, je commence à en avoir assez. Demain, je dois être à sept heures chez ton père, bilan trimestriel.

Ils se levèrent sans ajouter un mot ni l'un ni l'autre. Dan se demanda où il avait fait une erreur.

Ils sortirent dans l'avenue sombre et déserte bien qu'il fût tôt. La pluie était tombée pendant qu'ils étaient au pub et l'odeur d'herbe coupée était encore plus forte. Ils arrivèrent devant l'immeuble d'Ali.

— Fais attention à toi, dit Dan en serrant le bras d'Ali.

— Toi aussi, répondit le jeune islamiste en lui lançant un drôle de regard.

Il entra dans son immeuble et Dan repartit. Il avait une longue trotte pour revenir chez lui, mais il avait besoin de marcher. Ses nerfs et ses muscles étaient contractés à lui faire mal. Il pensa que ses chefs l'avaient mal choisi. Il avait perdu la main et il en ignorait la raison. Il coupa au travers d'un petit parc généralement fermé à cette heure et qui ce soir-là, sans que l'on sache pourquoi, était resté ouvert.

Le bruit de ses pas résonnait à peine sur le sentier de terre qui contournait la végétation. Le parc était vide. Une demi-lune l'éclairait mal. Un lampadaire sur trois était allumé. Par mesure d'économie ou par prudence ?

Il traversa le jardin en diagonale, il avait soudain envie de retrouver la rue et le monde. Depuis un petit moment des pas résonnaient derrière lui sans qu'il arrive à les situer. Un promeneur… ou autre chose ?

Il accéléra, courut presque vers la sortie. Les pas étaient toujours là. Il arriva sur le trottoir, une voiture de police pointa son museau au coin de la rue. Il alla vers elle, salua les flics de la main. Surpris, ils le regardèrent sans réagir.

Un bus arrivait. Il n'allait pas dans sa direction, mais il lui fit signe et grimpa à l'intérieur.

Assis à mon bureau, je regarde Mendoza s'énerver au téléphone.

Comme nous tous, le Cubain est découragé du peu de résultats de l'enquête. Il comptait probablement sur un succès rapide pour asseoir ses ambitions de chef de la police de Madison où vivent sa parentèle et ses alliés. Mais ils ont beau, Johnson, lui et les autres flics, courir dans tous les sens pour recueillir une piste sur le Tanneur, ils ne débouchent que sur des impasses. Le psychopathe est du genre organisé. Les pires.

— Il faut réinterroger les proches de Jane Morrison. Les voisins, les collègues. Quelque chose a pu nous échapper. Vous devez revoir les rapports, les pièces à conviction, les éplucher à vous bousiller les yeux ! Qu'est-ce que ça donne les registres des derniers tordus libérés ? je demande à Johnson.

— Que dalle ! Deux violeurs récidivistes, mais l'un a soixante-seize ans et l'autre est dans un fauteuil roulant suite à une agression en prison.

— J'ai quelque chose, dit Mendoza, qui vient de raccrocher. À Springfield, dans le Missouri, ils ont eu il y a deux mois un meurtre perpétré contre une handicapée mentale. Ils l'ont retrouvée clouée à un arbre par une fourche à foin près de la ferme des parents, les seins coupés.

Je ne peux retenir une grimace.

— Et alors ?

— C'est passé par le CASKU, l'unité qui s'occupe des meurtres d'enfants et des serial killers. J'ai demandé qu'on nous signale tous les crimes de cinglés.

— Je sais ce qu'est le CASKU. On a le nom d'un inspecteur qui s'est occupé de l'affaire ?

Mendoza me tend un papier.

— « Inspecteur Tramor », je lis. Appelez-le, Mendoza.

Quelques instants plus tard, Tramor vient en ligne.

— Capitaine Levine, de la police nationale de Milwaukee. Je voudrais que vous me parliez d'un meurtre particulièrement sordide qui s'est passé dans votre coin…

— Celui de Springfield ?

— Exactement.

— Pour quelle raison ?

Je lui raconte l'affaire sans lui donner de détails.

— Nous cherchons à la rapprocher d'autres meurtres barbares commis ailleurs.

— Oh, vous n'avez pas de pot, à Milwaukee ! s'exclame Tramor. Entre les attentats et les psychopathes, vous êtes bordés !

— Comme vous dites, inspecteur.

— Et vous n'avez vraiment pas de pot parce qu'ici on a arrêté le meurtrier. Son frère. Il voulait la sauter et elle ne voulait pas.

J'ai mis le haut-parleur. Mendoza fait la grimace.

— Ouais, je vois.

— Et qu'est-ce qu'il a fait le vôtre ?

— Je vous remercie, inspecteur. Content pour vous, nous on continue. Merci.

Je raccroche et regarde mes hommes d'un air navré, quand le téléphone sonne de nouveau.

— Capitaine Levine.

— Maureen. Tu es occupé ?

— Oh, bonjour, agent spécial. Toujours, oui. Comment ça va ?

— On peut se voir ?

— Oui…

— Quel enthousiasme !

Je jette un coup d'œil vers Mendoza, qui a repris son téléphone et paraît absorbé en répondant à ce que je suppose être une femme.

— Je ne suis pas seul dans mon bureau…, je murmure.

— Je serai dans ton coin vers cinq heures ce soir.

— Très bien. Je vais déposer au tribunal mais je tâcherai d'être de retour pour cette heure-là.

— Stan…

— Oui.

— Je crois qu'on devrait parler.

Ce que je craignais arrive. Normal. Il n'y a pas d'exemple que la lâcheté ait payé à long terme.

— Certainement.

— Alors, à ce soir.

Je raccroche et regarde autour de moi. Tous sont occupés, et dire qu'il y a peu de temps j'enviais leur vie. Un foyer, une maîtresse. J'ai à présent une maîtresse, mais toujours pas de foyer.

Maureen, c'est la nouveauté. Sarah, c'est ma femme. J'ai tout partagé avec elle, le meilleur et le pire. Qu'est-ce que j'ai partagé jusque-là avec Maureen ? Le meilleur. Est-ce que la vie de deux êtres se résume à ça ? Sarah, c'est une partie de moi. C'est la mère de Judith. Est-ce pour ça que je suis allé vers Maureen ? Non. Je suis allé vers Maureen parce que je la désirais. Parce qu'elle ne savait rien, parce qu'elle n'avait pas été témoin de ma débandade. Parce que… j'aime ses cheveux et son sourire, et ses épaules et son ventre.

— On va peut-être savoir pourquoi ils nous ont débarqués si vite de leur enquête, dit Johnson d'un ton amer en se plantant devant moi.

— Qui ?

— Le FBI. C'est pas Segall que vous aviez en ligne ?

— Heu… oui. Ils nous ont débarqués parce qu'ils considèrent qu'ils sont meilleurs sur ce coup et qu'on est des brêles, je lâche en pinçant les lèvres. Les fédéraux s'étonnent d'être détestés, y devraient pas.

— Les flics aussi sont détestés, remarque Mendoza, qui a raccroché et repris sa tête de carême. Ma femme me demande de ne pas dire ce que je fais quand on rencontre des gens nouveaux. Pourtant on les protège. Quelle gueule y feraient si on laissait courir les criminels ? Si on n'intervenait pas quand les maris et les femmes se foutent sur la gueule ? Quand des mômes sont enlevés et violés ? Qui c'est qui irait courir après les salauds qui font ça ?

Johnson et moi considérons Mendoza comme on regarderait un gosse en colère face à une injustice. Tout ça, on le sait. On sait aussi qu'on ne rattrape pas tous les salauds. Que l'on fait beaucoup de boulettes, et qu'en fin de compte on n'empêche pas grand-chose.

— Bon, allez, au taf. Il a bien dû laisser quelque part un indice. Allez, dégagez. Les rapports ce soir sur mon bureau.

Je relève la tête alors que les deux flics s'esquivent et aperçois de loin O'Brady qui débarque en agitant la main.

— Salut, capitaine.

— Salut, sergent. Qu'est-ce qui vous amène ?

— La déprime.

— Ah bon, asseyez-vous.

— Plus j'y réfléchis, dit O'Brady sans préambule et en se laissant tomber lourdement sur la chaise que vient de quitter Mendoza, moins je pige. Ce mec a passé plus d'une nuit sur place et on n'a pas le moindre putain d'indice. Personne l'a vu. Personne n'a rien entendu. C'est tous des sourdingues ou quoi ?

— Mes gars ont cherché sans succès à remonter la piste d'Internet. On est tombés sur une plate-forme au Panama dans le dernier cybercafé. On avait deux suspects. L'un a été blanchi et on n'a pas retrouvé l'identité de l'autre. J'ai demandé plus haut un coup de main, j'attends.

— Merde ! Alors quoi, grogne le rouquin, il va filer ?

— Qu'est-ce qu'ont donné les centres de soins ?

— Que dalle ! Personne n'a remarqué un vol de ces drogues, et le plus marrant, c'est que les trois quarts ne savaient même pas à quoi elles servaient… Par acquit de conscience, on a vérifié le curriculum des gens qui y travaillaient… Labos, toubibs, infirmiers, livreurs…

— Il s'est servi d'instruments chirurgicaux, vous avez pensé à un étudiant en médecine, en chirurgie, même vétérinaire… ? La succinylcholine est une sorte de préanesthésique. On s'en sert aussi contre les douleurs des membres fantômes.

O'Brady hoche la tête, dubitatif.

— C'est pas du travail de pro. Et les instruments, il a pu les dégoter n'importe où. Même les voler chez un pédicure en allant se faire soigner un cor. Ça ne veut pas dire qu'il travaille dans le milieu médical. À part que j'comprends pas comment il a eu accès à cette drogue, s'étonne O'Brady.

— On sait pas. Les procédures de réception et d'emmagasinement des produits médicamenteux semblent très strictes. La pharmacie de chaque établissement puis le service de soins doivent contrôler le contenu de la livraison avant de la redistribuer. Le stockage est vérifié chaque semaine. Et ce sont les responsables pharmaciens qui conservent les clés des réserves et distribuent les médicaments. Tout ce qui est pris est enregistré. De plus, ce ne sont pas des drogues qu'on utilise couramment.

Le sergent secoue la tête d'un air désolé.

— Vous vous souvenez de l'affaire Jeffrey Dahmer ? Ça s'est passé dans les années quatre-vingt-dix. Un tueur cannibale qui a assassiné dix-sept pédés et fourré leurs restes dans le frigo en attendant de les bouffer.

— Je me souviens, et alors ?

— On a mis un putain de temps à le trouver. Je ne sais pas combien de fois on l'a laissé échapper. Après, on s'est rendu compte qu'il avait été contrôlé pour divers petits délits, et personne n'avait fait le rapprochement. Douze ans, qu'on a mis !

— Et alors ?

— Et alors, je pense que… vous savez, l'hypothèse que j'avais émise, comme quoi l'assassin de Morrison pourrait bien être… enfin, à cause de la manière de torturer…

— Oui ?

— Eh ben, je crois que je me suis gouré. Çui-là, ce serait plutôt un copycat, que le vôtre.

— Vingt-cinq ans après ?

— Pourquoi pas, ça s'est déjà vu.

— Il a pas tué de pédés, il a tué une femme, et il l'a pas mangée…

— Qu'est-ce qu'on en sait ? Il lui manquait une main et une sacrée portion de peau !

— On part dans toutes les directions, là, sergent. Je ne pense plus au tueur de ma fille, mais ça ne nous avance pas plus. Si vous consultez le VICAP, vous verrez que dans le pays les tueurs barbares ne manquent pas. Chacun a plus ou moins sa manière de faire, mais c'est vrai qu'il y a aussi pas mal d'imitateurs.

— Le préfet a passé une heure ce matin avec le maire, le temps n'est pas au beau fixe, dit O' Brady, changeant subitement de sujet. Tout le monde s'excite sur nos terroristes sans en choper la queue d'un. Du coup, Barrett serait bien content qu'on attrape notre cinglé. Sa cote remonterait, et du coup la nôtre aussi. Faut voir ce qu'ils dégoisent ailleurs. La presse nous arrange pas !

— Je sais. On est tous sur la sellette. Vous avez l'air crevé, dis-je en me levant.

— Je le suis, je ne pense qu'à cette affaire.

— On finira par l'avoir.

— Au bout de combien de meurtres ?

— L'expérience m'a appris que parfois c'est pas en s'acharnant que l'on trouve. Il va réapparaître. Il s'agira d'être là quand ça se reproduira. Vous avez une femme ?

— Je sais plus. J'en ai croisé une ce matin chez moi, et il m'a semblé la reconnaître, grimace-t-il d'un air contrit.

— Alors, méfiez-vous, les Pénélopes, c'est passé de mode.

— C'est ce que je me dis. Je me dis aussi qu'elle est rudement patiente ! À bientôt, capitaine.

— Salut, sergent. On reste en contact.

O'Brady parti, je reste à réfléchir. Il a raison, le rouquin, on s'est emballés sans raison pour Nichols. La femme a été crucifiée, d'accord, mais c'est vraiment la seule chose que les deux meurtres aient en commun. Les assassins n'ont pas davantage d'imagination que les autres mortels parfois, oui.

L'assassinat de Judith a été suffisamment médiatisé et disséqué pour qu'un autre cinglé soit tenté de l'imiter. Ce que cherchent ces malades, c'est la gloire. Ils veulent passer à la télé, ils veulent qu'on parle d'eux, ils veulent qu'on les craigne. Ils ne sont jamais si heureux d'après toutes les études et témoignages qu'on leur a consacrées, que lorsqu'une population est terrorisée. C'est ce qu'ont dit le Fils de Sam ; Ramirez, le tueur de l'autoroute ; Ted Bundy ; O'Toll et son complice, et tous ceux que l'on a étudiés. C'est la marque de leur pouvoir. Ils sont pareils aux terroristes avec d'autres motivations. Leur point commun est qu'ils ne se rendent pas compte de ce qu'ils ont fait.

Je consulte ma montre et m'aperçois que j'ai juste le temps de filer au tribunal où je dois témoigner dans un hold-up avec homicide dans une bijouterie du centre-ville.

J'en sors à cinq heures et quart et me presse de rentrer au commissariat. Maureen a dit qu'elle passerait vers cette heure-là.

Quand je la vois discuter avec Mendoza, j'ai une nouvelle bouffée de culpabilité. Je voudrais me persuader de l'avoir trouvée séduisante parce que j'étais seul. Mais je sais que c'est faux. J'ai vécu libre de mes gestes et de mes sentiments pendant presque dix ans et n'en ai jamais profité. M'intéresser à une femme m'était impossible. Et juste avant que Sarah réapparaisse dans ma vie, voilà que je tombe amoureux.

Elle agite la main en me voyant.

— J'ai failli attendre !

La même phrase que Sarah à l'aéroport.

— Excusez-moi, le petit fumier qui a carbonisé le bijoutier avait de très bons avocats. J'ai bien cru qu'on allait se faire avoir !

Je parle fort pour que mes collègues m'entendent. Classique. Ma grand-mère avait une formule pour ces situations scabreuses : « Sur la tête du voleur le chapeau brûle. » Môme, j'ai mis du temps à comprendre. Plus maintenant.

— Je vous pardonne. On y va ? dit-elle en passant son bras sous le mien.

— Heu… oui. Attendez. Faut que je prenne mon arme.

— La ville n'est pas dangereuse quand les fédéraux s'en occupent, raille-t-elle.

Johnson, qui est à côté, émet un ricanement de cheval.

— OK. Allons-y, dis-je.

Je me surprends en gagnant la rue à examiner les alentours pour m'assurer que Sarah ne m'attend pas.

— Où m'emmènes-tu ?

— Je connais une terrasse sur le bord du lac, très sympa. J'ai pas mis le nez dehors depuis ce matin, dit Maureen. Il n'y a pas que toi de débordé.

— J'ai jamais dit ça.

— Ma voiture est un peu plus loin.

Pendant le trajet, nous n'abordons que des sujets anodins. Je sens sa gêne égale à la mienne et me demande où tout ça va nous mener. La circulation est fluide, toujours en raison de l'alerte rouge décidée par les autorités, et Maureen conduit prudemment.

Vingt minutes plus tard, on arrive au bord du lac et elle se gare près d'un café qui se donne des airs d'auberge italienne, avec ses lampions et ses drapeaux rouge, blanc, vert tendus au travers de la terrasse qui surplombe le lac.

Elle est presque vide et nous nous installons face à l'eau. Un serveur qu'ils ont dû recruter dans une comédie italienne surgit aussitôt.

— Monsieur, madame, je peux vous faire plaisir ?

On sourit de la formulation.

— Deux Campari, commande Maureen.

— Sì, signora !

— C'est un des avantages de cette ville, ce lac, remarque-t-elle, on pourrait se croire en vacances n'importe où.

— Je n'ai pas eu beaucoup l'occasion d'en profiter depuis que je suis là.

Elle ne répond pas et regarde un petit cargo doubler la pointe du port.

— J'ai une cabane à Windsor, sur le lac Érié, dit-elle au bout d'un moment. Un petit voilier que je manœuvre aussi facilement qu'un vélo est amarré au ponton.

Le serveur revient avec nos apéritifs et je m'attends presque à l'entendre chanter un air d'opéra. Il exécute un ample mouvement avec son plateau avant de poser nos verres.

— Voilà, madame, monsieur !

On évite de lui répondre car on a compris que l'on ne s'en débarrasserait plus et il repart presque en dansant.

— De l'autre côté du lac, à une heure de navigation, existe la plus jolie réserve de faune et de flore qui soit, reprend-elle en jouant avec son verre. Un des couples de gardiens a ouvert une sorte de refuge où ils font une cuisine qu'on ne trouve plus ailleurs. Ils pêchent devant nous les poissons qu'ils nous grillent. Le soir, quand le soleil se couche, le ciel ressemble à une cassate sicilienne, et c'est le moment que choisissent les oies sauvages pour le traverser.

Je hoche la tête. Je me demande si tout le monde est aussi tordu que je le suis. Quand je suis avec Sarah, je pense à Maureen, et quand je suis avec Maureen, je pense à ma femme.

Au théâtre, tragédie et comédie se jouent dans des lieux différents et dans des registres qui le sont aussi. Dans la vie, les deux genres sont sans cesse mêlés, et l'on passe de l'un à l'autre sans changer ni de costume ni d'acteurs.

Je vis un vaudeville dans une ville paranoïaque où le bruit d'un tuyau d'échappement précipite tout le monde à terre, où erre un abominable assassin que je suis chargé d'arrêter et qui est peut-être celui après lequel je cours depuis dix ans.

— J'y suis toujours allée seule, dit Maureen en plongeant son regard dans le mien. J'aimerais te faire connaître l'endroit.

Je lui prends la main sans répondre et regarde moi aussi le petit cargo qui envoie des flots de fumée noire. On dirait un faux bateau, de ceux dessinés par un gosse.

— Que se passe-t-il, Stan ?

Je la regarde. Elle est tellement différente de Sarah, pourtant l'une et l'autre me plaisent. Mais l'aurais-je épousée à l'âge où j'ai connu Sarah ?

— Tu veux qu'on arrête ?

— Je t'aime, Maureen, dis-je.

— Mais… ?

Je veux lui prendre son autre main, mais elle la recule.

— Ce n'est pas un « mais ». Simplement, je ne sais pas où l'on va.

— Non, c'est quoi ? Un « cependant » ? un « je suis désolé » ?

J'avale mon Campari que je trouve aussi amer que moi.

— Je ne connaissais pas cet apéritif, dis-je.

— Ce n'est pas une boisson new-yorkaise ?

— Maureen…, ma femme est revenue.

Elle suffoque et détourne la tête. Elle va pour se lever, mais je la retiens par le bras.

— Nous ne nous étions pas revus depuis dix ans… Il faut me croire.

— Je ne savais même pas que tu étais marié ! crache-t-elle.

— Moi non plus.

J'ai un mouvement de recul instinctif parce que je crois qu'elle va me frapper, mais elle essaie seulement de se dégager.

— Je ne comprends pas ! Tu me prends pour une idiote ?

J'ai une envie folle de la serrer dans mes bras et de lui raconter une autre histoire que la mienne. Une histoire où ma fille n'aurait pas été massacrée, où la femme que j'aimais ne m'aurait pas repoussé.

— Pourquoi est-elle revenue ?

Elle n'a plus rien de la femme maîtrisée que j'ai connue. Folle de rage, elle veut fuir et j'essaie de l'en empêcher. Un autre couple est arrivé entre-temps et je sens qu'ils nous regardent.

— Laisse-moi t'expliquer, tu vas tout comprendre.

— Ça m'étonnerait !

— Assieds-toi, je t'en prie.

Elle me toise d'un regard rageur.

— Qu'est-ce que tu vas me raconter comme bobards !

Elle jette un coup d'œil vers le couple qui s'empresse de se détourner.

— Je ne vais pas te raconter de bobards. Rien ne s'y prête.

Elle hésite, considère un moment le lac comme s'il pouvait l'aider à prendre une décision, et se calme brusquement.

— Vas-y, je t'écoute.

— Nous nous sommes séparés avec ma femme… parce que nous… avons perdu un enfant… et notre couple s'est défait.

— Je suis désolée pour vous. C'est ce qui attend en général les couples à qui un tel malheur arrive. Mais pourquoi est-elle revenue maintenant ?

— Notre fille a été assassinée et nous avons cru, elle a cru, que celui qui a fait ça et après qui je cours depuis tant d'années était… était le même qui a massacré Jane Morrison. Alors… elle est revenue… Elle est revenue pour le trouver. Elle est revenue m'aider à l'attraper… Elle était partie parce que c'était de ma faute, et qu'elle ne pouvait pas me le pardonner.

— Assassinée ? Ta faute ?

— J'ai cru être le plus fort, le plus malin. J'étais le meilleur flic du NYPD. J'étais l'ami du maire et du préfet, le chef de la police me mangeait dans la main, je faisais régulièrement la une du *New York*

Times et j'étais un habitué de NBC News. Alors, quand ce… ce monstre s'est attaqué à ma ville, c'est comme ça que je parlais, j'ai pensé que j'allais l'écraser sous mon talon comme la merde qu'il était. Et c'est lui qui m'a écrasé sous le sien parce qu'il a kidnappé ma fille, l'a torturée pendant cinq jours, et quand je l'ai retrouvée… quand nous l'avons retrouvée… Sarah et moi…, elle était clouée sur une croix et il lui avait coupé la tête.

Maureen se fige. Toute couleur a disparu de son visage.

— Stan… Oh, Stan…

Je m'approche, pose mes lèvres sur les siennes, force sa bouche. Mon cœur s'emballe et à cet instant je voudrais partir n'importe où avec elle.

— C'est la première fois que j'en parle, dis-je quand nous nous séparons.

Deux dériveurs aux voiles colorées tirent des bords et on entend leurs rires et les injures qu'ils échangent depuis la rive.

— Je t'attendrai jusqu'à ce que tu te pardonnes.

— Je ne me pardonnerai jamais, Maureen, jamais.

Assis sur un muret face au commissariat, il l'aperçut in extremis qui partait.

Dans la salle d'audience, installé au dernier rang, il l'avait entendu raconter l'agression du bijoutier par cette merde de nègre qui fanfaronnait avec ses avocats, saluait ses amis si bruyants dispersés dans la salle, s'agitait, riait aux éclats, intervenait à tout propos. Le président avait dû à plusieurs reprises rappeler ces singes à l'ordre.

Observer Levine lui avait procuré un plaisir fou, comparable à celui du voyeur quand il vole l'intimité de sa victime.

À un moment, Levine s'était trouvé en mauvaise posture lorsque l'avocat de cette crapule avait essayé d'invalider les aveux de son client obtenus d'après lui sous la contrainte.

« Mon client était sous l'emprise du crack, avait-il clamé. On l'a brutalisé !

— Quand votre client a abattu sa victime, il avait toute sa tête, a protesté le substitut du procureur. Et quand il a avoué aussi ! L'enregistrement de l'interrogatoire en témoigne ! »

Trente ans de prison, et le président avait dû faire évacuer la salle pour éviter une émeute.

Il l'avait de nouveau suivi quand Levine était revenu au commissariat, marchant au même pas sur l'autre trottoir. Traverser et entrer avec lui dans un drugstore, et pousser l'audace jusqu'à s'excuser après l'avoir légèrement bousculé, fut un autre grand moment.

Il l'attendit sans impatience et le vit bientôt ressortir avec une femme qui n'était pas la sienne, et qu'il reconnut comme étant une des flics qui travaillaient avec lui. Il lui parut qu'ils étaient proches.

Il les vit monter dans une voiture dont il releva le numéro à tout hasard. Il ne tenta pas de les suivre. D'ailleurs, il devait reprendre son travail.

Monsieur Lacy, avez-vous rendu les clés de la réserve de pharmacie au Dr Closer ? Figurez-vous que des policiers sont venus vérifier nos registres.

— Que voulaient-ils ?

— Savoir si nos stocks correspondaient aux écritures et si toutes les sorties et rentrées étaient bien notées.

— Ils ont du temps à perdre, soupira Lacy.

— C'est ce que je leur ai dit. Bon Dieu, ça pète dans tous les coins et ils s'amusent à vérifier si nous n'avons pas oublié de signaler un tube d'aspirine !

— Un tube d'aspirine ?

— C'est une façon de parler. Ils m'ont dit qu'une nouvelle drogue était apparue dans les rues et qu'ils voulaient savoir où se la procuraient les trafiquants. Et pourquoi pas dans les établissements de soins, évidemment !

— Les dealers feraient partie du personnel médical ou auraient des complicités ? s'offusqua Lacy.

— C'est ce qu'ils me semblaient sous-entendre. Vous savez comme ils sont… Au fait, pourquoi aviez-vous besoin d'aller à la pharmacie ?

— Le Dr Closer m'a demandé un test injectable pour une suspicion de diabète chez un patient du Dr Taylor. Je lui ai rapporté des ampoules de 2 ml. J'ai pris en même temps des cachets de zolpidem pour un patient du Dr Malkoff. Ensuite, j'ai rendu les clés au Dr Closer. Mais ne vous en faites pas, tout a été noté.

— Je sais bien, Lacy. Mais je ne voudrais pas que ces casse-pieds nous accusent de négligence.

— Bien sûr, monsieur Mallaury. Je comprends. Bon, eh bien, je vais me sauver, j'ai fini mon service.

Le directeur regarda sa montre.

— Vous avez même une demi-heure de retard. Allez, à demain.

— À demain, monsieur le directeur.

Inspecteur…

Morgan leva la tête du journal qu'il était en train de lire.

— Je suis Mme Simsaophone…

— Oui ?

— Mon garçon, pas revenu.

Il la regarda et se souvint. C'était bien la même tronche de Niaquouée. Il hésita et sortit du tiroir le registre des plaintes. Il chercha la ligne des yeux et vérifia la date. Merde !

— Ah ? (Il tordit la bouche dans un ersatz de sourire.) Il est pas revenu ? Vous auriez dû nous prévenir avant…

Il remarqua que son expression était différente de la première fois. Elle n'était plus intimidée mais en colère. Il relut le registre.

— Bien, nous allons nous en occuper dans ce cas… si ce petit garnement n'est pas revenu…

Il jeta un coup d'œil vers le bureau de son supérieur. Il aurait dû au moins signaler sa visite. Un gosse de quinze ans qui disparaît, c'est pas n'importe quoi.

— Vous n'avez eu aucune nouvelle ?

Elle ne répondit pas.

— Nous allons faire des recherches, madame. Mais ne vous en faites pas, on le retrouvera. (Même à lui ses propos semblèrent creux.) Restez ici, je vais en parler à mon chef.

Il se leva, un malaise au ventre. S'il comptait de la date de la disparition à celle d'aujourd'hui, ça faisait six jours. Et quatre qu'elle était venue. Est-ce qu'elle irait raconter que l'inspecteur à qui elle s'était adressée n'avait pas jugé important de s'occuper de la disparition de son fils ? Bon. Mais elle aurait dû revenir plus tôt. Il pensait que le môme était rentré chez lui. Voilà.

Il frappa chez son sergent.

— J'peux vous parler ?

Capprezzi était sergent depuis cinq ans. En cinq ans il avait pris une vingtaine de kilos qui, additionnés à ceux qu'il possédait déjà, faisaient tourner son poids autour des deux cent soixante livres. Son bureau était toujours encombré de bouts de pizza froide, de cartons de bouffe chinoise et de sodas. À part ça ce n'était pas un mauvais flic.

— J'ai une cliente qui dit que son fils a disparu. Une Cambodgienne, précisa-t-il, comme si ceci pouvait expliquer cela.

— Depuis combien de temps ?

Morgan hésita. C'est là que ça devenait coton. Il grimaça un sourire.

— Elle est venue me voir il y a quelques jours…

Capprezzi était obèse, mais perspicace. Il comprit tout de suite qu'il y avait un lézard rien qu'à l'expression de ce couillon de Morgan qui s'arrangeait toujours pour en faire le moins possible. Quand il s'agissait d'un problème d'excès de vitesse ou d'un vol à l'arraché, c'était moins grave. Mais un môme qui disparaît…

— Et quand elle est venue, qu'est-ce qu'elle a dit ? T'as noté, j'imagine ? Pourquoi t'as rien dit ?

— Elle est dans mon bureau, biaisa Morgan. Vous voulez que je vous l'envoie ?

Capprezzi se contenta de le regarder.

— Je vais la chercher, compléta Morgan.

Il sortit et fit signe de loin à Mme Simsaophone.

— Vous voulez bien venir ?

Elle arriva rapidement et se planta devant Capprezzi.

— Mon garçon disparu, dit-elle.

— C'est ce que vient de m'annoncer le détective Morgan, répondit Capprezzi d'un ton affable qu'il souhaita réconfortant. Nous allons immédiatement commencer les recherches.

— Depuis six jours, martela Mme Simsaophone. Je l'attends depuis six jours.

Capprezzi leva un sourcil. Six jours ? Elle était venue voir Morgan à quel moment ? Il le lui demanda avec précaution.

— Mardi matin. J'ai dit : Mon fils pas monté dans le car le samedi avant.

Capprezzi retint son souffle. C'était pas possible que cette tête de nœud de Morgan n'ait pas réagi quand elle était venue ! De samedi à mardi, ça faisait déjà quatre jours. Et on lançait l'alerte enlèvement au bout de vingt-quatre heures pour un mineur !

— Il est pas monté dans le car…, répéta Capprezzi pour reprendre contenance et tenter de comprendre, en même temps qu'il lançait à Morgan un regard qui fit s'enfoncer l'inspecteur dans le parquet. Ça lui est déjà arrivé de disparaître sans raison ? demanda-t-il poliment à la femme.

— Non.

Morgan, d'où il était, jugea bon de ne pas rectifier. Capprezzi se tourna vers lui.

— Vous allez tout de suite interroger le conducteur du car et aller à l'école, ordonna-t-il, vouvoyant son inspecteur pour donner du poids et du sérieux. Avait-il des amis à qui il aurait pu confier un secret ? demanda-t-il sur le ton de la confidence.

Elle secoua la tête. Capprezzi ne comprit pas si le gosse n'en avait pas ou si elle ne savait pas. Bon, ça pouvait attendre. De toute façon, il faudrait interroger les mômes en même temps que lancer un avis de recherche. Il se rappela soudain avoir vu passer une info sur le réseau interne signalant un incident avec un gosse, sans se souvenir de quoi il s'agissait.

— Vous n'avez eu aucune nouvelle ? aucune demande de… d'argent ?

Elle secoua la tête et Capprezzi remarqua son regard égaré. Putain, ça sentait le poisson ! Un môme de quinze piges, l'âge le pire, celui de tous les dangers, disparaît, et ce con de Morgan ne juge pas bon de s'en inquiéter ! Il sentit monter une envie de meurtre. À quel moment était arrivée l'info ? Il fut tenté de vérifier aussitôt. De toute façon, il devait lancer immédiatement l'opération « enlèvement » sur tout le comté.

— Le conducteur de car, cracha-t-il. Commence par là ! Après, tu files interroger les profs !

Morgan acquiesça vigoureusement de la tête et se précipita pour sortir, mais au moment de passer le seuil, il se tourna penaud vers son chef.

— C'est quelle école ?

— Quel est le nom du collège de votre fils, madame ? s'enquit Capprezzi du ton le plus rassurant possible, foudroyant en même temps du regard son inspecteur.

— Collège Robertson, murmura-t-elle, à Brookfield.

— Collège Robertson, répéta-t-il à l'intention de Morgan, prêt à mordre. Brookfield.

Morgan sortit en trombe, rafla sa veste sur sa chaise au passage, dégringola les escaliers et s'engouffra dans sa propre voiture, ce qu'il ne faisait jamais à cause de l'essence.

Le collège était situé à proximité d'une piscine qui avait connu la gloire dans les années soixante-dix parce que Mark Spitz, le super-champion olympique, s'y était entraîné. À présent, sa prestance laissait à désirer car une autre piscine avait été construite et attirait la clientèle grâce à son plafond en verre amovible.

Il se gara sur un emplacement interdit, se rendit directement au service d'accueil et entra chez le directeur en forçant sa porte comme un char.

— Salut. Inspecteur Morgan, dit-il en exhibant son insigne. Je viens enquêter sur la disparition d'un de vos élèves.

— Ah, quand même ! rugit le directeur.

Il semblait tassé dans son fauteuil mais, quand il se leva, il réussit à toiser Morgan pourtant plus grand d'une bonne tête.

— J'ai signalé son absence, mais depuis je n'ai plus eu de nouvelles. Sa mère vous a-t-elle prévenu ? Elle a dit qu'elle le ferait. Il y a du nouveau ?

— Pas encore, grommela Morgan. Je voudrais savoir, les cars, ils appartiennent à l'école ?

— Non, c'est une entreprise privée qu'on affrète. Pourquoi ?

— Laquelle ?

— Bartley Frères. Sur Custom et Bones.

— Bon, OK. Custom et Bones ? Je reviens plus tard, avertit-il.

— J'espère ! répondit seulement le directeur dressé sur la pointe de ses orteils en foudroyant Morgan du regard. Vous avez mis assez de temps à vous bouger !

Morgan ne répondit pas.

Il arriva chez Bartley après avoir traversé la moitié de la ville. Par chance, le chauffeur n'était ni malade, ni en congé, ni n'importe où.

— Ouais, c'est moi et un autre qui avons chargé les élèves de Robertson, reconnut un type dégingandé avec une petite casquette plantée sur la tête, et qui répondait au nom de Gillois.

— Vous n'avez pas fait attention qu'il vous en manquait un ? questionna Morgan en chargeant son ton de reproche.

— Et comment qu'j'aurais fait ? Le prof a juste compté que tous les sièges étaient occupés, parce que les sièges ne sont pas assignés. Les gosses s'assoient au fur et à mesure qu'ils entrent. Une fois que c'était plein, l'accompagnateur m'a dit de démarrer. En plus, il pleuvait comme vache qui pisse, alors j'ai pas fait attention. Sinon, croyez-moi, j'aurais fait gaffe, parce que moi les gosses… Tiens, ça c'est les miens, ajouta-t-il en extirpant de sa poche la photo d'un trio de blondins qui souriaient d'un air idiot et dont deux sur trois avaient les dents cerclées de métal. Alors vous pensez… !

Morgan ne jeta pas le moindre coup d'œil sur la photo.

— Et l'autre car ?

— J'sais pas. Il a démarré pareil.

— Le chauffeur, c'est qui ?

— Van Huong, un Thaï. Mais sympa, ajouta le chauffeur. Tiens, vous avez de la chance, il est encore là.

Il pointa l'index sur un petit gabarit qui surgissait de derrière un car. Morgan en deux enjambées fut sur lui.

— Inspecteur Morgan, de la Criminelle.

L'autre haussa les sourcils en ouvrant des yeux comme des soucoupes, se voyant déjà revenu conducteur de tuk-tuk à Bangkok.

— Vous avez conduit des enfants du collège Robertson pour une sortie à la campagne, il y a une semaine ? (L'autre acquiesça vigoureusement.) Avez-vous remarqué s'il en manquait un ?

— Un quoi ? hasarda l'employé, qui ne comprenait rien.

— Un élève. Est-ce qu'une place est restée libre ?

Le chauffeur réfléchit, les lèvres pincées et les yeux plissés par l'effort.

— Plusieurs places.

— Avez-vous vu quelque chose qui vous aurait intrigué ?

L'autre chauffeur s'était rapproché. Comme son collègue ne répondait pas, il demanda :

— Intrigué par quoi ?

— Par exemple, auriez-vous remarqué un homme qui paraissait s'intéresser aux enfants… ou aurait parlé à l'un d'eux… ?

Les deux chauffeurs secouèrent négativement la tête.

— Quelqu'un a remarqué qu'il manquait un élève ?

— Personne, répondirent-ils d'une seule voix. Nous, on devait revenir les chercher le lundi, précisa Gillois.

— C'est la première fois que vous conduisiez les enfants du collège ?

— Nan. Mais c'est pas toujours les mêmes chauffeurs, précisa Gillois. Moi, j'l'ai déjà fait.

Morgan comprit qu'il perdait son temps et qu'il devait retourner au collège interroger les profs et les élèves. Il salua brièvement les deux hommes et reprit sa voiture.

S'il ne rapportait pas de renseignements, Dieu sait ce qui pouvait se passer. Les chances de résoudre une enquête résidaient dans la rapidité de réaction des enquêteurs. C'était d'autant plus vrai pour le cas d'un kidnapping. Il sentit une sueur froide inonder son dos. Il risquait le renvoi immédiat avec perte de sa pension, sans préjuger d'autres sanctions pénales.

La trouille pour son sort se transforma en colère contre ces étrangers qui envahissaient son pays après l'avoir combattu et venaient les emmerder.

Arrivé au collège, il usa de la même tactique et entra sans frapper dans le bureau du directeur, qui fit aussitôt la gueule.

— Vous ne pouvez pas frapper ? Alors, vous avez avancé ?

Morgan le regarda de travers. Il n'allait pas se laisser emmerder par ce petit prétentieux alors qu'il prévoyait pour lui de vraies grosses emmerdes.

— Je voudrais parler aux professeurs de Simsaophone.

L'autre le fixa comme si Morgan s'était transformé en mygale. Enfin il tourna l'écran de son ordinateur vers lui, tapa sur les touches, lut, relut, et dit :

— J'imagine que vous voulez voir le professeur qui faisait la classe avant que les enfants s'en aillent ?

— Ils sont pas partis directement ?

— Non, la 3e B de Kahala Simsaophone avait cours de géographie jusqu'à dix heures, heure à laquelle ils devaient prendre le car.

— Le prof est là ?

Le dirlo consulta derechef son écran.

— En salle 210. Ma secrétaire va vous y conduire.

— D'accord, merci.

— Comment ça se fait que vous vous en occupiez seulement maintenant ?

— Parce que sa mère vient juste de nous prévenir.

Le directeur fronça les sourcils d'un air sceptique.

— Ah ? C'est étonnant. On lui a signalé l'absence de son fils dès que les enfants sont revenus de leur camp. Au début de la semaine… Il y a eu un quiproquo entre les accompagnateurs et le collège…, ce qui explique le délai. Mais dès le lundi on l'a appelée.

— Elle nous a dit ne l'avoir appris que le mardi matin.

— Peut-être. On n'avait pas l'adresse de son travail. Mais ça fait quand même… (il compta sur ses doigts)… quatre jours. Que pensez-vous qu'il lui soit arrivé ?

— Une fugue… un enlèvement…, répondit-il pardessus son épaule en sortant.

— Un enlèvement ! souffla le directeur.

La secrétaire, qui avait dû commencer sa carrière en même temps que le collège, le conduisit jusqu'à la 210 en traversant des couloirs qui sentaient la colle et le bois, alors que les murs étaient en ciment et les casiers en fer. Cette odeur rappela son école à Morgan.

— Voilà, vous y êtes, dit-elle. 210.

Morgan comprit qu'elle mourait d'envie de l'interroger mais n'osait pas.

— Merci, dit-il en poussant la porte.

La prof était en train d'engueuler un élève quand il débarqua. Elle tourna vers lui un regard furieux. Il gagna l'estrade et lui mit sa carte sous le nez.

— C'est pour Kahala Simsaophone ?

— Oui. (Les élèves, heureux de la diversion, se détendirent.) Madame, commença-t-il, c'est avec vous que les élèves de la 3e B avaient cours avant de prendre le car ?

— Oui.

— Kahala Simsaophone ne vous a pas paru différent, distrait ?

Il savait qu'il aurait dû interroger la prof dans un endroit privé, mais il espérait déclencher des réactions d'élèves.

— Simsaophone n'est pas venu ce matin-là, dit-elle.

Morgan la dévisagea avec des yeux ronds.

— Il est pas venu ?

— Non. J'ai cru qu'il avait... préféré aller directement au car. Ce n'était pas un élève très assidu, dit-elle en baissant la voix.

— Il était pas là ? répéta Morgan, comme s'il venait de découvrir le fin mot de l'histoire.

— Non. C'est un garçon gentil, mais parfois il aime bien faire l'école buissonnière. Il a eu un avertissement l'hiver dernier. Cette année, ça va un peu mieux.

Morgan la regarda en réfléchissant. Donc, le môme avait apparemment disparu entre chez lui et l'école. Avec 50 dollars en poche, il avait sûrement eu envie d'autre chose que d'aller camper... Il sentit s'alléger le poids qui lui écrasait la poitrine. Il se tourna vers les élèves :

— Vous savez tous qu'un de vos camarades manque, n'est-ce pas ? (Un murmure en forme de borborygme lui répondit.) Est-ce que l'un d'entre vous est plus particulièrement son ami ? (Silence radio.) Est-ce qu'il aurait dit ne pas vouloir participer à la sortie ? Heu... je reste un moment dans l'école, si l'un de vous a quelque chose à me dire, qu'il vienne me voir chez le directeur, d'accord ?

Pas un qui moufte, enragea-t-il en examinant les visages mornes. La tête sur le billot, ces crétins n'en lâcheront pas une ! La solidarité des cancres !

Il comprit qu'il s'y était pris comme un manche. Ils devraient revenir à plusieurs et les interroger un à un. Mais ce que lui avait appris la prof le rassurait.

Le seul point qui le gênait était qu'une fugue ne durait pas si longtemps. Le gosse revenait le plus souvent la queue entre les jambes même s'il fanfaronnait un dernier coup.

— Bon. Si vous vous rappeliez quelque chose ou si un gosse se confiait…, dit-il à la prof avec un clin d'œil.

Il la trouvait gironde. Un peu sèche de corps, peut-être, mais il aimait les femmes autoritaires et celle-ci l'était sans conteste.

Il ne s'était jamais marié mais avait connu quelques aventures dont l'une avait duré un an. Un soir qu'il était rentré rond comme une queue de pelle d'une soirée entre collègues chez Murphy, leur bar favori, il s'était trouvé soudain en face d'elle, qui sans un mot inutile lui avait balancé ses fringues à la figure en lui conseillant de dormir sur le paillasson. Et ni ses supplications, ni ses menaces, ni ses coups de pied dans la porte ne la firent changer d'avis. Ce jour-là il tomba amoureux.

— Vous… vous terminez à quelle heure ? s'entendit-il demander.

Elle le considéra en silence, cherchant sans doute le piège.

— Ça dépend des jours.

— Ah ? Aujourd'hui, par exemple.

— Cinq heures.

— Bien, merci. (Il se tourna vers la classe.) Salut, les enfants, pensez à ce que je vous ai demandé. Je serai chez le directeur.

Mais le directeur avait déjà quitté son bureau quand il redescendit. Il le vit faire la sortie du collège avec un surveillant et consulta sa montre. Midi et demi. Les élèves dégringolaient les escaliers pour se précipiter dehors.

Morgan attendit planté devant le bureau jusqu'à une heure, mais personne ne se présenta.

Il reprit sa voiture. Il revenait les mains vides mais un peu soulagé de la tournure que prenaient les événements. Le môme s'était barré et ne voulait plus revenir vivre avec sa mère qui n'avait rien d'une marrante, ou il avait les jetons de se faire engueuler. Il repensa brièvement à la prof mais jugea que c'était pas le moment pour la bagatelle. Ils devaient quand même retrouver ce gosse.

Capprezzi était seul et il alla directement dans son bureau, étonné de l'effervescence qui régnait dans le poste. Celui-ci releva la tête de ses dossiers et son visage bouffi se crispa de colère quand il le reconnut.

Morgan arborait un sourire mi-figue, mi-raisin. Le silence dura jusqu'à ce qu'il comprenne que Capprezzi ne ferait rien pour l'aider.

— Ça bouge ici, qu'est-ce qui se passe ? tenta-t-il dans l'espoir de détendre l'atmosphère. Je reviens du bahut après avoir interrogé les deux chauffeurs. Tout est clean de ce côté-là. Par contre, j'ai appris de la professeur du môme que le jour du départ il n'était pas venu à l'école. (Capprezzi se renversa dans son fauteuil et joignit les doigts.) Heu… ce qui m'amène à penser que le môme avait prémédité sa disparition…

— Le môme s'appelle Kahala Simsaophone, si tu l'avais oublié, murmura Capprezzi d'un air sinistre. Et j'ai déjà lancé le plan enlèvement. Tous les flics de cette ville et des alentours sont prévenus, ainsi que le CASMIR qui centralise les recherches des disparitions.

— Ah ? Ben, peut-être que ça vaut pas le coup. À mon avis, et compte tenu de ce que j'ai appris, le mô… le jeune Simsaophone a juste eu envie de passer le week-end à se balader et boire de la bière avec une copine. (Il eut une sorte de ricanement réprimé.) Vous savez, sergent, combien y a de mômes qui disparaissent ici en un an ? Eh ben, la plupart c'est des fugues.

Capprezzi se pencha en avant, et Morgan se dit qu'il ne lui avait jamais vu une expression aussi effrayante.

— Après ton départ, je suis allé avec Mme Simsaophone chez le patron. (Il marqua une pause.) Il l'a interrogée et l'a fait ramener chez elle par un flic. C'est une femme tout ce qu'il y a de bien. Elle élève seule son fils et pendant que t'allais faire ta petite visite à l'école, dont tu ne connaissais même pas le nom, le patron a envoyé des enquêteurs interroger l'employeur et les voisins de cette femme. Que des éloges. Le jeune Kahala a une sœur qui étudie la gestion et veille sur lui. Une fugue est exclue. Jamais d'après sa sœur son jeune frère ne l'aurait laissée sans nouvelles. Ils sont très proches. Donc, cet enfant n'a pas été faire la foire, comme tu le penses. Il n'a pas été enlevé par une femme en mal de maternité, ce qui serait un moindre mal, parce qu'il est trop vieux pour ça. Ni pour une rançon, ils sont trop fauchés, t'es d'accord ? Alors, qu'est-ce qui reste ?

— Ben, c'est pour ça que j'ai tout de suite pensé à une fugue.

— Bien sûr. T'es vraiment le roi des cons, Morgan. Parce qu'on a reçu par intranet une info comme quoi un incident concernant un jeune Asiatique avait été signalé en début de semaine par le 17ᵉ. L'info a circulé sur toutes les bécanes, la tienne y comprise, Morgan. Mais t'es tellement con que t'as pas fait le rapprochement. J'peux te dire que tu vas entendre parler du pays. Tu retournes au bahut, t'interroges les élèves, les profs, tous…

— C'est ce que j'avais l'intention de faire, bégaya Morgan.

— Tu vas où il habitait, tu me fais une enquête de quartier. Tu refais son trajet jusqu'à l'école et t'interroges tout le monde. Aussi bien les zonards du coin, et t'agites tes indics, si t'en as. Tu te mets en rapport avec les collègues du 17ᵉ qui ont balancé l'info. Mme Simsaophone m'a apporté des photos de son fils, t'en demandes à Weston. On va diffuser le message sur les panneaux d'autoroute… Parle au patron de sa mère, à ses collègues… Refais ce que les autres flics ont fait et ne reviens pas sans un putain de renseignement ! L'attaché de presse de la police a prévenu les principaux canards. Bouge-toi le cul, bordel, sinon je te crucifie !

— Ouais, ouais…, balbutia Morgan, comprenant que son chef n'acceptait pas la thèse de la fugue. C'est vrai qu'il est trop vieux pour être enlevé par une nana en mal de maternité, et sa mère ne peut pas payer une rançon, c'est pour ça que j'ai pensé à une fugue…

— Putain, mais tu vas lâcher cette putain d'idée ! T'as déjà vu un gosse rester six jours sans donner de nouvelles avec 50 dollars en poche ? Tu sais comment ça se termine quand les gosses ont plus de sous ?

— Oui, mais… comment on peut enlever un gosse de quinze ans en plein jour dans une ville ? C'est pas un mouflet, il se serait débattu… Tout le monde l'aurait vu ! s'entêta Morgan, avec l'impression que le parquet s'effondrait sous ses pieds.

— Ah ouais ? T'as déjà vu des gens intervenir, toi ? Tu le soulèves, tu le fous dans une voiture, le temps que les gens réagissent, la bagnole est loin !

Capprezzi regardait son inspecteur avec une telle hargne, que celui-ci sentit fondre son peu de bravoure. Si jamais il s'avérait qu'il s'était montré léger sur ce coup et qu'on retrouve le môme violé ou même pire, son avenir tournerait en eau de boudin. À sept ans de la retraite, il aurait même pas de quoi s'acheter une canne à pêche si on venait à le lourder sans pension.

— T'es le roi des cons, Morgan ! J'te louperai pas s'il est arrivé quelque chose à ce gosse. J'ai mis l'équipe de Bernstein sur le coup. Tu travailles avec eux, pour eux, et tu la boucles.

Morgan n'aima pas du tout l'expression de son chef quand il sortit de son bureau.

La camionnette des dépanneurs électriciens s'arrêta en double file devant l'immeuble d'Ali Laffouani. Deux hommes en descendirent et allèrent ouvrir le hayon. En face, côté jardin, deux employés retenus aux troncs par des harnais élaguaient les arbres.

L'un des électriciens fouilla dans sa boîte à outils et parla dans le micro accroché à son col :

— Comment c'est à l'intérieur ?

— Vide, répondit un des élagueurs. L'ordi est dans la première pièce.

— Bien reçu.

L'électricien prit sa sacoche et se dirigea avec son compagnon vers l'immeuble. Il sonna à un interphone au hasard.

— Oui ? répondit une voix frêle au bout d'un moment.

— Nous devons procéder à une vérification de l'installation électrique dans la cave, monsieur. Pouvons-nous entrer ? Notre camionnette est devant votre porte et vous pouvez voir que nous faisons partie des services municipaux, expliqua-t-il d'une voix aimable. Mon nom est Taylor, Verner Taylor, et mon compagnon se nomme Brad Morley. Nous pouvons si vous le désirez vous montrer nos cartes.

On hésitait visiblement à l'autre bout, partagé entre l'envie de casser la monotonie du temps et la méfiance.

— Bon, ça ira, je vous ouvre. Vous avez dit quoi comme noms ? (Le pseudo-Taylor les répéta.) Bon, j'ai noté, dit le vieux.

— Merci, monsieur.

Les psychologues ont remarqué que lorsque les gens ont un nom à leur disposition ils se montrent moins méfiants. Pouvoir identifier un inconnu rassure.

La porte s'ouvrit et les deux hommes foncèrent au deuxième. Ils étaient prévenus de la solidité de la serrure et avaient apporté le nécessaire. Il leur fallut néanmoins sept minutes pour venir à bout des nombreux verrous. Ali Laffouani n'avait pas lésiné sur la sécurité.

Les faux électriciens entrèrent et allèrent directement à l'ordinateur. L'un des deux hommes s'installa devant, tandis que le second commençait à fouiller les meubles en prenant soin de ne rien déranger.

Comme l'avait supposé Dan, le disque dur qui s'ouvrit après que le spécialiste eut cassé le code avec son moteur de recherche personnel dernier cri ne donna à première vue que des infos sans intérêt. Des mails banals adressés à des camarades d'université ; d'autres, plus intimes, visiblement destinés à des conquêtes féminines.

— Faut que j'aille au dur, murmura-t-il à son compagnon en grimaçant de plaisir.

— Attends, je vais voir où on en est. Comment ça se passe dehors ? demanda le deuxième homme aux faux élagueurs.

— C'est clair.

— OK. Vas-y, dit-il à son compagnon.

— C'est parti, fit l'autre en installant un autre logiciel.

Il s'appelait Brady Malcolm et, avant de travailler pour les services gouvernementaux, était un hacker surdoué qui s'était fait remarquer en pénétrant les dossiers militaires du Pentagone. Les services secrets lui avaient donné le choix : trente ans de prison ou travailler pour eux.

— J'espère qu'ils vont pas vérifier, marmonna-t-il.

— Fais gaffe !

— J'peux rien faire. Tout laisse des traces. Mais là, t'as affaire au meilleur, ricana-t-il.

L'oreillette de son compagnon crépita.

— Oui… OK, on se tire. T'as fini ?

— Presque…. J'ai du super-matos !

— Grouille, faut qu'on largue. Ils ont repéré des bronzés qui rappliquent.

Il fit le tour de la pièce, vérifia avoir tout remis en place, pendant que Malcolm finissait d'enregistrer.

— C'est bon !

Ils sortirent rapidement en refermant avec soin tous les verrous, mais, entendant des pas dans l'escalier, ils remontèrent à l'étage au-dessus. Ils se collèrent au mur et comprirent qu'on ouvrait la porte de l'appartement qu'ils venaient de quitter.

Ils se lancèrent un coup d'œil. Le Bureau leur avait assuré que le locataire suivait des cours à l'université qui le retiendraient jusqu'au milieu de l'après-midi.

Le type n'était pas seul. Ils l'entendirent parler à quelqu'un sans comprendre ce qui se disait. Quand la porte de l'appartement fut refermée, ils redescendirent comme des ombres et remontèrent dans la camionnette.

Peu de temps après, les élagueurs les suivirent.

Fatiguée, Sarah se laissa tomber dans le canapé et envoya promener ses chaussures. Elle finirait par connaître la ville par cœur.

Depuis qu'elle était là, il ne s'était pas passé un jour sans qu'elle arpente les rues, retournant plusieurs fois à West Allis à la recherche d'indices ou de témoins. Elle s'était aussi rendue à la grande bibliothèque municipale pour répertorier les crimes graves des dix dernières années, cherchant dans chacun d'eux une analogie, une façon d'opérer qui le rapprocherait de celui de Jane Morrison. Elle était évidemment tombée sur l'histoire de Jeffrey Dahmer et ses dix-sept meurtres barbares. La ville n'était pas vierge.

Il était là, elle en était sûre. Mais inutile d'en parler à Stan, il lui prouverait que ce meurtre était « orphelin ». Qu'il était le premier du genre. Elle aurait beau jeu alors de lui rétorquer que ça confirmait précisément sa conviction : il était revenu, et avait imprimé sa marque.

Elle ne connaissait pas son visage mais « savait » qu'elle l'avait vu. Marchant dans les rues, ou prenant le tram, elle s'était plusieurs fois retournée brusquement, sentant un regard sur elle. Pas seulement un regard, mais aussi des ondes, lourdes, maléfiques, qui l'avaient étouffée à la faire suffoquer. Elle ne pouvait pas en parler à Stan. Au mieux il sourirait, voudrait la prendre dans ses bras comme on le fait pour une enfant fragile. Il ne comprendrait pas.

Et elle, avait-elle compris ce qu'elle lui avait infligé quand elle avait décidé de le retrancher de sa vie et de celle de ses enfants ? Avait-elle mesuré l'injustice qu'elle lui faisait subir ? Il avait souffert autant qu'elle de la perte de Judith, mais tout à son chagrin elle n'avait pensé qu'à le punir. De quoi ? de n'être pas arrivé à temps ? de s'être trompé, lui le superflic aux mille arrestations ? Elle ne lui avait accordé aucune excuse, le condamnant à la double peine de perdre sa fille et sa famille.

Elle avait été juge et bourreau sans lui donner la moindre chance de se défendre. Pourtant au pire des hommes on accorde le droit de se justifier. Elle avait vécu ainsi pendant dix longues années, pensant sans cesse à lui mais repoussant ses pensées. Refusant de se juger, elle qui l'avait jugé si durement. Sourde aux prières de ses enfants. Sourde à toute compassion qui n'était pas pour elle. Et maintenant qu'elle était revenue, il voulait vivre. Il voulait oublier le passé pour construire leur futur.

Elle se leva, alla à la fenêtre. Le jour tombait et sur l'autre rive s'allumaient les premières lumières. Stan avait échoué dans un quartier qui lui ressemblait. Lugubre, sans espoir et sans vie. Des chantiers d'immeubles inachevés, des terrains vagues pelés, des trottoirs crevés. N'importe quel psy aurait compris que c'était l'image qu'il se faisait de sa vie.

Elle alla se servir un jus de fruits et revint s'asseoir sur le canapé. Des journaux traînaient sur la table du salon qui tous parlaient dans leurs premières pages des menaces accrues d'attentats sur le sol américain.

Les services secrets avaient intercepté des conversations qui ne laissaient aucun doute sur les intentions des terroristes islamistes, d'autant que la guerre que menait la coalition en Afghanistan se durcissait en même temps que s'alourdissaient les pertes en hommes des Occidentaux.

Les Américains avaient reconnu qu'ils devaient évacuer progressivement l'Irak et laisser les Irakiens se diriger eux-mêmes, mais Kaboul n'était pas prêt à imposer l'ordre aux talibans qui se montraient de plus en plus ivres de sang, et que l'on savait prêts à faire basculer dans leur djihad le Pakistan doté de l'arme nucléaire.

Le gouvernement américain mettait ses concitoyens en garde et les engageait à rester vigilants.

Elle se dit que des Nichols se trouvaient sous tous les drapeaux. Qu'il n'était pas unique. Que des enfants torturés et décapités hantaient partout le monde.

L'affaire Morrison était reléguée en page 3 dans les journaux du Wisconsin, sauf dans le *Sentinel* de Milwaukee où elle s'affichait encore à la une, mais où l'éditorialiste étrillait la police. Un article parlait d'un enfant disparu et des efforts de la police pour le retrouver. Elle pensa à Judith. Comment le retrouverait-on, celui-là ?

Elle eut envie de parler à ses enfants, mais ni Mélanie ni Jonathan n'était à la maison et elle leur laissa un message. Stan leur avait téléphoné tous les jours depuis qu'elle était arrivée, et ils l'avaient supplié de revenir vivre avec eux.

Elle avait été bouleversée de leur réaction. C'est à cet instant qu'elle avait réalisé combien son égoïsme les avait fait souffrir. Non seulement ils avaient perdu leur sœur dans des conditions atroces, mais elle les avait séparés de leur père au moment où ils avaient le plus besoin de lui.

Elle n'avait pensé qu'à elle et à sa douleur, à sa colère gigantesque contre son mari. Une colère qui l'avait conduite à torturer les siens.

Jon et Mélanie avaient tous les deux bénéficié d'une aide psychologique au moment du drame. Elle ne s'était consacrée qu'à eux, cherchant les meilleurs praticiens, ne comprenant pas que le plus efficace des soutiens aurait été leurs deux parents réunis.

Elle était venue à Milwaukee animée par un sentiment de vengeance, sans envisager une seconde qu'elle pourrait essayer de recoller les morceaux de sa famille. Dans son imbécillité rageuse, elle n'avait encore une fois pensé qu'à elle, qu'à sa haine.

Ses pensées remontèrent au jour du drame. À l'instant précis où elle avait échappé aux bras de Samantha Stevenson qui voulait l'empêcher d'entrer dans le repaire du monstre.

Jusqu'à ce qu'elle se trouve devant le cadavre de sa fille, elle avait espéré.

Après, longtemps ses souvenirs avaient été brouillés. Les jours, les mois et même les années s'étaient succédé sans représenter rien d'autre qu'un long tunnel. Souvent elle avait pensé à Stan. Sa soudaine disparition lui avait fait croire un moment qu'il s'était suicidé. Et elle l'avait haï.

Puis, grâce à ses appuis à la police de New York, elle avait retrouvé sa trace à Detroit, et avait été soulagée. Elle l'avait imaginé un temps avec une autre famille, mais avait très vite abandonné cette idée trop pénible. Elle s'était persuadée alors qu'il devait rechercher l'assassin de Judith. Et puis, elle l'avait retrouvé.

Cédant aux prières de Jon et Mélanie, elle leur avait promis de ramener leur père à Los Angeles dès qu'il aurait liquidé ses affaires à Milwaukee.

« Mais qu'est-ce que va faire papa ? s'était inquiétée Mélanie, pragmatique. Ça m'étonnerait que la police le mute ici, si vite.

— On s'en fout ! avait-elle entendu Jonathan s'exclamer. Il trouvera du boulot comme gardien de parking ! Mais qu'il revienne ! Ou c'est nous qui y allons ! »

Prendre cette décision avait été beaucoup moins difficile qu'elle ne l'aurait imaginé. En fait, elle osait seulement se l'avouer, mais elle était folle de joie de revivre avec Stan.

Mais avant, elle ferait ce pour quoi elle était venue à Milwaukee.

Elle eut envie de fêter leur avenir et, délaissant le jus de fruits, retourna au réfrigérateur prendre une bouteille de sancerre qu'elle savait que Stan remplaçait dès que la précédente était bue.

Il l'avait prévenue qu'il rentrerait un peu plus tard mais qu'il se dépêcherait.

Elle sortit la bouteille, l'ouvrit et se versa un verre qu'elle but en croquant deux bouts de fromage. Elle ne pouvait pas boire de l'alcool sans manger. Elle examina le réfrigérateur, espérant dénicher de quoi leur faire un repas, mais il était aussi vide que le ciel. Elle aurait dû acheter de quoi en préparer un. Comme elle le connaissait, Stan avait dû se nourrir durant toutes ces années de bouffe insipide dans des boîtes en plastique. Elle se souvenait de sa gourmandise qui lui faisait craindre de prendre du poids. À le voir maintenant, ce n'était plus son souci.

Elle décida de l'inviter à dîner pour lui annoncer la bonne nouvelle. Ils allaient rentrer à Los Angeles ou, s'il préférait, ils retourneraient à New York. Les universités de la côte Est étaient aussi bonnes que celles de la côte Ouest, et lui, avec son doctorat de droit, son expérience et ses relations, pourrait ouvrir un cabinet de juriste-conseil ou une boîte de protection rapprochée pour les VIP.

À ce moment-là, l'interphone de l'appartement sonna. Elle fut étonnée. Stan avait ses clés. Elle décrocha, s'apprêtant à envoyer promener ce qui était sûrement un représentant de commerce naïf et culotté.

— Oui ? Oui ? Vous demandez qui ?

Seul le silence lui répondit. Elle fronça les sourcils.

— Si vous ne me dites pas où vous voulez aller, je ne vous ouvre pas. Nous n'attendons personne.

Un halètement suivi d'un chuchotement fut la seule réponse, et elle sentit ses cheveux se hérisser sur la nuque. Elle recula l'écouteur de son oreille et le considéra comme s'il allait en sortir un affreux insecte.

— Allez vous faire voir ! dit-elle en raccrochant brusquement.

Son cœur battait trop fort pour une simple erreur, et elle comprit qu'elle n'était pas guérie de sa peur. Elle alla dans l'entrée vérifier la fermeture de la porte et accrocha la chaîne de sûreté qu'elle avait oubliée. L'interphone grésilla de nouveau et elle décrocha.

— Oui… ! dit-elle d'une voix plus forte.

Un grincement comme celui que fait une craie sur un tableau, un murmure de phrases inaudibles, un souffle oppressé lui répondirent. Elle reposa violemment l'écouteur en reculant dans le salon.

Les verrous de la porte d'entrée étaient poussés, personne ne pouvait la forcer. Pourtant, ce qu'elle éprouvait était proche de la panique. La grille de l'immeuble n'était pas à son sens un obstacle infranchissable. Dans cet immeuble tout était en toc. Elle n'avait pas entendu le monte-charge mais il avait pu prendre l'escalier et se tenait peut-être déjà derrière la porte. Mais s'il était derrière la porte, il ne pouvait pas parler dans l'interphone. Elle comprit qu'elle déraillait.

Elle examina les fenêtres. L'une d'elles était entrouverte et elle s'empressa de la fermer. Elle alla dans la chambre s'assurer que les loquets de sûreté étaient poussés. Elle revint au milieu du salon et tenta de se raisonner. Stan habitait un quartier en ruine mais pas pire que bien d'autres. Et la ville grouillait de flics et de militaires.

Soudain, elle pensa à l'échelle d'incendie. Dans les films, c'était souvent par là que s'introduisaient les tueurs. Tueur. Elle devenait folle.

L'échelle d'incendie était positionnée sur le côté de l'immeuble, près de la fenêtre de leur chambre. Elle courut vérifier encore une fois et en profita pour jeter un coup d'œil discret dans la rue. Pas un chat. À croire que ce quartier était en quarantaine.

Si c'était le locataire du troisième qui avait égaré sa clé, pourquoi ne répondait-il pas ? Ou bien un cambrioleur voulait-il vérifier que la voie était libre ? L'interphone sonna.

Elle le regarda comme si l'intrus pouvait se glisser par là. Il sonna deux fois avant qu'elle ne décroche.

Respiration essoufflée. Chuchotements. Crissements de métal. Un ricanement ?

— Qui est là ? murmura-t-elle, glacée d'angoisse.

Elle se dit qu'elle se conduisait comme une idiote dans un film d'horreur de seconde zone. Mais pourquoi Stan ne rentrait-il pas ? Elle tenta de faire passer la boule qui lui obstruait la gorge. Stupide. Elle était stupide. L'interphone avait dû se déclencher suite à un mauvais contact.

Elle lâcha l'appareil et recula dans le salon en fixant la poignée de la porte. Elle eut l'impression que le temps ne passait pas. Soudain, elle sursauta. Quelqu'un tentait de forcer la serrure. Elle poussa un cri et se rua derrière le comptoir de la cuisine où elle s'empara d'un couteau à découper. La porte s'ouvrit, retenue par la chaîne. Elle entendit un juron puis une exclamation :

— Merde, la chaîne !

Pétrifiée, elle reconnut la voix de Stan et faillit tourner de l'œil de soulagement. Elle se précipita pour ôter la chaîne. Il lui sourit, planté sur le seuil.

— Bravo, je te bassine pour que tu mettes la chaîne, et j'oublie qu'elle y est !

Elle me fixe, les yeux ronds, et j'imagine qu'avec le bouquet de fleurs que je brandis comme un javelot j'ai l'air d'un crétin. Pourquoi y a-t-il un tas de circonstances simples dans lesquelles un homme passe pour un débile ?

— Ces fleurs viennent d'un de vos admirateurs qui n'a pas laissé de carte, madame, les acceptez-vous ?

Je remarque au même moment le couteau d'une bonne trentaine de centimètres qu'elle tient dans la main et son regard affolé.

— Qu'est-ce qui s'est passé ? Laisse-moi entrer !

— Heu… rien, je croyais qu'il y avait des choses dans le frigidaire… mais non… un frigo de célibataire.

Sa voix sonne si faux que c'en est comique. Elle crève de trouille.

J'entre, pose le bouquet, fais le tour de l'appartement.

— Que s'est-il passé ?

— Mais rien, rien, dit-elle en riant. L'atmosphère de cette ville sans doute. On voit des flics et des soldats en armes partout !

— Tu te fous de moi ? Raconte.

— L'interphone, finit-elle par lâcher avec réticence. Il a sonné plusieurs fois et quand je décrochais il n'y avait personne au bout.

Je la regarde de côté. C'est quoi cette histoire ? Mais d'abord la rassurer.

— C'est tout ?

— C'est tout.

— Un gosse qui s'amuse…

— Bien sûr. Mais sur le coup…

— Et juste aujourd'hui, j'arrive plus tard.

— C'est toujours comme ça.

Je lui balance un clin d'œil avec un sourire de connivence.

— Je ne peux pas te laisser seule sans qu'un de tes anciens amants se manifeste ! Ils doivent comprendre que tu es de nouveau une femme mariée !

— Ils vont avoir du mal, répond-elle sur le même ton, ils se sont tellement habitués à mon indépendance !

Bon, même si on joue, ça détend.

— Je vois que tu as commencé sans moi, dis-je en désignant la bouteille et le verre. Hum, c'est vrai que les Français savent faire le vin… Au fait, j'ai préparé ma demande de mutation, dis-je en ôtant ma veste et en m'installant dans le canapé. Ils la refuseront et je démissionnerai. Dans quinze jours, on sera avec les gosses et ta sainte famille dans la ville la plus détestable des États-Unis !

— Tu ne vas pas regretter ? dit-elle en mettant le bouquet dans un vase. Jolies, ces fleurs. C'est la saint quoi ?

— La Saint-Bonheur. Regretter dix années de solitude loin de vous ?

— Et ton métier ?

— Je sais faire plein de choses. J'ouvrirai un restaurant !

— En attendant, c'est moi qui t'invite au restaurant. Il n'y a rien dans cette turne !

— Je me demandais quand tu te déciderais à le faire. Je t'ai entretenue depuis que tu es arrivée ! (Je lui attrape la main et la tire contre moi dans le canapé.) Bon Dieu, que tu sens bon ! dis-je, le nez dans ses cheveux.

Je vais oublier très vite Maureen Segall. Je vais essayer aussi d'oublier très vite Milwaukee et ses fantômes. Notre vie redeviendra comme avant. Avant que Nichols ne la détruise.

On va dîner dans un restaurant libanais sur l'avenue M où j'ai plusieurs fois mangé quand j'en avais marre des crevettes piquantes. J'adore leurs mezze de dix-huit plats, plus goûteux et odorants les uns que les autres.

On choisit une table dans le fond et je m'arrange pour surveiller la porte et les gens qui passent sur le trottoir. Je n'ai pas du tout aimé le coup de l'interphone.

Je présente Sarah au patron et il nous offre un raki de sa fabrication. Un vin fort et fruité avec le carrousel des plats achève de nous détendre.

Sarah paraît avoir retrouvé sa sérénité, elle me parle avec légèreté de ses recherches en bibliothèque.

— Tu cherchais quoi ?

— Je voulais connaître l'histoire de cette ville. Si l'on s'en va, il y a peu de chances qu'on y revienne un jour. Au moins j'aurai appris quelque chose.

Je comprends qu'elle me raconte des blagues. Je sais qu'elle s'intéresse autant à Milwaukee et à ses brasseries que moi au championnat de bilboquet.

On parle de notre prochaine installation que j'espère provisoire à L.A. Je n'ai jamais aimé cette ville. D'ailleurs, ce n'est pas une ville, mais cinquante. Jamais vu une cité aussi gigantesque.

Ma ville, c'est New York. J'aime m'y balader à pied, flâner, m'arrêter boire un café, parler avec des gens, prendre le métro aérien. Je la connais comme le creux de ma main. Elle est à chaque heure différente. Elle peut être aussi triste que gaie en un tournant de rue. Elle a taille humaine et longtemps ses chauffeurs de taxi ont parlé yiddish. Ses rues ont gardé l'odeur de son histoire, se rappellent les gens qui l'ont vue comme la Terre promise. Ses pierres parlent toutes les langues du monde et n'ont pas oublié leurs espoirs.

Ni l'un ni l'autre ne reparle de l'incident de l'interphone, et ça, c'est mauvais signe. Il y a peu de clients et le patron vient nous voir. Il a longtemps vécu à Beyrouth au milieu de la communauté juive et évoque ses souvenirs heureux jusqu'aux guerres fratricides qui ont endeuillé son pays.

Je l'écoute d'une oreille distraite. Découvrir Sarah avec ce couteau à la main m'a secoué. Elle n'est pas du genre à paniquer pour rien. Ou alors, elle est plus fragile qu'elle ne veut bien l'admettre.

Quelqu'un a appuyé sur l'interphone. Plusieurs fois d'après ce que j'ai cru comprendre. C'est aussi stressant que les appels anonymes au téléphone. On sait bien que l'emmerdeur ne peut pas se glisser par le fil, mais ça n'empêche pas les gens de paniquer. La grille était fermée et il n'y avait personne à proximité de l'immeuble quand je suis arrivé. J'ai déjà assez de soucis avec l'enquête sur le meurtre de Jane Morrison qui n'avance pas d'un pouce pour devoir m'inquiéter quand Sarah est seule à la maison.

Johnson et Mendoza ne chôment pas, mais c'est comme s'ils chassaient un fantôme. O'Brady dirige une équipe de cinq inspecteurs à temps plein sur l'affaire, et le FBI nous a fourni toutes les données dont il dispose sur les crimes barbares. Et partout on se retrouve sur des pistes vides. L'assassin n'a laissé aucune trace derrière lui et je me dis que l'on peut mettre des années avant de le retrouver, si ça arrive un jour. Le cas d'Edgar Nichols en est un exemple.

Je ne quitte pas la rue des yeux. Le trottoir est mal éclairé et les promeneurs ne sont que des silhouettes pressées.

— Hé, tu rêves !

— Comment ?

— Je te disais que j'ai l'intention de repartir avant toi. Je voudrais prévenir mes parents de notre décision, parler aux enfants. Préparer la maison.

— Très bonne idée !

Très bonne idée qu'elle quitte la ville. Surtout avec ce qui vient de se passer. Je ne savais pas comment lui suggérer. Je suis soulagé. Je lui prends la main, la retourne et dépose un baiser sur sa paume

— Si tu savais comme je suis heureux de vous retrouver.

Elle me caresse la joue.

— Je n'ai jamais cessé de t'aimer et de penser à toi, mais j'étais… aveuglée. Je te demande pardon de t'avoir fait autant souffrir. Toutes les années qui viennent…, je m'engage à te faire de la bonne cuisine !

On éclate de rire. Le patron nous fait un signe amical de la main.

Grant, située au centre de l'Indiana, est l'archétype de la ville de ploucs. Elle vit de l'élevage des porcs et ses trente-trois mille habitants sont plutôt prospères.

On y arrive après avoir roulé sur des dizaines de miles au milieu de champs pelés où les seuls signes de vie sont les implantations d'élevage de cochons repérables à l'odeur de lisier, des usines de pâte à papier aussi puantes, et quelques cimenteries.

Une longue avenue bordée des plus moches centres commerciaux jamais réalisés par des architectes névrosés, et où les commerçants ont ajouté leur note de mauvais goût dans le choix de leurs enseignes, la coupe en deux.

Dans le centre-ville, sur et autour de la place du Général-Lee, des bimbos en néon sur patins à roulettes s'affichent au fronton des pubs et rivalisent avec les têtes de porcs rigolards, les boîtes de haricots noirs et les épis de maïs géants des supérettes. Certains restaurants ont choisi de signaler leurs spécialités par de gigantesques côtelettes de porc en drapeau sur leurs devantures, ou des saucisses de plus d'un mètre du plus joli effet. Les motels ont privilégié les couleurs les plus criardes pour se faire remarquer, et même la salle des fêtes est super-ringarde.

Nourrie au cochon et au maïs, la population présente une surcharge pondérale générale qui indique une façon de vivre gourmande et décontractée.

Dans les rues transversales poussiéreuses s'étalent des garages et des marchands de voitures d'occasion et de pièces de rechange qui font saliver d'envie les jeunots de l'endroit. Car Grant est une étape sur la route d'Indianapolis connue mondialement pour son circuit automobile.

Neuf églises de confessions différentes guident les paroissiens dans leur recherche de spiritualité, et un prédicateur local devenu télévangéliste s'occupe de leur âme et de ses poches.

Bref, rien ne prédestinait cette ville à devenir célèbre en moins d'une heure.

Ce dimanche-là, sur les coups de onze heures, une foule de fidèles discute sur le parvis de l'église de Tous-les-Saints arrimée au jardin municipal.

À la même heure, une Chevy bleue arrive en ville et se dirige tout droit et à vive allure vers l'église, qu'elle percute violemment après avoir fauché un nombre appréciable de pratiquants.

Puis elle explose, parce que bourrée de C4.

Pendant que s'élève une fumée noire et âcre et que l'incendie fait rage, les pompiers qui ne s'attendaient pas à ça un dimanche rentrent précipitamment chez eux enfiler leur équipement et rejoignent les lieux de l'attentat après être passés par la caserne.

Le shérif, ses trois adjoints et le maire s'y ruent dans leurs vêtements dominicaux.

On relèvera trente morts, dont le prêtre qui accueillait ses ouailles sur le seuil de l'église, et une bonne cinquantaine de blessés graves, dont la totalité des jeunes servants de messe alignés sur les marches.

Il fallut à peine trente minutes pour que les médias américains réagissent et sonnent l'alarme. Et deux heures pour que les « Vengeurs des martyrs de Kaboul » revendiquent l'attentat en soulignant que les suppôts de Satan qu'étaient les Américains seraient dorénavant partout en danger, surtout s'ils vivaient et s'enrichissaient du commerce du porc.

Crawford entra à reculons dans la salle de réunion. Il savait ce qui l'attendait et les nouvelles qu'il apportait n'arrangeraient pas les choses.

Ils étaient une bonne dizaine d'agents de tout grade assis autour de la table, vide pour une fois de boissons et de gâteaux secs que personne ne mangeait jamais, mais censés apporter de la convivialité à ce lieu qui en manquait singulièrement, autant par la médiocrité de sa décoration que par son absence de fenêtre.

Hamilton, le responsable de l'antenne fédérale du Wisconsin, était assis en bout de table, des papiers éparpillés devant lui. À sa droite, l'adjoint du procureur de l'Indiana, Felix Palmer, rasé de près au point d'en avoir les joues luisantes et le cou serré dans un col anglais qui semblait sur le point de l'étouffer, écoutait le visage fermé un agent lire une communication envoyée par le directeur du Hoover Building de Washington. Autrement dit : Dieu.

Plus loin, Elmer Harrington, agent coordinateur au bureau de Gary, qui, avec son teint blafard, ses yeux cernés et enfoncés dans son visage lugubre, aurait fait une parfaite doublure de l'Oncle Fétide de la famille

Addams, crayonnait sur son buvard. Les autres participants faisaient partie de la cellule de Milwaukee et restaient apathiques.

Crawford, raide comme une barre, salua et s'assit sur l'unique chaise vide. Hamilton attendit que l'agent ait fini de lire pour se tourner vers lui.

— Bonjour, agent spécial.

— Excusez mon retard, répondit Crawford. J'ai été retenu au dernier moment par une note envoyée d'El Paso indiquant qu'une ressortissante yéménite chargée de cours à l'université de Marquette, et épouse d'un suspect qui était sous surveillance, a réussi à passer la frontière avec le Mexique.

Un brouhaha et des grincements de chaises et de pieds suivirent l'intervention de Crawford. Palmer se pencha vers Hamilton en lui parlant à l'oreille. Hamilton acquiesça et s'adressa à l'agent spécial :

— Nous attendons vos explications, agent spécial Crawford.

— Les renseignements récupérés par nos spécialistes sur le disque dur d'Ali Laffouani indiquaient après analyse la ville de Gary, dans l'Indiana, comme prochain lieu d'attentat. Notre agent, qui a assisté à l'entrée des données puisqu'il se trouvait sur les lieux avec le suspect, n'a malheureusement pas eu la possibilité de vérifier l'exactitude de l'info, mais a décidé de nous la transmettre. Nous avons envoyé des techniciens récupérer le disque dur de l'ordinateur. L'heure et le lieu de l'attentat figuraient sous un code que nos experts ont eu beaucoup de mal à casser, ce qui nous a conduits à penser que les renseignements pouvaient être exacts et que l'école technique située en dehors de l'agglomération était la cible, comme l'avait laissé entendre le suspect à notre agent.

Suite à ça, nous avons placé la ville de Gary sous étroite surveillance en observant la plus parfaite discrétion. Comme l'attaque devait avoir lieu durant les cours du mercredi, nous avons imaginé fermer l'école toute la semaine sous prétexte d'avoir découvert deux cas de méningite cérébro-spinale. Nos forces d'intervention, qui s'étaient fait passer pour des équipes médicales, avaient investi secrètement les lieux depuis l'avant-veille, se tenant prêtes à intervenir.

— Alors, que s'est-il passé ?

— Lorsque nos agents étaient chez Laffouani pour recopier le disque dur, deux hommes sont arrivés. Ils sont allés droit chez le suspect sans que l'on sache ce qu'ils y ont fait. Laffouani ne devait pas revenir avant le soir de l'université de Marquette où il suit des cours. Ces hommes, d'après les agents en surveillance, étaient arabes. Nous pensons que Laffouani a tendu un piège à notre agent, ou peut-être n'était-ce qu'une mise à l'épreuve, en laissant sciemment des indications erronées concernant le lieu exact et la date de l'attentat.

— Et ce n'est pas l'école mais l'église qui a sauté, acheva Hamilton, lèvres serrées. À l'office du dimanche. Et ça a tué et blessé beaucoup de monde.

— Oui, monsieur.

— Autrement dit, agent spécial, ces fumiers nous ont baisés, et votre agent si performant aussi. Au fait, où est-il maintenant ?

— Nous l'ignorons, monsieur.

— Quoi !

Palmer, Harrisson et les autres sursautèrent.

— Qu'est-ce que vous racontez ? gronda l'adjoint du procureur, le cou gonflé comme un dindon.

— Notre agent devait disparaître après l'opération, étant, comme on dit dans notre jargon, carbonisé. Notre dernier contact a eu lieu deux heures avant l'attentat.

— Et ?

— Il n'est jamais arrivé au lieu de rendez-vous.

— Vous pensez quoi ?

— Deux hypothèses, monsieur. La plus optimiste, il s'est caché et attend pour ressortir au moment propice.

— Et l'autre ?

— Il s'est fait prendre avant d'avoir eu le temps de fuir.

— Et les terroristes ?

— Nous avons aussitôt investi les adresses que nous avait fournies notre agent. L'une sur les docks que nous connaissions et qui appartenait à Abdel Malek Hattal, un Palestinien qui ravitaillait en denrées alimentaires et machines-outils la bande de Gaza, en accord avec le gouvernement israélien et les ONG. Nous le surveillions depuis longtemps car nous le soupçonnions d'introduire également des armes et des munitions. Mais jamais ni nos services ni ceux d'Israël n'ont découvert quoi que ce soit. C'est ce Hattal qui a présenté notre agent à l'organisateur présumé du dernier attentat, Mahmoud El-Barri, qui est arrivé chez nous muni d'un visa de trois mois, venant du Pakistan.

— Et vous ne vous êtes pas méfiés !

— Mais si, monsieur. El-Barri a été suivi depuis qu'il a posé les pieds chez nous, mais il s'est contenté de rencontrer des religieux et des étudiants. Là non plus, rien dans ses activités ne pouvait nous alerter. Nous sommes allés conjointement au domicile qu'Hattal occupait avec sa femme, professeur à l'université Marquette et qui vient de passer au Mexique.

— J'imagine qu'il n'y avait plus personne.

— Affirmatif. Une autre équipe est allée chez l'homme où notre agent travaillait comme comptable, Ahmed Laffouani, grossiste en viande, et l'a arrêté ainsi que ceux qui se trouvaient avec lui. Mais il a refusé de nous dire où se trouvait son fils Ali que nous soupçonnons d'être un des cerveaux des attentats.

— Vous n'avez pas pu le faire parler ? s'étonna Harrisson d'une voix aussi sinistre que son aspect.

— Nous avons été obligés de le mettre en garde à vue parce qu'il a aussitôt demandé un avocat. Nous avons fouillé son bureau, son domicile et ses entrepôts sans rien trouver. Nous ne le gardons que grâce au *Patriot Act*, mais si nous ne trouvons rien, nous devrons le relâcher. Il jure qu'il ignorait l'engagement de son fils, et notre agent m'avait dit le croire aussi.

— Avez-vous commencé les recherches concernant votre agent ?

— Dès que les hommes chargés de sa protection nous ont prévenus qu'il n'était pas arrivé, nous avons investi les endroits susceptibles de cacher un prisonnier. Mais nous n'avons relevé aucun indice jusque-là.

— Quel genre d'endroits ?

— En priorité les mosquées et les écoles coraniques. Beaucoup sont clandestines mais nous les connaissons toutes. Nous avons également investi le quartier de Brookfield où vit une importante communauté musulmane dans l'espoir de couper les terroristes fugitifs de leurs bases. Ainsi que les docks. Jusqu'ici hélas sans résultat.

À ces mots, Palmer, Harrisson et Hamilton consultèrent avec un parfait accord les documents qui se trouvaient devant eux comme si tout à coup ils avaient oublié quelque chose. Ils se concertèrent à voix basse et Palmer se tourna vers Crawford :

— Votre sentiment, agent Crawford, votre homme aurait-il pu s'échapper avant qu'ils ne l'attrapent ?

Crawford hocha la tête.

— C'est possible. Je l'espère. Il m'avait confié qu'il pensait qu'on voulait le piéger en l'introduisant si vite dans les réseaux. Il était arrivé à ce point de… rupture que connaissent les hommes depuis trop longtemps infiltrés. Ce devait être sa dernière mission de ce genre. Il se sentait en danger.

— Il faut le retrouver, Crawford, cracha Hamilton.

— Oui, monsieur.

La fiche signalétique de Kahala Simsaophone avait été envoyée à toutes les antennes de police du Wisconsin, et les médias s'emparèrent de cette nouvelle affaire. Ils parlèrent des circonstances de sa disparition, sans toutefois, à la demande précise des autorités, évoquer l'identité de son possible ravisseur.

Le même jour où Capprezzi prit contact avec les enquêteurs du 17e, le sergent Bernstein et sa brigade, accompagnés de Morgan qui rasait les murs, et en compagnie d'un commando des Swat, investirent la demeure de Frederich Lacy au 924 North Street, dans le district de New Berlin.

— Bernstein, venez avec moi. Toi, Morgan, tu restes là et tu surveilles.

— Je surveille quoi ? clama Morgan.

— Tes grolles, connard !

Sur ces fortes paroles, Capprezzi et Bernstein entrèrent dans ce que l'on appellerait plus tard « la Maison de l'Horreur ». Les flics n'eurent même pas besoin de forcer la porte qui était juste poussée.

Les commandos des Swat qui les précédaient avaient vite constaté que les deux pièces étaient vides, non seulement de leur occupant mais de tout objet personnel. Nettoyées au point que l'on aurait pu croire la maison inhabitée depuis longtemps.

Capprezzi et Bernstein se regardèrent.

— Merde ! éructa Capprezzi.

— Là, dit Bernstein en désignant la carpette qui couvrait le sol du couloir.

Ils la soulevèrent, découvrirent la trappe et descendirent armes au poing l'escalier qui menait à un sous-sol bétonné. Bernstein trouva un interrupteur et une vive lumière l'illumina.

Une table chirurgicale occupait le centre de la cave. Contre le mur nord était appuyé un congélateur cubique de grande taille flanqué d'un réfrigérateur plus petit, et deux chaînes avec menottes étaient accrochées au mur en face. Le sol de béton était maculé de larges taches noires à moitié nettoyées.

Capprezzi et Bernstein se lancèrent un regard. Les commandos restèrent en arrière, leurs AK 47 braqués.

— Ouvrez le congélo, ordonna Capprezzi à Bernstein.

Celui-ci hocha la tête et souleva le couvercle du congélateur. Une épaisse buée s'éleva, tandis que Capprezzi s'approchait. Les deux flics restèrent muets de saisissement devant les restes congelés de ce qu'ils comprirent immédiatement être ceux d'un être humain.

— Putain..., souffla Capprezzi, jamais à court de vocabulaire.

Le capitaine des Swat s'approcha à son tour.

— C'est le gosse ?

Capprezzi secoua la tête en soufflant comme une baleine.

— À tous les coups.

Ils ouvrirent le réfrigérateur et la vue de différents organes emballés dans des sacs en plastique et posés sur des assiettes leur fit monter l'estomac dans la gorge. Ils reconnurent des doigts, des organes génitaux d'adolescent, une langue et une paire d'oreilles.

Les spécialistes de la brigade scientifique ne récupérèrent qu'une seule empreinte exploitable, encore qu'incomplète, sur la chasse d'eau des toilettes, et un cheveu fut sorti d'un coin improbable de la cuisine.

On débrancha le congélateur, mais les flics de la scientifique eurent toutes les peines du monde à désenclaver les restes de Kahala de la gangue glacée qui les emprisonnait.

— Putain, souffla encore Capprezzi en s'essuyant le front et en ressortant avec Bernstein qui avait perdu toute couleur. On n'a encore jamais vu ça !

Morgan, qui s'était rapproché sur la pointe des pieds, hocha la tête. Capprezzi le foudroya du regard.

— Alors, tête de nœud, il a fait une fugue le petit Simsaophone ? Eh ben, tu vas annoncer à sa mère qu'on a retrouvé son cadavre, mais que grâce à toi il n'est pas abîmé au bout d'une semaine parce qu'on a eu soin de le conserver dans la glace.

La propriétaire de la maison leur apprit qu'elle l'avait louée à un certain Lee Lacy, qui travaillait, lui avait-il dit, dans une fabrique de linge de maison. Il réglait le loyer en espèces et elle n'avait jamais eu de problèmes avec lui.

— Comment l'avez-vous connu ? lui demanda le sergent Bernstein, que l'aspect vulgaire de la loueuse indisposait.

Depuis qu'il était arrivé, elle lui expédiait des regards destinés à lui faire clairement comprendre l'intérêt qu'il suscitait en elle.

— Il ne s'appelait pas Lee Lacy, mais Frederich Lacy, souligna-t-il.

— Lee ou Frederich, j'en ai rien à fiche ! Je l'ai connu par mon beau-frère qui s'occupe des intérêts d'un hôtel à Menomonee Falls, dit-elle avec fierté. C'est lui qui me l'a envoyé. Voilà !

Bernstein et ses hommes se rendirent aussitôt à l'hôtel en question, où ils trouvèrent le beau-frère ronflant derrière le comptoir. Ils le réveillèrent sans ménagement et l'interrogèrent.

— Ben, il a débarqué un jour, moi, j'sais rien d'lui ! Y m'a payé et m'a demandé si j'connaissais un appart à louer ! Alors moi j'lui ai parlé de ma belle-sœur ! C'est tout ! J'savais pas qu'c'était un barjot !

— Quelle chambre vous lui avez louée ?

L'employé roula des yeux.

— Hey ! Ça fait plus de trois mois !

— Et alors, vous n'avez ni registre ni mémoire ?

Bernstein était en général un détective courtois et patient, mais il avait un problème, il souffrait des jambes et avait du mal à rester longtemps debout au même endroit. La découverte du cadavre du Cambodgien n'arrangeait rien.

— Qu'est-ce qu'il a fait ? geignit le beau-frère.

— Je vous demande quelle chambre il occupait.

Dans le même temps, il attrapa le type par le col de sa chemise et le sortit à moitié de son comptoir. L'autre ouvrit si grand la bouche d'étonnement ou d'indignation, que son dentier tomba sur le magazine qu'il était en train de lire, exactement dans l'entrejambe d'une blonde au regard bovin. Bernstein fit un bond en arrière comme si un serpent minute venait de surgir et le lâcha aussitôt. L'autre remit ses dents en maugréant, lança un regard noir au détective et cracha en même temps qu'une bulle de salive :

— La 4.

— Elle est occupée ?

L'autre secoua négativement la tête.

— Elle l'a été ?

L'édenté hocha cette fois affirmativement.

— Merde, gronda Bernstein.

— Ça sert à rien d'y aller, patron, dit un des flics.

— Non, mais on y va quand même. La clé, exigea-t-il.

Ils relevèrent des dizaines d'empreintes et de poils qu'ils envoyèrent au labo, sachant d'avance que c'était une démarche inutile. On avait déjà vérifié que Lee Lacy, ou plutôt Frederich Lacy, n'était pas fiché.

Le 6 octobre, le FBI expédiait aux postes de police du comté, aux équipes de surveillance des aéroports Mitchell et Timmerman Field, ainsi qu'aux gares du réseau de chemin de fer Amtrak d'Empire Builder qui dessert Chicago et le Nord-Ouest Pacifique, à la station Hiawatha d'où partent aussi six trains par jour pour Chicago, sans oublier la capitainerie du port, la liste et les photos des suspects de l'attentat de Grant : Ali Laffouani, Abdel Malek Hattal, et le cheikh El-Barri. On les afficha également sur les panneaux lumineux des villes, et les chaînes de télé les diffusèrent en même temps que la photo de Kahala Simsaophone.

Des barrages furent dressés sur l'interstate 94 qui relie Chicago à Madison par le centre de Milwaukee, et sur l'interstate 43 qui joint Milwaukee à Green Bay.

Les habitants, sous le choc de cette avalanche de mauvaises nouvelles, se recroquevillèrent sur leur peur.

Les agents Clinton et Parker, sur pression de leur hiérarchie, ne furent pas interrogés, pas davantage que l'inspecteur Morgan. Ils reçurent dans les semaines qui suivirent leur affectation dans différents bleds qui avaient en commun de n'être jamais réclamés par aucun fonctionnaire.

Dissimulé derrière le hangar déglingué situé à moins de quarante mètres de chez lui, il avait assisté, la rage au cœur, à l'arrivée de la police.

Il n'aurait su dire ce qui l'avait alarmé ce soir-là alors qu'il revenait de la clinique. Toujours est-il qu'il arrivait chez lui quand il avait senti quelque chose dans l'air. Une sorte de calme, un ralentissement inhabituel de l'activité. Pourtant, les boutiquiers proposaient leur habituel bric-à-brac à grand renfort de boniments, auxquels répondaient les cris familiers des acheteurs marchandant âprement, et les ménagères étaient toujours aussi caquetantes. Mais les cafés où ces Jaunes de malheur jouaient à toutes sortes de jeux de hasard en piaillant comme des oiseaux excités étaient presque vides.

Déambulant sur les trottoirs avant de gagner sa maison, il avait remarqué des visages inconnus occupés à lire le journal sur un banc, ou qui téléphonaient, ou simplement bavassaient. On pouvait marcher sans se cogner sans arrêt aux vendeurs de billets de loterie, d'horoscopes, d'oiseaux en cage et de toutes les saloperies d'herbes que ces types proposaient, comme si la plupart avaient filé ailleurs.

Il n'avait rien éprouvé de précis, seulement une sensation diffuse. Ce sixième sens qui alerte les prédateurs.

Il avait dépassé le 924, fait le tour par le terrain vague et s'était introduit à l'intérieur par l'imposte de la cuisine qu'il laissait toujours entrouverte. En un clin d'œil, il avait réuni ses quelques affaires qu'il avait fourrées dans un sac de sport en toile. Observant par la fenêtre et ne voyant rien bouger, il avait fait un ultime tour dans la maison pour effacer les dernières traces, et constaté avec satisfaction que la minutie dont il avait toujours fait preuve était payante.

Il avait eu un regard mélancolique pour la trappe, sachant qu'il ne reviendrait jamais, et il était reparti par le même chemin.

Il n'avait pas eu à attendre longtemps.

Une demi-douzaine d'inspecteurs et autant de voitures pie participèrent à l'action à la nuit tombante. Celui qui commandait était un gros à tête plate avec des yeux en fente de tirelire qui ne semblait pas en ressortant avoir apprécié ce qu'il avait découvert. Il s'en était pris depuis le début à un des inspecteurs qui paraissait sortir tout droit d'un tambour de machine à laver, tant ses vêtements froissés pendaient lamentablement sur lui.

Les hommes en noir des commandos barraient les rues et tenaient la foule à distance, foule qui s'épaississait de minute en minute. Il quitta son refuge et se fondit en elle. Même si ce contretemps le contrariait, il était assez satisfait d'être une fois de plus le héros du jour.

Les Chinois avaient la manie de parler à haute voix et en quelques secondes chacun sut ce que la police avait trouvé dans la maison du 924. Quelques-uns se détachèrent de la foule pour porter plus loin la nouvelle.

Sa joie fut tempérée par le fait qu'atteindre Levine serait moins facile s'il était en cavale. La première des choses était d'aller à la consigne de la gare routière où il avait déposé, outre une somme d'argent qu'il alimentait chaque fin de semaine après avoir reçu son salaire, trois jeux complets de papiers d'identité. Il n'arrivait jamais nulle part sans déposer ce viatique qui lui avait déjà de nombreuses fois permis d'échapper à la police.

Faisant fi de son habituel souci d'économie, il prit un taxi qui le conduisit à la gare où il avait loué un casier. Il était aussi très impatient d'y récupérer un certain trophée.

Il ne pouvait pas ouvrir les yeux. Pas davantage respirer.

Il se souvenait très vaguement avoir été traîné dans un trou sombre, froid et humide. Et l'horreur avait commencé.

Personne ne l'avait interrogé, pas même une seule question. Il n'était pas là pour ça. On l'avait assis nu sur une chaise en fer, on avait lié à l'aide d'adhésif ses bras derrière le dossier de la chaise et ses chevilles aux pieds. Et ils l'avaient entrepris.

Deux hommes, massifs, appliqués, muets, comme s'ils réservaient leurs forces pour cogner. Ils connaissaient tout d'un corps, leurs coups ne s'égaraient jamais. Au bout de peu de temps, il avait perdu connaissance.

À chaque fois qu'il s'évanouissait, les coups cessaient et on le ranimait en lui balançant un seau d'eau. Son nez en miettes et sa bouche sanglante ne laissaient passer qu'un mince filet d'air destiné à le maintenir en vie.

De ses bourreaux il ne discernait plus que les silhouettes. À un moment ils lui avaient détaché le pied gauche et coupé les deux premiers orteils. Puis ils avaient fait la même chose avec le pied droit. Il avait hurlé et perdu connaissance.

Quand il avait repris conscience, il était seul. Il souhaitait mourir mais on le lui refusait. L'hémorragie de ses pieds dessinait de grandes flaques de sang coagulé, pas suffisantes cependant pour mourir.

Il avait affaire à des professionnels.

Il pressentit que l'on revenait. Il ne voyait plus, n'entendait plus. Il perçut un raclement de ferraille qui pouvait être aussi bien une chaise que l'on traînait que n'importe quoi d'autre. Une masse sombre, à peine discernable au travers de ses paupières tuméfiées, se pencha vers lui.

— Tu te souviens de moi ? Ali Laffouani.

L'important n'était pas qu'il se souvienne, mais qu'il meure. Il le souhaitait de toutes ses forces. Si seulement il pouvait couper définitivement le fil d'air ténu qui le maintenait en vie. Mais il n'y arrivait pas. Ses poumons se soulevaient malgré lui.

Il reçut un coup sur la tempe qui lui explosa le reste de l'oreille.

— Alors, tu te souviens de moi ?

Non. Il ne se souvenait pas. Pas plus de qui il était. Il voulait juste mourir. On lui balança un seau d'eau glacée qui le fit suffoquer faiblement.

— Ali Laffouani, ton ami. Sale flic ! Sale juif !

Un coup dans la rate. Il y avait longtemps qu'elle avait éclaté. C'était son espoir. L'hémorragie interne. Mais il se dit que s'il espérait, c'est qu'il vivait encore.

D'autres ombres s'approchèrent. On lui tira brutalement la tête en arrière et on lui asséna un violent coup dans le visage. Un autre cogneur. Pas la même force. Néanmoins, ce qui lui restait de pommettes éclata. Ses dernières dents s'enfoncèrent profondément dans la gencive supérieure.

— Je crois qu'on peut le laisser crever maintenant, crut-il entendre.

Il était nu sur sa chaise et ne sentait plus rien.

Comment j'aurais pu faire le rapprochement ? proteste McCarthy pour la troisième fois au sergent O'Brady, dont la carnation du visage crispé de colère s'identifie dangereusement à la couleur carotte de sa tignasse.

— Putain ! se contente d'éructer le sergent en le foudroyant du regard.

Je crois bon d'intervenir :

— C'est pas tout à fait sa faute. Les deux autres flics étaient de sacrées taches.

— Bon Dieu ! S'ils avaient été moins cons, on aurait pu le sauver ce gosse !

Je ne réponds pas. Les deux Irlandais ont débarqué dans mon bureau, l'un poussant presque l'autre, alors que je consultais avec Mendoza et Johnson le rapport de Capprezzi.

— On a lu les rapports de Clinton et Parker, intervint Mendoza, nous aussi on aurait pu se planter. Enfin, maintenant on a un nom et une description précise du cinglé.

McCarthy lui lance un regard reconnaissant. Il a bien besoin de réconfort le grand rouquin après ce qui vient de se passer. Sûr qu'il mettra des années à se remettre de sa fatale négligence.

— Il faut le coincer cette ordure ! C'est pas possible, deux psychopathes dans cette foutue ville ! s'exclame-t-il.

— Pas sûr qu'ils soient deux, dis-je.

— Courrier, capitaine, annonce le planton en déposant trois lettres sur mon bureau.

J'y jette un coup d'œil. L'enveloppe du dessus, en papier kraft, est plus épaisse que les autres.

— Alors, qu'est-ce qu'on fait ? demande O'Brady.

Mon téléphone sonne à ce moment.

— Oui ? dis-je en décrochant.

— Capitaine Levine ? James Mallaury. Je suis le directeur de la clinique Saint-Paul-et-Pierre… Des policiers de chez vous sont venus me voir il y a quelque temps pour vérifier nos registres…

— À quel propos ?

— Pour des… produits particuliers, ils cherchaient un certain type de drogues. (Je me redresse et fais signe aux autres de se taire en branchant le haut-parleur.) À l'époque, continue mon interlocuteur… heu… tout semblait normal… mais un des membres de notre personnel manque depuis deux jours… et je me suis souvenu avoir été intrigué par son intérêt pour… heu… certains produits que nous gardons.

— Du genre ?

— Heu… certaines drogues dont nous ne nous servons plus beaucoup, et je viens de m'apercevoir que l'armoire qui les contenait a été forcée.

— Comment s'appelle votre employé ?

— Frederich Lacy.

Je jette un regard à mes collègues, qui écoutent et se crispent.

— Monsieur Mallaury, je vous demande de ne rien dire aux médias de l'identité de votre employé. Si vous transgressiez cette recommandation, vous seriez poursuivi pour entrave à la justice, vous me comprenez ?

— Oui… oui… mais qu'est-ce qu'il a fait ?

— Vous l'apprendrez plus tard. Une seule chose. Si ce Frederich Lacy revenait, ne lui parlez surtout absolument de rien. Il est très dangereux. Restez naturel. Je vais vous envoyer deux inspecteurs à qui vous donnerez un travail dans votre clinique.

— Comment ?

— Infirmier, agent de nettoyage, n'importe quoi !

— Mais comment… ?

— Il était dans quel service ?

— Notre établissement est surtout spécialisé dans les soins palliatifs, c'est-à-dire les malades en phase terminale.

— Et vous avez constaté des décès ?

— Oh, pas davantage, non.

— C'était un bon employé, c'est ça ?

— Exactement.

— Je vous envoie deux de mes hommes, monsieur Mallaury.

Je raccroche et je demande à Mendoza :

— Il travaillait dans une clinique. Qui a vérifié Saint-Paul-et-Pierre ?

— Chaque équipe en avait plusieurs. Je peux me renseigner.

— Laissez tomber. Vous voyez, O'Brady, on a tous des cadavres dans le placard.

O'Brady soupire bruyamment.

— Putain, dans cette affaire, on a accumulé les bourdes.

— C'est les flics les meilleurs auxiliaires des voyous, ricane Johnson.

O'Brady lui lance un regard noir.

— Bon, il ne travaillait pas dans le linge de maison, mais dans une clinique. Ça nous avance à quoi ? crache-t-il.

— À rien. À part qu'on sait qu'il a tué aussi Jane Morrison, je souffle. On recherche un type aux alentours de la soixantaine, moyen en tout et qui se fait appeler Frederich Lacy, et aussi Lee Lacy, et peut-être également Eddy, le prénom indiqué par l'amie de Jane Morrison comme étant celui de l'homme qu'elle a rencontré et que l'on n'a pas encore retrouvé.

— Pourquoi on n'a pas diffusé son signalement et son nom ? demande O'Brady, qui me jette un regard soupçonneux.

— Parce que j'ai ma petite idée, je réponds en le fixant.

— Quel genre ?

— O'Brady, je ne vous fais pas de reproche, mais l'enquête sur le jeune Cambodgien a pris quelque retard en partie par la faute de vos services. Alors, à vous aussi et à vous tous, dis-je en regardant les hommes présents, interdiction pour l'instant de donner l'identité du suspect. Je… je connais ce genre d'individus. S'il se sent repéré, il s'enfoncera dans le trou le plus profond, et nous on sera tous à la retraite qu'il ne sera pas encore coincé. Alors, montrez son portrait-robot à ceux que vous interrogerez, mais interdiction de prendre le moindre contact avec les médias. Ni interview, ni rien. S'il y avait une fuite, messieurs, sachez que je vous tiendrais pour responsables de notre échec et que je saurais retrouver celui qui a palpé une enveloppe pour parler.

Là, j'ai gagné. Je viens d'obtenir le titre du flic le plus con avec les palmes du salaud intégral. Ils me lancent des regards furieux, même Johnson.

— Allez-y maintenant.

Après un instant de flottement et des coups d'œil éloquents entre eux, ils bougent enfin et s'éloignent. Mais O'Brady reste.

— Il n'est pas d'ici. On n'a jamais eu de tels meurtres, grince-t-il. Les derniers concernaient des jeunes filles violées. Deux qui faisaient du stop pour l'université et une routarde. Un couple de campeurs, aussi. Elle, violée et tuée. Le gars, poignardé. On a fini par coincer le tueur. Un père de famille. Il livrait des meubles dans toute la région et repérait comme ça ses victimes. Au hasard.

— Celui-là est différent.

— Vous le connaissez, hein ? crache-t-il, les mâchoires serrées.

Je ne réponds pas.

— Peut-être que son nom n'est pas Frederich Lacy, mais Edgar Nichols…

Je reste muet et joue avec mon coupe-papier. O'Brady m'observe.

— Ne me prenez pas pour un con, et n'oubliez pas ce que je vous ai dit. On le coincera et on le jugera ! Vivant.

— Salut, O'Brady, on se tient au courant.

Les flics partis, je me replonge dans le rapport de Capprezzi en faisant tous les efforts possibles pour ne pas divaguer sur mon affaire. Que ce soit Nichols ou pas, je veux l'attraper. Seulement, si on emploie les moyens habituels, on va encore se planter.

Ils n'ont toujours pas compris qu'ils avaient affaire au Prince de la Mort. Un homme ordinaire ne fait pas le poids face à un tel prédateur. Il faut penser comme lui, agir comme lui.

Je trace des diagrammes sur un tableau mural autant pour occuper le temps que dans l'espoir de découvrir de nouveaux indices qui m'indiqueraient où il se cache.

Ces deux derniers meurtres sont très proches géographiquement. Mais c'est leur seule ressemblance. Une femme et un jeune garçon. Une Blanche et un Jaune. L'une écorchée vive et crucifiée, l'autre démembré, découpé et congelé. L'une exposée, l'autre caché.

— Et merde ! je crache en balançant le feutre.

Je regarde l'heure. Je dois prévenir Sarah que je vais sans doute rentrer tard. Nous étions convenus qu'elle reparte en fin de semaine, mais je veux qu'elle s'en aille avant. Je ne veux pas qu'elle soit là quand la chasse commencera.

Maureen ne m'a pas donné de nouvelles depuis notre dernière rencontre. J'ai voulu l'appeler mais j'ai renoncé, sachant que c'était la dernière saloperie à lui faire. J'ai même rôdé en vain devant les bureaux du FBI, espérant l'apercevoir. Et puis je me suis dit que c'était aussi bien ainsi.

J'espère avoir été suffisamment clair avec elle, mais le suis-je avec moi ? De toute façon, je suis décidé à demander très vite ma mutation, et si on ne me l'accorde pas, je démissionne. Je n'ai plus rien à faire dans la police. Sarah a raison, j'ouvrirai une agence de protection rapprochée pour VIP. J'ai les connaissances nécessaires et les relations. Mais je sais déjà que le souvenir de Maureen va s'accrocher longtemps.

Je reviens à mon bureau et observe le commissariat. Curieusement, je m'y sens étranger. Jusqu'à me demander ce qui m'a poussé à entrer dans la police après mon doctorat. Mes parents me voyaient avocat dans un grand cabinet new-yorkais. Si je les avais écoutés, Judith serait encore vivante.

Je me renverse sur ma chaise que j'appuie en équilibre contre le mur. Mon regard s'attarde sur mon bureau et tombe sur le courrier que j'ai oublié d'ouvrir.

Je saisis l'enveloppe en kraft dont la suscription a été faite par une machine. Une pub, sans doute, et je vais pour la jeter mais me ravise en sentant un objet sous mes doigts.

Je la décachette et la secoue sur le bureau. Un bracelet en or portant une étoile de David tombe sur mon sous-main.

Je me pétrifie et n'ai que le temps de me précipiter aux toilettes.

À genoux et secoué de spasmes, j'essaye de reprendre ma respiration jusqu'à ce qu'on tambourine à la porte. Je tire la chasse d'eau et sors en titubant. Le collègue me lance un regard surpris.

Je vais aux lavabos me rincer la bouche et me coller la tête sous le robinet. Je reviens à mon bureau et me laisse tomber sur ma chaise, complètement sonné. Rien n'a changé. Le bracelet en or composé de chaînettes et de jonc auquel est accroché une étoile de David est toujours sur mon bureau.

Le bracelet de Judith.

C'était l'anniversaire de ses treize ans. L'âge de raison chez les juifs. Sarah lui avait préparé une fête où étaient invités dix-huit de ses camarades d'école, dix filles et huit garçons, sans compter les mères. Un magicien avait été engagé et un chariot de glaces commandé pour l'après-midi. Les parents de Sarah, Joyce et Bob, avaient fait le voyage depuis Los Angeles pour fêter l'anniversaire de leur petite-fille et lui offrir l'équipement complet de ski pour ados, vu dans les pages *Vogue, Jeunes*. Sarah lui avait acheté un jean et un tee-shirt Dona Karan, et moi, je lui avais offert ce bracelet.

Ce bracelet dont ni l'un ni l'autre n'avons remarqué l'absence quand nous avons récupéré le corps de notre fille. Ce bracelet qui revient maintenant.

PARCE QU'IL EST REVENU.

Ali Laffouani lança un regard furieux vers Malek Hattal qui palabrait selon son habitude.

Depuis qu'ils étaient repliés dans cette maison achetée par le Mouvement et jamais habitée au point que les volets étaient bloqués par la rouille, le Palestinien se comportait en Führer. C'était le surnom dont Ali l'avait secrètement affublé. Hattal se prenait pour le Guide. El-Barri, béni soit son nom, véritable saint et ouléma, se contentait de l'observer et de prier.

Ils étaient arrivés en catastrophe dans ce refuge, accompagnés des deux gardes du corps de l'imam. Et bien sûr, de cette vermine de juif. C'était grâce à El-Barri qu'ils l'avaient coincé. Parce qu'il fallait bien le reconnaître, ni lui ni Hattal ne s'étaient méfiés de ce rat puant ! C'était El-Barri qui avait dit à Ali de fournir de fausses informations au traître.

« Saint homme, Abdul est mon ami et celui de mon père. Il s'est toujours comporté de façon loyale. C'est un bon musulman », s'était-il étonné.

L'autre l'avait fixé de son regard glacé.

« Espérons que les années, si Allah veut bien t'en donner, t'apportent la sagesse et la justesse de jugement. Ne tiens pas un homme pour ton ami et ton frère parce que son visage est celui d'un frère ou d'un ami. Sonde son cœur et ses reins, ouvre-les, et ce que tu y liras sera juste.

— Mais, saint homme…

— Fais ce que je te dis, si je me trompe, le mal ne sera pas grave. »

Il ne s'était pas trompé. Tout de suite les spécialistes envoyés par Hattal avaient remarqué la copie du disque. Ils avaient tout laissé en place.

Hattal, bien qu'il s'en cachât, souffrait de ne recevoir aucune nouvelle de sa femme. Un seul appel au moment de passer la frontière, et depuis, plus rien. C'est sûrement ça qui le rendait irascible, se dit Laffouani. Mais il n'en avait rien à faire de la femme d'Hattal. Elle avait eu la chance d'être choisie pour l'attentat de Saint Louis et de rester vivante. Sûrement une exigence de son mari. La mort, c'était bon pour les autres. Le martyr n'était pas pour eux. Décidément, les Palestiniens étaient des chiens.

Il était coincé là comme une taupe ! Combien de temps encore à vivre dans le noir, à ne pas oser mettre le nez dehors ? La télé leur avait appris qu'ils étaient recherchés et que toutes les forces du pays étaient mobilisées. Ils savaient que les ressortissants musulmans étaient surveillés et que les approcher aurait signer leur arrêt de mort. C'étaient les deux serviteurs d'El-Barri que les autorités semblaient ne pas connaître qui s'aventuraient au-dehors.

Située au bout d'un chemin de terre d'une centaine de mètres, la maison, d'aspect banal, bâtie en pierres et bois sur deux étages, était à moins de deux kilomètres de Westford, un patelin-dortoir au nord de Milwaukee, où vivait une population de chômeurs à quarante pour cent. L'un des deux gardes se rendait un jour sur deux au supermarché de Westford, tandis que l'autre s'occupait du ravitaillement en cigarettes et journaux et observait l'ambiance.

Mais cette situation ne pouvait pas durer, rageait Ali.

En début de semaine, il avait aidé les deux gardes à balancer le corps du juif dans la fosse à purin, derrière la maison. Il était temps. Une jambe avait failli lui rester dans les mains. Il avait eu la sépulture que méritent les juifs. Son seul regret était qu'on ne pourrait sans doute jamais l'identifier.

Il mourait d'envie de téléphoner à son père, ignorant s'il avait été relâché. Mais Hattal l'avait formellement interdit.

« Le meilleur moyen pour se faire repérer, avait craché le Palestinien. S'ils l'ont relâché, c'est pour pouvoir le suivre et le mettre sur écoute ! »

Alors, attendre que ces chiens d'Américains se lassent ou l'expédient à Guantanamo, toujours pas fermé malgré les promesses du nègre ? Il avait vu à la télé son père et deux de ses employés se faire emmener par le FBI. On disait qu'ils torturaient leurs prisonniers d'une manière immonde. C'était les sionistes qui leur avaient appris. Si le prisonnier refusait de parler, ils l'enveloppaient dans une dépouille de porc. Nul musulman ne pouvait résister à ça. Mais son père ne parlerait pas, d'ailleurs il ne savait rien.

Ali imagina qu'à présent il devait être fier de son fils qu'il avait considéré jusqu'ici comme un bon à rien. Le tromper, tromper ses amis avait été difficile. Rire avec ces putes, boire, danser, alors que son âme était tout entière tournée vers son Dieu. Son maître lui avait enseigné que nul sacrifice n'est trop grand pour servir Allah. Nulle tromperie, si elle est faite pour Lui, ne doit être regrettée. Son maître était Farouk l'Égyptien, obligé de fuir ce pays comme un voleur. Et Hattal l'avait remplacé.

Il jeta un regard venimeux au Palestinien qui pérorait avec les deux gardes. Ali se moquait du « problème palestinien ». C'étaient pour la plupart des renégats, des mendiants qui tendaient sans cesse la main à l'Occident. Le Hamas avait été obligé de faire sécession avec le Fatah pour pouvoir établir la charia, la voie de Dieu. Quarante ans qu'ils se battaient contre les juifs, aidés de tous. Des centaines de millions de dollars leur avaient été distribués qui au lieu de servir leur cause avaient rempli les coffres de leurs dirigeants. Et certains d'entre eux parlaient de paix avec les juifs. Enfin, ils étaient utiles pour réunir les croyants.

Il devait quitter cette maison. Dehors, on l'attendait. Il lui faudrait très vite fuir ce pays pour rejoindre les combattants de l'extérieur. L'Afghanistan, le Maroc, l'Algérie, le Pakistan, ces pays frères qui se battaient pour la gloire du Prophète, avaient besoin d'hommes comme lui.

Il avait réfléchi à sa fuite. Il regarda Hattal qui contait ses prétendus exploits guerriers aux deux gardes de l'imam. Ali ne croyait pas qu'il ait jamais tué un infidèle. C'était un marchand, rien d'autre. El-

Barri était invisible. Sans doute en train de lire le Coran dans sa chambre.

Le Coran, Ali le connaissait par cœur. Il savait ce qu'il devait faire pour le servir. C'était la mission divine du vieil homme de le leur apprendre. Mais lui savait déjà.

Cette nuit, il sortirait pour ne plus revenir.

Il est onze heures quand je quitte le commissariat. La nuit est froide et une brume glacée est tombée d'un coup sur la ville. Le brouillard avale les rues, les transformant en longs couloirs de fumée. Des silhouettes surgissent et s'évanouissent. Les phares à iode des voitures ont peine à trouer la nuit. Je frissonne et m'enferme dans mon manteau.

Sarah doit partir très vite. Dans ma poche, enveloppé dans un papier de soie, je serre le bracelet de Judith que Nichols lui a volé. Nichols. Lacy. Qu'importe son nom.

Chacun de mes muscles est douloureux. Je suis dans cet état de torpeur qui précède l'éveil, quand on se demande si ce que l'on vient de vivre est réel ou n'est qu'un cauchemar.

Comment ai-je pu imaginer qu'il était mort ?

Depuis que Sarah est revenue, mon égoïsme ou mon désir de vivre me disait de tourner la page. Mais on ne peut pas vivre dans l'incertitude. On ne peut pas vivre sans faire son deuil. J'aurais dû le savoir. Je dois gagner ce dernier combat. La ville est quasi en état de siège, les forces de l'ordre rôdent partout, et je dois faire sortir l'assassin de son trou. Comment ? En l'enfumant comme un nuisible.

Au fur et à mesure que je marche dans cette ville qui m'est restée étrangère, je respire mieux. Je ne lui dois rien. Elle doit juste me servir.

J'arrête un taxi.

— Je suis très en retard, si vous pouviez appuyer sur le champignon, dis-je en lui donnant l'adresse.

Le chauffeur ne moufte pas, ne me regarde pas, et je remarque son turban. Un Paki. Il tape mon adresse sur le GPS. Il ne doit pas comprendre l'anglais à part le nom des rues et les numéros. Mais il démarre comme s'il était poursuivi par les marines.

J'arrive dans ma rue et grimpe quatre à quatre les étages, négligeant le monte-charge trop lent à mon goût. Je me reproche de n'avoir pas pris suffisamment au sérieux le coup de l'interphone.

Le salon est allumé et vide. Inquiet, je vais directement à la chambre. Sarah dort à poings fermés. Le livre qu'elle lisait est tombé et elle a encore ses lunettes sur le nez.

Je m'approche et la regarde. Comme elle semble fragile. Elle ouvre les yeux, me sourit.

— Quelle heure est-il ?

— L'heure de dormir.

— Tu arrives seulement ? (Elle jette un coup d'œil sur la pendulette.) Minuit ? Mais qu'est-ce qui s'est passé ?

Je prends un air détendu.

— Hé, tu sais bien que je fais des heures supplémentaires pour t'offrir un manteau de fourrure !

Elle ne répond pas, me fixe un moment.

— Il s'est passé quelque chose ?

— Rien du tout, dis-je en l'embrassant.

— Un autre meurtre ?

— Oh, chérie, laisse-nous souffler. Que veux-tu qu'il se passe entre le moment où tu n'as plus regardé les infos et celui où tu t'es endormie ?

Je la sens qui m'observe aller et venir dans la chambre. Je vide mes poches sur la commode en sifflotant. Je ne sais pas quoi faire du bracelet et regrette de ne pas l'avoir laissé au bureau. Mais je ne veux plus m'en séparer et l'enfonce au fond de ma poche.

— Il y a du nouveau ?

— À quel propos ? je demande sans me retourner. Tu t'es occupée de ton billet d'avion ? Tu as prévenu Jonathan pour qu'il vienne te chercher ? Rendors-toi, je vais prendre une douche.

Quand je reviens dans la chambre, elle est couchée de l'autre côté, mais je sais qu'elle ne dort pas. J'ai envie de lui parler mais crains qu'elle n'en profite pour m'interroger. J'éteins la lumière.

Le réverbère en dessous de la fenêtre éclaire la moitié de la chambre et dessine sur les murs les branches des arbres qui en s'agitant font penser aux gesticulations d'un squelette. La rue est si silencieuse que j'entends le bruissement de leurs feuilles.

Il est peut-être dehors. À nous guetter. Il sait où j'habite.

Jackson-Carr et son homologue du 16e district, James Paterson, ont réuni dans la salle de briefing de notre commissariat les hommes chargés de l'enquête sur les meurtres de Jane Morrison et Kahala Simsaophone.

Nous faisons face tous les trois à O'Brady, McCarthy, Johnson et Mendoza assis au premier rang, ainsi qu'au sergent Capprezzi et à l'inspecteur Bernstein, bombardés coordinateurs d'enquêtes. Derrière eux, une bonne trentaine d'officiers en uniforme appartenant aux deux commissariats.

Jackson indique sur le plan de la ville l'itinéraire du tueur et les indices concordants des deux affaires. On admet à présent que les deux meurtres ont été perpétrés par le même assassin.

Si des différences sensibles existent dans le modus operandi, les points communs comme la proximité géographique et l'utilisation de drogues sont importants. Même si les résultats des analyses toxicologiques effectuées sur le garçon ne sont pas probants.

Réinterrogé par les enquêteurs, le directeur de la clinique Saint-Pierre-et-Paul a confirmé la présence le dernier trimestre d'un certain Frederich Lacy, dont la description correspond à celle de sa logeuse, à celle des deux jeunes filles qui ont voulu protéger le jeune Simsaophone, et à celle des deux abrutis, Clinton et Parker, qui l'ont raccompagné chez lui.

Je suis intervenu pour demander que ces renseignements restent secrets. Ça a représenté une rude bataille d'argumentation. D'abord avec Jackson et les autres officiers supérieurs, mais c'est avec le maire que ç'a été épique. Il ne comprenait pas.

Il ne comprenait pas qu'on l'empêche de claironner que les services de police de Milwaukee avaient réussi l'exploit d'identifier le suspect probable du meurtre du jeune Cambodgien, et sûrement aussi de celui de Jane Morrison, l'employée de mairie. Aucun officier supérieur ne m'avait aidé. Parce que eux non plus ne comprenaient pas que je refuse de diffuser le portrait du tueur présumé.

« Deux jours ! deux jours ! avait beuglé Tom Barrett, à bout de nerfs. Pas une minute de plus ! Et ensuite je vous retire l'affaire et je vous promets que vous irez pourrir en Alaska en compagnie de Sarah Palin ! »

Un officier lève la main :

— Même s'il n'a pas quitté la ville, comment le retrouver s'il ne sort pas ? L'agglomération compte plus de deux millions d'habitants et presque autant de fédéraux, flics et gardes nationaux. À sa place, je resterais planqué jusqu'à ce que le dispositif s'allège.

— Faut bien qu'il mange, objecte un autre.

— Ouais. Ben ça, c'est pas difficile. Y a une épicerie à chaque coin de rue et les gens ne remarquent jamais rien !

Un murmure d'approbation accompagne les propos de l'officier.

— Nous le savons, coupe Jackson-Carr. La pression policière qui règne sur notre ville l'oblige à se cacher. Mais ça l'empêche aussi de tuer puisqu'il ne peut pas sortir. Nous sommes persuadés qu'il est toujours ici. Nous ne devons pas relâcher nos recherches. À ce propos, voici une première mauvaise nouvelle : tous les congés sont suspendus jusqu'à nouvel ordre.

Les flics se lancent des regards entendus mais se gardent de protester.

— Bien, reprend Jackson, je savais que je pouvais compter sur vous. Le commissaire Paterson et moi-même désignerons les équipes et les tâches au fur et à mesure des progrès enregistrés. Pas des échecs, grimace-t-il, des progrès. L'inspecteur Johnson et le sergent Mendoza du 12e, le sergent O'Brady et le détective McCarthy du 16e, sous les ordres du capitaine Levine, seront ceux à qui vous devrez rendre compte journellement. Le sergent Capprezzi et l'inspecteur Bernstein du 17e mettront les officiers dont nous aurons besoin à notre disposition. Inutile de préciser que tout ce que la ville compte de policiers participe à la traque. Toutes les affaires non urgentes sont suspendues. Et surtout, n'oubliez pas que son identité doit rester absolument secrète. Nous comptons sur vous.

Il regarde la petite quarantaine d'hommes assis devant lui. (Sur le mur, un écran indique que la conférence est retransmise par vidéo à tous les postes de police et aux antennes locales du FBI.)

— Un tueur de cette envergure, on ne doit pas le laisser filer, messieurs. Voilà, vous pouvez disposer.

Je vois aux coups d'œil qu'ils échangent que des sentiments divers agitent ceux qui vont participer à cette chasse à l'homme. L'affaire est si incroyable avec cette double conjonction des attentats terroristes et la présence d'un serial killer dans la même ville, que ce sera probablement la plus importante enquête de leur vie. Ils sont prêts à sacrifier leurs nuits et leurs congés jusqu'à sa résolution. L'Amérique tout entière, jusqu'à la Maison-Blanche, est en constante liaison avec nous. Jamais les États du Middle West n'ont connu une telle célébrité criminelle depuis l'affaire Jeffrey Dahmer.

Debout à côté de Paterson, je les observe. Les flics n'ont pas besoin d'encouragements mais d'indices. Et ce qu'ils savent du criminel ne va pas loin. L'empreinte difficilement reconstituée sur la chasse d'eau de sa maison correspond à celles d'un certain Nichols qui s'est tristement illustré des années auparavant à New York, mais de ça ils ne doivent pas se servir. Pas davantage du nom qu'il porte à présent. Et le portrait qu'on a de lui est suffisamment flou et banal pour correspondre à celui de milliers d'hommes de son âge.

Je n'ai cessé de réfléchir au moyen de le faire sortir de son trou. J'ai ma petite idée, mais elle demande beaucoup d'habileté… et de chance. Et je n'en ai pas eu beaucoup la dernière fois.

Jackson-Carr et Paterson donnent leurs dernières instructions et j'accompagne mon supérieur dans son bureau, tandis que Paterson repart dans le sien et que les autres flics se dispersent. Jackson m'invite à m'asseoir.

— Alors, comment vous le sentez ? me demande-t-il en m'offrant une cigarette et en se laissant lourdement tomber sur sa chaise.

— Vous fumez ?

— Seulement quand je m'amuse.

On se sourit. Nos rapports comme ceux des couples qui doivent affronter les mêmes problèmes se sont resserrés.

— Il n'y a pas trente-six solutions, dis-je. On doit le provoquer. Avoir un coup d'avance sur lui. Sinon, la prochaine fois qu'il sortira, ce sera pour tuer et il nous échappera encore une fois…

Jackson me balance un regard intrigué.

— Je dois vous avouer que je n'ai pas compris pourquoi vous ne vouliez pas divulguer son identité.

— La révéler ne servirait à rien. Il change d'identité comme de chemise.

— OK, mais diffuser son portrait nous aiderait…

— On a affaire à un professionnel. Il ne lui serait pas difficile de transformer sa physionomie.

— Un professionnel du crime… Une sorte de tueur à gages ?

— Non. Seulement un homme qui a derrière lui une longue expérience du meurtre. Un genre Jack l'Éventreur. Il connaît toutes nos astuces, il n'a jamais été pris.

— Comment en êtes-vous si sûr ?

J'élude d'un geste négligent de la main.

— On a retrouvé sa trace sur de nombreuses scènes de crimes… des crimes jamais élucidés…

— J'suis pas au courant.

J'avance sur la pointe des pieds. Je veux garder l'enquête. Je n'ai jamais été si proche de Nichols durant toutes ces années. Le moindre faux pas et il m'échappera. Les autres ne le connaissent pas comme je le connais. Il est plus fort que tous. Je suis le seul à pouvoir le coincer.

— Quand j'étais à Detroit, nous avons eu une série de meurtres qui ressemblaient à ceux-là…

Jackson fronce les sourcils. Il n'en a, et pour cause, jamais entendu parler.

— À Detroit ?

— Ouais, le type nous a glissé entre les mains… pour une connerie. Je suis certain que c'était lui.

— C'était à quelle époque ?

— Heu… deux ans, à peu près.

— C'est passé par le VICAP ?

— Sûrement.

— Pourquoi vous n'en avez pas parlé ?

— Je viens assez récemment de faire le rapprochement.

Il me fixe en silence. Il ne me croit pas. Pourquoi le ferait-il, des meurtres pareils ne restent pas secrets.

— Bon, et alors ?

— J'ai suivi l'affaire, c'est moi qui étais en charge. Je ne veux pas me faire avoir une nouvelle fois.

Il me regarde, se lève, fait le tour de son bureau et va se planter devant la fenêtre.

— C'est quoi votre plan ?

— J'ai remarqué qu'après le journal de huit heures sur NBC régional, c'est-à-dire la WTMJ4, il y a un reportage sur l'actualité du moment. La journaliste que j'ai déjà rencontrée lors d'une conférence de presse, Lydie Nataf, je crois, invite un spécialiste ou un responsable pour parler de l'actualité de notre comté, que ce soit la rentrée des classes, l'entraînement de l'équipe des Bucks, ou n'importe quoi concernant la région.

— Et ?

— Et ce qui intéresse la région en ce moment, outre les attentats, ce sont ces meurtres.

— Quelle est votre idée ?

Il me tourne le dos. Veut-il m'éviter la gêne de lui mentir, ou cacher la sienne ? Il est trop fin pour ne pas sentir que je lui raconte des histoires, d'autant qu'elles ne tiennent pas debout.

— Je voudrais aller à l'antenne parler de ces meurtres, mais à ma façon…

— Qui est ? demande-t-il en se balançant sur ses talons, les mains derrière le dos.

— Alerter les gens, leur parler de nos progrès, mais sans désigner nommément Lacy… Les mettre dans le coup, les engager à la vigilance… J'ai pensé demander à un de mes amis du FBI de venir en faire autant pour les attentats terroristes… leur demander leur aide…

— Ils ont trop la trouille… et ils ont raison.

— D'accord, mais ça ne coûte rien d'essayer. Vous savez même à quoi je pense ? dis-je en me levant et en le rejoignant. J'ai été de nombreuses fois au cours de ma carrière en contact avec des profileurs, des spécialistes des comportements aberrants, des criminologues, et tous nous avons constaté que ceux que nous pourchassions avaient souvent une véritable passion pour les enquêtes criminelles et la police. Certains avaient même postulé pour y entrer. On les retrouve spectateurs sur les scènes de leurs propres crimes, et l'on s'est fréquemment aperçus a posteriori qu'on les avait croisés comme témoins et même interrogés. J'en ai connu qui semaient des indices nouveaux pour nous remettre sur la voie. Ils ont un besoin infantile de se mesurer à nous pour se prouver qu'ils sont meilleurs. C'est souvent par leur vanité qu'on les coince. Ils adorent la publicité que leur procurent leurs crimes. Ils veulent qu'on reconnaisse leurs exploits.

— Et vous espérez que ce cinglé va réagir comme vous le souhaitez ? Encore faudrait-il qu'il regarde la télé.

Je sens que je gagne du terrain. Il n'est pas convaincu, et je ne le serais pas non plus à sa place, mais il subodore que j'ai mon idée.

— Il faudra donner une publicité exceptionnelle à l'émission. En parler la veille en boucle, l'annoncer comme un tête-à-tête entre le public et lui…

Il se retourne vers moi et me fixe. Puis il regarde dans la rue et plonge encore une fois son regard dans le mien.

— Bon, allez faire le mariolle, mais tâchez de pas vous planter, sinon prévoyez des chaussettes chaudes, il fait froid en Alaska.

Je quitte Jackson pour rejoindre Sarah, que j'ai invitée à déjeuner chez Fish Doc, un genre de restaurant que l'on s'offre pour un anniversaire. En réalité, je veux la pousser au départ le plus vite possible. À part ses spécialités de la mer, le patron est un fou de Louis Armstrong et Art Pepper, qu'il passe paraît-il en intégrale durant le service, ça m'aidera.

Je n'ai pas été aussi calme et sûr de moi depuis dix ans. Cette fois, c'est la fin du voyage. Quand j'étais môme, j'adorais les westerns, et le moment que j'attendais était celui où les deux ennemis se trouvent face à face au milieu de la rue principale. Je savais que John Wayne allait gagner, mais ça ne m'empêchait pas d'avoir peur. Eh bien, voilà, j'y suis. Il n'y a pas de saloon, pas de chevaux qui hennissent, pas de héros, seulement lui et moi.

J'arrive le premier et commande un Martini. Le restaurant s'ouvre sur le lac, pas très loin de l'auberge italienne où Maureen m'a emmené. Celui-ci donne dans le luxe. Il n'y a pas de guirlandes de couleur qui pendent au travers de la terrasse, mais des tables juponnées de nappes damassées et des couverts en argent.

J'ai l'étrange impression d'avoir vécu plusieurs vies dans un laps de temps très court, comme si je voulais rattraper mes années perdues. On ne rattrape rien, pourtant. Maintenant je le sais.

Sarah est en retard, ce n'est pas son genre. Je reprends un Martini, ce qui n'est pas le mien. J'observe les autres couples avec un certain agacement.

Je regarde l'heure, et cette fois je m'angoisse. Je me dirige vers l'intérieur au moment où le gérant, un téléphone à la main, me demande :

— Excusez-moi, vous êtes Stan Levine ?

— Oui, qu'est-ce qui se passe ?

— On vous demande au téléphone, monsieur.

Je lui arrache presque le combiné des mains.

— C'est toi, Sarah !

— C'est moi, Stan, calme-toi.

— Sarah, oh, bon Dieu, pourquoi t'es en retard ? Je me suis fait un sacré mauvais sang ! Tu vas bien ?

— Très bien. Écoute-moi et ne m'interromps pas. J'ai quitté l'appartement…

— Ah bon ? Tu vas prendre l'avion aujourd'hui ?

— Laisse-moi parler. Je ne prends pas l'avion. J'ai compris que Nichols était ici, d'autant plus que ton acharnement à vouloir m'éloigner me l'a confirmé… Je vais vivre ailleurs que chez toi parce que je veux être libre de mes faits et gestes.

— Ce n'est pas ça du tout ! Qu'est-ce que tu vas chercher ? Il n'est pas là !

Le gérant derrière le comptoir fait semblant d'être occupé. Je l'interpelle :

— On peut téléphoner d'ailleurs ?

— Nous n'avons plus de cabines, monsieur, les clients se servent de leurs portables. Ce téléphone est le professionnel de l'établissement.

— Je te rappelle sur ton portable, dis-je à Sarah.

Je ressors sur la terrasse mais réfléchis avant de composer le numéro. Elle doit partir par n'importe quel moyen. Je ne peux pas la protéger et affronter en même temps Nichols. Je ne vais pas arrêter de trembler pour elle. Je finis par croire qu'il possède des pouvoirs particuliers. Je tape son numéro.

— Allô, c'est moi. Écoute, chérie. Voilà, je voulais te parler mais.... je n'en ai eu ni le courage ni l'occasion. Tu sais combien je vous aime, toi et les enfants... plus que tout au monde. Mais durant toutes ces années j'ai eu le temps de réfléchir. Ce qui nous est arrivé a détruit ce qui restait de notre couple... J'étais en partie coupable, je le sais... tu es là ?

— Je t'écoute.

— Je veux dire... depuis que je suis ici j'ai rencontré une autre femme... ça n'a rien à voir avec nous et ce qu'on a pu connaître... mais elle n'a ni vécu ni souffert ce que nous avons vécu et souffert... et... enfin, j'ai envie de rester ici avec elle et de recommencer. Sarah, tu m'écoutes ?

— Je suis là. Ton histoire est... comment dire ?... à toi. Elle ne me... Enfin, Stan, je ne sais pas si ce que tu me racontes est vrai, mais de toute façon, je reste parce que j'ai compris que c'est Nichols qui a tué cette femme et ce garçon.

— C'est complètement faux ! Ce n'est pas lui ! On est sur la piste du tueur. Ça n'a rien à voir ! Tu crois qu'il n'y a qu'un seul cinglé en Amérique !

— Tu sais, certaines femmes ont des manies. Ça ne m'était jamais arrivé jusqu'ici. Mais hier soir je savais que tu me mentais et je t'ai fait les poches. J'ai trouvé le bracelet de Judith.

— Sarah !

Mais elle a raccroché et son téléphone reste muet quand je la rappelle plusieurs fois. Je me sens vidé tout à coup. Ce n'est pas possible que ça recommence.

Je règle mes Martini et file comme une flèche. Elle m'a dit qu'elle allait vivre ailleurs. Elle paiera en liquide, elle connaît la musique. Elle est peut-être plus en sécurité que chez moi. Cependant, elle sera seule et plus vulnérable que jamais. Sa soif de vengeance peut la rendre imprudente. Je ne veux pas la perdre elle aussi.

Je ne sais pas quoi faire.

Il faillit la heurter. Il passait le coin de la rue et elle sortait presque en courant de l'immeuble. Il l'évita de justesse, marmonnant une excuse. Elle ne se retourna pas.

Elle portait un sac de voyage grenat en forme de boudin et il comprit tout de suite qu'elle ne partait pas en promenade mais quittait l'appartement.

Il fit volte-face et la suivit. Elle marchait vite vers l'avenue où se trouvaient les bus et les taxis. Il s'approcha et ils se rejoignirent, l'un suivant l'autre à l'arrêt du bus.

Elle posa son sac qui lui tirait le bras sur le banc et regarda si le bus arrivait. Il s'approcha à la toucher, profitant de la présence des autres voyageurs, feignant de consulter le plan des bus. Il était si près qu'il pouvait sentir son parfum.

Son cœur battait la chamade. Elle partait, pourtant elle devait savoir. Elle n'était pas femme à abandonner. Il l'examina comme on retrouve une vieille connaissance perdue de vue, guettant sur son visage les changements que les années avaient inscrits.

Un bus était en vue. Il ne devait pas la perdre. Poussé par les autres, son bras vint la heurter et elle se retourna. Il s'excusa d'un sourire. Leurs regards s'accrochèrent et il crut apercevoir une lueur de curiosité dans le sien. Elle hocha la tête et se prépara à monter dans le bus.

Il la suivit, goûtant goulûment le plaisir d'être près d'elle à l'effleurer.

Elle descendit dans le centre et se dirigea vers le carrefour proche où se dressait le Grand Hôtel du Parc. Il marchait à courte distance. L'Hôtel du Parc n'avait pas de parc mais semblait de qualité. Un dais rayé blanc et vert précédait le porche où une imposante porte tournante en verre et cuivre donnait accès au hall.

Elle la poussa résolument et alla directement vers le comptoir. Il entra derrière elle et feignit de s'intéresser aux prospectus. Il entendit l'employé lui confirmer sa réservation et s'enquérir du temps qu'elle comptait rester. Elle lui répondit qu'elle ne savait pas. Il tapa sur son ordinateur, se retourna vers les casiers en acajou où étaient suspendues les clés et décrocha la 327.

Toujours souriant, il lui assura qu'elle y serait bien et lui désigna l'emplacement des ascenseurs. Elle le remercia et prit la clé.

Il attendit de recouvrer son calme et sortit.

Il avait aussi froid que s'il avait été nu dans un bain glacé. Recroquevillé sur sa chaise, ses poings écrasant ses oreilles, plié en deux par une douleur qui le tordait.

La chambre sordide où il s'était réfugié dans ce quartier perdu où se regroupaient les derniers immigrants arrivés l'écrasait de sa masse sombre et hostile. Mais il n'avait pas eu le choix. Bien beau que cet Afghan coiffé d'une galette de laine qui vendait à ses compatriotes ce qu'il devait dégoter dans des poubelles ait bien voulu lui louer ce taudis dont le seul confort était une télé à l'image brouillée.

Il se sentait abandonné, seul au milieu de ces étrangers qui ne faisaient même pas mine de s'apercevoir qu'il existait. Il descendait une fois par jour au ravitaillement dans une épicerie malodorante où trouver un bout de pain mangeable et du lait relevait de l'exploit.

Il avait froid en permanence et il savait que c'était dans ses os. Il avait assez d'argent pour mener une vie normale mais il était obligé de vivre comme un cafard. D'ailleurs, des cafards, il partageait l'espace.

Ils couraient sur le lino déchiré de sa chambre, gros comme le pouce et rapides à donner la nausée. Au début, il les écrasait, mais ils étaient trop nombreux, et il se contentait à présent la nuit pour qu'ils ne lui tombent pas dessus de s'enrouler dans son drap au risque d'y perdre le souffle.

Il sursauta soudain. Des sirènes qui se rapprochaient, des bruits de pneus qui s'écrasaient. Il alla vivement vers la lucarne qui donnait sur une ruelle. Une voiture de la police venait de s'arrêter contre le trottoir et des flics en descendaient en courant. Était-ce pour lui ? Est-ce que ces misérables Afghans l'avaient dénoncé ?

Il attrapa son sac où était fourré le strict nécessaire. Ses vraies richesses se trouvaient à la consigne. Nerveux, il examina la cage d'escalier. D'autres sirènes de police. De toute façon il ne pouvait plus rester. Il descendit avec précaution les marches aussi branlantes que sales, guetta un instant derrière la porte de la rue. Les flics couraient plus loin vers un entrepôt.

Il sortit. Préférant la rue malgré le danger. Avant de dégoter ce trou à rats, il avait dormi une semaine dans une coursive, sur des cartons, tel un miséreux, en contrebas du trottoir. Mais en fin de compte il préférait ça à être bloqué dans cette chambre.

Il se glissa dans la foule, le visage dissimulé par un foulard que le froid devenu vif justifiait. Il marchait tête baissée. Les rues grouillaient de flics et de soldats. Encore une fois une ville entière se dressait contre lui. Il en ressentit de la fierté. Que pensait Levine ? Il aurait tellement voulu voir sa tête quand il avait reçu le bracelet de sa fille. Il attendit le feu pour traverser. Instinctivement, ses pas le guidaient vers le refuge qu'il avait quitté. Il espéra le retrouver libre. Sinon, il chasserait l'intrus.

Il mit presque une heure à retrouver son soubassement. Par chance, il était comme il l'avait laissé. Il installa sur le sol des cartons qu'il prit à la porte d'une épicerie, en dressa quelques-uns comme les parois d'une tente. Quand il eut terminé son installation, elle lui sembla si conforme à ce qu'il en attendait qu'il se demanda pourquoi il avait quitté cet endroit pour l'immonde taudis à cafards. C'était l'angoisse, cette pénible sensation qui lui tordait trop souvent la poitrine, qui lui faisait commettre des erreurs. Il devait reprendre son calme. Ils n'avaient de lui qu'une vague description. Seul Levine savait. À cause du bracelet.

Nichols, Lacy, Turner, Thornburg, Swan. Des noms d'hommes. De femmes aussi : Camillieri. Tiens, il se souvenait d'elle. Une jolie brune, trop facile. Une promenade en amoureux au sortir d'une fête foraine. De l'impudence de sa part. De la vulgarité, même. Une soirée tiède, des rires et des baisers qu'elle lui écrasait sur les lèvres, le barbouillant de son rouge bon marché. Comme elle le dégoûtait ! Surtout quand elle lui avait dit qu'elle était mariée. Elle l'avait entraîné à l'écart des autres vers un bouquet d'arbres. Il avait détesté son regard vicieux. Elle s'était adossée à un arbre, l'avait attiré vers elle. Il avait déjà son poinçon en main. Quand elle avait glissé sa jambe entre les siennes, il le lui avait enfoncé entre les côtes.

Elle avait ouvert brutalement les yeux, avait essayé de crier, mais seul du sang était apparu entre ses lèvres. Elle avait glissé entre ses bras, il ne l'avait pas retenue. Elle était tombée assise, sa robe se relevant impudemment sur ses cuisses. À ce moment-là il avait eu envie d'elle, mais des gens arrivaient, il avait fui.

Des noms, des visages, des histoires par dizaines. Il s'installa, arrangea une couverture. Le froid augmentait, il le sentait à travers les cartons. Il s'en moquait. Il pensa au confort de l'Hôtel du Parc. Il s'allongea et ne tarda pas à s'endormir.

Je descends la 12e qui par Barstow Bridge mène à Port Washington, downtown.

J'ai rendez-vous avec Lydie Nataf qui présente le journal de huit heures sur WTMJ4 et le reportage qui suit.

La ville bénéficie ce matin d'un ensoleillement qui, succédant aux jours de brouillard et de froid, lui donne un faux air guilleret. J'ai téléphoné en vain à tous les hôtels de la ville pour retrouver Sarah. J'ai appelé mes enfants et c'est Jonathan qui m'a répondu. Oui, il a eu sa mère pas plus tard que la veille au soir et elle lui a confirmé qu'elle attendait que je termine une enquête pour que l'on rentre à L.A.

« Vous avez un sacré client à Milwaukee, s'est-il exclamé. C'est toi qui t'en occupes ?

— Un dingue, ai-je répliqué évasivement. Je m'en occupe mais pas tout seul. Ils en font des tonnes ici, ça fait vendre du papier.

— Vous avez intérêt à vous replier à L.A., a-t-il rigolé. C'est grave, là-bas.

— Ouais. C'est grave partout… Elle t'a appelé d'où ? je demande en mettant autant de légèreté possible dans le ton et pour détourner la conversation.

— Ben, de son portable. Sûrement de chez toi.

— Sûrement. Comment ça va pour vous ?

— Cool. À part Mélanie qui est toujours une sacrée emmerdeuse. Tu sais quoi ? Elle veut faire repeindre votre chambre pour que tu t'y sentes bien. Juste quand je passe des examens qui me prennent trop la tête ! »

On rit en jouant la connivence des mecs. Mais on n'est pas dupes. Jon comme moi, je le sais, on a le cœur chaviré à l'idée de se revoir. Peut-être même que c'est lui qui a pensé à faire repeindre notre future chambre. De lui parler comme si on s'était quittés la veille me fait un creux au ventre qui me donne envie de pleurer.

« Fais gaffe à elle, Jon, c'est une emmerdeuse, mais on l'aime.

— Cool, pa, je la surveille ! T'en as pour combien de temps d'après toi à encore rester à Milwaukee ? Maman doit avoir envie de revenir.

— Assez, oui, mais elle me fait de bons petits plats en attendant.

— Qu'est-ce qu'on est contents, tu sais ? On compte les jours, Mel et moi. On a plein de projets. Je crois que je vais peut-être intégrer Berkeley en fin de compte.

— Ce serait super. Bon, je vais te laisser. Embrasse Mélanie et Bob et Joyce.

— Ouais. Tu sais quoi ? Joyce est super-contente que tu reviennes.

— Ouais, j'espère que ça durera. »

On raccroche sur un rire complice.

Je suis superstitieux, je n'ose pas penser à mon futur. Cette fois, si j'échoue, je ne tiendrai pas le coup.

La ville est régulièrement traversée par des convois de la garde nationale et une classe de réservistes a été rappelée. J'imagine, compte tenu de cette actualité, que la chaîne va être moyennement intéressée par ce que je propose, même si en temps normal elle se serait battue pour passer l'émission.

J'arrive au café où j'ai rendez-vous, tout proche du Mount Mary College. Je repère la journaliste déjà installée à une table en terrasse et m'assois face à elle.

— Bonjour, dis-je en lui tendant la main avec mon meilleur sourire.

C'est une rousse aux cheveux frisés tirés en arrière et tenus par un ruban. Son visage étrangement juvénile compte tenu de l'importance de son poste est criblé de taches de rousseur, et rien ne semble échapper à ses yeux inquisiteurs. Elle a déjà une tasse de café et des papiers éparpillés devant elle.

— Alors, capitaine, qu'est-ce que je peux faire pour vous ? attaque-t-elle avec un sourire un brin artificiel.

Elle a dû suivre un stage spécial : comment décourager les solliciteurs.

Je lui raconte mon projet, soulignant combien ce serait un plus pour la chaîne de pouvoir participer en live à une enquête criminelle.

— Ce ne sera pas la première fois, objecte-t-elle. Entre ceux qui cherchent leurs chers disparus et ceux qui balancent leurs voisins, ça fait des heures d'antenne.

— Et des sommets d'audimat.

— Les temps sont différents. Le public s'enquiquinait et puis c'était nouveau. Là, les gens pètent d'angoisse à cause des attentats. Je ne crois pas qu'il serait judicieux de leur en rajouter.

— Le public adore les faits divers bien sanglants. Le criminel que nous recherchons a massacré une femme et un enfant. Vous ne croyez pas que ça va les intéresser d'aider la police à le retrouver ? Précisément à cause des attentats, ils ont besoin d'agir. Et ce n'est pas n'importe quel meurtrier. Jeffrey Dahmer a fait plus pour la notoriété de votre ville que ses pères fondateurs dont tout le monde a oublié les noms, n'est-ce pas ?

— Il est comme Jeffrey Dahmer ?

Je la fixe en mettant dans mon regard ce qu'il faut de dramatisation.

— Si grâce à vous on l'attrape, vous verrez que Jeffrey Dahmer à côté était un modeste besogneux.

Elle a un rire un peu forcé.

— Bigre, c'est un loup-garou, votre type ?

— Vous savez ce qu'il a fait ?

— Oui. J'ai eu quelques détails. Mais il y a eu une bonne centaine de morts dans le pays depuis deux mois à cause des attentats islamistes, c'est ça qui inquiète le bon peuple. C'est terrible à dire, mais on est tous très égoïstes. Les gens savent qu'un attentat peut les toucher n'importe quand ; les assassins c'est pour les autres.

J'allume une cigarette sans lui en offrir. Le temps des amabilités est passé. Je suis certain qu'elle se fout le doigt dans l'œil. Les gens ont justement besoin de dérivatifs, et c'est pas en leur balançant des émissions sirupeuses que ça marche.

— Je ne fais pas appel à votre déontologie, je reprends, ce serait trop facile, mais à votre professionnalisme. N'oubliez quand même pas ce que ce barbare a fait.

— Qui participerait à l'émission ? demande-t-elle en allumant une cigarette tirée de son propre paquet.

— Moi, et un profileur du FBI.

Elle paraît réfléchir.

— Vous ?

— Je dirige l'enquête et j'ai été formé aux méthodes d'investigation du FBI. J'ai été l'adjoint du chef de la police de New York. Mais je suis vraiment obligé de passer un casting ?

— Ne le prenez pas mal. Vous savez ce que coûte une heure d'antenne ?

— Il m'en faudrait deux et un… matraquage la veille.

— Un matraquage ? C'est quoi ?

— Que vous annonciez l'émission en insistant sur son caractère sensationnel. Mon collègue et moi, on va leur parler de la personnalité des terroristes, et de celle de ce criminel. On leur expliquera nos méthodes, et où nous en sommes. On leur demandera de nous aider en nous signalant ce qui peut leur paraître suspect. Ils ont l'habitude maintenant. Il me faut deux heures. Et le rappel de l'émission en boucle dès la veille.

Elle se met à rire.

— Vous connaissez Trudik ? Errol Trudik ? (Je secoue la tête.) C'est mon patron. Il adore quand ses journalistes lui demandent une faveur. Il préfère de loin les distribuer. Et nous on les reçoit les mains en coupe, à genoux et la tête inclinée.

— Écoutez, je n'essaye pas de vous vendre un tapis, dis-je, perdant patience. Je vous offre un sujet en or, si vous n'en voulez pas j'irai voir ailleurs.

— Chantage ?

— Et cette émission doit être programmée pour après-demain au plus tard.

Elle a un bref éclat de rire qui s'éteint devant mon expression.

— Vous ne m'avez pas encore menacée de vérifier mes déclarations d'impôt. C'est un oubli ?

— Je ne fais pas partie de la police financière, mais de la Criminelle. Celle qui s'occupe de ceux qui menacent votre vie, pas votre pognon. Ça m'aura coûté un café et une demi-heure de mon temps soustrait à la chasse de cet assassin. Tant pis. Au plaisir, je crache en me levant.

— Attendez ! Bon Dieu, vous prenez les journalistes pour des auxiliaires de police ou vos larbins ?

Elle est furieuse.

— Pour des citoyens soucieux de leur devoir. Je me suis trompé.

— OK. Je prends ça sous mon chapeau. Si on fait un bide et que je me fais virer, vous entendrez parler de moi.

— Je vous fournirai le plan de l'émission demain au plus tard et le nom de mon collègue. Merci, mademoiselle.

Je file, craignant qu'elle revienne sur sa décision. Les dés sont jetés.

Qui récoltera la mise ?

Ali Laffouani sortit de son lit avec précaution et regarda sa montre. Quatre heures. La maison comme il l'avait espéré était totalement silencieuse. Il savait que le sommeil profond se mettait en place après les phases de sommeil paradoxal, sommeil lent léger, devenant lent profond. L'heure de son réveil n'était pas fortuite.

Il se leva tout habillé, se dirigea vers la porte de sa chambre et y colla l'oreille. Pas un bruit. Il ouvrit lentement et sortit dans le couloir qu'il inspecta. Les chambres d'Hattal et du saint homme étaient plus loin, en face à face. La sienne était proche de l'escalier. Il y plongea son regard mais rien ne bougeait au rez-de-chaussée où se trouvait la chambre des deux gardes du corps.

Il descendit en posant les pieds au plus près du mur pour éviter de faire craquer les marches. Il les avait vérifiées et savait lesquelles étaient bruyantes.

Une vague clarté filtrait par l'imposte placée au-dessus de la porte, suffisante pour qu'il vît que la clé qui ouvrait le système de sécurité n'y était pas. Il tira de sa poche celle qu'il avait fait reproduire. C'était la seule fois où il avait pris des risques. Si le garde s'était aperçu qu'elle manquait à son trousseau, c'en aurait été fait de lui qui avait exigé de sortir, contre l'avis d'Hattal.

Allégeant son pas, il s'approcha de la porte et introduisit la clé dans la serrure. Que le serrurier ait mal fait son travail et son destin prendrait une tout autre tournure. Il devrait attendre avec les autres que leurs amis les aident à fuir, ou que ces chiens de chrétiens les tuent, ce qui était le plus probable.

Il ne comprenait pas qu'Hattal ne le sente pas. L'imam, passe encore, il attendait seulement d'Allah, leur maître à tous, qu'IL le guide. Le Palestinien, qui se déclarait homme d'action, n'était en réalité qu'un homme d'affaires avide. Il faisait fortune en vendant tout et n'importe quoi à ses coreligionnaires. Ali avait appris qu'il possédait un compte en Suisse dans l'établissement bancaire où Yasser Arafat avait caché les millions de dollars volés au Fatah, et revenus à sa femme qui depuis menait grand train à Paris.

Ali n'était pas un voleur. C'était un pur. Sa foi lui servait de viatique. Il espérait devenir un guide, un exemple pour ses frères, mais pour cela il devait faire ses preuves. Et ce n'était pas en restant terré comme une vieille femme qu'il pourrait mener à bien son dessein.

La gorge sèche, il tourna la clé qui d'abord accrocha, puis enfin tourna, à son grand soulagement. Il tendit l'oreille vers la chambre des gardes d'où lui parvenaient des ronflements. Il ouvrit la porte comme si elle était de porcelaine et la referma de la même façon.

Westford était à deux kilomètres et la route qui y menait était parcourue jour et nuit par les voitures de la police. Des hélicoptères tournaient chaque nuit sur un large périmètre. Il s'engagea sur le chemin pierreux qui menait à la voie principale et s'immobilisa après l'avoir atteinte. Aucun véhicule, ni à droite, ni à gauche. Il se mit à marcher sur le bas-côté, prêt à se jeter dans le fossé à la moindre alerte. La nuit était heureusement sombre. Au-delà des arbres qui bordaient l'asphalte, elle n'était qu'un trou noir.

Il avançait d'un bon pas, pressé de s'éloigner. Les gardes de l'imam se levaient à intervalles réguliers pour vérifier la sécurité de leur refuge. On savait que les hommes du FBI et des autres agences profitaient de la nuit pour envahir les maisons qu'ils suspectaient et tout y casser après avoir traîné leurs habitants dans leurs fourgons. Et on ne les revoyait jamais. Depuis le 11 Septembre, un nombre impressionnant de frères avaient disparu sans laisser de traces. Les troupes spéciales US les gardaient dans des locaux clandestins ou les déportaient à l'étranger dans les geôles de pays complices.

Ali cracha par terre. De sentir la liberté proche exacerbait sa haine. Il reviendrait les combattre jusqu'au dernier. Femmes et enfants compris, pour que cette race maudite s'éteigne à jamais.

Tout en marchant, il jetait de fréquents coups d'œil derrière lui mais ne remarqua rien. Aussi loin que portait son regard, route et champs étaient vides. Personne apparemment ne s'était aperçu de sa fuite. Il dépassa un panneau qui annonçait WESTFORD, 0,5 MILE. Il lui faudrait trouver un moyen avant que le jour se lève pour gagner le port de Milwaukee, où il savait pouvoir embarquer sur un navire marchand. Des frères travaillaient sur le port et l'aideraient à déjouer la surveillance des gardes.

Il arriva à l'orée de Westford, qui à cette heure était totalement endormie et déserte. Il devrait se cacher en attendant que les cars se remettent en route.

Il parvint à un croisement et entendit derrière lui le bruit d'un moteur. Il se glissa dans l'ombre du mur. Une voiture ralentissait devant le feu qui passait à l'orange.

Bien qu'il n'y ait pas un chat dans la rue, le conducteur respectait le code. Il eut un sourire de mépris pour ce peuple soumis et se demanda ce qui avait poussé cet individu à ignorer le couvre-feu.

Il jeta un coup d'œil vers la voiture à présent arrêtée. Une femme âgée la conduisait. Si petite que sa tête dépassait à peine du volant.

Il sentit monter une bouffée d'adrénaline, inspecta le carrefour absolument désert, et sans plus réfléchir se dirigea vers la voiture. La vitre en était imprudemment entrouverte, et quand la conductrice le vit, il était trop tard.

Il la sortit brutalement sans qu'elle ait le réflexe ni la possibilité de pousser le moindre cri, l'appuya contre la roue et l'égorgea d'un simple mouvement de son poignard. Elle glissa à terre les yeux grands ouverts. Il monta, démarra rapidement et traversa la ville, se maudissant de n'avoir pas eu le réflexe de dissimuler le corps de la vieille. N'importe quel passant pouvait tomber dessus. Il avait perdu son sang-froid comme un débutant.

L'autoroute sur laquelle il roulait surplombait la ville et lui permettait de surveiller le trafic. Si un véhicule se présentait, ce serait inévitablement une voiture de police ou militaire puisque la nuit était interdite aux civils. Il éteignit ses phares, se fiant aux bandes blanches tracées sur l'asphalte. Il aperçut de loin le port illuminé et s'y dirigea.

Il prit la sortie 5 et suivit des routes secondaires moins surveillées. Il arriva au sud du lac et gara sa voiture derrière un hangar. Cette partie du port était séparée de la route par une haute barrière métallique qui en interdisait l'accès. Un projecteur la balayait à intervalles réguliers et il craignit d'avoir fait tout ce chemin pour rien.

Il décida de marcher le long de la barrière, pensant que ce serait bien le diable si aucune brèche ne se présentait. Il eut raison. Un pan de grillage était relevé. Il le franchit en arrachant un peu son blouson mais se dégagea. Il lui restait bien un demi-mile à parcourir avant d'atteindre les quais qu'il apercevait au loin.

Cela lui prit plus d'un quart d'heure de les franchir à cause du mauvais état du terrain et de son avancée prudente. Il arriva en nage aux premiers hangars.

Il se coula derrière l'un d'eux et examina les bateaux arrimés à une petite centaine de mètres. Ils n'étaient pas très gros puisqu'ils ne naviguaient que sur le lac Michigan. Ceux qui allaient jusqu'au lac Huron par la passe d'Alpena se tenaient plus près de la sortie du port en raison de leur tirant d'eau supérieur.

Il avisa un petit porte-containers passablement rouillé mais qui lui remplit le cœur d'allégresse. Le *Little Montana* qui reliait Milwaukee à Bay City comptait dans son équipage plusieurs frères pakistanais. Une fois à bord, on trouverait bien le moyen de le cacher.

Il était arrivé au moment de l'embarquement des containers et il les voyait s'élever dans les airs avant d'être dirigés par les hommes de pont vers les soutes. De là où il était, il ne pouvait reconnaître à quelle nationalité appartenaient les matelots qui à l'aide de grands gestes et de cris donnaient leurs indications au grutier.

Cependant, arriver jusqu'au navire était périlleux. Des gardes armés patrouillaient, et la capitainerie qu'il distinguait au loin, illuminée comme un grand magasin le jour de Noël, surveillait chaque mètre du port avec de puissantes lunettes.

Des dockers allaient et venaient sur le quai et il remarqua que les gardes en arrêtaient quelques-uns au hasard pour vérifier les identités.

Il fallait qu'il se décide. À l'est au-dessus de la ville, la bande blanche du prochain jour s'élargissait rapidement. Il regarda l'heure. Six heures. Le cheikh devait être déjà levé et s'étonner de ne pas le voir à la première prière. Il n'avait plus de temps.

Il rabattit son bonnet sur les yeux, sortit de la poche de son blouson le Beretta pour le glisser dans sa ceinture derrière le dos. Il s'assura que son poignard était à sa place et s'avança à la rencontre de deux hommes qui venaient de descendre du porte-containers. Avec un peu de chance, ce seraient des frères.

Un garde, l'AK 47 tenu en direction du sol, tourna la tête vers lui quand il le dépassa mais ne dit rien. Les deux matelots marchaient à sa rencontre. Des Américains. Il passerait au large. Mais alors qu'ils allaient se croiser et qu'Ali gardait les yeux fixés sur le bateau, l'un d'eux s'avança.

— Hey, man, t'as du feu ?

Son compagnon s'était arrêté et patientait en les regardant. La cigarette au bec, le matelot s'approcha d'Ali.

— Hey, t'es qui toi ? dit-il d'un air surpris.

En raison des événements, tous devaient vérifier qui était autorisé à être là et à quel moment. Il paniqua et désigna le *Little Montana* du doigt.

— Je vais là, voir un ami.

À la seconde où il prononça ces paroles, il comprit qu'il s'était lui-même coulé. L'autre avança encore la tête et le regarda sous le nez.

— Hey, on t'connaît pas, toi ? Qu'est-ce tu fous là ? Où tu veux aller ?

Ali Laffouani vit du coin de l'œil que le garde à présent les écoutait et avait relevé son fusil. Perdant définitivement son sang-froid, il sortit son pistolet et tira sur le matelot à bout portant, puis il retourna son arme contre le militaire, appuya plusieurs fois sur la détente, mais le manqua. L'autre matelot, figé de stupeur, n'avait pas bougé d'un centimètre et regardait incrédule tomber son compagnon, d'abord sur les genoux, puis sur le ventre dans un jaillissement de sang.

Le soldat arma son fusil d'assaut et tira une longue rafale en direction d'Ali Laffouani, le coupant presque en deux. L'islamiste s'écroula en travers du corps de l'homme qu'il venait d'abattre. Il n'entendit pas les hurlements des gardes qui accouraient de partout, ni les sirènes des véhicules blindés et des jeeps chargées de soldats qui convergeaient à toute allure vers le lieu du drame.

Le soldat qui avait tiré s'approcha en courant, jetant au passage un coup d'œil au second matelot toujours prostré, constata d'abord que le premier était mort, mit le doigt sur la carotide du terroriste, fit le même constat, et se retourna vers les voitures qui stoppaient dans un concert strident de pneus et de ferraille.

— Qu'est-ce qui s'est passé ici ? beugla un sergent d'infanterie en sautant à terre.

Le garde se releva et se figea dans un salut militaire.

— Cet homme, dit-il, désignant Laffouani, a tiré sur ce matelot, monsieur.

Le gradé se pencha à son tour, grimaça devant le carnage, souleva le bonnet de Laffouani. À cause de l'obscurité, il ne reconnut pas le terroriste que tous recherchaient. Il se tourna vers le second matelot, vit qu'il était en état de choc et sut qu'il ne pourrait rien en tirer. De toute façon, d'autres officiers débarquaient et s'occuperaient de l'affaire.

— Faites-lui boire quelque chose, ordonna-t-il en désignant le marin toujours prostré.

— On l'emmène à l'hôpital, sergent ? demanda un soldat.

À ce moment-là, un officier supérieur débarqua à son tour d'une jeep et se dirigea vers le groupe. Le sergent au garde-à-vous lui expliqua ce qui venait de se passer. L'officier se pencha sur le corps de Laffouani et le reconnut immédiatement.

— Il était seul ? demanda-t-il au sergent.

— Oui, monsieur, d'après le soldat Reynold qui était de garde et l'a abattu.

L'officier se tourna vers le soldat.

— Il était seul ? répéta-t-il. Pourquoi avez-vous tiré ?

— Parce qu'il a tiré sur le marin et ensuite il a retourné son arme contre moi en me manquant, monsieur, expliqua en se raidissant le deuxième pompe. J'ai riposté en état de légitime défense, monsieur.

L'officier vit que le soldat tremblait de tous ses membres, ignorant si on allait le fourrer au trou ou l'accabler de compliments.

L'officier savait qu'en abattant ce Laffouani dont il conservait la photo dans sa serviette en compagnie de ses complices Hattal, El-Barri et quelques autres, on venait d'effacer une piste. Mais il ne pouvait rien reprocher au militaire.

— Allez à votre cantonnement vous faire réconforter, soldat. Et tranquillisez-vous, vous n'aviez pas d'autre choix.

— Merci, monsieur, répondit le soldat, ému. À vos ordres, monsieur.

C'est le patrouilleur Boden, de la police de la route de Milwaukee, qui retrouva le matin le cadavre de la conductrice de la Toyota que Laffouani avait égorgée.

On emmena le corps à la morgue pendant que la patrouille portuaire récupérait sa voiture près du port.

On avait vite établi le lien entre la victime et les papiers trouvés dans le sac resté sur la banquette. L'enquête révéla qu'Eileen Paris, c'était le nom de la septuagénaire, était morte pour s'être trouvée au mauvais endroit au mauvais moment.

Vu la façon dont elle avait été tuée, la police confia l'affaire au FBI.

Crawford trouva le dossier sur son bureau le lendemain du meurtre. Entre-temps, il s'était occupé de celui de Laffouani et il fit immédiatement le rapprochement, d'autant qu'on avait retrouvé les empreintes du tueur un peu partout dans la voiture. Comme il était sûr que Dan Barrilan avait été assassiné par Laffouani, il aurait pu danser de joie devant son cadavre.

Il alla voir Hamilton, qui coiffait toutes les affaires dépendant du Bureau de Milwaukee-Madison. Son supérieur direct le reçut froidement :

— Du nouveau, agent Crawford ?

— Oui, monsieur.

Hamilton avait très mal pris la disparition de Barrilan et paraissait, c'est du moins ce que ressentait Crawford, l'en tenir pour responsable.

— Nous avons du nouveau concernant le meurtre d'Eileen Paris, dont le corps a été retrouvé à Westford et la voiture près du port. Les empreintes relevées dans la voiture et sur son corps sont celles d'Ali Laffouani, abattu alors qu'il se préparait à s'enfuir.

— L'action judiciaire est par conséquent éteinte, laissa tomber d'un ton dégoûté le chef d'antenne. C'est bien dommage. J'aurais voulu qu'on l'ait vivant.

— Certainement. Mais ce meurtre indique que les terroristes sont probablement cachés dans le coin. Ils n'ont pas pu aller beaucoup plus loin. Ils habitaient tous Milwaukee. J'ai donc disposé des agents dans les agglomérations de la région au cas où ils s'y montreraient.

— Et ?

— Et ce matin, un de nos agents a vu sortir d'un supermarché de Westford un homme qui pourrait être un des gardes du corps d'El-Barri. Comme il était éloigné et n'en était pas sûr, il a interrogé les caissières. L'une d'elles a dit qu'il était nouveau dans le coin et qu'elle le voyait à peu près tous les deux jours. Qu'elle l'avait remarqué parce qu'il était costaud et pas souriant, et parce qu'il n'avait jamais acheté une goutte d'alcool.

— Ils seraient donc encore là ? dit pensivement Hamilton.

— C'est presque certain. La région est bouclée. Ils doivent attendre pour sortir que la surveillance s'allège.

— Soyez prudents, ils ne doivent pas nous échapper, agent Crawford.

— Ils ne nous échapperont pas, monsieur.

La chaîne a bien fait les choses. Depuis hier, l'annonce d'une émission exceptionnelle sur les crimes de Milwaukee a tourné en boucle sur les programmes. Il semble que j'aie eu raison d'insister, parce que l'ambiance est électrique quand j'arrive avec Louis Townsend une heure avant l'émission.

Townsend est formateur au FBI depuis plus de vingt ans. On s'est connus lors de l'échange d'officiers entre le NYPD et le FBI. Il est devenu rond et bedonnant, mais n'a rien perdu de son esprit aigu et de son patriotisme À l'époque on a travaillé ensemble sur une affaire de drogue que l'on a résolue avec succès et ça nous a rapprochés.

Quand je l'ai appelé, il se trouvait en déplacement au camp d'entraînement du Bureau de Chicago, où il était venu enseigner les sciences du comportement et le travail d'infiltration aux jeunes recrues.

S'il n'avait été par goût un homme de bureau, il aurait fait merveille sur le terrain. Son allure banale, son sens de l'observation et sa connaissance des comportements humains le désignaient pour devenir un grand agent. Il a passé sa vie à marteler aux oreilles des futurs fédéraux que la moindre faute, la plus petite distraction pouvait leur coûter la vie. Il peut se vanter d'être l'un des enseignants dont les élèves obtiennent les meilleures notes. Il m'a confié un jour, les yeux pleins de larmes, avoir perdu un de ses anciens étudiants dans une action violente contre le crime organisé, et être persuadé que ce drame ne serait pas arrivé s'il l'avait mieux mis en garde.

Je lui ai expliqué mon projet sans évoquer que ce qui m'intéressait était de retrouver l'assassin de ma fille. Mais probablement l'a-t-il compris à la lumière des derniers crimes. Je lui ai fait en revanche miroiter le bénéfice que tirerait le Bureau à devenir davantage crédible.

Il a visiblement le trac. Ce n'est pas le rôle d'un homme de l'ombre de s'exposer. Louis n'est heureux que dans le cocon de son laboratoire. Il dirige également les services d'identification d'images et sons et a inventé un procédé qui permet de nettoyer les voix des parasites qui les polluent et de les restituer telles qu'à l'origine. C'est grâce à son invention que l'on a reconnu la voix de Khaled Cheikh Mohammed, le cerveau des attentats du 11 septembre, et pu le confondre.

— Vous n'êtes pas encore passés au maquillage ! s'exclame Lydie Nataf, qui semble surgir du sol.

— On vient juste d'arriver. On n'est pas en retard, je réponds avec un sourire contraint.

— Alors, allez-y tout de suite.

La maquilleuse essaye de me tirer les vers du nez, mais je ne veux pas déflorer le suspens. Je comprends que tous pensent que je vais donner en direct le nom du coupable.

Lydie Nataf vient me soumettre une fois encore la trame de l'interview.

— Vous n'avez toujours aucune idée de l'identité de l'assassin que vous poursuivez, c'est bien ça ?

— Pas exactement. Depuis que nous nous sommes parlé, nous avons avancé.

— C'est-à-dire ?

— Nous avons pour la première fois une description fiable du suspect.

— Super !

— Si vous êtes d'accord, Louis montrera les portraits des terroristes encore en fuite, dont l'un par chance vient d'être abattu, et parlera de leur psychologie.

— Oui, nous avons eu l'info, c'est génial d'en avoir rattrapé un, ça va redonner le moral à la population. Donnez-moi les portraits, monsieur Townsend, je vais les transmettre à la régie. Vous allez demander aux gens de vous aider ?

— Sûrement.

— Le suspect des meurtres de la femme et du gamin, comment a-t-il été identifié ?

— Par une victime qui lui a échappé et a fait le rapprochement.

— Vous donnez son identité ?

— Du témoin ? Non.

Elle semble déçue et se tourne vers Louis :

— Et vous, monsieur Townsend ?

— Heu… je dirai ce qui ne peut pas nuire à l'enquête en cours…

Elle le fixe d'un air féroce.

— On viendra vous chercher dans la salle d'attente. Vous y trouverez de quoi grignoter et boire. Nous en sommes à la seconde partie du journal… (Elle regarde sa montre.) Douze minutes… la pub… comptez être prêts pour… disons huit heures quarante. Ça ira ?

— Nous sommes à votre disposition.

— Sympathique, me dit Louis lorsqu'elle s'en va.

— Très, et très professionnelle. Tu as préparé ton laïus ?

— Oui. Je vais parler des derniers attentats et des pistes que l'on suit, soupire-t-il en consultant fiévreusement ses notes. Un peu aussi des mesures prises par les différents gouvernements occidentaux… On m'a briefé pour ne pas me laisser embarquer. J'ai vraiment la trouille de ça !

Une assistante vient nous chercher à la demie, et Louis commence à transpirer.

— Cool, Louis, il n'y a jamais que ta femme, tes gosses, tes voisins, tes collègues, ta famille et tes supérieurs qui te regardent.

Il lève son majeur vers moi.

Le studio 127 a la taille d'une salle de bal et il est plus encombré qu'un marché aux puces. Pour atteindre nos places, nous enjambons des rouleaux de câbles et contournons des obstacles vicieux.

Lydie Nataf nous indique nos sièges et on nous accroche nos micros.

— Bon, une question, une réponse. OK ? On commence par qui ?

Je me tourne vers Louis.

— Toi ou moi ?

— Toi.

Je hoche la tête vers la journaliste. Elle relit ses questions. S'agite encore un peu, fait signe aux techniciens, brandit l'index en faisant un tortillon, d'autres rampes de lumière s'allument, un autre tortillon vers les caméras, et le jingle de l'émission retentit. Une plage de pub succède au jingle. Puis d'un coup d'œil Nataf nous désigne les micros devant nous qui viennent de s'ouvrir, et aussitôt Louis s'étouffe d'une quinte de toux.

— Essais de voix, commande-t-elle.

On essaie après que Louis a repris son souffle.

Je ne tousse pas, mais je suis bandé comme un arc. Je pense pêle-mêle à Sarah que je n'ai pas retrouvée, à mes enfants qui peut-être regardent l'émission…

J'ai parlé à Mélanie au téléphone. Elle m'a fait à peu près la même réponse que son frère la veille, à savoir que leur mère les a appelés ce matin et leur a donné de bonnes nouvelles de nous deux. Mélanie s'étonne qu'elle ne leur ait pas parlé de l'émission.

« Toi non plus, d'ailleurs, tu nous as rien dit !

— Par modestie, ai-je répondu.

— Tu parles ! C'est Joyce qui l'a lu dans un canard qui couvre toute l'Amérique, et particulièrement le Wisconsin auquel elle s'intéresse vraiment beaucoup depuis que vous y êtes.

— Elle est au courant de tout, votre grand-mère. »

J'ai compris d'après ma réaction que l'ardoise avec mes beaux-parents n'était toujours pas effacée.

Les dernières couches-culottes disparaissent de l'écran et le logo de l'émission les remplace. Un déluge d'images et de lumières, une cacophonie de sons, et au bout d'un moment qui me paraît trop court, les caméras nous vissent sur les écrans.

Lydie Nataf désigne les micros dont les points rouges viennent de se rallumer sur le pupitre. Un signe muet à la régie, les objectifs des caméras se déplacent, et tous s'immobilisent.

— Chers téléspectateurs, commence Lydie Nataf d'un ton grave, merci de nous suivre encore si nombreux pour cette soirée où vous allez retrouver deux des meilleurs spécialistes de ces forces de l'ordre qui nous protègent. Ils sont venus parler de la situation dramatique à laquelle nous sommes confrontés chez nous. Jamais aucun autre État n'a eu à subir en même temps la double menace d'attentats terroristes aveugles et sanglants et la présence d'un assassin jusque-là insaisissable. Et si ce soir votre chaîne WTMJ4 s'est décidée à vous proposer cette émission, ce n'est pas par racolage voyeuriste ou pour atteindre les sommets de l'audimat, comme ont pu le croire certains de nos confrères, mais pour vous demander, à vous, population en danger, population en première ligne, de nous aider.

Elle se tourne vers moi.

— Bonsoir, capitaine Levine, et merci d'avoir choisi notre chaîne pour venir nous parler de cet odieux assassin qui a récemment tué deux de nos concitoyens dans des conditions atroces. Capitaine, vous travaillez à la police de Milwaukee après avoir été en poste à New York et Detroit et vous êtes considéré comme l'un des policiers les plus expérimentés dans la poursuite des criminels, particulièrement ceux qui commettent ce qu'on appelle des crimes graves.

Je vais vous demander très vite quels sont les résultats obtenus dans votre enquête.

Elle n'attend pas ma réponse et s'adresse à Louis :

— Agent Townsend, merci également d'être avec nous ce soir, bien que vous ne fassiez pas partie du Bureau fédéral du Wisconsin, ce sont vos qualités professionnelles et votre expérience dans la traque des terroristes qui vous amènent chez nous.

Hou là. Mes relations avec le Bureau local vont être grandement améliorées avec ce commentaire. Louis n'a participé à aucun moment à la chasse aux terroristes de la ville, pas davantage à ceux de Saint Louis et Grant. Crawford et consorts vont me carboniser. Et que va penser Maureen de cette nouvelle trahison ? S'il est là, c'est parce que je l'ai demandé. Et je l'ai demandé parce que je subodorais que Crawford ne me ferait aucune fleur.

Elle revient vers moi :

— Capitaine Levine, c'est vous qui le premier avez été chargé de l'enquête sur les meurtres atroces de Jane Morrison et du jeune Kahala Simsaophone. Que pouvez-vous en dire à nos téléspectateurs ?

La caméra se colle presque sous mon nez. J'espère qu'on ne voit pas la sueur qui m'inonde le front.

— En réalité, le premier officier qui a été appelé sur les lieux du meurtre de Jane Morrison a été l'officier O'Brady du 16e district. C'est lui et ses hommes qui ont fait les premières constatations. Puis l'enquête s'est élargie, et la brigade criminelle du 12e district, dont dépendait l'affaire et que je dirige, s'en est chargée conjointement. Mais ce que je voudrais souligner, c'est que tous les policiers de cette ville sont sur le coup, depuis pratiquement le début du drame.

J'ai l'impression de chevroter et je sens mes mains trembler. Je les fourre sous la table.

— Et cette enquête de grande envergure a-t-elle donné les résultats que vous espériez, capitaine ?

La garce. Elle va trop vite. Je ne suis pas prêt. Je lui lance un regard éperdu qu'elle ignore. Je vais me reprendre.

— C'est-à-dire que…

Elle me coupe, fait un signe à la régie et déclare le plus simplement du monde :

— Merci de nous donner la réponse à cette question cruciale après notre pause publicitaire !

Jingle, logo, musique démente. Les micros s'éteignent. Je me tourne furieux vers elle.

— Qu'est-ce que vous foutez ! C'est quoi cette émission ? On parle d'un psychopathe là !

Mais elle s'est déjà levée et court vers la régie. On la voit discuter avec vivacité à travers la vitre. Louis me lance un regard terrorisé. Elle revient vers nous.

— Dix millions de téléspectateurs ! lance-t-elle d'un ton triomphant. Les recettes publicitaires catapultées. Vous êtes très bon, capitaine !

Elle repart. Je me suis fait blouser. Elle réapparaît, lève l'index, les micros se rallument. Jingle, logo, les lumières s'éteignent autour de notre table.

— Capitaine Levine, vous alliez dire à nos téléspectateurs particulièrement nombreux ce soir, que vous aviez si bien progressé vous et vos hommes dans cette enquête que vous étiez prêt à nous donner le nom d'un premier suspect. Cet homme a-t-il déjà été arrêté ?

Je lui lance un regard meurtrier mais elle n'en a cure. Elle est penchée vers moi comme pour recueillir les paroles de l'Évangile.

— Eh bien..., je commence en m'éclaircissant la gorge, eh bien, pas le nom, mais la description précise que nous en a faite un témoin.

Elle semble déçue mais je comprends que ça fait partie du jeu de rôles.

— Pas le nom ? Mais j'imagine qu'avec les données de vos fichiers cet homme ne restera pas longtemps anonyme ? Et ce témoin, comment a-t-il survécu, sachant que ce meurtrier particulièrement brutal n'en laisse pas derrière lui ?

— Elle... elle a survécu par miracle. Son drame s'est passé depuis déjà un moment mais, au vu des similitudes des méthodes d'agression et d'autres détails que je tairai, ce témoin a compris que son agresseur était le même que celui de Jane Morrison et Kahala Simsaophone, ce que nous ont confirmé les indices que nous avons recueillis sur les lieux des crimes.

— Et ce criminel, il ressemble à quoi ? Le savez-vous, au moins ?

On y est. J'avale ma salive. Encore une fois, quitte ou double. Je pense à Sarah. Elle ne serait pas partie de chez nous sans raison. Si j'ignore où elle est, Nichols aussi. Et je sais qu'elle n'est pas partie pour se cacher, mais pour m'aider. De quelle façon, ça je l'ignore, mais j'ai confiance en son jugement. Elle a compris que je voulais avoir les coudées franches et n'apparaîtra que lorsque j'aurai besoin d'elle. J'ignore en quoi elle peut m'aider. J'espère juste qu'elle n'a pas choisi d'être l'appât. C'est d'abord ce qui m'a terrorisé, mais je sais en même temps qu'elle n'imposera jamais ça à nos enfants.

Le silence s'éternise, tous sont suspendus à ce que je vais dire. Je fouille dans la serviette que j'ai apportée et j'en sors un carton de 40 × 30 que je tiens contre moi. Je me tourne vers la journaliste :

— Si vous le permettez, je vais présenter aux spectateurs le portrait-robot du tueur présumé de Milwaukee. (Je fixe la caméra.) Si l'un d'entre vous reconnaît cet homme ou même croit le reconnaître, nous lui demandons de se mettre immédiatement en rapport avec n'importe quel officier de police, mais surtout, surtout de ne rien tenter contre lui. Cet homme est un prédateur extrêmement dangereux. D'après le profil psychologique qu'en ont dressé nos spécialistes, il est totalement dépourvu d'empathie et de compassion. Alors, ne tentez rien, mais prévenez-nous.

D'un geste lent et théâtral, je retourne le carton. Toutes les caméras se rapprochent.

L'homme dont je tiens le portrait paraît avoir moins de quarante ans. Ses cheveux tombent en longues mèches blondes et les yeux sont clairs sous d'épais sourcils foncés. Une cicatrice bourrelée barre sa joue gauche de l'oreille au front. Sa bouche épaisse est de travers. Il ferait peur à un régiment de marines. Tout le monde dans le studio retient son souffle, et je suis sûr que c'est pareil dans les foyers.

J'ai en même temps une pensée pour Sarah, qui j'espère a compris la ruse, et pour Nichols, qui j'espère au contraire ne l'a pas comprise.

Les caméras ronronnent et prennent leur temps pour que la physionomie du pseudo-criminel s'imprime bien sur les rétines, je fais des vœux pour que ce portrait ne corresponde pas à dix mille bonshommes de la ville.

Lydie Nataf prend une voix tragique. Elle regarde la caméra :

— Voilà, mesdames et messieurs, le portrait d'un des plus abominables assassins que notre ville ait connus. Si, comme vous l'a dit le capitaine Levine, vous êtes appelés à croiser cet homme, prévenez immédiatement le commissariat le plus proche. (Elle se tourne vers moi.) Capitaine Levine, si jamais vous réussissiez à mettre hors d'état de nuire un tel personnage, toute la population serait à la fois reconnaissante et fière, très fière de sa police.

C'est tellement bien fait, tellement pro, que je me laisse moi-même prendre à l'émotion qui s'est installée. Elle revient vers la caméra :

— C'est la première fois qu'une chaîne de télévision a la possibilité de montrer le visage de l'homme le plus recherché de nos services de police depuis l'épouvantable affaire de Jeffrey Dhamer. Si vous avez le moindre soupçon d'avoir croisé cet homme, le moindre doute, je vous en prie, nous vous en supplions, prévenez immédiatement les services de police. Il y va de notre sécurité à tous.

Elle plonge son regard dans le mien.

— Nous allons maintenant laisser partir le capitaine Levine, dont le travail hélas n'est pas terminé, car ils doivent, lui et tous les autres policiers dévoués qui composent les forces de l'ordre de notre ville, s'emparer très vite du meurtrier. Capitaine Levine, poursuit-elle en me tendant la main, merci, merci d'être venu, merci de ce que vous faites pour protéger nos concitoyens.

Je me lève, abasourdi de la rapidité de tout, et lui prends la main, tandis qu'une assistante vient me chercher. Je me tourne vers Louis qui baigne dans sa sueur et roule des yeux effrayés. Nataf le regarde avec une mine gourmande et satisfaite.

— Agent spécial Townsend, après une telle révélation, nos spectateurs attendent de vous des informations sur la traque que vous et vos collègues menez contre les terroristes, dont je rappelle que le dernier bilan meurtrier s'élève à cent morts et plus de deux cents blessés. Agent Townsend, nous savons que déjà l'un des terroristes a été abattu après avoir hélas dans sa fuite tué deux personnes. (Elle se tourne vers la caméra.) Restez avec nous après la pause pour savoir où en sont les progrès de nos services de sécurité, et si nous pouvons dans notre magnifique comté recommencer à vivre comme avant. Restez avec nous et vous saurez.

Louis me jette le coup d'œil de détresse d'un homme sur le point de se noyer. Il réajuste ses lunettes, serre son nœud de cravate, qui comme chacun sait est pour un homme la façon de se rassurer sur sa virilité, se gratte la gorge, fixe la journaliste.

— Cool, Louis, t'as vu, c'est facile. Je vais te chercher demain matin à ton hôtel pour te raccompagner à l'aéroport. Allez, casse la baraque, mon vieux !

Je m'esquive, repasse prendre mes affaires dans le bureau de la production et file à l'extérieur.

J'ignore si Nichols possède mon numéro de portable, mais celui du commissariat, sûrement, et je n'ai pas l'intention de le faire attendre.

Abdel Malek Hattal eut une crise d'hystérie lorsqu'il s'aperçut de la fuite d'Ali Laffouani, qui le conforta dans la méfiance et le mépris qu'il avait toujours éprouvés pour le fils du boucher.

« Un fils à papa qui voulait des sensations ! avait-il hurlé à Mahmoud El-Barri, qui n'avait pas daigné répondre. Il s'est fait descendre comme un amateur ! Il a fui, le lâche ! Qu'Allah soit béni ! »

Hattal était d'autant plus furieux que ses biens étaient sous séquestre et que ses réserves d'argent fondaient comme neige au soleil. Et il ne fallait pas compter sur l'ouléma qui feignait de penser que l'argent était chose vile.

De plus, il n'avait aucune nouvelle de sa femme, et un matin, n'y tenant plus, et enragé lui aussi de son enfermement, il l'appela contre toute prudence sur son portable.

Elle lui dit avoir réussi à gagner l'Égypte et être en sûreté auprès des Frères musulmans. Elle lui rappela qu'il n'était pas prudent de l'appeler.

— Je n'en peux plus ! avait-il crié. Tu sais que cet imbécile de Laffouani s'est fait abattre en tentant de s'enfuir ? Le traître, le lâche ! Je crache sur ses entrailles ! Mais moi aussi je vais être obligé de sortir. Nous n'avons presque plus d'argent et j'ai quatre bouches à nourrir. Le cheikh n'est pas le dernier à manger, même s'il est plongé dans son Coran toute la journée !

Le signal du portable ne tarda pas à être repéré par les services de surveillance qui triangulaient les relais couvrant le comté.

— Putain, on l'a ! s'écria l'agent en voyant s'afficher sur son écran le numéro d'Hattal.

Il prévint aussitôt Crawford, qui demanda l'intervention des hommes du Swat pour la même nuit.

À six heures et demie, au moment où l'obscurité envahissait la campagne, la route La Crosse-Westford fut coupée à la circulation.

Crawford, installé dans le command-car avec le chef Mollay, commandant le groupe des Swat, surveillait l'écran d'un appareil à thermographie permettant de voir à travers les murs la signature de tout être vivant présent sur les lieux.

Le fait que la maison soit située en deçà de la route d'une centaine de mètres compliquait l'attaque. Le chemin qui y menait, encaissé entre deux rangées d'arbres maigrichons, en interdisait une approche discrète. Une solide porte fermait le bâtiment et les fenêtres étaient closes par des volets.

— Les rats sont au terrier, dit Crawford, désignant à Mollay les silhouettes mobiles entourées de leur halo de « chaleur ». Deux au premier, deux au rez-de-chaussée. De quelles armes sont équipés vos hommes ?

— MP-5 pour les attaquants, avec deux 45, un sur la poitrine et son jumeau dans l'étui de cheville, plus deux grenades offensives phosphorescentes.

— Des tireurs d'élite ?

Mollay montra sur l'écran des lumières qui clignotaient au milieu des arbres.

— Les lucioles que vous voyez clignoter dans les arbres sont des balises à infrarouges que portent les snipers. Elles s'allument toutes les deux secondes et indiquent aux attaquants leur position. Grâce à ce dispositif, ils savent qu'ils sont couverts, et d'où. Ça les rassure. Les tireurs sont armés d'un fusil à lunette de calibre 308 et d'un fusil automatique Car-15, équipé d'une lunette de vision nocturne Litton.

— Je n'en vois que deux, objecta Crawford.

— Parce qu'il y en a que deux. Les arbres sont tellement faiblards qu'on en a pas trouvé plus capables de supporter dans leurs branches le poids d'un homme. Et encore, y sont du même côté. Pas un seul point en surplomb dans cette foutue propriété !

Crawford hocha la tête. Mollay lui avait donné ces explications sur le ton paisible d'un chef de rang de grand magasin détaillant le choix des marchandises. Depuis qu'il était petit, Crawford était fasciné par les armes. Pourtant, en dix ans de carrière, il n'avait eu que deux fois l'occasion de sortir son Sig-Sauer, et sans jamais tirer. C'était le côté « physique » des armes qui le passionnait. La forme pure d'un MP-5, avec son canon court ; le long canon argenté de certains magnums 45, la sophistication de la minimitrailleuse tchèque si performante. Cependant, l'Iver

Johnson Trailsman, en acier trempé poli, strié de chrome, ainsi que le 38 à canon court à mufle de bouledogue, ou le Sig P22, élégant, étaient ses favoris. Mais le PM Uzi avec sa crosse pliable qu'on pouvait transporter dans un sac de dame et le 22 à crosse d'argent dont se servaient certains gangsters de la Belle Époque étaient pour lui des objets d'art.

— Satisfait, agent spécial ? demanda Maureen Segall d'un ton narquois, qui indiquait son exaspération devant ce genre d'intérêt mâle.

Crawford lui lança un rapide regard sans répondre.

— Comment comptez-vous approcher ? demanda-t-il à Mollay.

— On attend le milieu de la nuit et on investit, répondit le soldat, laconique.

— Vous avez combien d'hommes sur le terrain ?

— Deux sections. Et un hélicoptère prêt à intervenir. Plus les deux tireurs d'élite.

Crawford avait décidé en compagnie de l'agent Segall de participer à l'assaut. Cette affaire était la sienne depuis le début et il avait bien besoin d'un peu de réussite.

— Ces hommes sont très dangereux, agent Segall, lui dit Crawford sur un ton quelque peu paternaliste qu'elle ne goûta pas trop, ils n'ont plus rien à perdre, soyez prudente. Attendez que les hommes aient sécurisé le rez-de-chaussée avant d'entrer. Les gardes d'El-Barri doivent être en bas.

— On a repéré les autres ?

— Oui. La caméra thermique les a localisés au premier. Des chambres en face à face. Hattal est un forcené et il peut défendre l'accès à l'escalier pendant un moment. Nous aimerions cette fois les avoir vivants pour remonter la filière. Mais on ne prend pas de risques.

Maureen Segall avait bien l'intention de suivre les recommandations de son chef. Sa rencontre avec Levine lui avait redonné l'espoir d'une vie moins solitaire, même si elle savait que sa femme constituait un obstacle de taille. Elle s'était à moitié convaincue que s'il réussissait à attraper l'assassin de sa fille les choses pourraient être différentes. Le grand flic avait besoin d'oublier son passé douloureux, et sa femme, par sa seule présence, l'en empêchait.

Elle s'équipa, vérifia son arme. Elle et Crawford faisaient partie de la seconde vague d'assaut.

À 0 h 00, les hommes du Swat se mirent en route, progressant par bonds, s'aplatissant et rampant pour se rapprocher au plus près. Les premiers, cachés sous leur couverture Ghillie, étaient déjà postés à une dizaine de mètres de la maison. Deux autres protégés de boucliers se glissèrent près de la porte, prêts à la faire sauter.

Des projecteurs avaient été mis en batterie et s'allumeraient dès que les hommes seraient à l'intérieur. On n'avait pas pu vérifier si des sous-sols permettraient aux assiégés de s'enfuir. Alors on avait tout bouclé.

Le capitaine Mollay donna l'ordre d'attaque à 0 h 10.

Les deux artificiers rampèrent jusqu'à la porte et, pendant que l'un des deux les protégeait de son bouclier, l'autre colla contre le montant une charge constituée d'une bande de caoutchouc de 15 cm de long sur 2,5 cm de large contenant un explosif de type C4, appelé Detasheet, armé à une extrémité d'une amorce et d'un détonateur.

— Go ! cria Mollay dans son micro.

La lourde porte vola en éclats et la première vague se rua à l'intérieur. Le hasard voulut qu'à cet instant précis l'un des gardes d'El-Barri fît sa ronde. L'explosion le projeta à plusieurs mètres et il resta inanimé sur le sol. Le second, qui ne devait dormir que d'un œil, sortit de la chambre et arrosa les assaillants avant de tomber sous les rafales.

Crawford, Segall et la deuxième vague coururent à l'intérieur. La maison plongée dans l'obscurité n'était éclairée que par l'éclat des coups de feu jusqu'à ce que la lumière des halogènes extérieurs l'inonde.

— Attention ! hurla soudain un des hommes.

Le garde du corps, assommé par l'explosion, était revenu à lui. Il saisit son arme tombée à ses côtés et arrosa Crawford et Segall qui couraient côte à côte d'une longue rafale qui les toucha aux jambes, avant d'être criblé de balles à son tour.

— Agents à terre ! Agents à terre ! hurla un infirmier qui s'empressa auprès des deux agents.

— Envoyez des secours ! cria Mollay, réfugié derrière un mur et bloqué avec ses hommes par les tirs d'Hattal embusqué au premier étage.

Deux hommes restés en arrière aidèrent l'infirmier à tirer les deux fédéraux à l'extérieur. Une unité de soins était déjà en batterie. Ils avaient perdu connaissance et étaient couverts de sang.

— Merde, c'est pas beau, grogna un des infirmiers. Vite. Oxygène, garrot, et on embarque. J'ai l'impression que les fémorales en ont pris un coup. Prévenez l'hôpital qu'on prépare les salles d'op. Blessures par balles, et transfusions de sang.

Il fouilla dans les poches des blessés inconscients pour trouver leur groupe sanguin qui accompagnait leur badge du FBI.

— Coup de pot. Tous les deux O positif. Prévenez l'hosto.

Deux ambulances embarquèrent les blessés qui, outre les deux agents spéciaux, étaient au nombre de trois.

À l'intérieur, la bataille ne faiblissait pas. Enragé, Hattal interdisait l'accès du premier.

Il tirait sans y croire, juste pour tuer le plus possible d'Américains. El-Barri n'était pas sorti de sa chambre.

La fumée rendait l'atmosphère irrespirable, le bruit infernal des tirs ajoutait à la suffocation. Hattal voyant le nombre de ses chargeurs s'épuiser sut que c'était la fin. Dans un élan de rage, il se dressa et descendit les marches sans cesser de tirer et de hurler des imprécations en arabe.

Il n'était pas à la moitié de l'escalier qu'il bascula, troué de balles.

— Stop au feu ! Stop au feu ! hurla Mollay.

Mais il fallut un moment pour que les doigts se décollent des détentes. Abrutis, les soldats se regardèrent, assommés cette fois par l'irruption du silence.

— On monte ! hurla Mollay.

Les commandos se ressaisirent et cavalèrent à l'étage, ouvrant toutes les portes et sécurisant chaque pièce. La dernière était fermée. Mollay se posta devant, arme braquée.

— FBI, vous êtes cernés ! Ouvrez cette porte ! hurla-t-il.

Les hommes se positionnèrent de part et d'autre, prêts à faire feu.

— Ouvrez cette porte ! hurla encore une fois le capitaine.

Puis il fit signe à un soldat de l'enfoncer.

— Go ! cria Mollay en se ruant à l'intérieur.

Il s'immobilisa ainsi que les hommes qui l'accompagnaient. Le cheikh El-Barri, assis à une table, lisait le Coran, une théière et une tasse devant lui. Il tourna la tête vers les arrivants.

— Vous les avez tous tués ? Vous rendrez des comptes à Dieu, dit-il.

— En attendant, lève-toi ! ordonna rudement Mollay, pendant qu'un policier menottait le vieil homme.

En passant devant le capitaine, tiré par le policier, El-Barri dit :

— Vous pourrez assassiner tous les musulmans de ce pays, il en viendra d'autres toujours plus nombreux. Pour l'un d'entre nous qui tombe, dix reprendront son fusil.

— Putain, murmura Mollay, c'est le slogan des antifascistes. Putain, ils se foutent vraiment de nous, ces cons !

Elle sortit de la salle de bains enveloppée d'un peignoir, les cheveux relevés sur la nuque. Elle s'arrêta sur le seuil et considéra la chambre qu'elle trouva confortable mais aussi anonyme qu'elle-même.

Les lumières du carrefour Madison-Rutherford illuminaient l'espace de la nuit en se donnant des airs de Times Square. Les néons se déroulaient en projetant des noms d'hôtels, de compagnies d'aviation, des bimbos hilares, mais manquait le charme du chameau de Camel, interdit de séjour dans toute l'Amérique.

La pluie tombait à seaux et diluait sur la chaussée les couleurs criardes dans un panaché gélatineux de glaces italiennes. La température, qui avait brusquement chuté, comme c'était l'habitude pour ce climat continental, et la pluie avaient vidé les rues.

Elle se dirigea vers la penderie, en tira un jean et un tee-shirt qu'elle enfila et regarda sa montre. Huit heures vingt-cinq. Elle pensait avoir le temps de dîner avant l'émission et appela le room-service, à qui elle commanda une omelette accompagnée de salade, du fromage et une demi-chardonnay.

Le groom arriva un quart d'heure plus tard et installa le repas sur la table.

— Bonsoir, madame, quel temps épouvantable, n'est-ce pas ? Vous avez un message.

— Merci. Un message ?

Il repartit et elle s'assit par terre en s'adossant au pied du lit. Elle regarda vaguement l'enveloppe dont la suscription était écrite à la main au nom de Smith qu'elle avait donné à l'hôtel. Personne ne la connaissait sous ce nom et surtout personne ne savait qu'elle était là. Sans doute un message de bienvenue de la direction.

Elle dîna rapidement et alluma la télé en cherchant la chaîne WTMJ4. Elle tomba sur la pub, puis le jingle, et encore de la pub. Enfin, une rousse pas vilaine avec une grande bouche apparut sur l'écran et présenta ses invités.

Elle sourit en voyant Stan. Il lui parut embarrassé, ce qui l'étonna et l'attendrit. Elle reconnut celui qui l'accompagnait et qu'ils avaient reçu plusieurs fois à dîner chez eux lors d'un long déplacement professionnel.

Elle termina sa bouteille de vin et alluma une cigarette. Elle pensa à ses enfants qui devaient être vissés devant la télé. Elle leur avait longuement parlé en début d'après-midi et Mélanie lui avait dit être furieuse que ce soit sa grand-mère qui lui ait appris que son père passait à la télé.

Elle ne savait pas ce qui l'avait poussée à quitter l'appartement. Ça l'avait prise d'un coup. Elle avait regardé partir Stan, s'était ruée sur le téléphone comme en urgence et avait demandé aux renseignements le numéro de cet hôtel qu'elle avait remarqué et dont le nom ne correspondait pas à ce qu'il était.

Elle constata que Stan reprenait de l'assurance et elle attendit la suite avec curiosité. Il ne lui avait pas parlé de cette émission.

Elle se doutait que son départ soudain l'avait traumatisé. Mais c'était la seule façon pour l'un et l'autre de garder leur autonomie. Chacun devait être en possession de tous ses moyens.

Elle pensait mieux connaître son mari que quiconque. Il était aussi fort que bourrelé d'angoisse. Elle lui avait fait tant de mal. Elle avait tant à se faire pardonner. Elle n'avait pas le droit de le laisser seul face à Nichols. Il était à eux deux. En s'en allant, elle lui avait rendu une liberté d'esprit dont il allait avoir besoin. Elle ignorait comment il le débusquerait, mais au moment de l'hallali elle serait là.

Elle l'écoutait distraitement et sursauta quand il exhiba un carton en indiquant que c'était le portrait-robot du criminel. Sur le plateau le silence s'était installé. Il retourna le carton et elle regarda les yeux écarquillés la tête de l'assassin. Incrédule, elle eut d'abord un sursaut de colère, pensant qu'une fois encore il se trompait, mais comprit vite sa stratégie.

Elle ressentait un sentiment de soulagement qu'elle ne s'expliquait pas vraiment. Il lançait tout le monde sur une fausse piste, mais rien n'indiquait qu'il suivait la bonne. Sauf si Nichols regardait l'émission.

Avant le drame, Stan lui avait expliqué la psychologie de certains grands criminels. Comme tout le monde, elle était friande de savoir ce qui transformait en monstres des humains ordinaires. Plus tard, quand elle avait dû débusquer les fraudeurs dans sa nouvelle activité pour la compagnie d'assurances, elle s'était servie de ses conseils.

« Faut pas les sous-estimer, pas davantage que les surestimer, avait-il déclaré. C'est comme les joueurs qui gagnent au casino. Ils se croient invincibles, et c'est là que tu les attends, parce que comme au jeu, ils finissent tous perdants. Et ceux qu'on ne chope pas, c'est pas parce qu'ils sont malins, c'est parce que nous on ne l'est pas. »

Elle n'avait pas de plan B. Pas davantage que de plan A. Elle savait juste qu'elle ne devait pas lâcher son mari d'une semelle, parce que là où il serait, il y avait de grandes chances que Nichols soit aussi.

Elle le regarda avec tendresse. Elle aimait son courage. C'était l'homme le plus valeureux qu'elle ait jamais rencontré. Il ne transigeait jamais, affrontait les défis le front têtu. Trop, sans doute, ce qui lui faisait commettre parfois des erreurs.

La journaliste semblait aux anges et elle ressentit un petit pincement de jalousie. Était-ce vrai ce qu'il lui avait raconté sur cette femme qu'il avait dit avoir rencontrée ? Elle avait fait mine de s'en moquer. Mine, seulement. Elle se demanda si, quelle que soit l'issue de ce qui se passerait, ils pourraient se retrouver.

En tout cas, en ce qui la concernait, elle ferait tout pour.

Elle regarda la prestation de Louis Townsend et la trouva très en dessous de celle de Stan. Elle ne semblait pas être la seule, la journaliste ne cessait de lui poser des questions, lui coupant la parole sans vergogne.

Elle se demanda où Stan allait passer la nuit et avec qui. Puis elle repoussa cette idée qui lui parut mesquine. Elle éteignit la télé, alla dans la salle de bains et se mit au lit.

Le lendemain, elle devait se lever de bonne heure. Elle avait rendez-vous avec le fournisseur de matériel de scanner que lui avait indiqué le correspondant local de la boîte qui l'employait, la Consortium Limited.

Elle espérait le convaincre de lui confier une arme. Elle serait alors fin prête pour coller aux semelles de Stan.

Elle se coucha et ne tarda pas à s'endormir.

Le service téléphonique la réveilla à sept heures trente. Elle se leva aussitôt et se prépara. Elle commanda son petit déjeuner et le prit en regardant la rue. Malgré l'heure matinale et le temps toujours déprimant, la ville était animée.

Elle eut envie d'appeler ses enfants mais il était bien trop tôt à Los Angeles, ils devaient encore dormir. Elle savait combien ils étaient impatients de les retrouver et elle aurait aimé les rassurer.

Elle se préparait à partir, quand son œil tomba sur l'enveloppe restée sur la table. Elle la prit et l'ouvrit. Étonnée, elle déplia une feuille pliée en quatre.

JE VOUS ATTENDS.

Son souffle se bloqua et elle se couvrit de sueur tandis qu'une lame glacée descendait en elle. Elle regarda la chambre comme pour vérifier qu'elle était seule et s'effondra assise sur le lit. Son cœur cognait à lui défoncer la poitrine et elle attendit qu'il se calme.

JE VOUS ATTENDS.

Elle attrapa son portable sans pouvoir s'empêcher de trembler, le regarda un moment avant de pouvoir composer le numéro. Malgré plusieurs essais, elle tomba sur la messagerie de Stan.

Il fut réveillé par le froid et la pluie qui hachait son abri de fortune. Il se leva engourdi et de mauvaise humeur.

L'obscurité engloutissait les rues désertes balayées par la tempête. Il avait faim et froid et crevait d'envie de boire chaud. Il frissonna dans ses vêtements mouillés et monta les quelques marches qui l'amenaient au niveau du trottoir. Une enseigne de l'autre côté de la rue éclairait un restaurant indien. Il grimaça. Impossible à présent dans ce foutu pays envahi par les étrangers de trouver une nourriture potable. Mais ce soir-là, il n'avait pas le choix.

Le restaurant était vide et prêt à fermer. Il comprit au coup d'œil de la serveuse qu'il n'était pas le bienvenu. Il s'en réjouit. Il prendrait tout son temps.

Renfrognée derrière son comptoir, la femme boudinée dans une robe chamarrée rouge suivait la progression de son repas d'un air excédé. Il l'imagina la gorge ouverte écroulée sur le comptoir et l'image le fit sourire. Il la fixa et, quand leurs regards s'accrochèrent, elle ressentit une secousse de peur qui lui hérissa la peau. Elle gagna la cuisine, où elle s'enferma et éteignit l'une après l'autre les ampoules encore allumées.

Il l'observa par le hublot de la porte et la vit qui s'acharnait en vain à téléphoner.

Il resta encore un moment, puis, après lui avoir lancé un regard mauvais, partit en faisant tomber des chaises derrière lui. Elle l'avait mis en colère et dans d'autres circonstances il aurait aimé qu'elle le supplie.

Frissonnant dans ses vêtements mouillés, il se dirigea vers son abri, anticipant l'inconfort de cette nuit. Il faisait un froid de loup et, bien que la pluie se soit un peu calmée, les nuages boursouflés annonçaient le retour de trombes d'eau glacée.

Sur le point de gagner son refuge, il remarqua plus loin sur le trottoir un magasin de télévisions. De nombreux écrans étaient ouverts sur des chaînes différentes. Leur clarté lunaire l'attira et il se planta devant, amusé de voir les images sans entendre le son. Soudain, sur une des chaînes, une émission fut annoncée comme étant exceptionnelle sur le monde du crime.

La journaliste, une rouquine avec un visage sémite (il ne pouvait pas s'y tromper), se mit à parler avec une mine gourmande et mystérieuse. Il n'entendait pas ce qu'elle disait mais s'efforça de lire sur ses lèvres. Il jeta un coup d'œil méfiant de part et d'autre de l'avenue et constata qu'elle était vide. Il pensa qu'il était aussi bien là que sous ses foutus cartons et se rapprocha de la vitrine autant pour s'abriter que pour mieux comprendre.

La plupart des écrans passaient des infos où la météo locale tenait une grande place. Des bandeaux écrits en anglais et espagnol informaient les habitants des précautions à prendre jusqu'à la fin de la tempête. Deux autres diffusaient des émissions de jeu débiles. Il reporta son attention sur la rouquine, se demandant ce que pouvaient bien inventer ces marchands du Temple pour exciter le public calfeutré chez lui.

Elle fut remplacée par le générique, une succession rapide d'images sanglantes, d'interventions musclées de la police, de visages baignés de larmes ou convulsés d'horreur. Des visages d'enfants, de femmes, d'hommes, de vieillards. Des vues d'attentats, d'explosions. Les Twin Towers, Oklahoma City, les métros de Londres et de Paris. Milwaukee, la gare des autobus de Tel-Aviv, Bombay et d'autres lieux. Des trottoirs ruisselants de sang, des voitures en flammes, des immeubles de ruines fumantes.

Il sourit. Ils ont beau s'en défendre, ils aiment la violence, pensa-t-il.

Il serra son manteau mouillé autour de lui. Absorbé par le spectacle, il ne sentait pas le vent glacial s'engouffrer dans l'avenue.

Puis le générique prit fin et une infâme publicité le remplaça. Il détestait ça. Elle remplissait les cerveaux de bouillie et les détournait du Seigneur. La voiture, la bouffe, le sexe, les loisirs étaient leurs nouveaux dieux. Il avait raison de les punir.

Soudain il se figea. Un visage venait de remplacer les boîtes de céréales. Et ce visage…

Il s'entendit crier. Tout son corps se hérissa comme sous le coup d'une décharge électrique. Une montée de bile lui envahit la gorge, l'étouffant à moitié.

Levine, penché en avant, le fixait en s'adressant à *Lui*. Puis il se tourna vers la journaliste en pointant le doigt vers *LUI*. Il crut perdre la raison.

Il recula, tituba. Mais Levine le poursuivait les yeux fous, martelant les mots, frappant la table du poing, lui crachant des insultes au visage. Ensuite, l'écran derrière lui s'anima et deux visages apparurent.

Il ne les reconnut pas immédiatement. Une femme au visage souriant et un enfant au regard espiègle. « Jane Morrison, Kahala Simsaophone », murmura-t-il, la tête perdue, incapable d'accommoder la réalité.

Ses poings se serrèrent si fort que ses ongles s'imprimèrent dans ses paumes. Il se tétanisa au point de se couper le souffle, haletant et tremblant comme un chien qu'on tire de l'eau. Il ne sentait plus la pluie qui tombait à nouveau avec force, le noyant, lui et tout ce qu'elle frappait sous ce déluge. Comme en écho au visage grimaçant de son ennemi qui se tordait sur l'écran, la tempête renaissait avec fureur.

Des vents glacés arrivèrent du lac, arrachant les stores des boutiques, renversant les poubelles et tout ce qui n'était pas fixé, faisant voler les détritus, les cageots, les déchets des trottoirs. En un instant l'avenue fut balayée jusqu'à l'os. Les dernières enseignes s'éteignirent mais il ne s'en aperçut pas.

La folie de sa rage était son abri. Levine se pencha sans le quitter des yeux et retourna un carton. Le visage stupide d'un homme s'afficha. Il avait ce regard de dégénéré qu'il avait connu au Canada. Des yeux sans expression, une bouche mauvaise, des cheveux sales. Un cloporte.

À présent, la youpine pérorait et un commentaire s'inscrivit en bas de l'écran :

« Cet homme est un criminel dangereux. Il est activement recherché pour les meurtres de Jane Morrison et Kahala Simsaophone. Si vous avez des renseignements, prenez contact avec la police en composant le 911, mais surtout ne tentez pas de l'approcher. »

Levine le fouillait du regard au plus profond. Le défiait. Sa bouche se tordait dans un sourire moqueur. Sans doute cherchait-il le souvenir de sa fille. Mais il ne le trouverait pas. Il y avait longtemps qu'il s'en était débarrassé.

Ses pensées tournaient en carrousel. Elles se télescopaient dans des couleurs psychédéliques ; des bouches, des crânes, des membres, des flots de larmes. Teresa Parker, la gourde de Des Moines. La première femme. Des corps disloqués, des torrents de sang, des hurlements lancés par des gorges bâillonnées. La fille de Levine. D'autres femmes, d'autres hommes, d'autres cadavres.

L'écran changea encore après avoir avalé visages et images. Il y avait un moment qu'il ne suivait plus. Tout devint noir. La nuit s'empara définitivement de la ville et de son cerveau, l'isolant de l'autre monde. Il sentit son corps peser des tonnes et pourtant prêt à s'envoler. Le brouillard fut avalé d'un coup, libérant une grande portion de l'avenue.

Il quitta la vitrine, se mit en marche. Avait-il rêvé ou réellement vu Levine lui parler ?

Ses talons claquaient sur l'asphalte détrempé. Il en entendit d'autres le précédant sur le trottoir. Il s'arrêta, observa, fouilla des yeux l'obscurité jusque dans ses recoins. Était-il poursuivi ? Ces ombres qui couraient étaient-elles pour lui ? Son regard sauta d'un trottoir à l'autre. Une silhouette fuyait loin devant. Levine ?

Il se remit en marche. Le vent fou le poussait dans le dos. Il ignorait où il allait, il voulait juste le rattraper. C'était sa ville et pourtant il ne reconnaissait rien. C'était sa ville et ils voulaient l'en bannir.

Devant, le bruit de pas se fit plus clair. Il regarda autour de lui. Chaussée vide, aucun signe de vie nulle part. La ville était sienne, elle s'ouvrait comme une putain.

À un carrefour, un bref éclair phosphorescent illumina une pancarte. PONT DE KENOKEE. INTERSTATE 94.

Il poursuivit sa route derrière la silhouette qui fuyait. Levine.

Affalé à mon bureau à écouter la tempête secouer la ville, j'ai attendu en vain toute la nuit l'appel de Nichols. Il n'a pas regardé l'émission.

Jackson débarque à six heures et me considère d'un air étonné.

— Vous avez dormi là ?

— Ouais.

— Belle prestation hier soir, capitaine.

— Merci.

— Vous avez appris que les fédéraux ont eu les terroristes ? Ils en ont abattu trois et ont arrêté leur chef.

— Non, super ! Quand ?

— Cette nuit. Hélas, il y a eu de la casse. Crawford et Segall, vous avez travaillé un temps avec eux, je crois.

Un froid me saisit.

— J'ai appelé l'hôpital, ils sont hors de danger. Mais ils ont été salement amochés. Rafales aux jambes.

— J'y vais !

— Non. Interdiction de les approcher. Même vous. Nous prendrons des nouvelles par téléphone.

Je reste sonné. Maureen, blessée. Sarah, disparue. Judith. Je porte la poisse aux femmes de mon entourage.

Le détective Thompson qui fait équipe avec le sergent Wasterton à la brigade vols et homicides déboule à ce moment-là en agitant une feuille d'imprimante.

— Le corps d'une femme âgée de trente ans, nommée Meredith Martin, a été retrouvé ce matin sur les berges du lac à la hauteur de Kenokee.

Il pose la feuille sur mon bureau et se recule pour guetter notre réaction. Je regarde la photo qui comme toutes celles sorties sur imprimante couleur a un grain légèrement brouillé lui donnant une coloration encore plus tragique. Les flashs des appareils photo des spécialistes en sont en partie responsables.

La victime est couchée sur le dos, jupe relevée, son corps est empesé de sang coagulé, mais le pire ce sont ses orbites vides ouvertes comme des cratères. Sa bouche a été élargie d'une oreille à l'autre, et la vue de cette face ravagée me fait penser à celle du Dahlia noir. En 1949, tout le pays avait été secoué par ce crime atroce, à présent ça fait partie de la routine.

— Bon Dieu ! s'exclame Jackson d'une voix blanche, penché sur mon épaule. Qu'est-ce que c'est que ça, encore ?

— Elle a été trouvée par des clodos ce matin à sept heures, explique Thompson d'un air dégoûté. D'après le légiste, elle serait morte depuis au moins quatre, cinq heures. Merde, qu'est-ce qui se passe dans cette putain de ville !

La demi-douzaine de flics présents se sont approchés de mon bureau et fixent la photo en silence. Ils ne pigent pas ce qui arrive. Ils ne doivent pas être loin de penser que quelque chose s'acharne sur leur ville, quelque chose qui leur échappe.

— Le légiste sait si elle a été violée ? demande Jackson au bout d'un moment.

— Non, y sait pas. En revanche, il sait qu'elle a été poignardée un nombre incalculable de fois à l'aide d'une lame fine et longue, genre pic à glace ou poinçon de cordonnier. Son estomac, c'était du hachis !

— Qui est sur l'affaire ?

— Le sergent Wasterton et moi. Le sergent a reçu l'appel alors qu'il arrivait au poste et il est reparti aussitôt.

— Qu'est-ce qu'ont dit les clochards ? demande Jackson.

— Pas grand-chose. Ils dégueulaient encore quand le sergent est arrivé. Ils ont repéré le corps sur la berge en fouillant les ordures.

Jackson a le bord des yeux tout blanc. Comme ses collègues, il est dépassé. Les flics sont des gens simples habitués à la fréquentation des voyous les plus tocards. Mais cette fois, le crime prend dans cette ville des proportions qu'ils ne connaissent pas. En d'autres temps on aurait évoqué le diable.

Mais moi je sais que ce n'est pas le diable qui a commis cette nouvelle atrocité. Il a regardé l'émission, et cette malheureuse est sa carte de visite déposée à mon intention. Je me lève et attrape ma veste.

— Vous allez sur les lieux ? s'enquiert Jackson.

— Je vais à la morgue. (Je me tourne vers Johnson.) Rendez-vous à l'adresse de cette pauvre fille. Voyez si elle a de la famille. Interrogez les voisins. Je veux que vous refassiez l'itinéraire qu'elle a pris hier soir. Allez-y avec Thompson.

— À quoi vous pensez ? me demande-t-il. C'est lui ?

J'acquiesce, me fouille et lui tends un papier.

— Mon code d'accès à l'ordinateur. Ne le perdez pas. J'y ai entré des données intéressantes. Pour le cas où…

Il hoche la tête et hausse les épaules.

— Faites attention à vous, dit-il en mettant le papier dans sa poche sans le regarder. Je commence à m'habituer à votre personnalité…

— OK. Mendoza, ne vous éloignez pas du téléphone, vous n'allez pas chômer ce matin. Restez attentif et poli, même si vous savez que c'est pour rien. Peut-être qu'on aura la chance qu'il appelle.

— Qui, le dingue ?

— Possible.

Je retrouve à la morgue les mêmes employés, qui eux, bien sûr, ne me reconnaissent pas et me rejouent le même cirque. Je me change et entre dans la pièce où Meredith Martin est en train de livrer ses derniers secrets au Dr Lennox.

— Bonjour, dis-je.

Il me salue sans me répondre et soulève la calotte crânienne de la jeune femme, faisant apparaître la masse gris terne de son cerveau qu'il extrait et pose sur la balance.

— Mille six cent quarante grammes, annonce-t-il à son assistant qui prend note.

Puis il glisse dans un récipient en verre qu'il ferme et étiquette ce qui a fait de cette femme ce qu'elle était, et repositionne la calotte crânienne comme on ferme une boîte.

J'ai assisté à quantité d'autopsies, et même pour les premières je n'ai jamais ressenti ce qui fait courir beaucoup d'entre nous se soulager au-dessus d'un lavabo. Sauf depuis la mort de Judith. Je n'ai évidemment pas assisté à l'autopsie de ma fille mais je savais ce qui se passait.

À des kilomètres, j'aurais pu entendre le grincement de la scie, le souffle court du médecin quand il soulève les côtes en force, le bruit des organes se détachant avec un bruit de succion écœurant de ce qui les retient les uns aux autres. Les remarques parfois lourdes des praticiens destinées à alléger l'atmosphère. D'accord, les morts n'existent plus, ils sont ailleurs. Ce qui est important, ce sont les vivants. Mais c'était ma fille.

— Alors ? dis-je.

— Alors… du sperme sur ses jambes mais pas à l'intérieur du corps. Trente-sept coups d'une espèce de stylet. Une lame fine, aiguisée, dont les premiers donnés dans des zones non vitales. Commissures de la bouche coupées ante mortem, mais extraction post mortem des yeux. Nombreuses blessures sur l'intérieur des cuisses avec tentative de soulèvement de la peau. (Il me regarde.) Ça vous fait penser à quelqu'un ?

— C'est lui, dis-je.

— Je le crois aussi. Pourquoi elle, vous avez une idée ?

— Oui. Mauvais endroit, mauvais moment. Mauvais kharma.

Il me regarde avec l'air d'en attendre davantage.

— Les meurtres se rapprochent, il pète les plombs ?

— Il les a toujours pétés. Là, il veut terminer une affaire commencée il y a une dizaine d'années.

Lennox penche la tête et me lance un regard affamé de curiosité.

— Vous en savez davantage que ce que vous nous dites, n'est-ce pas ?

— Façon de me rendre intéressant, je réponds en me dirigeant vers la porte.

J'arrête un taxi et file à l'adresse de Meredith Martin. Je trouve son immeuble assiégé par les journalistes. Au premier rang, Lydie Nataf qui court vers moi lorsqu'elle m'aperçoit.

— Capitaine Levine !

Je me tourne vers elle et la vois avec Louis Townsend, que j'ai complètement oublié d'aller chercher à son hôtel comme je le lui avais promis.

— Bon sang ! je m'exclame en me frappant le front.

— Laisse tomber. J'aurais manqué ça.

Lydie Nataf s'arrange pour nous séparer de la horde de ses confrères.

— Capitaine Levine, ce nouveau meurtre, vous vous y attendiez ? demande-t-elle en me collant son micro sous le nez.

Mais je la bouscule et, suivi de Louis, entre dans l'immeuble où habitait la victime. Dans l'appartement situé au troisième étage je retrouve Wasterton, Johnson et le délicat Thompson en compagnie des parents de Meredith Martin. Ils sont assis tous les deux sur un canapé, épaule contre épaule, et fixent le vide avec le même regard d'incompréhension.

Je le reconnais, ce regard. C'est celui de tous ceux qui perdent un enfant. La pire des injustices. Mourir avant lui. Rester en vie quand il l'a quittée. La vie à l'envers. Je ne sais pas si perdre un gosse de maladie ou d'accident est différent de lorsqu'il a été assassiné. Je ne sais pas. Mais est-ce important de le savoir ? Le sentiment d'injustice, lui, est toujours présent.

Wasterton m'adresse une grimace, et Johnson, la bouche crispée, les mains croisées sur le ventre, a l'attitude de celui qui se sent impuissant. Louis est resté dans le couloir pour fureter et je sais qu'il essaye de se faire une idée de la victime pour la relier au tueur, mais je sais aussi que le seul lien qu'elle avait avec lui, c'est la malchance.

Je m'approche du couple et entends la mère marmonner à voix basse comme pour se convaincre que sa fille ne peut pas être morte : « Elle m'a dit qu'elle allait fêter l'anniversaire d'une amie. » Elle mouline cette phrase comme un mantra, sans presque reprendre son souffle.

Je regarde Johnson qui grimace d'un air furieux. Il doit penser à sa fille. À chaque fois que des flics sont confrontés à ce genre de drame, ils se disent que ça pourrait leur arriver. Comme les médecins, ils sont souvent face à la mort. Elle les cerne, ne les lâche pas, au point que parfois les uns et les autres croient que la mort est la seule façon de vivre.

J'examine sans le voir ce décor banal reproduit à des milliers d'exemplaires ; ce salon où chacun a apporté sa note au fil du temps. Une photo, un vase, un souvenir de voyage. Une vie rangée que jusque-là ils ont crue protégée, reproduite jour après jour sans qu'on y prenne plus garde, et qui soudain, un matin que rien ne différenciait des autres, vole en éclats avec la visite d'un couple de flics à la mine sombre venus annoncer l'irréparable.

Incrédulité, hébétude, déni de réalité de ces nouveaux zombies qui ne comprennent pas ce qui se passe. Je vais à la fenêtre et regarde dans la rue la foule des journalistes attirés par le sang et qui piétinent, tenus à distance par les flics.

— Qui les a prévenus ? je demande à voix basse à Wasterton qui m'a rejoint.

— Ils sont arrivés sur mes talons sur les lieux du crime. Un scanner sûrement. Ils me collent depuis qu'ils ont vu le corps. J'ai pas pu les empêcher, dit-il d'un ton d'excuse, il y avait que deux patrouilleurs sur place quand je suis arrivé.

— Ils ont photographié ?

Il hausse les épaules sans me répondre d'un air fataliste. Je reviens vers les parents et m'accroupis à leur hauteur. Je prends la main de la mère qui ne me voit pas. Le père a basculé ailleurs, ses yeux papillotent comme lorsqu'on sort d'un sommeil profond.

À cet instant je ressens leurs entrailles crispées comme si c'étaient les miennes ; j'entends les battements sourds qui secouent leurs corps dont ils voudraient se défaire. Je happe leurs pensées qui tournent en rond sans pouvoir se fixer parce qu'ils ont perdu ce qui faisait les repères de leur vie. Ils sont aussi vides que des coquilles, et dans ce vide ne résonnent que les chocs de leur douleur. Soupçonnent-ils déjà que tous les anniversaires à venir, toutes les fêtes, tous ces événements joyeux qu'on s'invente pour se réchauffer ensemble, n'existeront plus ? Qu'ils regarderont avec horreur arriver la date de naissance de leur fille, celle de son entrée au lycée ou de son diplôme, de son premier rendez-vous, de son premier chagrin d'amour ? Le savent-ils déjà ? Je ne crois pas. Ça viendra plus tard. Mais ça viendra.

— Madame, acceptez nos très sincères condoléances. Nous allons tout faire pour arrêter l'homme qui a agressé votre fille…

Je sais qu'elle ne m'entend pas, que tout est noyé dans un brouillard qui lorsqu'il se déchirera la laissera nue. Et, qu'on l'attrape ou pas, rien n'allégera son chagrin.

Louis apparaît sur le pas de la porte et hausse les épaules en secouant la tête. Bien sûr, il n'a trouvé aucune explication à ce massacre.

Je me redresse. Il faut emmener les parents au poste. Souci administratif, mais pas seulement, ils doivent bouger, s'animer, s'extraire de ce décor qui leur fait horreur parce que leur fille n'y est plus. Je fais signe à Wasterton de s'en charger et sors de la pièce.

Louis est sur le palier et bavarde avec l'agent en faction. Du coin de l'œil je vois Wasterton et Johnson tenter de convaincre les Martin de les suivre.

— Qu'est-ce que t'en penses ? me demande Louis en redescendant. Ça a un rapport avec vos autres meurtres ?

Je hoche affirmativement la tête.

— C'est la même façon d'opérer ?

— Il n'a pas qu'une seule façon. Il improvise. C'est un artiste.

Louis me lance un coup d'œil de travers.

— Qu'est-ce que tu veux dire ?

— Rien d'autre. Ses crimes ont son odeur, je ne peux pas me tromper, dis-je en arrivant dans la rue et en allumant une cigarette.

Lydie Nataf en tête, les journalistes se ruent sur Louis et moi. On fend la foule en les bousculant. Ici, en ce moment, deux mondes cohabitent, dont l'un se nourrit de la souffrance de l'autre. Insupportable.

— Tenez-les à distance, dis-je à l'officier qui commande, les parents vont descendre, je ne veux pas qu'on les emmerde.

— Oui, capitaine.

— Merci pour hier soir, dis-je en me tournant vers Louis.

— Ç'a été un plaisir.

— Super-coïncidence que deux heures après l'émission ils chopent ces pourris !

Il me fixe, la tête de côté.

— Je ne t'ai pas vu comme ça depuis longtemps, Stan. Tu crois que tu vas choper aussi le tien ?

— J'irai te voir à Langley quand tout ça sera fini. Tu crois que tu vas recevoir des lauriers pour avoir fumé les terroristes ?

— J'ai rien fumé du tout, et c'est les ronds-de-cuir qui vont les récolter. Pas ces pauvres agents qui se sont fait descendre. Sur ce coup, j'y suis pas pour grand-chose…

— On est chacun pour quelque chose quand on se bat pour la justice.

— Merde, t'es super-pompeux !

On rit en se tapant dans le dos. Je demande à Thompson d'accompagner Louis à l'aéroport et il tire illico la gueule.

Je monte dans la voiture avec Wasterton et nous rejoignons le commissariat. On débarque presque en même temps que les Martin et je les précède dans notre salle de briefing la moins tarte.

Je leur fais porter du café et du thé sans qu'ils réagissent et les invite à s'asseoir. Ils obéissent comme des mannequins, insensibles à ce qui se passe autour d'eux. Je connais cette attitude. Elle dure le temps que le cerveau accepte la réalité. C'est variable pour chacun.

Ils ne pleurent pas. Ne parlent pas. Le mari tient sa femme par le bras mais on a l'impression que c'est elle qui le soutient.

Je m'assois à leur côté.

— Mes collègues vous ont posé des questions sur les amis de votre fille et sur son emploi du temps. C'est une procédure normale. Je sais que certaines d'entre elles ont pu vous choquer parce qu'elles concernaient sa vie privée, mais nous y étions obligés pour tenter de comprendre le motif de l'assassin et pouvoir l'arrêter. Nous sommes amenés à penser que Meredith a été agressée au hasard. Il n'avait rien contre elle de particulier.

Mme Martin m'écoute et j'espère que ces paroles l'apaisent. Ce qui est le plus difficile à admettre pour les proches des victimes, c'est qu'elles aient été tuées par haine. On accepte plus facilement la malchance ou le hasard aussi terribles qu'ils soient, qu'imaginer que quelqu'un de leur entourage les a détestés au point de les tuer.

— Nous voulons la voir, dit le père.

Je grimace et jette un coup d'œil à Jackson.

— Elle a été transportée à l'institut médico-légal, et vous ne pourrez pas la voir avant que les constatations aient été faites. Mais nous avons apporté son sac et nous allons vous le montrer avec ce qu'il contenait aux fins d'identification.

Jackson me lance un regard effaré. Cette procédure est totalement illégale. En cas de procès, n'importe quel avocat peut obtenir un non-lieu simplement parce que le corps n'a pas été formellement identifié par les proches. Mais je me sens incapable de leur infliger le spectacle du visage dévasté de leur fille. Jackson me fait signe de le suivre à l'extérieur.

— Qu'est-ce que c'est que cette histoire ?

— On ne peut pas leur montrer son cadavre. Elle a les yeux crevés et la bouche ouverte d'une oreille à l'autre. On ne peut même pas leur demander si elle avait une tache ou quoi que ce soit de particulier sur le corps parce qu'il ressemble à un hamburger ! Je ne me sens pas le courage.

— Bon Dieu ! Vous savez que c'est parfaitement illégal ! Cette pourriture risque de s'en tirer à cause de ça !

— Alors, montrez-leur vous-même. Moi, je refuse. Et cette pourriture ne s'en tirera pas.

— Que voulez-vous dire ?

— Qu'il ne s'en tirera pas, je répète en le fixant.

— Bon Dieu, vous perdez la boule !

— Je perds rien du tout. On va finir par l'attraper, c'est tout.

— Ah ouais ?

Je regarde ma montre parce que dehors le ciel s'est encore obscurci.

— Qu'est-ce qui se passe ? je demande à Jackson qui affiche toujours une mine de déterré.

— À quel sujet ?

— Pourquoi il fait si sombre, il est à peine midi.

— Vous n'avez pas remarqué la tempête ? C'est la plus violente depuis un demi-siècle. Mais qu'est-ce qu'on en a à foutre ?

C'est vrai, j'en ai rien à foutre. C'est seulement que ça s'ajoute au reste.

Impressionnant lorsque la nuit tombe quand ce n'est pas l'heure. On sent que ce n'est pas la « vraie nuit ». L'horizon est coiffé d'une tache claire qui donne une sensation de fin du monde. De jour d'après. Le bâtiment tremble sous les coups de boutoir du vent, et les éclairs qui cravachent le ciel l'éclairent comme dans un film d'horreur.

Jackson secoue la tête.

— Ils prévoient que les vents vont monter à cent cinquante. On va se croire à La Nouvelle-Orléans. Je suis passé près du lac ce matin, j'ai jamais vu des vagues pareilles. Complètement dingue. Un vrai tsunami.

— Alors, qu'est-ce qu'on fait pour l'identification ?

— Faites comme vous voulez ! s'écrie-t-il brusquement. Bordel, on avait bien besoin de ce problème !

Mendoza qui nous rejoint à ce moment le regarde sans comprendre. Je lui explique brièvement l'affaire.

— Il n'y aura pas de lézard, je conclus. (Jackson me balance un regard féroce.) Qui saura que les parents de Meredith Martin ont identifié le corps de leur fille d'après des effets personnels ?

— La moitié des flics du commissariat ! me coupe-t-il.

— OK. Mais de toute façon on a assez de preuves contre lui avec les meurtres de Jane Morrison et Kahala Simsaophone.

— Je veux qu'il soit aussi puni pour celui-là !

— On ne peut pas le mettre à mort plusieurs fois…

— Au fait, nous interrompt Mendoza, j'étais venu vous dire qu'une femme qui a dit être la vôtre a téléphoné pour vous réclamer.

— Vous pouviez pas le dire avant !

Il fait illico la gueule. Jamais vu un caractère aussi tordu.

— Elle m'a dit vous avoir appelé sur votre portable, et moi je l'entendais effectivement sonner dans votre tiroir, grince-t-il avec une grimace satisfaite.

— Bon, alors, qu'est-ce qu'elle a dit ?

— J'savais pas que vous étiez marié… Elle a dit (il regarde le bout de papelard qu'il tient) elle a dit qu'elle vous attendait chez vous.

Je sens ma poitrine s'alléger d'un coup. Elle est rentrée.

— Elle a dit qu'elle vous attendait parce qu'un nommé… merde, qu'est-ce que j'ai écrit ? un nommé Nichols devait venir vous y attendre aussi.

Un violent coup de tonnerre ébranle les murs et une pluie diluvienne se met à tomber comme si on avait fait basculer une rangée de bassines. La dernière lumière du jour est avalée et les lampes s'allument un peu partout à l'étage.

Je regarde le Cubain sans comprendre tout de suite.

— Elle a dit… Nichols ? je murmure.

Il acquiesce. Son attitude a changé. Il vient de saisir quelque chose rien qu'à voir ma gueule.

Je me rue dehors et dévale l'escalier. Dans la rue, les voitures ont allumé leurs phares et la ville, l'éclairage urbain. Je saute dans une voiture de patrouille qui arrive.

— Je la prends ! je hurle aux deux flics médusés. Je la ramènerai !

Malgré la surprise, elle lui a opposé une belle résistance quand il l'a saisie par-derrière. Elle a poussé un cri et a tenté de se dégager. Mais il avait déjà enfoncé sa lame entre deux vertèbres et elle n'a rien pu faire. Il l'a retournée sur le dos, pensant que c'était Levine. S'apercevoir de son erreur l'a exaspéré.

Elle n'était pas morte mais la fine lame avait coupé des terminaisons nerveuses en pénétrant la moelle épinière. Elle ne pouvait plus faire un geste. Sa bouche s'ouvrait et se refermait comme celle d'un poisson hors de l'eau sans qu'aucun son en sorte.

Pour l'aider, il la lui a élargie de sa lame. Elle s'est tortillée et a poussé un hurlement rauque. Il a souri.

— Il faut être fou pour sortir par un temps pareil, lui a-t-il dit.

Il a regardé autour d'eux. Ils étaient sous un pont qui enjambait une rivière boueuse. Derrière, la large avenue qu'il venait de quitter avec ses feux de croisement éteints et les vitrines aveugles ressemblait à un tunnel.

Il est allé jusqu'à la dernière pile du pont et a aperçu le lac. Immense et noir, soulevé de vagues et roulant des tonnes d'eau qui se chevauchaient et se creusaient. Il l'a trouvé magnifique de force.

Il est revenu près de sa victime, qui a tenté en vain de ramper pour s'éloigner. Elle avait le visage barbouillé de sang.

— Ne résistez pas, lui a-t-il dit. Comment connaissez-vous Levine ?

Il a attendu une réponse qui n'est pas venue et il s'est rappelé qu'elle ne pouvait plus parler.

Pendant qu'il la tirait de dessous le pont, elle ne l'a pas quitté des yeux, et il a hoché gentiment la tête dans le but de la rassurer.

Il l'a lâchée en arrivant devant une déclivité de la rive qui conduit au lac par un sentier devenu un fleuve de boue argileuse et glissante.

Le lac offrait un spectacle grandiose. Ses eaux noires se soulevaient comme des montagnes, éclataient et retombaient en millions d'étoiles. Les éclairs l'enchâssaient d'une voûte plus claire que mille soleils. Il était devenu une énorme masse d'eau sans limites, prête à avaler le monde.

Il était fier de son lac, mais le bruit assourdissant a failli lui faire perdre l'équilibre. Il s'est redressé et lui a ouvert les bras, la tête levée vers les cataractes de pluie qu'il a reçues avec la gratitude et la ferveur du baptiste.

Il aurait voulu toucher le ciel et a cru y arriver. Arc-bouté dans la boue, il a oscillé sous les coups de boutoir du vent mais a résisté. Et il y a vu la main du Seigneur. Des larmes de gratitude ont roulé sur ses joues.

Il a senti la femme bouger à ses pieds. Espérant fuir ? Où pensait-elle aller ? « Qui peut échapper à la volonté de Dieu ? » il lui a demandé.

Il s'est accroupi à ses côtés et la terreur qui a balayé son regard l'a contrarié. Il a passé la main sur sa joue et a léché son sang.

— Salé, a-t-il dit d'un ton sans surprise.

Elle a eu un hoquet et un jet de vomi a coulé sur son plastron. Il s'est reculé, écœuré.

Il a encore regardé le lac. Féerique. La violence blanche et dantesque des éclairs irisait les milliards de gouttes d'eau drapées de phosphore. Il n'y avait plus de terre, de ciel ni d'océan. Il n'y avait que la fureur de Dieu.

Il a failli en oublier le corps torturé. Baissant les yeux, il l'a vue gratter la boue dans une tentative désespérée. Il l'a observée, étonné de cette volonté de vivre alors qu'il n'y avait plus d'espoir et qu'elle devait le savoir.

Il le lui a dit.

Elle a quand même continué, poussant sur ses pieds, tentant de soulever ses épaules. Sur son visage le sang coagulé avait posé un masque où perçaient des yeux blancs et fixes.

Il a attendu qu'elle s'épuise assez pour se convaincre de l'inanité de ses efforts. Elle a laissé rouler sa tête vers lui. A tenté de parler. Il a sorti sa lame. Elle était ternie de sang et il l'a essuyée sur ses vêtements. Elle l'a regardé et ses yeux ont chaviré.

— Je vais vous rapprocher de Dieu, lui a-t-il murmuré à l'oreille, pendant qu'il enfonçait sa lame et la ressortait dans un même mouvement pendulaire sans que son bras fatigue.

Elle est morte les yeux ouverts et il les lui a ôtés pour qu'elle repose en paix.

La pluie diluvienne rend les essuie-glaces inopérants. Les égouts dégorgent dans les caniveaux des tourbillons d'eau qui inondent la chaussée et font jaillir des geysers sous les roues des voitures. Celles des pompiers sillonnent déjà les rues, sirènes hurlantes.

Sarah est seule à la maison et attend Nichols.

À travers les vitres dégoulinantes de pluie, je conduis à l'aveugle. Les feux de croisement ont été mis en clignotant, d'autres sont carrément éteints et je slalome pour éviter les voitures. La peur me serre les tempes au point de me donner envie de vomir.

Qu'a voulu dire Sarah ?

Les carrefours sont encombrés et je roule sur les trottoirs en priant pour que personne ne se jette sous mes roues. Je crois que je ne m'arrêterais pas.

Pourquoi Sarah a dit que Nichols allait venir m'attendre ? D'où a-t-elle téléphoné ?

J'essaye de l'appeler mais les réseaux sont saturés et je laisse un message sur sa boîte vocale pour lui dire que j'arrive et lui recommander de s'enfermer.

Comment Nichols peut-il s'introduire chez nous ? Il n'a pas pu la contacter puisqu'il ignorait où elle était. Il ne pouvait pas avoir non plus son numéro de portable. Alors, comment ?

Je roule le plus vite que je peux sans renverser les piétons aveuglés qui foncent tête baissée se mettre à l'abri. Je tente d'éviter les voitures dont les conducteurs ne voient pas mieux que moi. Je pense soudain à la sirène et la mets en route. Je regagne la chaussée et accélère encore.

Je songe à Maureen dans son lit d'hôpital. Je ne peux rien faire pour elle mais je m'en veux. Je débouche au carrefour Washington et j'arrive dans ma rue. Mon immeuble fait l'angle avec Byron-Kilbourn, la petite voie sombre où Sarah a cru voir quelqu'un un soir.

Je roule en première et descends la vitre pour voir si c'est allumé chez moi, mais les rafales de pluie sont si fortes que je suis obligé de la remonter. Je m'arrête devant mon immeuble et aperçois de la lumière dans le salon et la chambre, le reste du bâtiment est obscur. C'est la première fois que je regrette d'être le seul locataire.

Je reste un moment au volant à examiner les alentours. Nichols va venir. Il sait que je l'attends. L'interphone, c'était lui. Lui aussi qui se cachait et que Sarah a aperçu. Il est tombé dans mon piège mais je n'avais pas prévu Meredith Martin.

Tout le coin est plongé dans le noir. Aussi loin que je regarde, je n'aperçois que des fenêtres aveugles. On va partir. Dès que j'aurai terminé, nous ne resterons pas ici une minute de plus.

Côté rivière, les eaux bousculées se ruent sur les bords et frappent à grandes claques les montants en bois à moitié pourris. L'autre rive a complètement disparu dans le noir, bien que la Lincoln ne soit pas très large.

Je remets doucement en route jusqu'à Byron-Kilbourn. L'échafaudage de l'immeuble en face du mien est toujours en place. N'importe qui peut y grimper et surveiller l'appartement. Je l'examine jusqu'en haut mais n'y vois personne.

Je me gare et sors en me protégeant la tête de mon imper. Le vent me fait trébucher et je me retiens à la portière de ma voiture. Tout est absolument désert. Les seuls commerces de la rue, le snack-kebab et mon chinois, ont leur enseigne éteinte.

Je regarde vers la baie du salon. Sarah a allumé toutes les lampes.

Je verrouille la voiture et cours vers l'immeuble. Je vais taper le code quand je m'aperçois que la grille est ouverte. Je me tends et la pousse doucement. La lumière du couloir est éteinte et j'appuie en vain sur l'interrupteur. Je jure. Les coupures de courant sont fréquentes en cas de tempête. Les câbles ne sont pas enterrés et un vent de cette force a pu les arracher. Mais est-ce le cas ?

En tâtonnant, je monte les étages dans un noir complet. L'immeuble est secoué par la tempête. Je prête l'oreille mais le boucan extérieur m'assourdit. Sarah ne doit pas être très rassurée. Et pourtant elle a décidé de jouer les chèvres. Exactement ce que je craignais.

Soudain, je me bloque. Si c'était une coupure générale, mon appartement serait aussi dans le noir. Je me couvre de sueur et porte la main à mon étui de taille où se trouve mon pistolet. Elle ne rencontre que le vide.

Je n'ai pas mon arme. Mon cœur se met à battre la chamade et j'essaye de comprendre pourquoi je ne l'ai pas. Je refais mes gestes dans ma tête et me revois la déposer machinalement dans mon tiroir de bureau avant de rejoindre les Martin. Je ne l'ai pas repris en partant.

Je grimpe en cavalant les dernières marches et introduis ma clé dans la serrure. Je repousse violemment la porte contre le mur. Le salon est vide. J'aperçois sur le comptoir de la cuisine une bouteille de gin et deux verres, dont un presque plein.

— Sarah ! Sarah… !

Je l'appelle et avance jusqu'au milieu de la pièce. Je fonce dans la chambre et la salle de bains mais il n'y a personne.

Fou d'angoisse, je m'appuie contre le mur, essayant de raisonner et de comprendre pourquoi elle n'est pas là. Mon portable sonne à ce moment. Je l'ouvre et vois sur l'écran le nom de ma femme. Rassuré, je l'allume. Les réseaux semblent revenus.

— Chérie, où tu es ? Je suis à la maison ! (Le silence qui suit me fait froncer les sourcils.) Sarah ?

Encore un temps, puis :

— Je suis au sous-sol.

— Quoi ? Qu'est-ce que tu fais au sous-sol ?

Un autre moment passe.

— Elle est avec moi.

Parfois, on peut dater avec exactitude l'instant où votre vie a basculé. Parfois pas.

Parfois, c'est la sensation physique d'une chute que l'on ne peut enrayer qui vous alerte. Ensuite, il y a le temps d'avant et le temps d'après. On se trouve face au vide et l'on sait que l'on ne peut plus reculer.

Quelques mois après avoir perdu ma fille, alors que je courais à la poursuite de son assassin, sachant déjà que le coincer ou pas ne changerait rien, je me suis demandé si ce chagrin qui n'en finissait pas avait sa mort pour cause ou si c'était le manque d'elle. En un mot, pleurais-je le fait qu'elle ne vivrait jamais les bons et les mauvais moments de sa vie, ou pleurais-je sur moi qui ne l'accompagnerais pas ?

J'en ai déduit que je pleurais sur moi, et ce constat a renforcé ma peine. Tout ce que l'on pourra me dire ne changera rien à cette certitude. Et c'est drôlement déprimant.

Il a tué ma fille parce que j'avais merdé. Il tient ma femme pour la même raison. On dit que dans la vie on répète le plus souvent ses erreurs, comme si une fatalité vous poussait à choisir le mauvais endroit, le mauvais partenaire, la mauvaise cause, et qu'en fin de compte cette fameuse expérience ne sert à rien d'autre qu'à faire vendre des bouquins bidon à des auteurs ringards et à passer pour un vieux con quand vous la ramenez auprès des plus jeunes.

Il s'est emparé de Sarah, l'a entraînée au sous-sol et je n'ai pas mon arme. C'est un assassin de la pire espèce, peut-être un malade mental, ou pour le moins un individu qui ne jouit pas de toutes ses facultés, et pourtant il a su encore une fois me mettre échec et mat.

Je respire et allume une cigarette. Elle a un goût amer mais je le savais d'avance. En bas, ma femme m'attend. Elle espère que je vais la sauver. Ou peut-être pas. Peut-être sait-elle déjà que je suis incapable de porter secours à personne que j'aime. Peut-être a-t-elle compris que je suis de ceux sur qui l'on ne peut pas compter. Ceux qui arrivent toujours en retard, ceux qui ne sont jamais au bon endroit.

J'avais choisi d'être dans la police pour me donner l'illusion que j'étais actif, courageux, entreprenant, mais tout ça était du vent.

Je ramène toujours mon Glock à la maison, le glisse dans un tiroir en ôtant le chargeur. Je l'ai fait des années durant sans une seule exception. Et ce soir, ce soir où je savais être confronté à Nichols et devoir me battre jusqu'à la mort pour sauver ma femme, moi, et peut-être mes autres gosses que ce malade est tout à fait capable de poursuivre pour les tuer, ce soir, je l'ai oublié.

J'ai le temps. Je sais qu'il m'attendra avant de lui faire du mal. Que je sois armé ou pas lui importe peu. Il ne me craint pas. Et cette idée est insupportable. Il me faut des renforts. Toute honte bue, je compose le numéro du poste. Mais il n'y a de nouveau plus de réseau.

Et lui, qu'a-t-il comme arme ? Il ne s'est jamais servi d'armes à feu, préférant les armes blanches. Une balle tue trop vite.

Je vais vers la cuisine, regarde le râtelier de couteaux de cuisine dont je me suis si peu servi. J'en choisis un et reconnais celui que Sarah m'a brandi sous le nez le soir de l'interphone.

Je quitte l'appartement. C'est le dernier tour de manège et je ne ressens rien.

Je suis devenu comme lui.

La lumière de l'immeuble revient alors que j'atteins la porte du sous-sol que je trouve ouverte avec le cadenas pendant à son goupillon.

L'escalier de béton tourne brusquement et je descends en m'aplatissant contre le mur. La première partie du sous-sol est obscure ; seules émergent les silhouettes des machines d'imprimerie embusquées de chaque côté de l'allée centrale, certaines recouvertes d'une bâche, semblables à des géantes endormies. Je ne fais aucun bruit en me faufilant entre elles, fouillant l'obscurité des yeux, épiant le moindre mouvement.

Un silence total règne et je crains un instant de m'être fait balader. Il aurait pu obliger Sarah à me mentir, et pendant que je les cherche ici l'emmener ailleurs.

J'entends un raclement et m'immobilise, le cœur cognant. Devant, une ampoule suspendue au plafond éclaire chichement une surface étroite entre des classeurs de bois et des meubles métalliques. Les murs latéraux sont invisibles, avalés par l'obscurité, et je m'attends à chaque pas à voir surgir Nichols de derrière les poteaux qui soutiennent la voûte.

Je me dirige vers la surface éclairée, évitant de penser à l'armée de rongeurs piaillants qui piétinent le long des murs et dont l'odeur mélangée à celle de la poussière et le manque d'air me fait suffoquer.

D'énormes toiles d'araignées s'étirent sur les solives et je pourrais me croire dans un décor de film d'horreur de série B, si ce n'est que l'horreur de la situation est bien réelle.

Je perçois une respiration, et je dissimule mon poignard derrière mon dos.

Je débouche entre deux plieuses en si bon état que je m'attends presque à les entendre fonctionner.

Et je les vois. Sarah est attachée à un poteau. Il se tient près d'elle.

— Nous vous attendions, dit-il.

Je suis surpris du ton de sa voix autant que de son allure. Il est un peu plus petit que Sarah, et la pâle clarté qui tombe de l'ampoule au-dessus d'eux éclaire une silhouette et un visage sans relief, conformes au rôle d'employé falot qu'il a su composer toute sa vie. Je comprends à cet instant comment il a pu duper ses victimes. Kafka, s'il l'avait connu, l'aurait pris comme modèle de son employé d'assurances malchanceux.

— Tu vas bien ? je demande à Sarah.

— Tue-le ! me répond-elle.

Je le vois sourire brièvement.

— Les femmes de votre vie, capitaine, ne sont pas dépourvues de courage.

— Relâche-la.

Il s'écarte un peu, et j'aperçois la lame mince et aiguisée qu'il appuie contre sa gorge. Le moindre mouvement risque de l'embrocher.

— C'est moi que tu veux, pas elle.

— Mais c'est elle que je tiens, pas vous.

— Tu sais que je vais te tuer.

Il hoche la tête, et le surréalisme de notre dialogue m'apparaît dans son absurdité.

— Après que je l'aurai tuée…

Suppose-t-il que je n'ai rien d'autre qu'un couteau ?

— Tue-le, répète Sarah, les yeux fous.

Je vois une goutte de sang perler à son cou. L'ordure a appuyé sa lame.

— Tais-toi, lui crié-je.

Je fais un pas en avant et il se place aussitôt derrière elle. Il ignore donc que je ne suis pas armé. Je plonge la main dans la poche de mon imper et la relève sur lui comme si je tenais un pistolet.

— Lâche-la ou je t'éclate la gueule !

Piètre ruse, pourtant il hésite. Puis il saisit Sarah par les cheveux, lui relevant brutalement la tête.

— Si vous tirez, vous la touchez en même temps, et moi je l'égorgerai.

Il se tient derrière le poteau et même avec mon Glock je n'aurais pas pu l'atteindre. Mais je sais à présent que je peux le bluffer.

— Alors, qu'est-ce qu'on fait ?

— Je ne sais pas, dit-il.

Et le pire c'est qu'il a l'air sincère.

— Tu voulais te faire prendre, hein ? Tu en as marre de toujours regarder par-dessus ton épaule… Tu voulais aussi qu'on reconnaisse tes exploits…, t'as besoin de ça pour te sentir un homme.

Il secoue la tête avec lassitude.

— Croyez-vous que ces méthodes désuètes apprises à l'école de police soient valables avec moi ? Je savais parfaitement que vous saviez que j'étais là. Le bracelet…

Je vois Sarah se raidir dans ses liens.

— Tue cette pourriture, crache-t-elle, qu'est-ce que tu attends !

— Les collègues arrivent… Je veux le prendre vivant. Il sera jugé.

Il ricane. Et ce bruit me hérisse la peau. Je refuse de l'entendre.

— Personne ne me prendra vivant. Je vais vous tuer tous les deux et je m'enfuirai.

— Tu crois courir plus vite qu'une balle ?

J'entends un sanglot. C'est Sarah, et je sais que ce sont des pleurs de rage. À cet instant, elle me déteste plus que jamais.

— Je ne veux pas qu'il soit jugé, sanglote-t-elle, je veux qu'il crève ! Tire, nom de Dieu !

— D'accord.

— Vous êtes prêt à perdre aussi votre femme ?

Je comprends soudain avant qu'elle ne bouge l'intention de Sarah. Il le comprend aussi car il lui plaque la tête contre le poteau, l'empêchant de s'embrocher sur sa lame.

— Salaud ! immonde ordure ! crache-t-elle en se débattant.

Je me jette en avant mais j'entends Sarah pousser un cri et vois une balafre ensanglanter sa joue. Je stoppe net.

Il se met à rire, et c'est comme si on me versait de l'acide dans le cœur.

— Pourquoi tu ne te rends pas ? Cinglé comme tu es, tu seras enfermé chez les dingues !

Il me regarde sans me répondre mais cesse de rire.

Nous sommes tous les trois réunis et ce ne peut être que la dernière fois. Je vais le tuer, il le sait. Je vais le tuer et moi je sais qu'il peut tuer Sarah. Je la regarde. Son regard me supplie. C'est le même que lorsqu'elle a découvert le cadavre de Judith. L'incompréhension.

Ses yeux m'avaient imploré de la convaincre que ce n'était pas le corps décapité de notre fille qui était devant nous, dans ce réduit immonde où il l'avait enfermée. Que c'était une autre fille, mais pas la nôtre.

J'avance de quelques pas, et il relève sa lame en dessous de l'oreille de Sarah, si près de la carotide que j'en ai un haut-le-corps.

Je m'immobilise. Nous sommes à moins d'un mètre l'un de l'autre, et je peux voir le grain de sa peau, la couleur de ses yeux, la forme de sa bouche. Et aussi qu'il a peur.

— Ma femme veut que je te tue et tu lui as tellement fait de mal que je vais exaucer son vœu. Et tant pis si elle meurt. Parce qu'elle préfère ça à te laisser t'enfuir.

Je parle le plus calmement possible. Il doit comprendre que je suis sérieux.

— Vous ne pourrez pas…

Son ton est moins assuré. Je ne me suis pas trompé. Il connaît la peur. Ça ne lui confère aucune humanité. La peur est un sentiment commun à tout ce qui vit. Je me demande juste comment en profiter.

Je dois agir vite. Il va vite se rendre compte que je n'ai pas d'arme. Alors il la tuera.

Je fuis le regard de Sarah. Elle non plus ne doit pas me croire désarmé. Dieu sait ce qu'elle pourrait tenter. J'ai une main dans la poche et l'autre derrière le dos. Position stupide pour un homme qui menace de tirer.

Nichols a passé le bras autour du cou de Sarah et la tient fermement contre lui. Il a juste à pousser un peu sa lame pour l'égorger. Il ne me quitte pas des yeux. À quoi pense-t-il en ce moment ? Qu'il a gagné, qu'il a perdu ? Où place-t-il son orgueil ? Dois-je négocier ?

— Si tu la lâches, je ne te ferai pas de mal… Je te le promets.

Il ne bronche pas, mais son regard s'est durci. J'ai eu tort. J'aurais dû savoir qu'il est insensible à la raison.

Nous sommes enfermés dans cet espace clos et silencieux, seuls au monde, et je me demande quand on retrouvera nos corps. Mes collègues viendront à mon appartement mais pourquoi penseraient-ils au sous-sol ? Un jour, un clodo descendra s'y abriter et tombera sur nos ossements.

Et puis, il se passe quelque chose qui n'a rien à voir avec cette situation sans issue, ou alors au contraire, tout à voir.

Une seconde plus tôt j'étais cloué sur place, incapable de prendre une décision, et la seconde d'après je fais un saut de côté et plonge en avant. Il bouge le poignet que je vois se déplacer au ralenti. Sarah gémit et du sang coule sur sa joue.

J'enfonce mon couteau dans son bras qui tient la lame. Je l'enfonce aussi profondément que je peux, en même temps que je le cogne du poing gauche au ventre.

Sarah se tortille pour éviter son poignard.

Nichols hurle à la mort. Il hurle pour celles de Judith, de Jane Morrison, de Kahala Simsaophone, pour Meredith Martin, et pour toutes les vies qu'il a prises. C'est son chant funèbre.

Je retire mon couteau avec rage et l'enfonce dans sa poitrine. Il est toujours debout. J'entends Sarah crier, mais ne comprends pas tout de suite ce qu'elle me hurle.

— Détache-moi, coupe mes liens !

Elle est couverte de sang et je ne sais pas si c'est le sien ou celui de Nichols. Il manque tomber sur nous et je le repousse. Il titube, vacille, mais reste debout.

Mon couteau a touché un poumon car un liquide rosâtre coule de sa bouche. Mais il est toujours debout.

— Coupe mes liens !

Les cris de Sarah me sortent enfin de ma torpeur. Je tranche les cordes, la reçois dans mes bras. Elle s'en arrache, se dresse devant Nichols.

Ils se regardent fixement, hypnotisés l'un par l'autre. Ils m'ont oublié. Il sourit, veut parler mais s'étouffe dans son sang. Il est toujours debout.

Je repousse Sarah. Je comprends seulement à cet instant qu'il l'a épargnée volontairement. Il va gagner encore.

Je me jette sur lui, il continue de sourire. Alors j'enfonce mon couteau et le retire, et le réenfonce et le retire dans un mouvement mécanique, et je baigne dans son sang, et il tourne la tête vers Sarah qui hésite et s'accroche à mon bras, et j'arrête parce que je n'ai plus de force, et seulement là, il glisse à terre, et nous fixe une dernière fois. Et son regard n'est pas celui d'un vaincu.

Ce regard, je le garde en moi depuis des années.

Maud Tabachnik dans Le Livre de Poche

Les Cercles de l'enfer n° 37037

Une série d'attentats secoue les capitales occidentales. Les dignitaires du contre-espionnage découvrent que les attaques obéissent à un plan de déstabilisation de la planète. Le terrorisme international a décrété la mort des grandes démocraties. Des agents de Paris, Londres, Tel Aviv et Washington relèvent le défi.

Le chien qui riait n° 31339

Trois destins ordinaires d'ados basculent dans la haine et le meurtre. Leur route va croiser celle de Stark, un flic cassé par la vie, que cette nouvelle criminalité horrifie. Heureusement il y a le chien.

Ciel de cendres n° 31641

Ils sont trois. Sans se connaître ils cheminent vers la même ville d'Ukraine. Ce point de non-retour qui a pour nom Tchernobyl. Enfants d'un après-guerre qui n'en finit pas, héritiers d'un monde qu'ils n'ont pas voulu, comment vont-ils pouvoir conjurer le pire ?

Le Cinquième Jour n° 18233

New York. Gloria, une fillette, confiée par les siens à un visiteur occasionnel, disparaît. Au même moment, on découvre un jeune prostitué égorgé, puis Albert, déficient mental léger, disparaît à son tour...

Douze heures pour mourir n° 37125

Dans le Queens, un groupe armé menace d'exécuter le soir de Noël vingt-six enfants et leurs professeurs de l'école juive du Mont des Oliviers si on ne libère pas les terroristes du 11 Septembre. Il reste douze heures pour… mourir ou éviter le pire.

J'ai regardé le diable en face n° 37188

Ciudad Juarez, à la frontière du Mexique. Sandra Khan, journaliste au *San Francisco Chronicle*, tente de comprendre pourquoi des crimes abominables sont perpétrés contre des centaines de jeunes femmes sans que, depuis des années, les autorités aient réussi à identifier les assassins ou leurs commanditaires.

Mauvais frère n° 37036

Entre un supérieur antisémite qui veut sa peau, sa mère qui ne veut pas le lâcher, la femme qu'il vient de rencontrer et une série de crimes sans indices ni mobiles, le lieutenant Goodman, flic à Boston, n'est pas prêt à affronter la pire des folies : celle qu'on ne soupçonne pas parce qu'elle rôde trop près de soi.

Du même auteur :

AUX ÉDITIONS ALBIN MICHEL

Brouillard d'Écosse, Jeunesse
Le Cinquième Jour
Mauvais frère
Douze heures pour mourir
J'ai regardé le diable en face
Le chien qui riait
Ciel de cendres
Désert barbare

CHEZ D'AUTRES ÉDITEURS

La Vie à fleur de terre, Denoël
Un été pourri, Viviane Hamy
La Mort quelque part, Viviane Hamy
Le Festin de l'araignée, Viviane Hamy
Fin de parcours, Viviane Hamy
L'Étoile du temple, Viviane Hamy
Gémeaux, Viviane Hamy
Les Cercles de l'enfer, Flammarion
Lâchez les chiens, Flammarion

Groupe Tel-Aviv, BD policière, Le Masque
L'Empreinte du nain, Flammarion
La Mémoire du bourreau, Le Masque
Le Sang de Venise, Flammarion
Le Tango des assassins, Le Masque
Trafics, Bayard, « Je bouquine »
La honte leur appartient, Le Masque
New York balafre, illustré par Jeanne Socquet, Philippe Rey
Tous ne sont pas des monstres, La Martinière
Une femme ordinaire, Flammarion

Composition réalisée par NORD COMPO

Achevé d'imprimer en octobre 2011 en France par
CPI BRODARD ET TAUPIN
La Flèche (Sarthe)
N° d'impression : 65991
Dépôt légal 1re publication : novembre 2011
LIBRAIRIE GÉNÉRALE FRANÇAISE
31, rue de Fleurus – 75278 Paris Cedex 06

31/5859/9